Nanny, journal d'une baby-sitter

Emma McLaughlin et Nicola Kraus

Nanny, journal d'une baby-sitter

ROMAN

Traduit de l'américain
par Valérie Malfoy

Albin Michel

À nos parents,
qui n'ont jamais rechigné à nous lire des histoires
(en y mettant le ton), même quand ils étaient épuisés.

Et à tous les enfants merveilleux
qui, vaille que vaille, ont pris place dans nos cœurs.

Nous sommes toujours avec vous.

« Vous devriez entendre maman sur le chapitre des gouvernantes : Mary et moi en avons eu au moins une douzaine ; la moitié était détestable et le reste ridicule, et toutes de vrais démons — n'est-ce pas, maman ?

— Mon petit, ne prononcez pas ce mot de gouvernante ; cela me rend nerveuse. Leur incurie et leurs caprices m'ont fait endurer le martyre et je loue le Ciel d'en être débarrassée ! »

Jane Eyre

NOTE AUX LECTEURS

Les auteurs ont été au service de plus d'une trentaine de familles new-yorkaises et cette histoire s'inspire de leur expérience. Cependant, il s'agit d'un roman, et aucune de ces familles n'est dépeinte dans ce livre. Les noms et personnages sont le fruit de leur imagination. Toute ressemblance avec des personnes existant ou ayant existé serait purement fortuite. Si certaines institutions de la ville de New York — écoles, commerces, galeries — sont citées, c'est seulement à titre fictif.

PROLOGUE

L'entretien

À chaque fois, tout débutait par une série d'entretiens analogues, si étrangement semblables que je me suis souvent demandé si l'Association ne leur avait pas refilé un guide secret d'embauche. Le déroulement de ces premières rencontres était aussi répétitif qu'une cérémonie religieuse et j'avais bien envie, dès que la porte s'ouvrait, soit de faire une génuflexion, soit de m'écrier : « Topez là ! »

Rien ne caractérisait mieux la nature de ce travail — et cela commençait et se terminait toujours dans un ascenseur plus riant que la plupart des intérieurs new-yorkais.

La cabine lambrissée de bois clair me hisse, tel un seau dans un puits, vers une promesse de solvabilité. À proximité de l'étage indiqué, j'inspire à fond ; la porte s'ouvre sur un petit hall d'entrée qui dessert — au plus — deux appartements. Je sonne. Foi de Nanny : elle attendra toujours mon coup de sonnette, bien qu'elle ait été prévenue par un système de sécurité renforcée de mon arrivée imminente et se tienne sans doute juste derrière la porte — qui sait, d'ailleurs, si elle n'y est pas depuis notre contact téléphonique, trois jours plus tôt ?

Dans le vestibule sombre, tapissé de quelque lugubre papier peint fleuri genre Laura Ashley, il y a toujours un porte-parapluies en cuivre, une gravure équestre ainsi qu'un miroir où je vérifie mon apparence. Des taches ont inexplicablement surgi sur ma jupe au cours du trajet en métro, sinon je suis parée — twin-set, jupe à fleurs, sandales Gucci achetées en soldes.

Elle est toujours petite et menue. Ses cheveux sont toujours fins et raides ; elle a toujours l'air d'inspirer — jamais d'expirer. Elle porte toujours un coûteux pantalon beige, des ballerines Chanel, un T-shirt rayé et un cardigan blanc. Éventuellement quelques perles discrètes. En l'espace de sept ans et d'une kyrielle d'entretiens, le « je-suis-une-mère-décontractée-en-pantalon-mais-intimidante-avec-mes-pompes-à-quatre-cents-dollars » n'a pas varié d'un iota. Et il est tout simplement impossible de l'imaginer en train de faire le nécessaire pour avoir un gosse.

Son regard se porte d'emblée sur ma jupe tachée. Je rougis. Je n'ai pas encore ouvert la bouche que déjà je suis distancée.

Elle m'emmène dans l'entrée, espace dégagé au sol de marbre brillant et aux murs gris. Au milieu, une table ronde et un vase dont les fleurs donnent l'impression qu'elles pourraient bien mourir, mais n'oseraient jamais se faner.

Telle est ma première impression de l'Appartement, qui m'apparaît comme une suite d'hôtel immaculée, mais impersonnelle. Même l'unique dessin d'enfant que je trouverai ultérieurement scotché au frigo me semblera avoir été commandé sur catalogue. (Sur les portes des modèles intégrés, un aimant ne tient pas.)

Elle s'offre à prendre mon cardigan, considère avec dédain les poils que mon chat a dû y déposer pour me porter chance, et me propose un verre.

Je suis censée dire : « Un verre d'eau, s'il vous plaît », malgré ma tentation de demander un scotch, histoire de voir sa réaction. Puis on me fait entrer dans le living, dont la déco oscille entre la magnificence seigneuriale et le mastoc bourgeois passe-partout, selon l'« ancienneté » de la fortune familiale. Elle me désigne le canapé, où je m'enlise aussitôt, transformée en gamine de cinq ans noyée dans des montagnes de chintz. Elle-même me domine, plantée sur une chaise d'aspect très inconfortable, jambes croisées, sourire pincé.

Maintenant que commence le véritable Entretien, je pose avec une précaution maladroite mon verre d'eau réfrigéré sur un dessous-de-verre qui aurait bien besoin lui-même d'une protection. Visiblement, le caractère purement aryen de mes traits la comble de bonheur.

— Eh bien, commence-t-elle joyeusement, comment avez-vous connu l'Association ?

C'est la seule phase de l'Entretien qui ressemble à un échange professionnel. Nous tournerons autour de certains mots, tels que « nourrice » et « maternage », trop déplaisants, et jamais, *jamais*, on n'admettra qu'il s'agit d'un travail. Ceci est la sacro-sainte convention mère/baby-sitter : il s'agit d'un plaisir — *pas* d'un emploi. Nous faisons « tout simplement connaissance », un peu comme j'imagine qu'un client et une call-girl doivent faire affaire, sans toutefois tuer l'ambiance.

Là où l'on frise l'idée que je pourrais faire cela pour l'argent, c'est quand j'aborde mon expérience de baby-sitter, que je décris comme un hobby, un peu comme d'autres élèvent des chiens pour les aveugles. Au fil de la conversation, je deviens une pédagogue avertie — nous persuadant toutes deux de mon désir de m'enrichir spirituellement en m'occupant d'un enfant et en participant à toutes les étapes de son développement ; une simple sortie au parc ou au musée en devient un voyage inoubliable. Je raconte des anecdotes piquantes, citant les enfants par leur prénom — « Constance faisait des progrès remarquables sur le plan cognitif, pendant que nous étions dans le bac à sable ». Je sens mes yeux pétiller et me vois faire tourbillonner mon parapluie comme Mary Poppins. Nous gardons le silence un moment, le temps de visualiser mon studio rempli de dessins d'enfants encadrés et de mes diplômes de doctorat de Stanford.

Elle me contemple avec espoir, prête à m'entendre marquer le but final. « *J'adore les enfants !* J'adore leurs petites mains et leurs petits souliers, les sandwiches au beurre de cacahuètes et avoir du beurre de cacahuètes dans mes cheveux, Elmo — *J'adore* la marionnette Elmo — et avoir du sable dans mon sac, les comptines niaises — on ne s'en lasse pas — le lait de soja, les doudous et le barrage de questions auxquelles nul ne saurait répondre — c'est vrai, au fait, *pourquoi* le ciel est bleu ? Et Disney ! Je connais tout Disney ! »

Les anges chantent lorsque je lui fais comprendre avec conviction que ce serait plus qu'un honneur de m'occuper de son enfant — une aventure.

Elle a rougi, mais ne se rend pas encore. À présent elle voudrait savoir *pourquoi*, moi, une fille aussi fantastique, je souhaiterais m'occuper de son gosse. C'est vrai, quoi, elle qui lui a donné la vie s'en passe très bien, alors pourquoi ? Aurais-je besoin d'argent pour régler un avortement ? fonder un groupe d'extrême gauche ? Qu'a-t-elle fait pour mériter sa chance ? Elle veut savoir ce que j'étudie, mes projets d'avenir, mon avis sur les écoles privées de Manhattan, les activités de mes parents. Je réponds avec toute la légèreté et le sens de l'esquive dont je suis capable, tâchant d'incliner légèrement la tête sur l'épaule comme Blanche-Neige prêtant l'oreille aux animaux. Elle, de son côté, affecte plutôt une pose d'animatrice de télévision, cherchant des réponses qui confirmeront que je ne suis pas venue voler son mari, ses bijoux, ses amis ou son enfant. Dans cet ordre-là.

Foi de Nanny : dans aucun entretien, on n'a contrôlé mes références. Je suis blanche. Je parle le français. Mes parents sont passés par la fac. Je n'ai aucun piercing apparent et suis allée au Lincoln Center au cours des deux derniers mois. Me voici engagée.

Elle se lève, rassérénée.

— Je vais vous montrer la maison...

Bien que nous ayons déjà fait connaissance, le moment est venu pour l'Appartement de jouer pleinement *son* rôle. Comme nous le traversons, il semble se rengorger et redonner du lustre à ses surfaces déjà éblouissantes. C'est un appartement fait pour les visites. Chaque énorme pièce mène à la suivante, avec quelques minicouloirs juste assez grands pour qu'on y accroche un tableau original.

Qu'elle ait un nourrisson ou un adolescent — il n'y a jamais trace d'une présence enfantine lors de ce Grand Tour. En fait, il n'y a trace de personne — pas une photo de famille n'est exposée. Je découvrirai plus tard qu'elles sont toutes discrètement insérées dans des cadres en argent de chez Tiffany et réunies artistement dans un coin du bureau.

L'absence d'une paire de souliers oubliée ou d'une enveloppe décachetée rend difficile de croire que ce paysage est en trois dimensions : on dirait un décor. Du coup, je me sens gauche et ne sais comment exprimer sans faire la plouc l'admiration mêlée d'effroi qu'on attend de moi.

Heureusement, elle est sans cesse en mouvement et l'occasion ne se présente pas. Elle glisse sans bruit devant moi et je suis frappée par la petitesse de sa personne au milieu de ce mobilier compact. Je contemple son dos, tandis qu'elle va de pièce en pièce, n'y faisant à chaque fois qu'une courte halte pour l'embrasser d'un geste circulaire et la désigner par son nom, sur quoi je hoche la tête afin de confirmer qu'en effet, c'est bien la salle à manger.

Deux informations sont censées m'être communiquées durant ce Grand Tour : (1) je ne suis pas de sa caste, et (2) je ferai de mon mieux le gendarme afin que son rejeton, qui lui non plus n'est pas de sa caste, n'aille érafler, déchirer, tacher ou abîmer aucun des objets composant cet appartement. Le message codé se présente ainsi : elle se retourne pour me « signaler » que non, on ne me demandera pas de ménage et que le petit « préfère » jouer dans sa chambre. S'il y avait une justice en ce monde, c'est là qu'on devrait délivrer à toutes les baby-sitters des chicanes et une matraque paralysante. Ces lieux vont être mon fardeau. À partir de maintenant, quatre-vingt-quinze pour cent de cet appartement ne seront plus pour moi qu'une vague toile de fond qui me verra pourchasser, supplier, implorer catégoriquement l'enfant de « reposer la laitière de Delft ! ». Je vais également me familiariser avec plus de détachants qu'il n'existe, à ma connaissance, de types de saletés. C'est à l'office que je découvrirai — entreposé en hauteur, au-dessus du sèche-linge — qu'il y a des gens pour importer d'Europe du détergent pour cuvette de W.-C.

Nous arrivons à la cuisine. Gigantesque. Avec quelques cloisons, on y abriterait aisément une famille de quatre personnes. Elle s'arrête pour poser une main manucurée sur le comptoir, affectant une pose familière, tel un capitaine à la barre qui s'apprête à s'adresser à l'équipage. Cependant, je sais que si je lui demandais où est la farine, il lui faudrait fourrager pendant une demi-heure parmi des ustensiles inutilisés.

Foi de Nanny : elle s'ouvre peut-être un tas de bouteilles de Perrier dans cette cuisine, mais elle n'y mange pas. Bien sûr, jamais pendant mes heures je ne la verrai *manger* quoi que ce soit. Alors qu'elle ne pourrait pas me dire où est la farine, elle saurait sans doute repérer les laxatifs dans sa pharmacie les yeux fermés.

Le frigo est toujours plein à craquer de tonnes de fruits frais méticuleusement débités en dés et conservés dans des Tupperware distincts et il y a au moins deux paquets de tortellinis frais au fromage que son enfant préfère sans sauce. (Cela veut dire qu'il n'y en aura jamais pour moi non plus.) Il y a également l'indispensable lait bio, une bouteille entamée de Lillet, de la confiture Sarabeth, des masses de ginkgo biloba réfrigérées (« pour la mémoire de papa »). Dans le congélateur sont emmagasinés les péchés mignons de maman : nuggets de poulet et bâtonnets glacés. En regardant bien, je constate que les aliments sont pour l'enfant ; les condiments pour les adultes. On s'imagine un repas familial où les parents piquent humblement des cure-dents dans un bocal de tomates séchées, tandis que l'enfant se bourre de fruits frais et de plats surgelés.

— Les repas Brandford, c'est si simple à préparer, dit-elle, désignant d'un geste vague les surgelés avant de refermer le congélateur.

Traduction : on pourra lui fourguer ces cochonneries en toute bonne conscience le week-end, puisque je lui préparerai des repas de quatre plats macrobiotiques en semaine. Un jour viendra où je contemplerai les emballages multicolores du congélo avec concupiscence tout en faisant recuire à la vapeur le riz sauvage du Costa Rica pour faciliter au maximum la digestion du mouflet.

Elle ouvre la porte de l'office (assez vaste pour héberger l'été la famille de quatre personnes qui pourrait habiter dans la cuisine), révélant un niveau de stockage permettant de faire face à la fin du monde, comme si la ville de New York était en danger permanent d'être pillée par une horde d'enfants de cinq ans férus de diététique jusqu'au délire. Ça déborde de toutes les variétés de jus de fruits, lait de soja, lait de riz, bretzels bio, barres diététiques bio et raisins secs bio — à défier l'imagination de tout nutritionniste. Uniques denrées avec additifs : le rayon de produits apéritifs bio pour enfants de la marque Goldfish, comprenant chips au sel de régime et à l'oignon (aux-vertus-controversées).

Il n'y a pas dans toute la cuisine le moindre aliment assez gros pour remplir la paume d'un adulte. En dépit du mythique : « Servez-vous », je passerai quelques soirées de famine à me contenter de raisins secs avant de découvrir L'ÉTAGÈRE DU HAUT, qui semble être piégée et couverte de poussière, mais recèle les gourmandises les plus convoitées des grandes maisons, délaissées par des femmes voyant dans le chocolat une grenade dans la boîte de Pandore. « Raisinettes » Barney's, truffes de chez Saks, caramels rapportés d'une célèbre station balnéaire, je me jette sur le tout comme sur du crack, dans la salle de bains pour éviter d'être filmée par une éventuelle caméra de surveillance. Je me représente la séquence diffusée sur un site « pour adultes » : Bonne d'enfant surprise — parce que ses droits sociaux lui ont monté à la tête — en train d'arracher la pellicule en cellophane d'un œuf en chocolat Godiva, Pâques 1992.

C'est alors qu'elle aborde les Règles. Passage très agréable pour la mère, qui a là l'occasion de prouver combien de discernement et d'efforts il a fallu pour élever l'enfant jusque-là. Elle parle avec un mélange rare de vivacité, d'assurance et une conviction impressionnante — elle sait que tout ça est vrai. De mon côté, j'adopte une expression alerte mâtinée de compassion, comme pour dire : « Oui, dites-m'en davantage — je suis fascinée » et « Quelle horreur ce doit être d'avoir un gosse allergique à l'air ». Elle commence :

Allergique aux produits laitiers.
Allergique aux cacahuètes.
Allergiques aux fraises.
Allergiques aux laques à base de propane.
Certaines céréales.
Ne mange pas de myrtilles.
Ne mange que des myrtilles — coupées en morceaux.
Les sandwiches seront coupés horizontalement et confectionnés avec du pain à croûte.
Les sandwiches seront coupés en morceaux et confectionnés avec du pain sans croûte.
Les sandwiches seront confectionnés face au levant.
Elle *raffole* du lait de riz !
Il ne consommera rien commençant par la lettre M.
Toutes les portions seront pesées — *défense* de servir des suppléments.
Tout jus de fruit sera allongé d'eau et bu dans le verre approprié au-dessus de l'évier ou dans la baignoire (de préférence jusqu'à ce que l'enfant ait dix-huit ans).
Tout aliment sera servi sur un set en plastique avec du papier essuie-tout sous le bol, sans oublier le bavoir.
En fait : « Si vous pouviez déshabiller entièrement Lucien avant de le faire manger et le doucher ensuite, ce serait l'idéal. »
NI nourriture *ni* boisson deux heures avant le coucher.
PAS d'additifs.
PAS de conservateurs.
PAS de graines de citrouille.
PAS de peau d'aucune sorte.
PAS de crudités.
PAS d'aliments cuisinés.
PAS de nourriture américaine.

et… (la voix s'amenuise pour atteindre un volume que seules des baleines pourraient capter) :

ON NE MANGE PAS HORS DE LA CUISINE !

J'opine gravement. La logique même. Je m'entends dire : « Oh, mon Dieu, mais bien sûr. »

Ceci est la Phase I du processus qui consiste à m'introduire dans la bergerie, à créer une illusion de complicité. « Nous sommes toutes les deux dans le même bain ! Le petit chéri est notre entreprise commune ! Et nous allons le nourrir exclusivement de fèves asiatiques ! » Je me sens comme une femme enceinte de neuf mois qui brusquement découvrirait que son époux a l'intention de vouer un culte à l'enfant. Pourtant, je suis vaguement flattée d'avoir été élue pour prendre part à ce projet. Achèvement de la Phase I : je succombe à l'attrait de la perfection.

La visite se poursuit jusqu'à la pièce la plus éloignée. La distance séparant la chambre de l'enfant de celle des parents oscille toujours entre « éloigné » et « très, très éloigné ». En fait, s'il y a un autre étage, cette pièce s'y trouvera toujours. On se figure le pauvre bambin de trois ans se réveillant d'un cauchemar et devant se coiffer d'un casque de mineur éclairé par une torche pour se lancer à la recherche de ses parents, seulement armé d'une boussole et d'une farouche détermination.

L'autre signe révélateur indiquant qu'on se dirige vers la Zone Enfant, c'est le changement de décor ; on passe des tons doux faussement asiatiques à : soit une combinaison de couleurs primaires à la Mondrian, soit des tons pastel Bonpoint ou Kennedy. Dans tous les cas, un décorateur spécialisé est intervenu. Mais l'effet est curieusement inquiétant, tant il est manifeste qu'il s'agit d'une vision d'adulte, comme l'atteste le fait que tous les premiers tirages signés des gravures de Babar sont affichés à un mètre au moins de la tête de l'enfant.

Ayant pris connaissance des Règles, je suis parée pour rencontrer l'enfant-bulle. Je m'attends à découvrir une unité de soins intensifs ultra-complète avec appareillage électronique Louis Vuitton IV. Imaginez mon choc en voyant une boule traverser la pièce à toute allure dans notre direction. Si c'est un garçon, le mouvement rappelle le diable de Tasmanie, tandis qu'une fille inclinera vers un enchaînement genre atelier-danse acrobatique du club Mickey, avec deux pirouettes et jeté battu. Ce qui déclenche ce comportement, c'est une sorte de réponse pavlovienne au parfum de la mère qui vient d'apparaître. La confrontation se déroule comme suit : (1) L'enfant (toiletté à mort) fonce sur la jambe de sa mère. (2) Au moment précis où ses mains vont se refermer sur sa cuisse, elle lui attrape vivement les poignets ; (3) se dérobe simultanément, ramène les menottes en prière devant la frimousse du bambin et se penche pour dire bonjour, attirant son attention sur ma personne. *Voilà.* Ceci est la première exécution de ce que j'ai nommé le « Réflexe spatulaire ». C'est fait avec tant de grâce et de sens du tempo que j'applaudirais bien, au lieu de quoi je passe directement à ma propre réponse pavlovienne quand je les vois dans l'expectative. Je tombe à genoux.

— Et si vous faisiez connaissance, vous deux...

C'est le signal de l'épreuve « Jouons avec l'Enfant ». Bien que tout le monde sache que l'opinion de l'enfant ne compte pas, je suis néanmoins prise d'une agitation maniaque. Je joue comme si j'étais le Père Noël, et plus encore, jusqu'à ce que le gosse soit gagné par une frénésie interactive, galvanisé par la présence exceptionnelle de sa mère. On lui a appris, conformément à la méthode Montessori, à ne sortir qu'un seul jouet à la fois de son coffre en bois clair. Je compense cette absence de sain désordre enfantin en me multipliant, faisant un chœur de voix, des claquettes et montrant une connaissance approfondie des Pokémon. Bientôt, l'enfant me demande d'aller au zoo, de dormir ici, d'emménager chez lui. C'est le signal qu'attendait la mère (qui s'était assise au bord du lit munie de son calepin mental et d'invisibles fiches de records olympiques) pour intervenir et déclarer qu'« il est temps de dire au revoir à Nanny. Que dirais-tu de jouer avec Nanny une prochaine fois ? »

La gouvernante, qui avait passé tout ce temps dans un coin, pliée dans un rocking-chair pour enfant, fait l'offrande d'un livre de contes fatigué, humble tentative pour égaler ma prestation pyrotechnique et retarder l'inéluctable crash. Quelques secondes plus tard, j'ai droit à une version légèrement plus sophistiquée du Réflexe spatulaire, comprenant cette fois une manœuvre visant à nous faire sortir, moi et la mère, assortie d'une porte claquée, tout cela dans un même mouvement fluide et sans accroc. Elle passe la main dans ses cheveux et me ramène au silence de l'appartement avec un long soupir.

On me restitue mon sac puis je reste avec elle dans l'entrée, attendant d'être congédiée.

— Vous avez un petit ami ?

C'est la partie « Jouons avec la mère » de l'audition. Elle en a pour la soirée — rien n'indique l'arrivée imminente d'un époux ou un repas à préparer. J'entends parler de sa grossesse, de la méthode de gym Lotte Berk, de la dernière réunion à l'Association, de cette enquiquineuse de gouvernante (abandonnée à son sort dans la Zone Enfant), de ce roublard de décorateur, de la kyrielle de baby-sitters catastrophiques qui m'ont précédée, et de cette *cauchemardesque* école maternelle. Achèvement de la Phase II. Je suis aux anges : non seulement je vais pouvoir jouer avec un enfant merveilleux, mais j'ai une nouvelle grande copine !

Pour ne pas être en reste, je m'entends parler — tâcher de me situer sur le plan mondain ; je cite des noms, des marques, des lieux. Puis je me déprécie avec humour, de manière à ne pas l'intimider. Je sais que je parle trop, bien trop. J'explique pourquoi j'ai quitté Brown University, mon dernier fiancé — non que je sois une lâcheuse, non, non, non ! Quand j'ai fait un choix, je m'y tiens ! Oui, patronne ! Vous ai-je parlé de mon sujet de licence ? Je révèle des informations qui seront exhumées régulièrement pendant des mois dans une tentative maladroite pour faire la conversation. Bientôt, je me contente de hocher la tête en disant :

« Bien, bien ! » tout en cherchant à l'aveuglette le bouton de la porte. *Enfin*, elle me remercie d'être venue, ouvre et me laisse appeler l'ascenseur.

Je suis au milieu d'une phrase quand la cabine se referme, me forçant à balancer mon sac devant l'œil électronique pour compléter une pensée profonde sur mes parents. Nous sourions et hochons la tête comme des automates jusqu'à ce que la porte coulisse charitablement. Je m'effondre dessus, soufflant pour la première fois en une heure.

Quelques minutes plus tard, le métro me ramène à tombeau ouvert vers l'école et mon laborieux quotidien. Je me tasse sur mon siège en plastique, des images de l'appartement virginal flottant dans ma tête ; ces instantanés sont bientôt interrompus par un homme ou une femme — parfois les deux — qui se déplacent dans la rame pour faire la manche, serrant dans leur poing un sac en plastique lacéré qui renferme toutes leurs richesses. Je prends mon sac sur mes cuisses et, tandis que mon taux d'adrénaline redescend, des questions commencent à filtrer au goutte-à-goutte.

Comment une femme adulte, intelligente, s'y prend-elle pour devenir un être dont le stérile univers se réduit à des tiroirs à lingerie marqués aux lettres de l'alphabet et à des substituts laitiers importés de France ? Où est l'enfant dans ce foyer ? Où est la femme chez cette mère ?

Et comment, au juste, m'adapter ?

En fin de compte, arrivait toujours un moment critique où j'avais l'impression que nous étions, l'enfant et moi, les seules personnes en trois dimensions courant sur les cases noires et blanches de l'appartement-échiquier. Quelqu'un devait forcément être renversé.

Quand j'y songe, c'était un traquenard dès le début. On t'avait choisie. Tu le voulais, ce boulot.

Mais le faire bien, c'était le perdre.

Topez là !

PREMIÈRE PARTIE

AUTOMNE

1

Baby-sitter à vendre

> Alors, avec une moue éloquente qui paraissait indiquer qu'elle s'était décidée, elle déclara : « J'accepte cette situation ! »
> « Par exemple, déclara plus tard Mme Banks à son époux, comme si elle nous avait fait un honneur ! »
>
> *Mary Poppins*

— Bonjour... C'est Alex, de l'Association. J'appelle au sujet de la note concernant la tenue vestimentaire que nous vous avons adressée...

La blonde qui tient bénévolement la réception soulève un doigt bagué, me signifiant de patienter tandis qu'elle continue de parler au téléphone :

— ... cette année, nous aimerions voir nos jeunes filles porter des jupes plus longues... au moins cinquante centimètres. Nous recevons encore des plaintes de mères de garçons qui fréquentent les écoles du quartier... Parfait. Excellent. Au revoir.

D'un geste ample, elle biffe le nom « Spence » de sa liste en trois points.

Son attention se reporte sur moi.

— Pardon de vous avoir fait attendre. Avec la rentrée scolaire, nous sommes débordés. (Elle trace un grand cercle autour du second point : « serviettes en papier ».) Vous désirez ?

— Je viens mettre une petite annonce, mais on a décroché le tableau d'affichage, dis-je légèrement troublée, car je fréquente cet endroit depuis mes treize ans.

— Nous avons dû le déposer pendant les peintures et personne n'a pensé à le remettre en place. Si vous me permettez, je vais vous y mener...

Elle quitte son guichet et m'entraîne vers la pièce centrale, où des mères de famille sont perchées derrière des pupitres Knoll pour glaner et échanger des renseignements sur les écoles privées. Sous mes yeux se tient la population de l'Upper East Side dans toute sa diversité — la moitié de ces dames porte un tailleur Chanel et des escarpins Manolo Blahnik, l'autre d'amples chemises façon saharienne à six cents dollars, l'air prêtes à monter une tente canadienne.

Alex me désigne le tableau d'affichage, qui a pris la place d'une reproduction de Mary Cassatt calée contre le mur.

— Tout est un peu désorganisé pour le moment, dit-elle, tandis qu'une femme lève les yeux de la composition florale qu'elle est en train de réarranger à proximité. Mais n'ayez crainte : un tas de jeunes filles sympathiques viennent ici chercher un petit boulot, vous ne devriez pas avoir trop de mal à trouver... (Elle porte la main à son rang de perles.) Vous n'auriez pas un fils à Buckley ? Votre visage m'est familier. Je m'appelle Alex...

— Enchantée. Moi, c'est Nan. Je me suis occupée des filles Gleason. Je crois me souvenir qu'ils étaient vos voisins.

Elle arque un sourcil et me toise.

— Oh... oh. Nanny, parfaitement, se confirme-t-elle à elle-même, avant de battre en retraite en direction de son bureau.

Je néglige le bavardage zélé, onctueux, des femmes derrière moi pour lire les messages des autres baby-sitters en quête, elles aussi, d'un emploi.

BABY-SITTER CHERCHE ENFANT

AIME BEAUCOUP ENFANTS

ASPIRATEURS

JE SURVEILLER VOS ENFANTS
BEAUCOUP ANNÉES TRAVAIL
APPELEZ-MOI

Le tableau est déjà si surchargé que, non sans un vague remords, je finis par punaiser mon annonce sur un bout de papier rose égayé de fleurettes dessinées au crayon de couleur ; mais je prends le temps de m'assurer que je n'ai fait que masquer les marguerites et aucun des pertinents renseignements.

J'aimerais leur dire, à toutes, que le secret d'une annonce ne réside pas dans la décoration, mais dans la ponctuation — tout est dans le point d'exclamation. Bien que mon annonce tienne sur un simple bristol, sans même un croquis de visage souriant, je l'assaisonne généreusement de points d'exclamation, terminant chaque ligne sur la promesse d'un sourire radieux et d'un enthousiasme jamais en défaut.

UNE BABY-SITTER À VOTRE SERVICE !
ANCIENNE ÉLÈVE DE L'ÉCOLE CHAPIN
DISPONIBLE EN SEMAINE À MI-TEMPS !
EXCELLENTES RÉFÉRENCES !
ÉTUDIANTE DE NEW YORK UNIVERSITY EN PSYCHOPÉDAGOGIE !

La seule chose que je n'aie pas, c'est un parapluie pour voler.

Ayant vérifié l'orthographe, bouclé mon sac à dos et salué Alex, je descends les marches de marbre pour retrouver la fournaise.

Sur Park Avenue, alors que le soleil du mois d'août est encore bas, le défilé de poussettes bat déjà son plein. Je croise quantité de bambins, l'air résigné à mijoter sur leur siège bouillant. Ils ont trop chaud pour tenir ne serait-ce que leurs habituels compagnons de route — doudous et nounours sont fourrés dans la poche arrière de la poussette. Je ris *in petto* en voyant un petit agiter la main pour refuser un jus de fruit et qui hoche la tête, l'air de dire : « C'est vraiment pas le moment ! »

En attendant de pouvoir traverser, je lève les yeux sur les baies vitrées qui sont les yeux de Park Avenue. Au point de vue densité démographique, ici c'est le Midwest de Manhattan. S'étageant au-dessus de moi : des pièces — des pièces, des pièces et des pièces. Toutes vides. Boudoirs, dressing-rooms, salons de musique, chambre d'amis et, quelque part là-haut, mais je ne dirai pas où, un lapin nommé Arthur a cinq mètres carrés pour lui tout seul.

Je traverse la 72e Rue, passe sous les bannes bleues de la boutique Ralph Lauren et pénètre dans Central Park. Marquant une pause devant le terrain de jeux, où quelques gosses tenaces font de leur mieux en dépit de la chaleur, je cherche dans mon sac une petite bouteille d'eau minérale — quand quelque chose percute mes jambes. Je ramasse l'objet du délit, un cerceau à l'ancienne en bois.

— C'est à moi !

Un garçon d'environ quatre ans dévale la colline où il posait pour un photographe avec ses parents. Dans sa course, son chapeau de paille tombe.

— C'est mon cerceau !

— Tu en es sûr ?

La perplexité se lit sur son visage.

— Ce pourrait être la roue d'un chariot... (Je le roule sur le côté.) Ou une auréole ? (Je le suspends au-dessus de sa tête blonde.) Ou une énorme pizza ?

Je lui restitue son bien avec un signe encourageant. Le petit s'en empare avec un large sourire.

— Idiote !

Il remonte la pente en le traînant, croise sa mère qui descend tranquillement récupérer le canotier.

— Désolée, dit-elle tout en ôtant la poussière du ruban rayé. J'espère qu'il ne vous a pas importunée.

D'un geste, elle abrite ses yeux bleu pâle.

— Non, pas du tout.

— Oh, votre jupe...

— Ce n'est rien, dis-je en riant, et j'efface la trace sur le tissu. J'ai l'habitude de m'occuper d'enfants...

— Ah oui ?

Elle s'arrange pour tourner le dos à son mari et à la blonde qui se tient du côté du photographe, une petite brique de jus de fruit à la main. La baby-sitter, je présume.

— Dans ce quartier ?

— En fait, la famille est partie pour Londres cet été, et...

— On est prêts ! crie le père, impatient.

— Je viens ! réplique-t-elle gaîment.

Elle retourne vers moi son visage aux traits ciselés, prend un air confidentiel :

— À vrai dire, nous cherchons quelqu'un à temps partiel...

— Ah bon ? À temps partiel, ce serait formidable, car je vais avoir un semestre chargé à la fac...

— Quel est le moyen le plus simple de vous joindre ?

Je fourrage dans mon sac, cherche un stylo et un feuillet de bloc-notes pour y griffonner mes coordonnées.

— Voici...

Elle glisse discrètement ce morceau de papier dans la poche de sa robe chemisier, avant de réajuster son bandeau dans ses longs cheveux noirs.

— Merveilleux ! (Sourire gracieux.) Eh bien, j'ai été très contente de vous rencontrer... Je vous appellerai.

Elle commence à remonter la pente, fait volte-face.

— Oh, suis-je bête... je m'appelle Mme X.

Et elle s'en va reprendre sa place dans le tableau artificiel. Le soleil qui filtre à travers les feuillages forme des jeux d'ombre et de lumière sur ces trois silhouettes. Son époux, en costume de coton gaufré, est campé au milieu, la main sur la tête de l'enfant, pendant qu'elle se faufile à leur côté, tout sourire.

Comme la blonde s'avance avec un peigne, l'enfant me fait des signes et elle se tourne vers moi, suivant la direction de son regard. Tandis qu'elle met sa main en visière, je poursuis mon chemin.

Ma grand-mère m'accueille dans l'entrée, en costume de lin Mao et rang de perles.

— Chérie ! Entre… Je finissais mon tai-chi…

Elle m'embrasse sur les deux joues et me serre dans ses bras pour faire bonne mesure.

— Tu es en nage. Tu ne veux pas prendre une douche ?

Il n'y a rien de mieux que d'être l'objet des petits soins de mamie.

— Un linge froid suffira…

— Je sais ce qu'il te faut.

Elle prend ma main, entrelaçant nos doigts, et m'entraîne vers ses toilettes pour invités. J'ai toujours adoré la façon dont les petites ampoules du lustre ancien en cristal éclairent le chintz couleur pêche. Mais ce que je préfère, ce sont les poupées en papier découpé dans leurs cadres. Quand j'étais petite, je tenais salon sous le lavabo ; mamie fournissait du véritable thé et le sujet des conversations que j'entretenais avec mes jolies amies françaises.

Plaçant mes mains sous le robinet, elle fait ruisseler de l'eau froide sur mes poignets.

— Les points de pression pour répartir la chaleur…, dit-elle en s'installant sur la lunette des w.-c., et elle croise les jambes.

Elle a raison ; je me sens aussitôt rafraîchie.

— Tu as déjeuné ?

— Petit-déjeuné…

— Tu ne déjeunes pas ?

— Il n'est que 11 heures, mamie !

— Quoi ? Je me suis levée à 4 heures du matin. Heureusement que l'Europe existe, sinon je n'aurais personne à qui parler avant 8 heures !

Je souris.

— Comment vas-tu ?

— J'ai soixante-quatorze ans depuis deux mois, voilà comment je vais…

Elle pointe le pied comme une danseuse et relève légèrement le bas de son pantalon.

— Ça s'appelle Sappho — je suis allée chez Elizabeth Arden ce matin —, qu'en dis-tu ? C'est trop ?

Elle remue ses orteils couleur de corail.

— Superbe, très sexy. Bon, ce n'est pas que je m'ennuie, mais il me faut aller faire mes offrandes aux mânes de l'administration universitaire.

Je tourne le robinet et secoue théâtralement les mains par-dessus la vasque. Elle me tend une serviette.

— Tu sais, je ne me rappelle pas avoir eu ne fût-ce qu'une seule conversation comme celles que tu m'as rapportées à l'époque où je fréquentais Vassar.

Elle fait allusion à mes interminables tête-à-tête avec le personnel administratif de la fac.

Je la suis dans la cuisine.

— Aujourd'hui, j'ai tout. Ma carte de Sécurité sociale, mon permis de conduire, mon passeport, une photocopie de mon acte de naissance, tous les courriers qu'ils m'ont adressés et ma lettre d'admission. Cette fois, je ne me laisserai pas dire que je me suis trompée d'adresse, que je n'ai pas achevé le dernier semestre, pas acquitté mes frais d'inscription de l'an dernier, pas payé la bibliothèque, que je n'ai pas le bon numéro de carte d'identité, le bon numéro de Sécurité sociale, pas d'attestation de domicile, pas les bons formulaires... ou que je n'existe pas...

— Seigneur... (Elle ouvre le frigo.) Bourbon ?

— Jus d'orange, si tu as...

— Les jeunes !

Elle lève les yeux au ciel, puis me désigne son vieux climatiseur posé à terre.

— Chérie, laisse moi appeler le gardien, qu'il t'aide à le transporter.

— Non, je m'en charge, dis-je, tentant vaillamment de soulever la chose avant de la reposer brutalement sur le carreau. Bon, je crois que je repasserai plus tard avec Josh...

— Joshua ? Ce gringalet ? Il pèse vingt kilos tout mouillé.

— Eh bien, si on ne veut pas que papa se paye un nouveau tour de reins, c'est tout ce que j'ai à ma disposition au rayon « hommes ».

— Ma biche, je prie pour toi chaque jour. Allons, je vais te faire une omelette.

Je consulte la pendule.

— Tu me tentes, mais il faut que je sois au bureau des inscriptions avant que la file d'attente n'atteigne le coin de la rue.

Elle m'embrasse sur les deux joues.

— Dans ce cas, amène ce Joshua vers 19 heures et je vous concocterai un bon dîner — tu fonds à vue d'œil !

Josh, qui s'était presque évanoui après avoir déposé le climatiseur à ma porte, pousse un râle et roule lentement sur le dos.

— Menteuse ! Tu avais dit que c'était au troisième étage !

— Ah oui ? dis-je en m'adossant à la dernière marche.

Il soulève très légèrement la tête.

— Nan, on a monté six paliers. Deux paliers par étage, ça donne, en toute logique, six étages...

— Tu m'avais aidée à déménager de la résidence universitaire...

— Oui, et pourquoi ? Parce qu'il y avait un as-cen-seur !

— Eh bien, la bonne nouvelle, c'est que j'ai l'intention de ne plus jamais, *jamais*, déménager. Voilà. Tu pourras me rendre visite quand on sera vieux et chenus.

J'essuie mon front en sueur.

— Compte là-dessus ! Je ferai le pied de grue sur le perron en compagnie de tes anciens galants.

— Courage ! Des bières fraîches nous attendent.

Ayant débloqué les trois verrous, j'ouvre la porte. L'appartement est comme une voiture qui aurait attendu au soleil et il faut reculer pour laisser l'air brûlant se répandre dans la cage d'escalier.

— Charlène a dû fermer les fenêtres avant de partir ce matin...

— Et laisser le four allumé, ajoute-t-il en me suivant dans la minuscule entrée qui sert aussi de cuisine.

— Bienvenue dans mon placard tout équipé. Je te fais une tartine ?

Je pose mes clés à côté du réchaud.

— Combien, le loyer ?

— Parlons d'autre chose..., dis-je en poussant avec lui le climatiseur dans la pièce.

— Où est donc la bombe sexuelle ?

— Josh, toutes les hôtesses de l'air ne sont pas des bombes sexuelles ! Certaines font même plutôt cheftaines...

— Elle, par exemple ?

— Ne t'arrête pas de pousser !... Non... elle, elle est sexy, mais ça m'embête que tu parles ainsi de ma colocataire. Elle s'est envolée pour la France ou l'Espagne ce matin...

Nous parvenons au bout de mon studio en L.

— George ! s'écrie Josh, apercevant mon chat, qui est vautré sur le parquet brûlant, au désespoir.

Il soulève sa tête grise et ébouriffée, lâche un miaulement plaintif. Josh se redresse et s'essuie le front avec le pan de son T-shirt.

— Où je l'installe ?

Je désigne le haut de la fenêtre.

— Quoi ? Tu dérailles... !

— C'est une ruse ! J'ai appris ça dans les beaux quartiers, « pour ne pas gâcher la vue ». Ceux qui n'ont pas la climatisation centrale se donnent beaucoup de mal pour le dissimuler, mon cher, dis-je en ôtant mes sandales.

— Quelle vue ?

— Si tu t'écrases la joue contre la vitre en regardant à gauche, tu apercevras l'Hudson.

— Hé ! Tu as raison... Écoute, ne compte pas sur moi pour faire l'acrobate. Je vais prendre une bière. Viens, George.

Il se dirige vers la « cuisine » et George s'étire avant de l'accompagner. J'en profite pour extraire un débardeur d'un carton ouvert. Comme je m'accroupis derrière les caisses pour me changer, je vois par terre le témoin rouge de mon répondeur qui clignote frénétiquement.

— Tu as encore contacté les téléphones roses ?

Josh me tend une Corona.

— Pratiquement. J'ai mis une annonce aujourd'hui, et les mamans ont le diable au corps...

Je prends une gorgée de bière et me glisse entre les caisses pour écouter les messages.

Une voix de femme emplit la pièce :

— Bonjour, Mimi Van Owen à l'appareil. J'ai vu votre annonce... Je cherche quelqu'un pour s'occuper de mon fils. À mi-temps seulement. Cela représenterait deux, trois, quatre jours par semaine, des demi-journées ou plus, et certaines nuits ou les week-ends, voire les deux ! Toutes les fois que vous serez disponible. Sachez seulement que je suis très intéressée.

— Cela s'entend, Mimi, dit Josh en me rejoignant.

— BonjourAnnSmithJecherchequelqu'unpourveillersur monfilsdecinqansungarçonsansproblèmenousmenonsunevie toutesimple...

— Aïe !

Josh fait mine de se protéger et je passe au message suivant.

— Bonjour... Je m'appelle Betty Potter. J'ai vu votre annonce. J'ai une fille de cinq ans, Stanton, un fils de trois ans, Tinford, un bébé de dix mois, Jace, et je cherche de l'aide, car je suis de nouveau enceinte. Vous n'avez pas mentionné votre tarif dans l'annonce ; pour ma part je paie six dollars...

— Six *dollars* ? dis-je à la machine, incrédule.

— Hé, Betty, je connais une pute à Washington Square Park qui bosse pour moins que ça...

— Bonjour, Mme X à l'appareil. Nous nous sommes rencontrées dans le parc ce matin. Rappelez-moi quand vous aurez le temps. J'aimerais qu'on parle du type de place que vous recherchez. Nous avons une jeune fille, Caitlin, mais elle voudrait alléger ses heures et vous avez fait forte impression sur notre fils, Grayer. J'espère avoir bientôt de vos nouvelles. À bientôt.

— Elle a l'air normale. Rappelle-la.

— Tu crois ? dis-je, et au même moment le téléphone sonne, ce qui nous fait tous les deux sursauter.

Je décroche.

— Allô, dis-je, adoptant instantanément le ton baby-sitter, dans l'espoir de produire le meilleur effet possible en l'espace de deux syllabes.

— Bonjour (ma mère s'accorde à mon timbre grave et distingué), comment s'est déroulée la mission climatiseur ?

— Ah, salut... Très bien...

— Une seconde, ne quitte pas. (J'entends un bruit de bagarre.) Il faut sans cesse bousculer Sophie — elle tient absolument à rester collée au climatiseur...

J'imagine avec tendresse notre chienne épagneul de quatorze ans avec les oreilles volant en arrière, en émule du Baron Rouge.

— Ôte-toi de là, Sophie... Maintenant, elle est couchée sur toutes nos demandes de subvention.

Je reprends une gorgée de bière.

— Comment ça se présente ?

— Ouh, trop déprimant... Raconte-moi quelque chose d'amusant.

Depuis que les républicains ont pris le pouvoir, l'association de ma mère « Un abri pour les femmes » reçoit encore moins de subsides qu'autrefois.

— J'ai reçu des messages rigolos de mamans en détresse...

— Je croyais que nous avions déjà discuté de ça... (Elle a repris sa voix d'avocate.) Nan, à peine as-tu accepté un de ces boulots qu'au bout de quelques jours, tu es debout à 3 heures du matin, à te demander si le lendemain la petite princesse a son cours de claquettes ou un « bœuf » avec le Dalaï-Lama...

— Maman. Mamannn... je n'ai encore passé aucun entretien. En outre, je travaillerai moins cette année parce que j'ai mon mémoire de licence...

— Parfaitement ! Je ne te le fais pas dire. Tu as ton mémoire, tout comme l'an dernier tu avais ton stage et l'année précédente tes enquêtes de terrain. Je ne comprends pas pourquoi tu n'envisages même pas un poste à la fac. Tu devrais te proposer comme assistante à ton professeur... Ou travailler à la bibliothèque !

— On en a discuté mille fois ! (J'adresse un regard éloquent à Josh.) Il n'y a pas que moi sur les rangs — le professeur Clarkson a déjà un étudiant diplômé à plein temps à sa disposition. Par ailleurs, ce n'est payé que six dollars de l'heure — *brut*. Maman, à moins d'être strip-teaseuse, je ne vois vraiment pas comment je pourrais tenir autrement jusqu'à mon diplôme.

Josh se trémousse et fait mine d'ôter un soutien-gorge.

Ma mère, elle, a eu la chance de décrocher un statut de chercheur qu'elle a gardé pendant les quatre années précédant son diplôme. Mais c'était à l'époque où se loger près de Columbia University ne coûtait pas plus que mes notes d'eau-gaz-électricité.

— Maman, dois-je te reparler de la crise du logement ?

— Dans ce cas, pour l'amour du ciel, sois maquilleuse à Bloomingdale's. Tu pointes le matin, tu te fais belle, tu souris et tu touches ton chèque.

Elle ne saurait concevoir qu'on puisse se réveiller à 3 heures du matin en sueur, en se demandant si la cargaison de lotion tonique astringente n'a pas oublié de mettre sa couche-culotte pour la nuit.

— Je préfère la compagnie des enfants. Écoute, il fait trop chaud pour se disputer.

— Promets-moi de bien réfléchir avant de t'engager cette fois. Je ne veux pas que tu finisses droguée au Valium parce qu'une bonne femme qui a de l'argent à ne savoir qu'en faire t'aura laissé son gosse sur les bras avant de filer pour Cannes.

Et je réfléchis bien, en effet, en réécoutant tous les messages avec Josh, tâchant de détecter au feeling qui, parmi ces voix, serait capable d'une chose pareille.

Le lundi suivant, en allant à mon rendez-vous avec Mme X, je m'arrête à ma papeterie favorite pour faire le plein de Post-it. Ce jour-là, mon Filofax n'en contient que deux : un petit rose m'implorant de « racheter des post-it » et un vert qui me rappelle que je prends un « Café, Mme X, 11 h 15 ». Je jette le rose avant de poursuivre mon chemin vers *La Pâtisserie Goût du Mois**, lieu du rendez-vous. Coupant par Central Park, je commence à croiser des élégantes en tailleur d'automne, tenant toutes des feuilles de papier à lettres personnalisées entre leurs mains embijoutées. Chacune forme un tandem avec une femme plus petite, brune de peau, qui hoche la tête avec énergie.

— Daann-ssse class-iiique ! Vous com-pre-nez ? braille grossièrement ma voisine à son opinante compagne, alors que nous attendons le feu rouge. Le lundi, Joséphine a son cours de daann-ssse class-iiique !

J'adresse par solidarité un sourire compatissant à la femme en uniforme. Soyons clair : c'est toujours une plaie de se former. Et ça peut être encore pire selon le caractère de l'employeur.

Il y a, en gros, trois cas de figure : A) J'assure des gardes quelques heures par semaine, le soir, pour des gens qui travaillent toute la journée et passent la plupart de leurs soirées avec leurs enfants. B) Je « soulage » quelques après-midi par semaine une femme qui assume son rôle de mère de famille en temps ordinaire. C) Je me retrouve enrôlée dans un « pool » d'« auxiliaires » qui fournit du « temps libre » vingt-quatre heures sur vingt-quatre, et sept jours par semaine, à une personne qui ne travaille pas plus qu'elle ne materne. Et dont la nature des occupations demeure un mystère pour nous tous.

— L'agence m'a dit que vous cuisiniez. Est-ce vrai ? Vous cuisinez ? demande une mère vêtue en Pucci.

En tant que femme travaillant elle-même, la mère du type A me considérera en professionnelle et me traitera avec respect. Sachant que je suis là pour bosser, après une visite complète de l'appartement, elle me remettra une liste exhaustive de numéros de téléphone d'urgence et autres

---

* Les mots en italique suivis d'un astérisque sont en français dans le texte (*N.d.T.*).

sésames. C'est la meilleure transition qu'on puisse souhaiter. L'enfant sanglote pendant une quinzaine de minutes, tout au plus, après quoi nous voici en train de sympathiser autour de bâtons de pâte à modeler.

La mère du type B, si elle ne travaille pas dans un bureau, se tape assez d'heures avec son enfant pour savoir que c'est un vrai boulot et, après un après-midi à évoluer ensemble dans l'appartement, ses gosses seront tout à moi le deuxième jour.

— Le numéro du teinturier est là, avec ceux du fleuriste et du traiteur...

— Et le médecin pour les enfants ? s'enquiert doucement la Mexicaine à mon côté.

— Oh, je vous donnerai ça la semaine prochaine.

Qu'il suffise de dire que la probabilité de tomber sur une piquée augmente considérablement quand on progresse de A à C. La seule certitude, quand on se forme auprès d'une mère du type C, c'est que sa communicative insécurité obligera tout le monde à prendre le chemin le plus long pour être synchro.

Poussant la lourde porte vitrée du salon de thé, j'aperçois Mme X déjà assise, en train de parcourir sa propre liste. Elle se lève, révélant une jupe bleu lavande au genou, parfaitement assortie au cardigan noué sur ses épaules. Sans sa robe chemisier blanche, elle fait plus âgée. En dépit de sa juvénile queue de cheval, je lui donne la quarantaine.

— Bonjour, Nanny. Merci d'avoir accepté de me rencontrer si tôt. Un café ?

— Très volontiers, merci, dis-je, prenant place le dos aux lambris et lissant la serviette damassée sur mes genoux.

— Garçon, un autre *café au lait** et une corbeille de viennoiseries !

— Oh, ce n'est pas la peine.

— Mais si. Comme ça, vous choisirez...

Le serveur apporte une corbeille Pierre Deux qui déborde de petits pains et petits pots de confiture. Je m'accorde une brioche.

— Leur pâtisserie est excellente, dit-elle en prenant un croissant. À ce propos, j'aime autant que mon fils s'abstienne de consommer de la farine raffinée.

— Bien sûr, marmonné-je, la bouche pleine.

— Le week-end a été agréable ?

J'avale prestement.

— Sarah, ma meilleure amie de l'école Chapin, a donné une petite soirée d'adieu hier soir avant que tout le monde ne reprenne la fac. Maintenant, à New York, il n'y a plus que moi et les Californiens — qui sont en congé jusqu'en octobre ! Dites à Grayer d'aller à Stanford !

Elle a un sourire.

— Pourquoi avoir quitté Brown ? demande-t-elle, le petit doigt en l'air.

— Le programme d'enseignement en psychopédagogie était plus complet à New York University.

Je m'y prends avec tact, au cas où je serais tombée sur une ancienne élève inconditionnelle de Brown, et m'abstiens de faire allusion aux excréments d'origine humaine à côté de ma chambre et aux myriades d'autres charmantes anecdotes que je pourrais relater.

— Moi, je voulais aller à Brown, dit-elle.

— Ah ?

— Mais j'ai obtenu une bourse pour UConn...

Elle repose son croissant pour jouer avec un cœur en or incrusté d'un diamant monté en pendentif.

— Quelle chance ! dis-je, tâchant d'imaginer une époque de sa vie où elle a pu avoir besoin d'une bourse pour quoi que ce fût.

— Comme je suis du Connecticut...

— Oh ! C'est si beau le Connecticut !

Elle baisse les yeux sur son assiette.

— En fait, c'était New London... Bref, après mon diplôme, je suis venue diriger la galerie d'art Gagosian.

Nouveau sourire.

— Ouah ! Ça devait être formidable...

— Je m'amusais bien. Mais ce n'était plus possible avec un enfant — un travail trop accaparant, avec les réceptions, les voyages, les journées interminables, tous ces ronds de jambe...

Une femme en noir, avec des lunettes de soleil à la Jackie Kennedy, heurte accidentellement notre table au passage, ce qui fait tressauter les soucoupes en porcelaine sur le marbre.

— Binky ? fait Mme X en lui touchant le bras, tandis que je stabilise nos tasses.

— Oh, mon Dieu. Bonjour, je ne t'avais pas vue, dit l'autre, abaissant ses lunettes noires. (Ses yeux sont gonflés et baignés de larmes.) Désolée d'avoir loupé l'anniversaire de Grayer. Consuela m'a dit que c'était très réussi.

— Je voulais justement t'appeler... Puis-je faire quelque chose pour toi ?

— Non, à moins que tu connaisses un tueur à gages. (Elle sort un mouchoir de son sac à main Tod's et se mouche.) Cette avocate que m'avait recommandée Gina Zuckerman n'a rien pu faire... Figure-toi que tous nos actifs étaient au nom de la société de Mark. Lui, il a eu l'appartement, le yacht, la maison de campagne. Et moi, quatre cent mille dollars pile — voilà...

Mme X ravale sa salive et Binky poursuit, les larmes aux yeux :

— En plus, je dois présenter une facture pour chaque sou prélevé sur la pension alimentaire. Tu te rends compte ? Où devrais-je aller pour mes soins de beauté — chez Baby Gap ?

— C'est épouvantable.

— Le juge a eu le toupet de me dire de reprendre un travail. Il n'a aucune idée de ce que c'est qu'être mère.

— Tous pareils, dit Mme X, qui tapote sa liste pour appuyer ses dires, tandis que je m'absorbe dans la contemplation de ma brioche.

— Si j'avais su qu'il irait si loin, j'aurais fermé les yeux... (La voix de Binky se brise et elle fronce ses lèvres satinées pour s'éclaircir la gorge.) Bon, je file — Consuela a encore un « rendez-vous » pour sa prothèse à la hanche. (Sa voix se fait venimeuse.) Celle-là ! C'est la troisième fois ce mois-ci... Je vais finir par perdre patience. Enfin, ça m'a fait plaisir de te voir.

Elle rajuste ses lunettes et, avec un baiser dans le vide, disparaît dans la foule qui attend une table

— Eh bien...

Mme X la suit du regard. Ses traits se crispent, puis son attention se reporte sur moi.

— Bon, voyons un peu cette semaine... J'ai tapé tout cela pour vous, vous pourrez y réfléchir plus tard. À présent, nous allons nous rendre à son école, en sorte que Grayer nous voie ensemble et comprenne que vous avez ma confiance. Cela devrait le tranquilliser. Comme il a rendez-vous à 13 h 30 avec un camarade, vous devriez avoir *tout juste* le temps de l'emmener déjeuner au parc sans trop le bousculer. Demain, vous passerez l'après-midi avec lui en compagnie de Caitlin, afin de vous familiariser avec ses habitudes et lui montrer que vous vous partagez l'autorité. Je vous serais reconnaissante de ne pas évoquer avec elle la transition...

— Naturellement, dis-je en m'efforçant d'absorber tout cela : les brioches, le briefing, Binky. Merci pour le petit déjeuner...

— De rien.

Elle se lève, sort de son sac Hermès un dossier bleu qui porte mon nom et le fait glisser sur la table.

— Comme je suis contente que vous puissiez assumer les mardis et jeudis... C'est bien que Grayer joue avec quelqu'un de votre âge — il doit en avoir assez de sa vieille maman ennuyeuse !

— Il m'a fait une très bonne impression, dis-je, me rappelant ses gloussements dans le parc.

— Il a ses petits travers, comme tous les enfants, j'imagine...

En ramassant mon sac, je remarque ses escarpins en soie bleu lavande.

— Oh, ils sont splendides ! ... Prada ?

J'ai reconnu la boucle argentée.

— Ah... merci. (Elle tourne sa cheville.) Oui, Prada.

Vraiment, ils vous plaisent ? (J'acquiesce.) Vous ne les trouvez pas trop... tape-à-l'œil ?

— Oh, non, dis-je, la suivant vers la sortie.

— Ma meilleure amie vient d'accoucher et ses pieds ont enflé. Elle m'a laissé choisir ce que je voulais, mais...

Elle leur jette un regard consterné, tandis que nous attendons au feu.

— ... je dois m'être habituée aux talons plats.

— Ils sont superbes. Vous auriez tort de ne pas les garder.

Elle sourit, enchantée, et chausse ses lunettes de soleil.

Mme Butters, l'institutrice, me serre aimablement la main.

— Ravie de vous rencontrer. (Elle pose sur l'enfant un regard d'adoration.) Vous allez voir, c'est un petit très attachant...

Elle tapote sa robe tablier en velours côtelé, qui flotte autour de son corsage à manches ballon. Avec ses joues rondes à fossettes et ses mains grassouillettes, elle-même ressemble beaucoup à une gamine de quatre ans.

— Bonjour, Grayer ! dis-je en souriant à cette couronne de cheveux blonds.

Il porte une chemise blanche en coton Ralph Lauren, dont un pan sorti du pantalon porte les traces d'une dure matinée de travail : taches de peinture, un truc collant quelconque, et un unique macaroni.

— Tu as bien travaillé ?

— Grayer, tu te rappelles Nanny ? Vous allez déjeuner tous les deux aujourd'hui ! fait la mère d'une voix incitative.

Il s'effondre contre sa jambe et me jette un regard noir.

— Va-t'en !

— Trésor, on pourrait déjeuner ensemble, mais maman a un rendez-vous. Vous allez bien vous amuser tous les deux ! Monte dans ta poussette, Nanny va s'occuper de toi.

Tandis que nous nous approchons du terrain de jeux, lui

et moi écoutons attentivement la longue liste des goûts et dégoûts de Grayer :

— Il aime le toboggan, mais la cage à poules l'ennuie. Ne le laissez rien ramasser par terre — il aime ça. Et, de grâce, ne lui permettez pas de s'approcher de la fontaine près de l'horloge.

— Euh... et s'il a besoin d'aller aux cabinets ? Je vais où ? dis-je en passant sous les arches en bois poussiéreuses du terrain de jeux de la 66e Rue.

— N'importe où...

Je suis sur le point de solliciter un éclaircissement, quand son portable se met à sonner.

— Bon, maman doit se sauver..., dit-elle, refermant son appareil d'un coup sec.

Son départ est un vrai sketch — chaque fois qu'elle fait quelques pas, Grayer pleure et elle revient en courant pour le sermonner : « Tu es un grand garçon à présent. » Ce n'est qu'une fois la crise de larmes franchement déclarée qu'elle consulte sa montre et, avec un « Maintenant, maman va être en retard », s'envole.

Nous prenons place sur le seul banc vacant à l'ombre et, tandis qu'il renifle, consommons nos sandwiches qui contiennent une vague pâte aux légumes tartinée et, à vue de nez, une saucisse de composition indéterminée. Comme il retrousse sa manche pour s'essuyer le nez, je remarque pour la première fois, sous sa chemise, une carte de visite épinglée.

— Grayer, qu'est-ce que...

Je me fais taper sur les doigts.

— C'est ma carte !

Elle est sale, pliée, et a visiblement beaucoup servi, mais je crois distinguer le nom de M. X en caractères défraîchis.

— À qui est-ce, Grayer ?

— Tu sais bien... (Il se frappe le front, exaspéré par mon ignorance.) C'est ma carte. Ah, là, là ! Pousse-moi sur la balançoire !

Après le déjeuner et la balançoire, il est temps de rentrer. Il file dans l'appartement et je le salue de loin.

— Au revoir, Grayer ! À demain !

Il pile, fait volte-face, me tire la langue et repart.

— C'est ça, amuse-toi bien !

Je souris à l'autre baby-sitter, comme pour lui dire : « Mais oui, c'est notre code ! »

Une fois dans le métro, je sors la chemise bleue, à l'intérieur de laquelle se trouve ma paie, incluse dans une enveloppe fixée par un trombone.

MME X
721 PARK AVENUE APT. 9B
NEW YORK, N.Y., 10021

Chère Nanny,

Bienvenue ! Ci-joint la photocopie du programme des activités extra-scolaires de Grayer. Caitlin vous mettra au courant, mais je suis certaine que vous connaissez déjà la plupart de ces adresses ! N'hésitez pas à me poser des questions.

Merci,

Mme X.

P.S. : J'ai également noté une liste d'éventuelles activités ludiques.

P.P.S. : Je préfère que Grayer ne fasse pas la sieste l'après-midi.

Je jette un coup d'œil à la chose et c'est vrai : je suis un vétéran de toutes ces activités.

LUNDI
14 h-14 h 45 : Leçon de musique, Diller Quaile, 95e Rue entre Park et Madison.
(Les parents déboursent une somme astronomique pour cette prestigieuse école de musique où des gosses de quatre ans

s'assoient généralement dans un silence mortel tandis que leurs nounous entonnent des comptines en cercle.)

17 h-17 h 45 : Maman & Moi, 92e Rue Y sur Lexington.
(Comme indiqué, les mères sont censées venir. Pourtant, la moitié des femmes sont des baby-sitters.)

MARDI
16 h-17 h : Cours de natation à Asphalt Green, 90e Rue et East End Avenue.
(Une femme décharnée en maillot Chanel et cinq baby-sitters en paréo supplient des bambins d'« aller dans l'eau » !)

MERCREDI
14 h-15 h : Éducation physique à CATS, Park Avenue à la 64e Rue.
(Dans les entrailles d'un temple froid et humide qui sent les pieds, des jeux minutieusement chorégraphiés pour de minuscules athlètes.)

17 h-17 h 45 : Karaté, 92e Rue Y sur Lexington.
(Des enfants tremblant de peur font cinquante pompes sur les phalanges en guise d'échauffement. La classe unique des papas les assiste.)

JEUDI
14 h 14 h 45 : Leçon de piano avec Mlle Schrade.
(Torture.)

17 h-18 h : Cours de français, Alliance française, 60e Rue entre Madison et Park.
(Activités extra-scolaires classiques conduites dans une autre langue.)

VENDREDI
13 h-13 h 40 : Patinage. Ice Studio, Lexington entre la 73e et la 74e Rue.
(Glacial et humide. Trente minutes à les changer au risque

de s'éborgner afin qu'ils puissent passer quarante minutes sur la glace et revenir trempés.)

Je vous préviendrai quand il aura rendez-vous avec :
Opticien
Orthodontiste
Prothésiste dentaire
Kinésithérapeute
Praticien d'Ayurvedic

Dans l'hypothèse où un cours serait annulé, voici les sorties « non structurées » permises :

La Frick Collection
Le Met
Le Guggenheim Soho
La bibliothèque Morgan
L'Institut de gastronomie française
Le consulat suédois
Le Salon des orchidées du Jardin botanique
La Bourse de New York
L'Angelika *(de préférence les expressionnistes allemands, mais tout ce qui a des sous-titres conviendra).*

Je hausse les épaules et ouvre l'enveloppe, ravie de constater qu'elle m'a réglé toute une journée pour deux heures de travail effectif. L'Enveloppe est l'un des grands avantages de la condition de baby-sitter. Par tradition, elles ne sont pas déclarées ; on les rémunère donc en liquide, ce qui me laisse toujours nourrir l'espoir d'un bonus. Une fille que je connais vivait chez une famille dont le père glissait quelques centaines de dollars sous sa porte chaque fois que sa femme buvait trop et « faisait une scène ». C'est comme d'être serveuse — on ne sait jamais quand un client sera satisfait du service au point d'être submergé de gratitude.

— Caitlin ? Bonjour, je suis Nanny...
Mme X m'a indiqué que ma collègue était blonde et aus-

tralienne, ce qui la rend moyennement facile à identifier parmi la foule de celles qui donnent les ordres et celles qui les exécutent. Je la reconnais pour l'avoir vue dans le parc.

Elle lève les yeux des marches de l'école, sagement vêtue d'un jean et d'un T-shirt Izod, un sweat-shirt noué à la taille. Elle tient le jus de pommes pour Grayer dans sa main droite et la paille y est déjà. Je suis impressionnée.

Au moment où elle se lève pour me saluer, notre protégé et sa classe sont libérés par leur enseignante et la cour de récréation s'anime aussitôt. Grayer se faufile vers Caitlin en courant dans la cohue, mais il pile en m'apercevant, son enthousiasme visiblement refroidi.

— Grayer, Nanny va nous accompagner au parc cet après-midi. On va bien s'amuser, hein ?

À son ton, il est clair qu'elle doute que ce soit une bonne partie de rigolade.

— Il est un peu grincheux à la sortie, mais ça s'arrange après le casse-croûte.

— J'en suis convaincue...

Autour de nous, c'est la pagaille : les enfants grignotent et se donnent rendez-vous. Je suis épatée par l'aisance avec laquelle elle enchaîne collation-poussette-adieux. Il poursuit en braillant une conversation avec trois copains tout en enfilant un chandail ; on ouvre une pochette en plastique alimentaire, son cahier est récupéré, et le voici sanglé dans sa poussette. Elle, telle une marionnettiste, veille à ce que l'action se déroule sans temps mort. Je suis tentée de prendre des notes : « La main droite sur la poignée de la poussette, la gauche tire sur le pull-over, deux pas à gauche, on s'accroupit. »

Nous nous dirigeons vers le parc, tandis qu'ils jacassent sans interruption. Elle le propulse sans effort ; pourtant, il ne doit pas être léger avec ses pelles et ses seaux, ses affaires scolaires et les réserves de vivres.

— Grayer, c'est qui ton meilleur copain à l'école ? dis-je.

— Tais-toi, bouffonne ! rétorque-t-il en shootant vers mes tibias.

Je garde mes distances pendant le reste du trajet.

Après la collation, Caitlin m'emmène faire la connaissance des autres baby-sitters, la plupart irlandaises, jamaïcaines ou philippines. Chacune me lance un coup d'œil froid, et je sens que je ne me ferai pas beaucoup d'amies par ici.

— Qu'est-ce que tu fabriques en semaine ? me demande-t-elle, soupçonneuse.

— Je suis étudiante en licence à New York University...

— Je ne comprenais pas comment elle avait pu trouver quelqu'un qui ne voulait que les week-ends...

Quoi ? Quels week-ends ?

Elle arrange sa queue de cheval et poursuit :

— J'aurais bien accepté, mais je suis serveuse le week-end et, franchement, on a besoin de décompresser le vendredi. Je croyais qu'ils avaient une fille qui travaillait le week-end à la campagne, mais ça n'a pas dû marcher. Tu as l'intention de partir avec eux en voiture le vendredi ou tu prendras le train ?

Elle me dévisage et je lui renvoie un regard embarrassé.

Soudain, nous comprenons pourquoi il ne fallait pas parler de la « transition ». Je ne suis pas la roue de secours, mais sa remplaçante. Une ombre passe sur son visage.

Je m'efforce de changer de sujet :

— C'est quoi, cette carte ?

— Oh, cette horreur... (Elle déglutit.) Il ne s'en sépare jamais. Il veut qu'on l'attache à ses pantalons et à son pyjama. Ça agace sa mère, mais il refuserait d'enfiler même sa culotte sans ça...

Elle bat des paupières et fuit mon regard.

Ce grand tour nous a ramenées au bac à sable où une famille est en train de jouer (à en juger par leurs survêtements fourrés doublés de nylon et cette vitalité débordante, sûrement des provinciaux).

— Il est mignon... votre fils unique ? demande la mère avec l'accent du Middle West.

J'ai vingt et un ans ; il en a quatre.

— Non, je suis sa...

— Dégage, méchante !

Grayer projette sa poussette sur moi en criant de toutes ses forces. Le sang afflue à mon visage tandis que je réplique, avec une feinte assurance :

— Espèce de... petit idiot !

La famille se concentre avec intensité sur un château de sable en cours de construction.

Je songe à procéder à un référendum pour savoir si je devrais « dégager » et, au cas où je refuserais, cela ferait-il de moi une « méchante » ?

Caitlin relève la poussette comme si cela faisait partie du jeu.

— On a de l'énergie à revendre, on dirait... ! Tu veux que je t'attrape ?

Elle se met à le poursuivre un peu partout, riant comme une folle. Il glisse sur le toboggan, elle l'attrape. Il se faufile derrière les barreaux de la cage à poules, elle l'attrape. Ça n'en finit plus de s'attraper. Je fais mine de la poursuivre comme elle le poursuit, mais j'abandonne quand il me lance un regard implorant en gémissant un : « Stooooop ! » Je vais m'asseoir. Rendons-lui cette justice : elle domine avec grâce la situation, donnant l'illusion d'un rapport sans tension — elle pourrait être sa mère.

Enfin, elle le traîne dans ma direction, un Frisbee à la main.

— Et si on apprenait à Nanny à jouer ?

Nous formons un triangle et elle me lance le Frisbee. Je le réceptionne et le renvoie à Grayer, qui, avec beaucoup d'élégance, me tire la langue et nous tourne le dos. Je vais ramasser ce truc à ses pieds et le lance à Caitlin. Elle le lui lance, il l'attrape et le relance dans sa direction. Ça me paraît durer des heures, ce circuit saccadé qui se grippe totalement chaque fois qu'il doit entrer en contact avec moi. Il nie tout bonnement mon existence et tire la langue chaque fois que j'essaie de le démentir. Le jeu se poursuit, interminable, parce qu'elle veut bien faire et espère peut-être l'avoir à l'usure. C'était, je crois, un objectif trop ambitieux.

Trois jours plus tard, comme je me penche pour ramasser la basket pas très propre qu'il vient de balancer sur le marbre de l'entrée, la porte claque derrière moi. Je sursaute, sa chaussure à la main.

— Merde.

— Je t'ai entendue. Tu as dit : merde ! Tu l'as dit !

Ses marques de jubilation me parviennent, assourdies. Je tâche de raffermir ma voix pour atteindre une octave pleine d'autorité.

— Grayer, ouvre-moi.

— Non ! Je peux te faire des vilains gestes et tu le vois pas. En plus, j'ai sorti mon zizi !

Il doit me tirer encore la langue.

Bon, réfléchissons. Option numéro 1 : démolir cette porte en mère de famille superénervée. Sérieusement, que faire ? Lui téléphoner ? L'inviter à prendre le thé en ville ? Ses petits doigts dépassent.

— Essaie de les attraper ! Essaie ! Essaie !

Je me retiens de les piétiner.

Option numéro 2 : aller chercher le double des clés chez le concierge. Mais oui. Quand il aura fini de raconter ça à Mme X, même Joan Crawford ne voudra pas de mes services.

— Tu joues même pas ! Je vais prendre mon bain. Ne reviens plus jamais, hein ? Maman a dit que c'était plus la peine...

Sa voix s'estompe.

— Je vais prendre un bain.

— GRAYER !... Reste là ! J'ai... euh... j'ai une surprise pour toi.

Option numéro 3 : attendre le retour de Mme X et lui dire la vérité — son fils est un inadapté social. Mais, alors que je me décide pour cette option, l'ascenseur s'ouvre, et Mme X, sa voisine et le portier en sortent ensemble.

— Nanny ? Naaanny, j'en veux pas de ta surprise. Va-t'en. Si, si, va-t'en, pars...

Bon, au moins nous sommes tous au parfum. La voisine

rentre chez elle en toussotant et le portier lui remet son paquet avant de disparaître dans l'ascenseur.

Je brandis la basket.

Comme à l'adresse d'un public imaginaire, Mme X sort vivement ses clés et s'emploie à remédier à la situation.

— Bon... on va l'ouvrir, cette porte !

Elle rit et fait jouer les verrous. Mais le battant est poussé un peu trop rapidement et elle lui coince un doigt.

— AHHhhhhh. Nanny m'a cassé la main ! AAAAAHhhhh — ma main est cassée ! VAAA-t'en ! Ou-hou-hououuuuu !

Il se jette à terre, éperdu de douleur. Mme X se penche comme pour le prendre dans ses bras, puis se redresse.

— Eh bien, on dirait qu'il s'est bien dépensé dehors ! Vous pouvez disposer. Je suis sûre que vous avez beaucoup à faire... À lundi, donc ?

Je tends prudemment la main et repose la basket en échange de mon sac.

— Il avait jeté sa chaussure et...

À ma voix, Grayer pousse une nouvelle clameur :

— VAAAAA-T'ENNNNN ! Ahhahhha.

Elle le regarde fixement se rouler par terre, sourit largement et me fait signe d'appeler l'ascenseur.

— À propos, Nanny, C-a-i-t-l-i-n ne reviendra pas, mais je ne doute pas que vous ayez la situation bien en main...

Je referme la porte et me voici de nouveau seule dans le vestibule désormais familier. J'attends l'ascenseur au son de ses pleurs. C'est comme si le monde entier me tirait la langue.

— Ne t'en mêle pas, ma petite. (Mon père avale les dernières gouttes de sa soupe wonton.) Qui sait ? Peut-être cette Caitlin avait-elle un autre job en vue ?

— Je n'ai pas vraiment eu cette impression...

— Il te plaît, ce gosse ?

— Quand il ne me fout pas à la porte, oui.

— Enfin, tu n'es pas mariée à ces gens-là ! Tu travailles pour eux — quoi ? — quinze heures par semaine ?

Le serveur dépose une assiette de gâteaux porte-bonheur entre nous et repart avec le chèque.

— Douze...

— Tu vois... Inutile de te mettre martel en tête !

— Que vais-je faire de lui ?

— Ils sont toujours un peu lents au démarrage, déclare-t-il, du haut de ses dix-huit années d'expérience comme professeur de lettres.

Il rafle un gâteau et me touche la main.

— Allons faire quelques pas en parlant. Sophie ne va pas garder éternellement les pattes croisées.

Nous quittons le restaurant pour marcher en direction de West End Avenue. Il fourre les mains dans les poches de son blazer et je lui prends le coude.

— Fais-lui ta Glinda, la bonne fée dans *Le Magicien d'Oz*..., dit-il, mastiquant pensivement.

— Ça t'ennuie d'expliquer ?

Il me regarde d'un sale œil.

— Je finissais ma bouchée. Prête à m'écouter ?

— Oui.

— Parce que je vais te donner un bon conseil...

Je reste là, tout ouïe.

— Par essence, tu es Glinda. Lumière, clarté, joie. Lui, un objet inanimé, un grille-pain qui a, par hasard, la langue bien pendue. S'il va trop loin — je parle du coup de la porte, de violence physique, ou de tout ce qui le mettrait en péril —, badaboum ! Place à la méchante fée ! En deux temps trois mouvements, tu fonds sur lui et lui ordonnes de ne plus jamais — *jamais* — recommencer. Non, *ça n'est pas bien !* Puis, avant qu'il ait dit ouf, tu redeviens Glinda. Il doit savoir qu'on peut avoir ses états d'âme, mais qu'il y a des limites. Et qu'il aura affaire à toi s'il exagère. Crois-moi, il sera soulagé. Reste là, je vais chercher Sophie.

Il disparaît dans notre hall et je lève les yeux vers le ciel orangé entre les immeubles. Quelques minutes plus tard, Sophie surgit en tirant sur sa laisse, toute frétillante, et me sourit comme elle le fait toujours. Je m'accroupis pour l'embrasser, nicher ma tête dans ses long poils bruns et blancs.

— Je vais la promener, papa..., dis-je en prenant la laisse. Ça me changera d'être avec quelqu'un de moins d'un mètre de haut qui n'est pas insolent...

— Et qui ne tire la langue qu'en raison d'une nécessité strictement biologique !

Le lundi suivant, je me tiens sur le trottoir, devant la maternelle. J'ai dix minutes d'avance, conformément aux instructions de Mme X, et je feuillette mon Filofax, encadrant les dates limites de remise de mes deux prochains mémoires. Un taxi stoppe au coin de la rue dans un crissement de freins et je m'interromps pour m'intéresser au tohu-bohu. En face, une blonde immobile à l'ombre d'une marquise. Les voitures se remettent en marche et la voilà partie.

Je me tords le cou pour la retrouver, m'assurer que c'était bien Caitlin. Mais il n'y a plus personne de ce côté de Park Avenue, à part un employé qui fourbit les cuivres d'une bouche d'incendie.

— Non, pas toi !

Grayer se traîne dans la cour comme s'il allait à une mort certaine.

— Bonjour, Grayer. Comment c'était, l'école ?

— Beurk...

— Comment ça, beurk... ?

Prendre son cahier, lui passer le jus de fruit.

— Rien.

— Rien n'était beurk ?

Le sangler dans la poussette, sortir des poires.

— Je veux pas te parler.

Je m'agenouille et le regarde carrément dans les yeux.

— Écoute, Grayer, je sais que tu ne m'aimes pas beaucoup.

— JE TE DÉTESTE !

Je suis lumière, clarté. Je porte une volumineuse robe rose.

— Ça ne fait rien, parce que tu ne me connais pas encore. Mais moi, je t'aime beaucoup.

Il lance sa jambe en avant.

— Je sais que tu regrettes Caitlin.

En entendant ce prénom, il se fige et je lui empoigne le pied avec fermeté.

— C'est gentil. Ça montre que tu l'aimes. Mais ta méchanceté à mon égard me peine et je sais qu'elle ne t'approuverait pas. Donc, puisque nous sommes ensemble, amusons-nous.

Ses yeux sont comme des soucoupes.

Au moment où nous quittons la cour de récréation, la pluie qui menaçait depuis le début de la journée finit par tomber et je dois rentrer au 721 Park Avenue en maniant l'engin comme si on disputait une course aux jeux Olympiques — catégorie poussettes.

— Ouahouuuu !

Il crie et j'imite les « vroum » d'une Formule 1, slalome entre les flaques. Quand nous pénétrons dans l'immeuble, nous sommes trempés et je forme le vœu que Mme X ne soit pas là pour voir que j'ai exposé son enfant à une pneumonie.

— Je suis toute mouillée. Et toi, Grayer ?

— Moi aussi. Je suis tout mouillé.

Il sourit, mais commence à claquer des dents.

— On va prendre un bon bain chaud. Tu n'as jamais déjeuné dans ton bain ?

J'introduis la poussette à l'intérieur de l'ascenseur.

— Attendez ! s'écrie une voix.

En voulant libérer le passage, je me flanque la poussette sur la cheville.

— Aïe... Mer... credi !

— Merci !

Je relève les yeux. La pluie a plaqué ses longs cheveux bruns et son T-shirt bleu effrangé contre son mètre quatre-vingts. Mazette.

Comme la porte coulisse, il s'accroupit pour parler directement au petit :

— Alors, Grayer, ça boume ?
— Elle est mouillée...
Grayer pointe le doigt sur moi.
— Bonjour, demoiselle mouillée. Vous êtes sa fiancée ?
Il me sourit, lisse une mèche derrière son oreille.
— Il hésite encore à s'engager pour la vie...
— Grayer, tu aurais tort de la laisser filer.
Si toi, tu voulais m'attraper, je te jure que je courrais très, *très lentement.*
Nous arrivons au neuvième bien trop vite.
— Amusez-vous bien, dit-il au moment où nous sortons.
— Vous aussi ! dis-je à la porte qui se referme.
Qui es-tu ?
— Grayer, qui est-ce ?
Déboucler poussette, ôter chemise trempée.
— Il habite au-dessus. Il va à l'école des grands garçons.
Ôter souliers, pantalon, prendre sac déjeuner.
— Tiens ! Laquelle ?
Suivre derrière nu jusqu'à salle de bains, ouvrir robinet.
Il réfléchit un moment.
— Où vont les bateaux. Avec le phare. Tu vas deviner. Deux syllabes, ça ressemble à...
— *Harbor*[1] ?
— Oui, il va à Harbard.
Mais oui, je peux très bien aller à Boston, surtout avec la navette. On pourrait alterner les week-ends... Zut !
ICI LA TERRE, REDESCENDEZ, NANNY !
— Bon, on va faire plouf...
Je le hisse au-dessus de la baignoire, écartant pour l'instant mes élucubrations.
— Grayer, tu n'as pas un surnom ?
— C'est quoi ?
— Un nom qui sert à t'appeler, mais qui n'est pas Grayer.
— Mon nom est Grayer X. C'est mon nom.
— Attends, je vais trouver...

1. *Harbour* : port, d'où la confusion de Grayer *(N.d.T.)*.

Je lui passe son sandwich au beurre de cacahuètes et à la gelée de coing. Il remue les orteils dans l'eau tout en le dévorant à belles dents, ravi de cette entorse au règlement. En regardant autour de moi, je remarque sa brosse à dents bleue « Sesame Street », la célèbre émission pédagogique pour la jeunesse.

— Que dirais-tu de Grover ?

Il y réfléchit mûrement, la tête inclinée sur l'épaule, avec un ostensible air de gravité, puis acquiesce :

— On verra...

2

Mode multitâche

Seigneur, ma tête ! Ma pauvre tête !
Et mon dos, à c't'heure — mon dos, mon dos !
Soyez maudits, pour m'avoir envoyée
Attraper la mort, à force de cavaler

La Duègne, *Roméo et Juliette*

Nanny,

Pendant que vous serez chez Alex aujourd'hui, veuillez demander à sa mère qui s'est occupé de son dernier dîner — dites-lui que j'ai trouvé que son repas cajun-note asiatique était un coup de génie.

À toutes fins utiles, je vous signale que les parents sont en train de DIVORCER. Hélas. Veillez à ce que Grayer ne commette pas d'impair. Je passerai chez Alex à 16 h 30 pour emmener mon fils chez l'orthodontiste. À tout à l'heure.

— Nanny ? Nanny !

La voix désincarnée de Mme X m'interpelle, tandis que je trotte en direction de la maternelle.

— Oui ? dis-je en pivotant sur les talons.

— Par ici !

La portière d'une Lincoln avec chauffeur s'ouvre et la main manucurée de Mme X me fait signe d'approcher.

— Je suis contente de vous voir, dis-je en me penchant vers la zone de la banquette, où elle trône parmi ses achats dans une pénombre mystérieuse. J'avais justement besoin de vous demander...

— Nanny, j'insiste : j'aimerais que vous soyez toujours en avance de dix minutes.

— Naturellement.

— Il est 11 h 55...

— Je suis navrée — j'ai cherché la liste des camarades de classe de Grayer. Je ne sais pas très bien quel Alex...

Mais elle est déjà en train de fouiller dans son minuscule sac à main, en extirpe un bloc-notes relié de cuir.

— Je veux vous parler brièvement d'une réception que je donne à la fin du mois pour la branche de la compagnie de M. X à Chicago. (Elle décroise et recroise ses jambes, les escarpins Prada bleu lavande décrivant un arc coloré sur ce fond sombre.) Tous les cadres dirigeants seront là... C'est une soirée très importante et je tiens à ce que tout soit parfait.

— Formidable, dis-je en me demandant pourquoi on me met au parfum.

Elle abaisse ses lunettes de soleil pour s'assurer que je n'ai rien perdu de ses paroles. Dois-je aller porter ma tenue habillée chez le teinturier ?

— C'est pourquoi j'aurai besoin de vous ce mois-ci pour quelques commissions. Je suis débordée par ces préparatifs et Connie ne m'est d'aucune utilité... Donc, si jamais il me manque quelque chose, je vous laisserai un petit mot — trois fois rien, je pense...

Nous entendons le gros bruit métallique de la grille qui s'ouvre derrière moi et la vague montante de rires enfantins.

— Je file, s'il me voit, il va se troubler. En route, Ricardo... ! lance-t-elle au chauffeur, qui redémarre avant même qu'elle ait refermé sa portière.

— Hé, madame X ! J'avais une question...

Il y a quatre Alexander et trois Alexandra dans la classe de son fils. Je le sais, j'ai vérifié. Et à présent que Mme X a pris la poudre d'escampette, je ne sais toujours pas avec qui Grayer doit passer l'après-midi.

Lui, en revanche, paraît le savoir précisément.

— C'est elle ! Je dois jouer avec elle, dit-il en pointant le doigt sur une fillette accroupie au-dessus de quelque chose qui l'intrigue au ras du sol.

Je l'empoigne et nous nous frayons un chemin jusqu'à elle.

— Bonjour, Alex. Nous avons rendez-vous avec toi cet après-midi ! dis-je, enthousiaste.

— Je m'appelle Cristabelle. Alex porte une chemise, répond-elle en désignant dans la cour une trentaine d'enfants correspondant à ce signalement.

Grayer prend un air innocent.

— Grayer, ta maman m'a dit que tu avais rendez-vous avec Alex... !

Haussement d'épaules.

— Pourquoi pas Cristabelle ? Cristabelle, tu veux pas jouer avec moi ?

Apparemment, un clou chasse l'autre.

— Grover, ce n'est pas Cristabelle, mon chou. Tu pourras jouer avec elle une autre fois. Ça te plairait ?

La gamine prend l'air froissé. Malgré son jeune âge, elle semble avoir déjà compris que si le rendez-vous est reporté, c'est qu'il ne faut plus espérer.

— Voyons, Grayer, *réfléchis*. Maman n'a rien dit ce matin ?

— Elle a dit de mettre plus de dentifrice.

— Alex Brandi, ça ne te dit rien ? dis-je, m'efforçant de débiter à toute allure les noms de la liste dont je me souviens.

— Il se décrotte le nez.

— Alex Kushman ?

— Elle crache du jus d'orange.

Il se tord de rire.

Je soupire et mon regard flotte au-dessus de la cour.

Quelque part dans ce maelström, il y a un autre couple qui nous attend. J'ai une vision de nous — dans le style accueil à l'aéroport —, moi coiffée d'une casquette de chauffeur, Grayer sur mes épaules, brandissant une grande pancarte marquée « ALEX ».

— Bonjour, je m'appelle Murnel...

Une femme en uniforme, plus vieille que moi, se matérialise.

— Voici Alex. Pardon, nous avons mis un peu de temps à nous nettoyer...

Elle a encore de la pâte à modeler sur sa veste en nylon.

— Alex, dis bonjour à Grayer, enchaîne-t-elle avec un fort accent portoricain.

Après les présentations d'usage, nous nous dirigeons vers la Cinquième Avenue. Tels des petits vieux en chaise roulante, les enfants se délassent, admirent le paysage et font occasionnellement la conversation.

— Mon Power Ranger a une mitrailleuse à rayon laser qui pourrait décapiter le tien.

Murnel et moi sommes, par comparaison, silencieuses. Nous avons beau faire le même travail, j'ai sans doute à ses yeux plus de points communs avec Grayer, car il y a entre nous au moins quinze ans et un long trajet en métro pour sortir du Bronx.

Elle jette un œil dans la direction de Grayer.

— Ça fait longtemps que vous vous occupez de lui... ?

— Un mois... Et vous ?

— Oh, bientôt trois ans. Ma fille s'occupe de quelqu'un de la famille d'Alex, Benson. Vous connaissez Benson ?

— Je ne crois pas. Il est dans leur classe ?

— Benson est une fille. (Nous rions en chœur.) Elle est scolarisée ailleurs. Quel âge avez-vous ?

— Vingt et un ans depuis août dernier.

— Comme mon fils. Je devrais vous le présenter. Un garçon très intelligent, il vient d'ouvrir son propre restaurant près de La Guardia. Vous avez un fiancé ?

— Non, je n'en ai pas rencontré récemment qui vaille la

peine, dis-je. (Elle acquiesce.) Ça ne doit pas être facile de se lancer à son compte...

— C'est un grand travailleur. Il tient de sa mère, déclare-t-elle fièrement, se penchant pour reprendre le petit carton vide qu'Alex vient de balancer. Mon petit-fils travaille dur, lui aussi, et il n'a que sept ans. Il est très bon élève.

— Félicitations.

— Ma voisine ne cesse de m'en faire des compliments — elle passe l'après-midi chez nous jusqu'à ce que ma fille soit rentrée de chez les Benson. À 9 heures du soir, en général...

— Nanny ! J'ai encore soif !

— S'il te plaît..., dis-je en cherchant ce qu'il faut.

— S'il te plaît, marmonne Grayer en prenant son second jus de fruit.

— Merci, dis-je.

Murnel et moi échangeons des sourires.

Je suis la dernière à franchir le seuil de l'appartement des parents d'Alex. Moi qui croyais avoir tout vu dans ce milieu, je ne m'attendais vraiment pas à tomber sur ce gros ruban adhésif de chantier collé par terre, au milieu de l'entrée.

Selon la loi en vigueur dans l'État de New York, si l'un des époux quitte le domicile conjugal, l'autre a de bonnes chances de récupérer l'appartement. Certains valant dans les quinze à vingt millions de dollars, cela contraint les conjoints à une pénible cohabitation, chaque partie essayant de dégoûter l'autre — par exemple en installant à demeure son moniteur de gym-amant à moitié nu.

— Vous pouvez jouer n'importe où de ce côté-là, dit Murnel, désignant la partie gauche de l'appartement.

— Nanny, pourquoi il y a une bande...

Je fais les gros yeux à Grayer tout en le libérant de sa poussette, puis j'attends qu'Alex soit derrière moi pour poser le doigt sur mes lèvres et désigner la chose.

— Le papa et la maman d'Alex ont un jeu... On en parlera plus tard...

— Mon père ne veut pas partager, déclare Alex.

— Qui veut des croque-monsieur ? Alex, va donc montrer à Grayer ton nouveau fusil à photons ! dit Murnel.

Les enfants partent en courant. Elle s'éloigne vers la cuisine.

— Mettez-vous à votre aise, ajoute-t-elle en jetant un coup d'œil éloquent à la ligne séparatrice.

Je déambule dans le living, dont la déco est un pseudo-Louis XIV revu et corrigé par Joan Collins, la jolie bande adhésive en plein milieu lui ajoutant un cachet certain. Je m'assois sur ce qui est, j'espère, la « Suisse » du canapé, et reconnais aussitôt l'œuvre d'Antonio. C'est l'assistant de l'un des décorateurs les plus en vogue, du genre, contre une légère rétribution, à passer « retaper » vos coussins. C'est, par essence, un tapeur de coussins professionnel.

Je tente de soulever les dix kilos de *Demeures toscanes* — le livre à avoir sur sa table basse de salon — sans me meurtrir les cuisses. Après quelques minutes à feuilleter des photos de villas, je vois un petit nez posé sur l'accoudoir.

— Coucou... !

— Coucou, réplique Grayer, qui contourne le divan pour s'écrouler sur le coussin, tête la première, les bras en croix.

— Qu'est-ce qu'il y a ? dis-je en contemplant son dos, si menu contre ces larges bandes de velours noir.

— Je devais apporter mes jouets...

— Ah...

Il monte sur mes genoux, se blottit sous le gros volume et m'aide à tourner les pages. Ses cheveux si doux me chatouillent le menton et je serre tendrement sa cheville. Je ne suis pas terriblement tentée de rétablir la situation.

— À table ! Qu'est-ce que vous fabriquez ici ? Alex... !

Nous nous levons.

— J'ai oublié d'apporter mes jouets, dit Grayer.

Murnel met les mains à ses hanches.

— Celui-là... ! Viens, on va arranger ça.

Nous la suivons, passons devant la cuisine où quelque chose bourdonne.

— J'arrive, j'arrive ! lance-t-elle avec un soupir.

Elle va droit à l'interphone, une petite boîte au-dessus d'un plateau chargé de croque-monsieur et de fruits en lamelles, appuie sur le bouton.

— Oui, madame ?

— Ce salaud n'a pas appelé ? fait une crépitante voix féminine.

— Non, madame.

— C'est trop fort ! Depuis qu'il m'a sucré mes cartes de crédit, je suis censée recevoir un chèque. Comment veut-il que je le nourrisse, son gosse ? Saligaud. Vous êtes passée à ma boutique ?

— Oui, madame.

Murnel emporte le plateau et nous la suivons en silence jusqu'à la chambre d'Alex. J'entre la dernière. Une moitié de la pièce est totalement vide, une file de petites voitures formant comme une frontière, et Alex, le torse et les pieds nus, va et vient devant son monticule de trésors. Il s'arrête pour nous défier du regard.

— J'ai dit à ce saligaud qu'il n'avait qu'à apporter ses jouets !

Nanny,

Appelez le traiteur pour vérifier quels ustensiles et quel linge seront fournis pour la réception. Veillez à ce que nappes et serviettes soient déposées à l'avance, afin que Connie puisse les relaver.

Grayer a son entretien à Saint-David aujourd'hui, après quoi je filerai chez le fleuriste. M. X passera déposer Grayer à 1 h 45 précises au coin <u>nord-ouest</u> de la 95e Rue et de Park Avenue.

Veillez vous tenir aussi près que possible de la chaussée afin que le chauffeur puisse vous voir.

Soyez-y bien à 1 h 30, au cas où il aurait de l'avance. Je suis sûre que cela va sans dire, mais M. X ne devrait pas avoir à descendre du véhicule.

En attendant, j'aurai besoin de vous pour commencer à réunir les articles suivants pour les pochettes cadeaux. Le champagne excepté, vous devriez trouver la plupart de ces articles à Gracious Home.

Savon Annick Goutal

Piper Heidsieck, petite bouteille

Cadre à photos de voyage en cuir marocain, rouge ou vert

Portemine Mont-Blanc — petit modèle

EAU DE LAVANDE

À 6 heures !

Je relis, me demandant si je suis censée sortir mon décodeur magique pour savoir combien d'exemplaires il faut de chaque article.

Comme son portable ne répond pas, je prends le parti d'appeler au bureau de M. X, dont les coordonnées figurent sur la liste de numéros de téléphone affichée à la porte de l'office.

Il décroche aussitôt.

— Quoi ?

— Monsieur X, c'est Nanny.

— Qui ? Qui vous a donné mon numéro ?

— Nanny. Je m'occupe de Grayer.

— Qui ?

Ne sachant comment démêler la situation sans faire l'impertinente, je fonce :

— Votre épouse m'a demandé de me procurer le nécessaire pour les cadeaux de la fête...

— Quelle fête ? Qu'est-ce que vous me chantez là ? Qui êtes-vous ?

— Le 28... les gens de Chicago ?
— C'est ma femme qui vous a demandé de m'appeler ?
Il a l'air furieux.
— Non. Je voulais simplement savoir combien de personnes allaient venir et je n'ai...
— Oh, et puis merde.
Dans mon oreille, la tonalité.
D'accord.

Je vais jusqu'à la Troisième Avenue, tâchant de procéder comme s'il s'agissait d'un problème d'algèbre. Puisque c'est un dîner assis, il n'y aura pas foule, mais il faut compter plus de, disons, huit personnes, si elle a loué des tables et les services d'un traiteur. Il me semble qu'elle a commandé trois tables qui doivent pouvoir accueillir six ou huit convives chacune, donc cela ferait dix-huit ou vingt-quatre... Donc, soit je me pointe les mains vides ce soir, soit je prends un chiffre au hasard.

— Douze.

Je m'arrête chez le caviste. Douze. Voilà qui me paraît bien.

Je trimballe les douze bouteilles de Piper Heidsieck jusqu'à Gracious Home, un magasin pour la maison dont les deux succursales initiales, curieusement situées de part et d'autre de la Troisième Avenue, se font face. On y trouve de tout, depuis les articles de luxe à des prix de luxe jusqu'aux produits ménagers quotidiens à des prix de luxe — en sorte qu'une femme puisse entrer là, acheter dix dollars un flacon de liquide vaisselle et repartir avec un joli sac en papier et la satisfaction de s'être bien éclatée.

Je commence par prendre des cadres à photos et par les dévaliser en savons, mais je n'ai aucune idée de ce qu'est l'eau de lavande. Je contemple ma liste.

EAU DE LAVANDE. Comme les autres femmes pour qui j'ai travaillé, je suis certaine qu'elle emploie toutes ces capitales sans y penser, puis les souligne après coup, mais pour moi, elle hurle. C'est comme si, subitement, sa vie dépendait de l'EAU DE LAVANDE, du LAIT, ou du SOJA VÉGÉTAL. Je suis tentée de me boucher les oreilles quand leurs têtes se dressent telle une créature de *Terminator 2* qui hurle : « EAU DE JAVEL ! ! ! ! ! ! ! »

Je passe les rayons au peigne fin, à la poursuite de l'eau de lavande, et découvre que Caswell-Massey ne fait que de l'eau de freesia, mais non, elle veut de la lavande. Crabtree and Evelyn ont des sachets de lavande pour parfumer les tiroirs, mais c'est manifestement autre chose. Roger et Gallet propose un savon à la lavande et Rigaud, m'informe-t-on, « ne fait pas la lavande ». Enfin, sur le rayon le plus en hauteur, alors que Grayer est programmé pour sauter en marche de la voiture et rouler à mes pieds dans exactement cinq minutes, je tombe nez à nez avec « Le voile de parfum au thym et à la lavande pour la maison, Parfum d'ambiance ». Ça ne peut être que ça, c'est le seul machin liquide à la lavande ici. Je prends. Mettez-m'en douze.

Nanny,

J'ignore ce qui a pu vous donner l'impression que vous étiez autorisée à importuner mon mari.

Nous avons décidé hier de vous fournir un portable. La prochaine fois que vous serez en difficulté, bornez-vous à m'appeler, moi.

Justine, la secrétaire de M. X, vous indiquera le nombre exact de têtes. Cela devrait tourner plutôt autour de trente que de douze.

Par ailleurs, pourriez-vous trouver un moment aujourd'hui pour échanger ce que vous avez acheté hier contre de L'eau pour le linge à la lavande de L'Occitane. (Un flacon suffira, c'est un produit ménager, pas un cadeau.)

— Maman ?
— Oui ?
— Je te parle d'un portable. Tu sais pourquoi ?
— Parce que tu es de leur monde, à présent ?
— Non. Parce que j'en suis si loin, au contraire, qu'on ne peut même pas me confier la plus simple des missions : comme acheter de l'eau de lavande.
— Quoi ?
— Tu en mets dans le fer à repasser, et tes nappes et serviettes embaument le sud de la France.
— Très utile.
— Et on m'a bien fait comprendre que j'étais une incapable...
— Chérie ?
— Oui... ?
— Une jolie-fille-qui-a-son-propre-téléphone-portable ne se plaint pas.
— Bon-bon...
— À plus tard. Je t'embrasse.
La fille qui a son propre portable appelle sa meilleure amie, Sarah, à Wesleyan. « Bonjour, vous êtes bien sur le répondeur de Sarah. Impressionnez-moi. Bi-i-ip... »
— C'est moi. À cet instant même, je marche dans la rue. Je pourrais tout aussi bien être dans un train, en bateau ou même au rayon cosmétiques d'un grand magasin, car... j'ai un portable. Elle m'a donné un portable ! Tu vois, on n'a pas ça quand on est maître assistante. Bye !
Puis je contacte grand-maman. « Désolée, je ne suis pas là pour bavarder, mais dites-moi quand même quelque chose d'épatant. Bi-i-ip... »
— Mamie, *c'est moi**. Je suis dans la rue et je t'appelle de mon tout nouveau portable. Il ne me manque plus qu'un bikini Donna Karan et en route pour les Hamptons. Waouh ! À plus tard ! Bye.
Ensuite, j'appelle chez moi afin de prendre connaissance de mes messages.
— Allô ? fait ma colocataire.
— Charlène ?

— Oui ?
— J'appelais seulement pour écouter mes messages.
— T'en as pas.
— D'accord, merci. Tu sais quoi ? J'ai un portable ! Elle m'a donné un portable !
— Elle t'a indiqué la liste des numéros préférentiels ? me demande-t-elle sans s'émouvoir.
— Non, pourquoi ?
Je cherche en paniquant les petits mots de Mme X.
— Parce qu'un appel hors liste coûte soixante-quinze cents la minute et, les relevés de téléphone portable fournissant le détail de toutes les communications — appels reçus et donnés —, elle saura exactement à qui tu as parlé et combien ça lui a coûté...
— Ilfautquejetequitte...
C'est ainsi que ma brève histoire d'amour avec mon portable prend fin sur les chapeaux de roues.

Mme X se met à me sonner sans arrêt pour formuler de nouvelles requêtes concernant son grand dîner. Coup sur coup, je choisis la mauvaise couleur de pochettes cadeaux, le mauvais ruban, la mauvaise nuance de lilas pour le papier de soie destiné à leur donner du volume. Puis — étourdissant crescendo — je me trompe sur les dimensions des cartes qui indiqueront les places des convives.
En général, elle refuse de parler à son fils en dépit de ses supplications, pour ne pas « le troubler ». Alors, il pleure du fond de sa poussette. Parfois, elle appelle rien que pour lui et, tout en se laissant véhiculer, il applique d'un air grave l'appareil à son oreille, comme s'il écoutait les cours de la Bourse.

MERCREDI APRÈS-MIDI :
Dring ! « ... L'impact sur le cervelet... » Dring ! « ... peut être décrit par le graphique suivant... » Dring !
— Allô ? dis-je dans un souffle, la tête sous le pupitre.

— Nanny ?
— Oui ?
— C'est Mme X...
— Euh... oui, je suis en cours.
— Ah ! Ah... Je vous appelais au sujet des essuie-mains que vous avez choisis pour la salle de bains des invités. Ce n'est pas le bon motif...

Nanny,

J'arriverai à trois heures en voiture pour emmener Grayer chez le photographe. Qu'il fasse sa toilette, se brosse les dents et s'apprête. J'ai posé sa tenue sur le lit, veillez à ce qu'il ne la froisse pas. Prenez votre temps pour le préparer, mais si vous commencez trop tôt, il risque de se salir. Vous pourriez démarrer à 13 h 30.

Par ailleurs, voici quelques prospectus qu'on m'a remis à l'Association hier soir : « Maman, est-ce que tu m'écoutes ? — Communiquer avec son enfant. » J'ai souligné les passages valables — on en reparlera !

Après le portrait, nous irons chez Tiffany choisir un cadeau pour son père.

On pourrait s'attendre à ce que la mezzanine du service clientèle de Tiffany ait assez de sièges pour nous accueillir, nous, son public d'adorateurs. Pourtant, lumière douce et fleurs coupées ne parviennent pas à faire oublier qu'on y est plus serrés qu'à Kennedy Airport une veille de Noël.
— Grayer, tu fais des marques sur le mur avec tes baskets, arrête !
Nous attendons qu'on appelle Mme X, qui doit récupérer la montre en or gravée qu'elle offrira à M. X au cours de la

soirée. Ça fait plus d'une demi-heure et Grayer commence vraiment à s'agiter.

Elle s'est adjugé une place en entrant, mais m'a suggéré de « garder l'œil sur Grayer » qui — a-t-elle bien insisté — devait rester « là où il sera le plus à l'aise » : dans ce fauteuil de salon qu'est sa poussette. J'ai essayé de tenir debout un moment, mais dès que la blonde au sac Gucci s'est posée par terre pour éplucher son *Elle*, je me suis laissée couler contre le mur.

Mme X étant vissée à son portable, je garde l'œil susmentionné — et la main — sur Grayer. Ce même Grayer qui utilise actuellement ses pieds pour s'éloigner du papier peint beige à motif cachemire et voir jusqu'où il pourra reculer sans heurter quelqu'un.

— Nanny, allons-nous-en !

— Grover, je t'ai demandé trois fois d'arrêter. Si on jouait à « Je cherche »... Je cherche quelque chose de vert...

Je cherche à me faire greffer d'autres fesses.

Il se contorsionne pour atteindre ma main qui bloque la roue droite de sa poussette. Il est de plus en plus rouge, prêt à éclater. Sa mère l'a emmené faire des photos après la classe, après quoi on s'est retrouvé embringués dans des courses pour cette fameuse soirée. On ne peut lui en vouloir d'être à bout après avoir passé la matinée à l'école, l'après-midi à sourire béatement et le reste du temps ficelé dans sa poussette.

— Allez, là c'est dur... Je cherche quelque chose de vert... Je parie que tu trouves pas !

Je tiens bien fort la roue quand il se projette par-dessus le garde-corps pour être brutalement plaqué en arrière par les sangles, ce qui ne fait que renforcer sa détermination. Nos voisins s'écartent discrètement autant que le permet l'affluence. Je garde le sourire tandis qu'on me pince les doigts sur la moquette. Tel James Bond tenant une bombe qui fait tic-tac, j'évalue les issues possibles vers un lieu moins fréquenté pour l'imminente explosion. Cinq... quatre... trois... deux —

— JE-VEUX-M'EN-ALLER !

Il se rue en avant pour souligner chaque mot.

— X ? Madame X, nous allons vous recevoir au guichet huit.

Une fille de mon âge (avec qui, en cet instant, j'échangerais bien immédiatement ma place) fait signe à ma patronne de la suivre vers la longue rangée de bureaux brun acajou à proximité.

— PARTONS ! Je veux m'en aller ! Je veux pas jouer ! Je veux pas la poussette !

Avant de passer de l'autre côté, Mme X applique la main sur son portable. Elle tourne vers moi un visage rayonnant et chuchote, désignant son fils :

— Il *s'exprime*. Il sort de ses gonds pour nous signifier ses *limites*.

— Oui, dis-je du bout des lèvres, en desserrant les courroies avant qu'il ne se blesse.

Elle s'éloigne dans le hall bleu sombre tandis que je propulse notre Grayer vers l'escalier où il pourra exprimer tout à loisir ses limites pendant que la nouvelle montre de son père recevra l'attention qu'elle mérite.

Nanny,

On viendra installer les tables cet après-midi. Veillez à ce que Grayer ne gêne pas. Le chef du bureau de Chicago passera pour le plan de table.

Pourriez-vous bricoler quelque chose pour le dîner de Grayer, je ne serai pas là avant huit heures. Il adore les coquilles Saint-Jacques et je crois que nous avons des betteraves au frigo. Rien de plus simple. A tout à l'heure. Et n'oubliez pas ses devoirs.

Merci mille fois !

Des coquilles Saint-Jacques ? ! Et les Mac-Cheese-brocolis, ça ne se fait plus ?

Cherchant désespérément un livre de cuisine, j'ouvre les portes des placards en teck en tâchant de ne pas faire de marques sur les murs en trompe-l'œil, mais il n'y en a pas un seul, même pas *Joie de cuisiner* ou *Palais d'argent.*

Selon mon estimation, fondée sur mon expérience de vendeuse chez Williams-Sonoma un Noël, elle possède pour plus de quarante mille dollars d'équipement ménager ; pourtant, tout a l'air à peine déballé. Du fourneau La Cornue « Le Château » coloris à la demande avec fours à gaz et à l'électricité, qui débute à quinze mille dollars, jusqu'à la batterie complète de casseroles en cuivre Bourgeat à mille neuf cent douze dollars, tout est de première qualité. Le seul appareil qui paraisse cassé, c'est la machine expresso Capresso C3000 vendue aux particuliers deux mille quatre cents dollars. Et non, pour ce prix-là, on ne vous trouve pas un homme. J'ai posé la question.

J'ouvre l'intégralité des placards et tiroirs, tentant de me familiariser avec les ustensiles, comme si tenir chaque couteau Wüsthof pouvait m'apprendre à préparer des coquilles Saint-Jacques.

Ma quête me mène au bureau de Madame où je ne trouve rien, sinon un catalogue annoté Neiman Marcus, la chaîne de grands magasins de luxe, et Connie, la gouvernante, en train d'astiquer à genoux la poignée de porte avec une brosse à dents.

— Bonjour... vous ne sauriez pas où Mme X range ses livres de cuisine ?

— Mme X ne mange pas, et ne cuisine pas...

Elle trempe sa petite brosse dans un bocal de cire.

— Elle vous a demandé de faire la cuisine pour la réception ?

— Non, seulement le repas de Grayer...

— Je ne comprends pas tous ces tralalas... Elle qui déteste recevoir. On n'a donné que trois dîners depuis qu'elle vit ici.

Elle hoche la tête tout en frottant adroitement autour du trou de serrure.

— Il y a un tas de bouquins dans la deuxième chambre d'amis... Essayez toujours.
— Merci.
Je continue à errer dans ce labyrinthe sépulcral jusqu'à la suite des invités. Je survole du regard les titres dans la bibliothèque intégrée.

Pourquoi avoir un enfant ? Stress et mythe de la fertilité.
Ce sont aussi vos seins : le nouveau guide de l'allaitement.
Tôt ou tard, on dort tous seuls : aider bébé à s'endormir.
Se faire de bonnes dents pour la vie.
Le Guide zen de la marche — chaque voyage commence par un premier pas.
Le pot appris aux nuls.
Les bénéfices de la méthode Suzuki sur le développement de l'hémisphère gauche du cerveau.
La diététique écologique pour le tout-petit.
Comment valoriser son enfant : l'entretien préscolaire.
Ça passe ou ça casse : être admis dans la bonne maternelle.

— et tout ce qu'on peut imaginer dans ce genre pour remplir sa bibliothèque du sol au plafond :

L'enfant des villes a besoin d'espaces verts : l'intérêt des pensions.
Tests d'aptitude — planter le décor pour le reste de sa vie.

Je reste là, bouche bée, oubliant Saint-Jacques et betteraves pendant une bonne minute. Beuh !

— J'ai vraiment peur que tu rates tes études pour faire la tambouille chez les autres jusqu'à la fin de tes jours ! C'est un signal, Nan. Si j'ai bonne mémoire, on t'avait engagée pour faire la bonne d'enfant. C'est tout, n'est-ce pas ? Es-tu rétribuée pour ce service supplémentaire ?
— Non. Maman, ce n'est pas le moment de...

— Tu devrais passer une journée dans notre foyer, à la cuisine. Ça te mettrait du plomb dans la tête...

— D'accord. Ce n'est pas le moment de...

— Au moins, tu aiderais des gens qui en ont vraiment besoin. Peut-être devrais-tu faire une pause, regarder en toi-même, vérifier...

— MAMAN !

Je baisse le menton pour empêcher le téléphone de glisser au moment d'empoigner à deux mains une marmite de betteraves en train de bouillir.

— Je ne peux pas regarder en moi-même pour l'instant, parce que j'appelais uniquement pour savoir comment cuisiner des coquilles Saint-Jacques, pour l'amour du ciel !

— Moi, je t'aide, dit Grayer.

Sa petite main rampe au-dessus de la paillasse, cherche à tâtons le couteau à éplucher que je viens de reposer.

— Je te quitte... !

Je me jette sur ce couteau et flanque par terre vingt noix de Saint-Jacques.

— Super ! Comme à la plage, Nanny ! Ramasse pas, laisse... Je vais chercher mon seau.

Comme il sort de la cuisine au galop, je lâche le couteau dans l'évier et m'accroupis pour ramasser les mollusques. J'en prends un, deux, mais le troisième m'échappe, glisse et s'arrête contre un escarpin gris en serpent. Une rousse en tailleur gris est campée sur le seuil de la porte.

Grayer revient en sautillant avec son petit seau, mais se fige derrière elle en voyant ma tête.

— Pardon, vous désirez ? dis-je en me relevant.

Je fais signe à Grayer d'approcher.

— Je viens pour le plan de table.

Elle entre tranquillement, ôte son foulard Hermès, le noue à la poignée de sa mallette Gucci gris ardoise, puis s'agenouille pour ramasser une Saint-Jacques et se retourne pour la tendre à Grayer.

— C'est à toi, ça ?

Il me consulte du regard.

— C'est bon, Grove..., dis-je en tendant la main pour récupérer la chose. Bonjour, je m'appelle Nanny...

— Lisa Chenowith, directrice générale du bureau de Chicago. Et toi, tu es sûrement Grayer...

— J'aide ! dit-il en fourguant le reste dans son seau.

— J'ai justement besoin d'un assistant. Tu ne chercherais pas un autre boulot ?

— Si, marmonne-t-il à son seau.

Je balance les noix de Saint-Jacques dans la passoire et éteins la cuisinière.

— Si vous me laissez une minute, je vous montrerai la salle à manger...

— C'est pour le grand soir ? demande-t-elle en désignant l'évier qui déborde de casseroles.

— Non..., c'est pour lui, dis-je en raclant des betteraves cramées au fond de la marmite.

— Il y a pénurie de beurre de cacahuètes et de gelée ?

Elle rit, pose l'attaché-case sur la table.

— Nanny, je veux du beurre de cacahuètes et de la gelée !

— Désolée, je ne voulais pas déclencher une révolution... Grayer, quoi que fasse Nanny, je suis sûre que ce sera délicieux.

— En fait, je crois que je vais opter pour Beurre de cacahuètes & Gelée, dis-je en ouvrant le frigo.

Une fois Grayer perché sur son siège, je la pilote jusqu'à la salle à manger, où la longue table en noyer a été remplacée par trois rondes.

— Ah, ah, murmure-t-elle en entrant derrière moi. Elle les a fait livrer une journée à l'avance — ça a dû coûter cher.

Nous contemplons les tables parfumées à la lavande, l'argenterie brillante, le cristal étincelant et les assiettes de présentation dorées sur tranche.

— J'aurais bien voulu en être...

— Vous ne serez pas là ?

— M. X préfère que je rentre à Chicago.

Elle me sourit, puis reporte son attention sur le reste de

la pièce, admirant le Picasso au-dessus de la cheminée et le Rothko près du buffet.

Je la suis dans le living, puis dans la bibliothèque. Son regard soupèse la décoration précieuse comme avant une mise aux enchères.

— Superbe, dit-elle en effleurant les rideaux de soie grège. Quoiqu'un peu ostentatoire, vous ne trouvez pas ?

Peu habituée à ce qu'on sollicite mon opinion, je cherche mes mots.

— Euh... Mme X a des goûts très définis. Au fait, puisque vous êtes là, ça vous ennuierait de me dire si cela convient... ?

Je me penche derrière le bureau de M. X afin d'y repêcher une pochette cadeau.

— Qu'est-ce que c'est ? dit-elle, rejetant ses cheveux par-dessus son épaule pour regarder à l'intérieur.

— Les cadeaux des invités. Je les ai emballés ce matin, mais je ne suis pas sûre d'avoir bien fait, parce que je n'ai pas pu trouver le bon papier de soie et que le ruban que Mme X souhaitait n'était plus disponible...

— C'est une question de vie ou de mort ?

— Quoi ?

— Ce ne sont que des pochettes cadeaux. Pour un tas de vieux croûtons ! s'exclame-t-elle en riant. Je suis certaine que c'est parfait — relax !

— Merci, j'avais l'impression que c'était très important.

Elle regarde par-dessus mon épaule les photos de famille sur l'étagère.

— Je téléphone à Chicago et je m'occupe des places. M. X rentre bientôt ?

— Jamais avant 8 heures.

Elle décroche le téléphone et se penche au-dessus du bureau en acajou pour scruter un portrait de M. X portant son fils sur ses épaules au pied d'une piste de ski.

— NAN-NY, J'AI FI-NI !

— Bon... euh, si vous avez besoin de moi, n'hésitez pas..., dis-je en m'attardant sur le seuil, tandis qu'elle ôte une boucle d'oreille composée d'une perle noire, avant de composer son numéro.

Elle me fait signe que tout va bien.

Nanny,

J'ai pour principe de ne pas donner trop d'hydrates de carbone à Grayer le soir. Aujourd'hui, j'ai pesé toutes ses portions. Si vous pouviez mettre les betteraves, le chou frisé et le kohlrabi dans le couscoussier pendant douze minutes, ce serait parfait, mais de grâce, ne gênez pas les traiteurs.

Vous devrez sans doute le faire dîner dans sa chambre. En fait, comme il me faudra peut-être la montrer à mes invités lors de la visite, il vaudrait sans doute mieux que vous alliez manger dans sa salle de bains, au cas où il en renverserait.

P.S. : Je compte sur vous pour rester jusqu'à ce qu'il s'endorme et veiller à ce qu'il ne trouble pas le repas.

P.P.S. : J'aurai besoin de vous pour prendre son costume d'Halloween demain !

— Un Martini, sec — pas d'olives.

Après avoir transformé le dîner cuit à la vapeur de Grayer en une bouillie innommable, m'être brûlé la main par la même occasion, avoir failli ébouillanter le gosse à plusieurs reprises, puis mangé sur la cuvette des W.-C., me voici plus que prête à « décompresser ». Je m'installe au bar, rêvant déjà de travailler pour cette rouquine de Chicago — déménager dans l'Illinois, me lancer dans la banque et passer mes journées à lui confectionner des tartines au beurre de cacahuètes.

Je cherche mon enveloppe dans mon sac et en sors un billet de vingt dollars pour le barman. Elle est plus épaisse cette semaine et je compte plus de trois cents dollars cash. Je comprends que, quoique je sois épuisée et sans doute menacée de finir droguée ou alcoolique, l'avantage de travailler trois fois plus que convenu, c'est qu'on gagne trois fois plus. On n'est qu'au milieu du mois, et ma part de loyer est déjà payée. Quant au pantalon de cuir que j'avais repéré...

Il me faut simplement une demi-heure de calme avant de retourner affronter Charlène et son pilote poilu. Je n'ai pas envie de parler, pas envie d'écouter, et par-dessus tout pas envie de cuisiner. Tout de même, garder pour la nuit son petit ami quand on partage un studio... Pas bien, ça. Pas bien du tout. Je compte les jours qui nous séparent de son prochain départ...

— Hé, regardez !

Un blondinet en ensemble Brooks Brothers rameute sa « bande » pour lui montrer son agenda électronique à la table du coin.

Classique.

En général, j'évite comme la peste le Dorrian et sa clientèle d'étudiants de boîtes privées. Mais c'était sur mon chemin et le barman fait des supercocktails. De plus, j'avais bien besoin de « décompresser ». En outre, ça ne risque rien à la morte-saison, une fois qu'ils ont tous repris l'école.

Je compte cinq casquettes de base-ball blanches penchées autour du nouveau jouet du copain. Bien qu'encore en fac, tous ont des trucs cellulaires pendus à leur ceinture. La mode change, les vestes en velours côtelé des années 70 ont fait place aux cols relevés des années 80, aux chemises à carreaux des années 90 et au Gore-Tex de l'an 2000, mais leur mentalité est aussi intemporelle que les nappes à carreaux rouges.

Je suis si fascinée que machinalement mon regard les accompagne quand ils se tournent vers la porte. Pour couronner cette journée, qui devrait entrer — sinon le Beau Voisin, *sans* casquette de base-ball blanche... Et il les connaît ! Pouah ! Je prends une longue gorgée, tandis qu'à la vision dont je me délectais — lui soignant les orphelins du Tibet — se substitue, comme après un traitement au morphing, celle où il s'affaire à la Bourse de New York, en costume trois pièces.

— C'est bon, ça ? Tu aimes ?

Mon Dieu, j'en ai un tout près. Emballe, Charles !

— Pardon ? dis-je, notant sa casquette de base-ball de la Caroline du Sud, qui proclame fièrement COCKS (« les coqs ») en lettres écarlates de sept centimètres.

— Maaar-tiii-niii. C'est pas trop fort, ce truc-là ? dit-il un peu trop près de ma figure, puis il beugle par-dessus ma tête : Levez votre cul et venez m'aider, feignants !

Mon Beau Voisin vient participer au transport des bières.

— Tu n'es pas la petite amie de Grayer ?

Grand sourire.

Il se souvient ! Non, vilaine Nanny. Pense à la Bourse. Pourtant, je ne peux m'empêcher de noter l'absence de gadget à la ceinture de son jean.

— Je suis heureuse de pouvoir déclarer qu'il a eu son compte au bout d'une seule lecture de *Bonne nuit, la Lune.*

Je souris malgré moi.

— J'espère que Jones ne t'a pas acculée à la conversation... C'est qu'il peut être pénible..., reprend-il en jetant un œil sévère à ce dernier, qui se marre à cette involontaire allusion obscène. Tu te joins à nous ?

— Je suis assez fatiguée...

— S'il te plaît, rien qu'un moment...

Je considère le groupe avec scepticisme, mais, au moment où il s'empare des bocks, ses cheveux lui balaient les yeux et je suis chavirée.

On me fait de la place à la table. S'ensuivent de turbulentes présentations, qui m'obligent à serrer toutes ces mains moites.

— Comment tu l'as connu, notre pote ? demande l'un.

— Parce qu'on se connaît, nous, depuis *longtemps*...

— Depuis toujours...

Ils hochent la tête comme des poules, répétant cela un millier de fois.

— Ces sentimentaux..., dit à voix basse mon béguin, en se tournant vers moi. Comment ça marche, le boulot ?

— Le boulot !

On dresse l'oreille.

— Tu bosses où ?

— Tu es analyste programmatrice ?

— Non...

— Mannequin ?

— Non, je suis baby-sitter.

J'ai touché un point sensible, on dirait.

— Tu t'emmerdes pas ! dit l'un en gratifiant mon voisin d'une grande claque sur l'épaule.

— Tu nous cachais ça...

Je m'aperçois à leurs sourires suaves qu'ils m'ont vue dans tous les films porno avec baby-sitter jamais projetés dans leur piaule.

— Alors..., lance le plus ivre, le père..., il assure au lit ?

— Il t'a fait des avances ?

— Euh... non. Je n'ai pas encore fait sa connaissance.

— Et la mère ? Elle assure au lit ?

— Ça, je ne crois pas...

— Et le gosse ? Il assure au lit ? Il n'a rien tenté avec toi ?

Ils parlent tous en même temps.

— Il a quatre ans, alors...

Ces voix dures dissipent toute illusion d'une mise en boîte bon enfant. Je me tourne vers l'homme du monde qui m'a amenée ici, mais il semble pétrifié, rougit violemment, les yeux baissés.

— Et les pères, ils ne tentent jamais rien ?

— Bon ! Si vous voulez bien m'excuser...

Je me lève.

— Oh, allez ! (Jones me toise froidement.) Tu voudrais nous faire croire que t'as jamais couché... ?

Là, je vois rouge.

— Comme c'est original ! Vous tenez à savoir comment

ils sont, ces hommes ? C'est vous, dans quelques années. Et ils ne couchent pas avec la baby-sitter. Ni avec leur femme. Ni avec personne. Parce qu'ils sont gros, chauves, qu'ils n'ont plus le goût à rien et qu'ils boivent — beaucoup — parce qu'ils y sont obligés, pas pour le plaisir. Donc, amusez-vous bien, les garçons — le bon vieux temps n'a pas fini de vous manquer. Et maintenant, s'il vous plaît, restez assis...

Le cœur battant, je prends mon sweat et mon sac, et marche vers la porte.

— Attends !

Mon béguin me rattrape dans la rue. Je pivote sur mes talons, prête à entendre qu'ils ont tous un cancer en phase terminale et ne voulaient pas la guerre.

— Tu sais, ce n'était pas méchant...

— Tu parles ! Alors, c'est leur façon de parler aux filles en général ? Ou seulement à celles qui bossent dans le même immeuble ?

Il croise ses bras nus et fait frileusement le dos rond.

— Ce sont seulement des copains du lycée. On se voit de temps en temps.

La Vilaine Fée rapplique sur son balai.

— Vous devriez avoir honte.

— Ils... ils sont bourrés, c'est tout...

— Non, ils sont cons.

Nous nous dévisageons. J'attends une réponse, mais il est comme paralysé.

— Bon, dis-je enfin, la journée a été longue...

Soudain, je me sens complètement vannée et désagréablement consciente d'une douleur lancinante à la main, là où je me suis brûlée.

Nanny,

Ce dîner fut un grand succès. Mille mercis pour votre aide.

Je n'arrive pas à assumer ces escarpins et M. X ne raffole pas de leur couleur. Si c'est votre pointure, je vous les offre bien volontiers, sinon, portez-les au magasin Encore à l'angle de Madison et de la 84e Rue. J'y ai un compte.

A propos, auriez-vous vu le cadre Lalique qui se trouvait sur le bureau de M. X ? Celui avec la photo de Grayer et son père à Aspen ? Il a disparu. Pouvez-vous joindre le traiteur et voir si on ne l'aurait pas embarqué par mégarde ?

Je pars récupérer chez Bliss, mon portable sera éteint jusqu'à la fin de l'après-midi.

PRADA ! P.R.A.D.A. Comme Madonna. Comme dans *Vogue*. Comme dans regardez-moi vous snober avec élégance, arrogants crétins amateurs de golf et de gadgets électroniques, trimballeurs du *Wall Street Journal*, fans de gangsta hip-hop, sportifs en chambre et adorateurs d'Howard Stern, l'animateur de talk-show bien crade !

3

La nuit des morts vivants

Nana troublait aussi M. Darling pour une autre raison. Quelquefois, il avait l'impression qu'elle ne l'admirait pas.

Peter Pan

Après avoir choisi de petites citrouilles décoratives en rentrant de l'école, Grayer et moi atteignons l'appartement juste à temps pour signer, en ce qui me concerne, une facture de plus de quatre mille dollars. Nous suivons, ébahis, un livreur qui pousse sur un diable deux caisses de un mètre quatre-vingts à travers la cuisine et les dépose dans l'entrée. Après le déjeuner, nous jouons à deviner ce qu'elles pourraient bien contenir. Grayer parie pour un chien, un gorille, un gros camion ou un petit frère. Moi, pour des antiquités, une nouvelle installation de salle de bains ou une petite cage pour Grayer (ça, je le garde pour moi).

Je le livre aux mains compétentes de son professeur de piano à 16 h 15 et reviens, conformément aux directives, à 17 heures. Avec mon pantalon de cuir et mes escarpins Prada d'occasion, je suis habillée en adulte pour la fête d'Halloween donnée dans les bureaux de M. X. Mais, quand j'ouvre la porte, je me retrouve face à face avec une Mme X frénétique, qui tente de forcer l'une des caisses avec un couteau à viande et une ventouse à déboucher les W.-C.

— Vous voulez que j'appelle le gardien ? dis-je en la contournant avec précaution. Il aurait peut-être un pied-de-biche...

— Oh, flûte, vous voulez bien ?

Je vais dans la cuisine contacter par l'interphone le concierge qui promet d'envoyer l'homme à tout faire.

— Il arrive. Qu'est-ce que... euh, qu'est-ce qu'il y a là-dedans ?

Elle s'acharne sur la caisse, soufflant et ahanant.

— J'avais — aaah — commandé des costumes sur mesure de Mufasa et Sarabi — ouh, la vache ! — copiés sur ceux des comédiens de la production du *Roi Lion* à Broadway... (Son visage s'empourpre.) Pour cette fête idiote... aïe !

— Super ! Où est Grayer ?

— Il vous attend pour s'habiller ! Pressons — nous devons tous être déguisés et prêts à 18 heures.

Tous ?

Tandis qu'on sonne à la porte de service, je rebrousse chemin et traverse sans hâte le long couloir qui mène à la chambre de Grayer, où il a eu le bon sens de se cacher de la femme à la ventouse. Poussant la porte avec appréhension, je découvre non pas un, mais *deux* costumes de Teletubby, qui se dressent hors du lit telles des baudruches partiellement dégonflées de la célèbre parade du magasin Macy's le jour de Thanksgiving.

Seigneur. C'est une plaisanterie ?

— Nanny, on va être pareils !

Si je voulais porter des costumes bizarres, je pourrais gagner *nettement* mieux ma vie.

Avec un long soupir, j'entreprends de lui faire enfiler son costume jaune, en tâchant de le persuader que c'est comme enfiler une grenouillère, en plus volumineux. J'entends Mme X courir dans l'appartement.

— Est-ce qu'on a une pince ? Nanny, vous n'auriez pas vu la pince ? Les costumes sont fixés à l'intérieur avec du fil de fer !

— Désolée !

J'ai hurlé en direction de sa voix, laquelle varie constamment, comme une sirène de voiture.

Boum.

Quelques instants plus tard, elle fait irruption, déguisée en paillote, sa coiffe de guingois.

— Est-ce que je me maquille ? Est-ce que je me maquille ?

— Hum, en vous en tenant à des teintes neutres, peut-être ? Pourquoi pas ce rouge à lèvres sympa que vous aviez mis pour votre déjeuner l'autre jour...

— Non, je pensais à quelque chose de, vous savez... *tribal.*

Son fils la contemple, parfaitement médusé, les yeux écarquillés.

— C'est ton costume, maman ?

— Maman n'a pas encore fini, chéri. Nanny va te grimer, et ensuite elle pourra m'aider.

Elle repart dare-dare. Elle nous a apporté des crayons gras, afin que je nous transforme en Inky Blinky et Tiggy Wiggy, si c'est bien là leurs noms. Mais, dès que je fais mine de maquiller le petit, sa figure subit une attaque massive de démangeaisons.

— Laa-Laa, Nanny. Je suis Laa-Laa.

Il porte ses moufles à son nez.

— Toi, tu es Tinky Winky...

— Ne touche pas ton visage, s'il te plaît. J'essaie de te faire ressembler à un Teletubby.

La paillote revient à toute vitesse.

— Mon Dieu, c'est affreux ! Qu'est-ce que vous fabriquez ?

— Il n'arrête pas de se barbouiller...

Elle le regarde de haut, toutes pailles frémissantes.

— GRAYER ADDISON X, NE TE TOUCHE PAS LA FIGURE !

Et la voilà repartie.

Son menton commence à trembler — il ne touchera plus jamais son visage. Plus jamais.

— C'est cool, Grove... Reste tranquille, qu'on en finisse, d'accord ?

Il acquiesce et tend la joue pour me faciliter la tâche.

— C'est naguma matoto ? hurle-t-elle du couloir.

— Hakuna matata ! répliquons-nous en chœur.

— Bien ! Merci ! Hakuna matata, hakuna matata.

Le téléphone sonne et je l'entends alors, sur le poste du couloir, fournir un gros effort pour avoir l'air calme.

— Allô ? Allô, chéri. On y est presque... Mais je... C'est vrai, mais j'avais les costumes que tu voulais... Non, je... Oui, je comprends, mais j'avais... C'est vrai, non, on sera en bas.

Pas lents sur le marbre en direction de l'aile de Grayer, puis la paillote réapparaît dans l'encadrement de la porte.

— Papa a été un peu retardé, il passera donc dans dix minutes nous prendre au rez-de-chaussée, d'accord ? Tout le monde dans l'entrée dans neuf minutes.

Neuf minutes plus tard (que j'ai mises à profit pour me glisser dans cette peau de pingouin violette, puante et lourde, et m'enduire de saindoux blanc), nous nous regroupons gauchement autour des caisses dans l'entrée — petit Laa-Laa jaune, grande andouille violette et Mme X en digne tailleur-pantalon Jil Sander.

— Il fait trop chaud pour mon vison ? demande-t-elle, ajustant mon capuchon afin que le triangle violet, de la taille d'une boîte à chaussures, soit d'aplomb.

Il faut les quatre mains de deux portiers sur mon derrière pour me pousser à l'intérieur de la limousine, aux pieds des X. J'atteins tant bien que mal la banquette, tandis que le chauffeur redémarre.

— Où est ma carte ? demande alors Grayer.

Je ne sais si c'est la couche de caoutchouc sur mes oreilles ou simplement le choc, mais sa voix me semble venir de très loin.

— Ma carte. Où est-ce qu'elle est ? Oùùùù ?

Il commence à se balancer comme un culbutos sur la banquette que nous partageons en face de ses parents.

— Nanny !

Le ton de Mme X me rappelle brutalement à l'ordre.

— Grayer, dis à Nanny ce que tu ressens...

Je m'arrange pour me tourner vers lui, l'excroissance violette autour de ma tête m'interdisant toute vision périphérique. Euh ! oui ? Sa figure est toute rouge sous le maquillage et il est hors d'haleine. Il plisse les yeux et rugit :

— NANNY ! J'AI PAS MA CARTE.

Flûte.

— Nanny, il doit toujours avoir cette carte épinglée sur lui...

— Désolée.

Je braque mes hanches vers lui.

— Grayer, pardon.

— Ma CCAAAAAARRRRTTEEEE !

— Holà ! ordonne une voix grave et désincarnée. Suffit comme ça.

Mooooonsieuuur Iiiixxxxxxx, enfin, vous !

Toute la limousine retient son souffle. Cet homme-mystère qui a passé ces deux mois à m'éviter, moi et, dirais-je, le reste de mes compagnons de voyage, a bien mérité un arrêt sur image. Il me fait face, en costume sombre et souliers très coûteux. Ou plutôt, il fait face au *Wall Street Journal*, qui masque complètement le reste de sa personne — excepté le haut du front, luisant et qui commence à se dégarnir, éclairé par la lampe de lecture. Il a un téléphone portable sous l'oreille, qu'il paraît se borner à écouter. « Holà » est la première parole qu'il prononce depuis que nous sommes dans cette voiture.

Assis derrière son journal, c'est indiscutablement le directeur général de cette famille.

— Quelle carte ? demande-t-il à son journal.

Mme X pose sur moi un regard lourd de sous-entendus et il est évident que l'effondrement de Grayer est de mon ressort — où alternent tâches d'encadrement et de technicienne de surface.

C'est ainsi que nous rebroussons chemin et les portiers ne sont que trop contents d'avoir l'occasion de tirer sur mes abattis pour m'extraire de la limousine.

— Attendez là, messieurs, dis-je une fois à la verticale. Je reviens dans une minute.

Je monte, passe dix minutes à fouiller la chambre du petit en suant à grosses gouttes, d'où nouvel usage des crayons gras, retrouve La Carte dans le panier à linge, et me voilà prête pour un nouveau tour de piste.

L'ascenseur s'ouvre et, bien sûr, qui est là, sinon le Beau Voisin ?

Il ouvre la bouche.

Que je sois foudroyée sur place.

— Quoi ? Tu n'as jamais vu un déguisement d'Halloween ? dis-je d'une voix cassante en entrant d'un pas lourd, tête haute.

— Non ! Hum, c'est... c'est le 23 octobre, mais...

— Et alors ?

— Je... hummmm, oui, oui je sais...

— O-hé ! Ça t'arrive de trouver tes mots ?

J'entreprends d'osciller afin d'être face à la cloison. Bien sûr, dans ces trois mètres carrés, la différence est minime.

Il se tait un moment.

— Écoute, je suis vraiment désolé pour l'autre soir. Parfois, ces types se conduisent en abrutis quand ils ont bu. Je sais que ce n'est pas une excuse, mais... ce sont de vieux copains du lycée...

— Et alors ? dis-je au mur.

— Et... (Il paraît sécher.) Et tu ne devrais pas me juger sur cette soirée d'ivresse.

Je me dandine dans sa direction.

— Hum, oui..., cette soirée de beuverie où tes vieux copains m'ont traitée de putain. Moi aussi, je sors parfois avec des amis qui ne partagent pas mes opinions politiques, mais jusqu'à un certain point. Si, disons, *viol collectif* était inscrit au programme de leur soirée, je m'interposerais !

— Tiens !

— Quoi « tiens ! » ?

— Pour quelqu'un qui n'aime pas être victime de préjugés, c'est assez gonflé de ta part de me condamner d'office à cause de leur conduite.

— Très bien !

Je respire à fond et tente de me redresser de toute ma hauteur.

— Soyons clairs : je te juge sur le fait que tu n'as rien fait pour leur clouer le bec.

Il me lance un regard.

— C'est vrai, j'aurais dû intervenir. La situation m'a échappé et je le regrette. (Il ramène une mèche derrière son oreille.) Si on sortait ensemble, ce soir ? Je pourrais me rattraper. Je serai avec quelques copains de la fac — c'est un tout autre milieu, je te le jure.

La porte s'ouvre, et un caniche et sa maîtresse en manteau de cachemire nous lancent un regard mécontent parce qu'il n'y a pas de place pour eux. La porte se referme. Je comprends que je n'ai plus que deux étages pour dire oui.

— Comme tu peux le constater, on m'attend à une orgie.

Avec l'un de mes trois doigts, je désigne mon buste violet.

— Mais je peux essayer de passer vers 10 heures.

— Génial ! Je ne sais pas très bien où nous irons. On a pensé au Chaos ou à The Next Thing, mais en tout état de cause on sera au Nightingale's jusqu'à 11 heures.

— Je ferai mon possible, dis-je.

Bien que je n'aie pas très bien compris laquelle de ces trois destinations je devrai viser pour cela. La porte s'ouvre sur le hall d'entrée et je m'essaie à des dandinements sexy, en travaillant le mouvement des hanches.

J'attends que mon Beau Voisin ait disparu au coin de la rue et, après une seule poussée au cul des portiers, nous voilà repartis. Je prends un certain plaisir à voir Mme X forcée de se pencher elle-même pour épingler la carte, puisqu'elle dispose de ses dix doigts.

— Chéri, j'ai enfin découvert qui les Brightman employaient pour organiser leur safari..., dit-elle, mais M. X désigne son téléphone et secoue la tête.

Pour ne pas être en reste, elle sort son Startac de sa minaudière-citrouille Judith Leiber et compose un numéro. La partie rondouillarde et colorée de l'habitacle tombe dans un silence prolongé.

— ... Moi, je n'ai pas trouvé que son décorateur avait bien travaillé...

— ... revoyez bien ces chiffres...

— ... mauve ?

— ... à cette APR ? Il est fou !

— ... du bambou pour une cuisine ?

— ... racheter dix milliards dans les trois prochaines années...

Je regarde Grayer et enfonce un doigt violet dans sa bedaine jaune. Il lève les yeux sur moi et me rend la pareille. Je pince son menton de feutre, il pince le mien.

— Bien !

M. X replie son téléphone avec un claquement sec et me considère.

— Alors, est-ce qu'on fête Halloween en Australie ?

— Euh, je... je crois qu'il existe un jour qui s'appelle la Toussaint, mais je ne sais pas si on se déguise...

— Chéri, intercède Mme X. Elle, c'est *Nanny*. Elle a pris la suite de C-a-i-t-l-i-n.

— Ah, oui, bien sûr. Vous faites du droit ?

— Je veux m'asseoir à côté de maman ! s'écrie soudain Grayer.

— Grove, reste là et tiens-moi compagnie...

— Non ! Je veux maman.

Mme X consulte du regard M. X, qui s'est retiré derrière son journal.

— Il ne faut pas salir le manteau de maman avec tes jolies couleurs — reste avec Nanny, chouchou.

Après quelques rounds supplémentaires, il finit par se lasser et nous gardons le silence tandis que la limousine plane vers le sud, là où les rues étroites et denses de Lower Manhattan font place aux tours imposantes du quartier de la finance. Le voisinage semble désert, exception faite du cortège funèbre de voitures avec chauffeur qui s'est formé sous les bureaux de M. X.

Monsieur et Madame mettent pied à terre et nous précèdent dans l'immeuble, nous laissant manœuvrer seuls nos anatomies sphériques hors de la voiture.

— Nanny, dis trois et je te pousse ! Dis trois, Nanny ! DIS TROIS !

Avec ses petits pieds dans mon dos et ma figure presque sur le trottoir, pas étonnant s'il ne m'entend pas crier :

— Trois !

Je m'écrase le visage vers la gauche pour le voir tendre ses lèvres par la vitre entrebâillée.

— Tu l'as dit, Nanny ? Tu l'as dit ?

Je devine une certaine poussée d'activité derrière mon énorme derrière, émaillée de commentaires issus de l'esprit supérieur à l'œuvre.

— Bon, alors... moi je suis Lapin... et toi... Winnie l'Ourson... et... tu comptes ?... et... à cause de tout ce miel... bloqué dans l'arbre — À TROIS, NANNY, À TROIS !

Pour autant que je sache, il pourrait être en train de confectionner une catapulte avec des serviettes en papier —

WHOMP !

— Ça y est Nanny ! J'ai réussi !

Je me redresse, lui tends ma main à trois doigts, et nous nous dandinons vers l'entrée. M. et Mme X ont aimablement retenu l'ascenseur et nous gagnons le quarante-cinquième étage avec un autre couple dont les enfants n'ont pas pu venir : « les devoirs... ».

Nous débouchons dans une salle de réception très vaste, transformée en décor de film de Tim Burton — le marbre des murs est recouvert de chauves-souris en papier et de fausses toiles d'araignées, tandis qu'à chaque centimètre du plafond pendent des guirlandes, des araignées et des squelettes. De nombreuses tables bistrot sont stratégiquement disposées à des intervalles réguliers autour de la pièce, chacune éclairée par une citrouille sculptée à la main.

On dirait que tous les comédiens au chômage de New York et ses environs ont été convoqués pour divertir les troupes. À l'accueil, Frankenstein fait mine de répondre au téléphone, Betty Boop passe avec un plateau de rafraîchissements et Marilyn chante *Happy Birthday, Mister President* à un aréopage de collègues de M. X. Grayer regarde autour de lui avec une vive inquiétude jusqu'à ce que Garfield se présente avec un plateau de sandwiches au beurre de cacahuètes et à la gelée.

— Tu peux... prends, dis-je pour l'encourager.

Ses moufles le gênent, mais il parvient à se débrouiller et mastique avec appétit tout en restant blotti contre ma jambe.

Au fond, la baie offre une vue époustouflante de la statue de la Liberté. J'ai l'impression d'être la seule à l'apprécier, mais c'est vrai que je suis l'une des rares nounous à avoir le visage exposé. De toute évidence, Mme X n'a pas eu l'exclusivité de son idée – toutes ont des déguisements de location qui font au moins un mètre de circonférence : l'enfant est une petite Blanche-Neige, la nounou un gros nain ; l'enfant un petit fermier, la nounou une très grosse vache ; l'enfant le petit joueur de flûte de Hamelin, la nounou une grosse rate. Toutefois, la palme revient, haut la main, aux Teletubbies. J'échange à distance de pâles sourires avec deux Tinky Winky de la Jamaïque.

Un couple remorquant un petit Woodstock et un gros Snoopy s'approche.

— Mais vous avez fait des merveilles ! dit l'épouse à Mme X, à moins que ce ne soit à Grayer.

— Joyeux Halloween, Jacqueline, répond Mme X en embrassant le vide.

Jacqueline, qui porte une petite toque rose et un tailleur Armani, fonce sur M. X.

— Mon cher, vous n'êtes pas en costume, vilain !

Son propre sigisbée arbore une casquette de capitaine et un costume à rayures.

— Je suis déguisé en avocat, dit M. X. Mais en réalité, je suis banquier !

— Stop ! s'exclame la gloussante Jacqueline. Vous me ferez mourir de rire !

Elle reporte son attention sur Laa-Laa et Woodstock.

— Mes chéris, vous devriez aller voir les animations là-bas, c'est merveilleux !

Je regarde Snoopy, qui gîte sous le poids de sa tête géante.

— L'organisation est nettement meilleure cette année... C'est l'agence qui s'était occupée de la fête chez les Blackstone, le cocktail-saut à l'élastique...

— On m'a dit que c'était charmant. Mitzi Newmann y a pris goût. Elle s'est fait construire un pont dans le Connecticut spécialement pour s'entraîner. Va, Grayer..., l'encourage Mme X.

Il contemple ces scènes d'émeute, l'air pas entièrement convaincu d'avoir envie d'être séparé de ses parents dans l'immédiat.

— Vas-y, mon vieux, et si tu es bien sage, je t'emmènerai voir la salle à manger de la direction, dit M. X.

Le petit me lance un coup d'œil interrogateur.

— Là où déjeune papa..., dis-je.

Je l'entraîne par la main à la suite de notre tandem Peanuts jusqu'à l'aire de jeux, délimitée par une petite palissade. Une Barbie nous ouvre le portillon.

— Bonne idée, dis-je, empêchons les parents d'entrer.

Tout ce périmètre est occupé par des tables pour activités à thèmes et des jeux qui, pour la plupart, impliquent des lancers de quelque chose (une erreur, me dis-je en voyant retomber un petit « Big Bird », l'oiseau de Sesame Street). Ayant tôt fait de remarquer que les plateaux de boissons pour adultes ne circulent pas ici, je me penche par-dessus la barrière afin de chiper un peu de réconfort. De temps en temps, des parents se ramènent d'un pas allègre, tels des maîtres d'hôtel, pour demander si l'enfant s'amuse et s'exclamer : « Oh, un fantôme en guimauve ! Bigre, je suis terrifié ! » avant de se tourner l'un vers l'autre et d'ajouter : « Si vous saviez combien nous a coûté cette rénovation — c'est le coup de bambou. Mais Bill voulait absolument sa salle de projection. »

Ils haussent les épaules, lèvent les yeux et secouent la tête.

Mme X est venue avec Sally Kirkpatrick, une femme que j'ai déjà aperçue à la piscine, pour voir son petit Batman tenter d'écraser ses adversaires au lancer d'anneaux. Je m'approche dans le but de m'enquérir de l'heure du coucher.

— Votre nouvelle jeune fille sait y faire pour pousser Grayer à nager, dit Mme Kirkpatrick.

— Merci, j'aimerais bien l'emmener moi-même, mais le mardi, c'est mon jour à l'Association, et avec la patinoire le vendredi, le français le jeudi et CATS le mercredi, j'ai besoin d'une journée pour m'occuper de moi.

— À qui le dites-vous, je n'arrête pas. Je participe à quatre comités cette année. Au fait, puis-je vous réserver une table pour le « Bal du sein » ?

— Bien sûr.

— Qu'est-il donc arrivé à Caitlin ? La nouvelle n'a pas su me le dire.

— Sally, ce fut un cauchemar... J'ai eu de la veine de trouver Nanny au bon moment ! Caitlin... son travail n'a jamais été exemplaire, mais je m'en satisfaisais, que voulez-vous... Bref, elle a eu le toupet de me demander la dernière semaine d'août alors que je lui avais déjà accordé les deux premières semaines de janvier quand on est allés skier à Aspen.

— Pas possible ?

— J'ai senti qu'elle cherchait à profiter de moi...

— Ryan, ne triche pas... C'est l'anneau d'Iolanthe ! crie Sally à son Batman.

— ... sans savoir réellement que faire, continue Mme X, sirotant son Perrier.

— Alors, vous l'avez virée ? demande Sally, sur le gril.

— D'abord, je me suis adressée à un consultant spécialisé dans les litiges professionnels...

— Qui ?

— Brian Swift.

— On le dit formidable.

— Il a été merveilleux — on a bien cerné le problème. J'ai compris que mon autorité de maîtresse de maison était en cause et que je devais engager une remplaçante pour marquer le coup.

— Excellente idée. Rappelez-moi de vous demander ses

coordonnées. Je ne sais plus que faire avec Rosarita. L'autre jour, je lui ai demandé d'aller faire une course en ville pendant que Ryan était au hockey et elle a refusé, disant qu'elle ne serait pas de retour à temps. Enfin, à qui croit-elle s'adresser ?

— Je sais, c'est ahurissant. Après tout, quand les gosses ont leurs activités, elles restent les bras croisés à nos frais... C'est un monde.

— Où en êtes-vous de vos entretiens d'admission ?

— On a fait Collegiate mardi, mais je ne suis pas certaine de le vouloir dans le West Side, dit Mme X en fronçant le nez.

— C'est une excellente école. Nous serions si heureux si Ryan l'intégrait... On espère que le violon le favorisera.

— Oh, Grayer joue du piano — j'ignorais que cela comptait...

— Tout dépend de son niveau. Ryan dispute déjà des concours régionaux...

— Ah, je vois. Merveilleux.

Me méfiant de ce que je pourrais dire à Mme X en cet instant avec deux vodka-tonic dans le nez, je m'éclipse sur la pointe des pieds et repère Grayer, toujours en train de lancer des balles de jongleur comme un pro, ce qui me laisse libre de rafler un autre verre et d'observer les adultes. Tout le monde est en noir ; les hommes sont grands, les femmes sveltes, tous ont le bras gauche fléchi en travers de l'abdomen, la main gauche soutenant le coude droit en sorte que la main droite puisse agiter vaguement un verre tandis qu'ils bavardent. Les citrouilles se consument lentement sur les tables, projetant de longues ombres, et tout ce monde commence à ressembler pour moi à la famille Addams.

Je comprends que je suis abrutie par la chaleur et l'alcool, mais mon postérieur violet ne tient sur aucune des minuscules chaises en plastique. Je m'assois donc par terre, non loin de la table à gâteaux où Grayer s'est installé, le temps que ses bras se remettent de leurs séances de lancer. Le brouhaha créé par les animateurs est tel que je dois me concentrer sur sa personne alors qu'il en est à décorer son quatrième gâteau. La tête contre le mur, je le vois avec orgueil choisir sans hésiter vermicelle de sucre et billes d'argent, tandis que d'autres attendent que la nounou, accroupie à leur côté, leur passe le sucre glace comme s'ils étaient en train de pratiquer une intervention chirurgicale.

En fin de compte, sa fièvre décorative retombe et il reste là, les yeux brillants, à contempler le centre de table en carton noir et orange, ses mains gluantes inertes sur le plateau. La sueur perle sur son visage — il doit cuire dans son jus. Je vais en rampant lui chuchoter à l'oreille :

— Hé, mon pote, et si on faisait une pause ?

Son front s'abat sur la table, manquant de peu son chef-d'œuvre.

— Allez, viens, Grove, dis-je en l'attirant entre mes bras avant de regagner mon coin à genoux.

Je tire sur la fermeture Éclair de sa cagoule et, avec une serviette de table, essuie le maquillage qui lui dégouline du front ainsi que ses mains maculées.

— Je dois aller attraper une pomme avec les dents, marmonne-t-il, alors que je le fais s'allonger, la tête sur le rectangle blanc de mon ventre.

— Mais oui, reste tranquille pour l'instant.

Je sirote mon dernier verre, laissant les contours de la pièce s'estomper un peu plus, tout en nous éventant avec un prospectus trouvé sous une armoire. Son corps s'alourdit, il s'endort. Les yeux fermés, j'essaie de me représenter ici en femme d'affaires, mais je ne parviens à voir qu'une Tinky Winky présidant un conseil d'administration.

J'ai dû m'assoupir, car je me mets à rêver de Mme X en costume de vison Laa-Laa : elle veut me convaincre de la laisser parler à la bande du Beau Voisin qui m'a manqué de respect, car « fixer des limites », c'est sa « spécialité ». Puis M. X arrive en dansant sur l'air du « Monstre Purée », s'arrache la tête et révèle qu'il est en réalité le Beau Voisin me réclamant d'aller aux cabinets. Je me réveille en sursaut.

— Nanny, pipi !

L'air du « Monstre Purée » beugle à mes oreilles. Je repère une pendule sous les toiles d'araignées. 9 h 30 ! Bon, comptons — quoi ? Vingt minutes pour revenir par la même route, dix pour m'extraire de cette chose, et encore dix minutes pour arriver au Nightingale's ? Il y sera toujours, non ?

— Bon ! On n'a pas que ça à faire ! Trouvons des cabinets, et que ça saute !

— Nanny, ralentis !

Je soulève le traînard et le balance sur ma bosse violette, fonçant entre les blessés et les mourants, tous en état de choc hyperglycémique plus ou moins avancé.

— Place ! Place ! Vous n'avez pas vu les toilettes ?

Je m'adresse à une petite Indienne déguisée en Barney, qui tâche d'apaiser un autre Barney qui, lui, apparemment, n'a pas réussi à s'emparer avec les dents d'un beignet attaché par un fil et prend cela très à cœur. Par-dessus son épaule, elle me désigne une queue interminable qui se prolonge au-delà de l'angle du couloir. Je cherche un peu de verdure en pot à l'écart, préparant un speech pour expliquer que c'est « comme au parc ».

Grayer désigne un point derrière moi.

— Les toilettes, c'est par là, dans le bureau de papa.

Je le repose par terre, lui demandant d'ouvrir la voie, « comme si on était poursuivis ». Il part dans le corridor désert les mains entre les cuisses. C'est plus sombre et plus calme que la salle dont nous venons de nous enfuir, et je presse le pas pour n'être pas semée. Arrivé au milieu, il pousse une porte et, en me précipitant pour le rattraper, je culbute pratiquement par-dessus lui — car il vient de se pétrifier sur le seuil.

— Coucou, Grayer...

Une voix de femme nous fait tressaillir. M. X fait de la lumière, alors qu'elle contourne le bureau, en collants résille, body et chapeau melon. Je la reconnais aussitôt.

— Bonsoir, Nanny, dit-elle, fourrant une mèche rousse sous son couvre-chef.

Nous sommes sans voix.

Faisant surface, M. X se rajuste et essuie subrepticement du rouge à lèvres sur sa bouche :

— Grayer, dis bonjour...

— J'adore ton costume, dit-elle gaîment, sans lui laisser le temps de parler. Tu vois, moi je suis comme dans la comédie musicale *Chicago,* parce que c'est notre plus gros marché !

— Elle a pas de culotte, dit-il tranquillement, désignant ses jambes et levant les yeux sur moi.

M. X le prend dans ses bras sans regarder personne, pas même son fils, et sur un : « Il est temps d'aller se coucher, mon vieux. Allons chercher ta mère », part rejoindre ses invités.

— Euh... on cherchait des toilettes. Grayer a une envie pressante ! dis-je en criant, mais il ne regarde pas en arrière.

Je me tourne vers Miss Chicago, mais elle s'est déjà éloignée dans la direction opposée, en claquant des talons.

Bigre.

Je m'assois sur le canapé en cuir et m'effondre, le visage dans les mains.

Je ne veux pas le savoir je ne veux pas le savoir je ne veux pas le savoir.

J'avise des petits verres de vodka glacée sur un plateau abandonné et en siffle un.

Grâce au ciel, quelques minutes plus tard, la voiture des X vole sur la route et Grayer s'est endormi comme une masse, la tête sur mes genoux. Je soupçonne qu'il y aura éventuellement une tache sur la banquette à l'arrivée mais, quoi, ce n'était pas faute de nous prévenir...

M. X pose sa tête contre la banquette et ferme les yeux. J'entrouvre la vitre pour profiter de l'haleine fraîche du fleuve. Je suis un tantinet ivre. Oui, et même un peu plus qu'un tantinet...

En fond sonore, le ramage timide de Mme X :

— J'ai parlé avec la mère de Ryan, il paraît que Collegiate est l'une des meilleures écoles du pays. J'appellerai demain pour obtenir un rendez-vous. Ils ont loué une maison, elle et Ben, à Nantucket cet été. Figure-toi que Wallington et Susan y passent la saison depuis quatre ans et elle m'a affirmé que ça changeait merveilleusement des Hamptons. Elle a dit que c'était si agréable de s'éloigner du Maidstone de temps en temps, pour que les enfants puissent s'ouvrir à d'autres expériences. Caroline Horner a une maison là-bas. Sally m'a raconté que le frère de Ben allait à Paris cet été, tu pourras donc profiter de sa carte de membre du tennis-club. Nanny pourra venir aussi ! Que diriez-vous de passer quelques semaines au bord de l'Océan, Nanny ? Ce serait si relaxant.

Mon oreille se dresse, et je me surprends à répondre avec un enthousiasme sans mélange :

— *Absolument !* Relaxant et fun. F-U-N. Tous sur le pont ! dis-je en tâchant de montrer les pouces.

Je m'imagine, moi, l'Océan, le Voisin.

— Naaantucket — la mer, la plage, le surf. Qui dit mieux ? *Je... suis... partante.*

Sous mes paupières mi-closes, je la vois me regarder avec perplexité avant de se tourner vers son époux qui ronfle.

— Soit... (Elle s'emmitoufle dans son vison et parle à la ville qui défile à sa fenêtre.) C'est donc réglé. J'appellerai l'agence demain.

Une demi-heure plus tard, mon taxi fonce en direction de Houston Street, tandis que je traque dans mon poudrier des traces de crayons gras. Je me penche pour jeter un coup d'œil à la petite horloge ; les lettres vert fluo affichent 10 : 24. Go, go, go !

Mon pouls commence à s'emballer et l'adrénaline aiguise considérablement ma sensibilité. Je ressens chaque ornière, hume la cigarette du dernier passager. L'atmosphère surréaliste de la soirée, les nombreuses boissons que j'ai ingurgitées, ce pantalon de cuir qui me comprime les chairs et la promesse d'une aventure amoureuse — tout concourt à créer en moi une certaine tension. Je suis, indubitablement, en mission. Les quelconques réserves que j'avais pu avoir sur le plan politique, moral, ou autre, se sont volatilisées.

Le taxi s'arrête au niveau de la 13e Rue, sur un tronçon particulièrement minable de la Seconde Avenue, et je jette au chauffeur douze dollars avant de m'engouffrer à l'intérieur. Le Nightingale's est l'un de ces endroits où je m'étais bien juré de ne plus jamais remettre les pieds après le bac. La bière est servie dans des gobelets en plastique, des individus ivres armés de fléchettes rendent périlleux l'accès aux toilettes et, si jamais vous y parvenez, la porte ne ferme pas. C'est vraiment immonde.

Il me faut deux bonnes secondes pour constater, en tournant la tête de tous côtés, qu'il n'est pas là. Cogite. Cogite. Ils allaient commencer par le Chaos.

— Taxi !

Je saute à terre à l'angle de West Broadway et prends ma place dans la file, derrière un groupe de gens qui sont réellement venus de leur plein gré. On me fait signe de franchir les cordes avec une clique de filles vêtues du strict minimum, tandis qu'une masse de mecs tente de se faire l'un des videurs.

— Carte d'identité !

J'ouvre mon sac et tends au malabar un jus de fruit, une petite voiture et des lingettes avant de découvrir mon portefeuille.

— Ça fera vingt dollars.

Bien. Bien ! Je lui balance deux heures en Teletubby et me fraie un chemin en haut d'un escalier sombre tapissé de photos en noir et blanc de femmes nues avec des lis trompette. La pulsation de la house music est comme un viol des tympans et je suis poussée en avant par le *bump-babump* qui me rappelle les vieux dessins animés où la musique de Tom faisait bondir Jerry hors de la boîte d'allumettes qui lui servait de lit.

Je commence à progresser dans la cohue en cherchant — quoi ? Des cheveux bruns, un T-shirt de Harvard ? L'assistance est un salmigondis de touristes, de jeunes provinciaux montés de leur province pour étudier à New York, et d'homos — les mariés, dégarnis du caillou, qui habitent Fire Island — et ils sont tous allés se saper sur la 8e Rue. Pas ragoûtant, comme peuple. La lumière stroboscopique les fait clignoter sous mes yeux comme à une séance diapos qui ne serait que pour moi — un moche, un moche, un moche.

Je m'efforce d'atteindre la piste de danse, ce qui ne va pas sans mal. Non seulement ils sont moches, mais en plus ils manquent totalement de coordination. À défaut d'enthousiasme. Enthousiasme plus absence de coordination : combinaison fatale.

Je manœuvre avec précaution entre les bras qui battent l'air jusqu'au fond de la salle, fournissant un effort calculé pour rester en mouvement — on n'est vulnérable aux « avances importunes » que si l'on reste immobile ou, Dieu m'en garde, si l'on danse, auquel cas on est assuré d'avoir un bassin inconnu collé au derrière au bout de quelques secondes.

— Martini, sec, sans olives.

J'ai besoin d'un petit remontant pour me remettre.

— Martini ? Ça cogne, ça !

Oh, mon Dieu, M. COCKS. Je croyais que mon béguin sortait avec ses amis de *fac* ce soir.

— C'est bon ? Vous aimez ?

— QUOI ! J'ENTENDS PAS ! dis-je sans émettre un son et je commence à survoler la foule du regard par-dessus sa casquette blanche, cherchant mon chéri dans la foule.

— MARTINI ! ÇA COGNE !

C'est cela.

— DÉSOLÉE ! COMPRENDS PAS !

Je ne le vois nulle part, ce qui signifie que je vais devoir rafraîchir la mémoire du fin humoriste ici présent.

— C'EST FORT !

Oui, mon grand. Comme tu dis.

— ÉCOUTE, ON S'EST RENCONTRÉS AU DORRIAN — JE CHERCHE TON COPAIN !

— AH OUI, LA BAAABYYY-SIIITTEEER !

Pour te servir. Je braille :

— IL EST LÀ ?

— LA BAAABYYYY-SIIIITTEEEER.

— JE CHERCHE TON COPAIN ! EST-CE... QU'IL... EST... LÀ ?

— AH... ! IL ÉTAIT LÀ AVEC DES POTES DE FAC, UNE BANDE DE TAPETTES CINÉPHILES, ILS SONT ALLÉS À UN TRUC DE POÉSIE DANS UNE GALERIE D'ART...

— THE NEXT THING ?

J'ai hurlé dans son oreille, avec l'espoir de le rendre définitivement sourd.

— OUI, EXACT. UN TAS D'EFFÉMINÉS EN COL ROULÉ NOIR QUI BOIVENT DU CAFÉ ITALIEN...

— MERCI !

Me voici déjà partie.

Rendue à la fraîcheur du dehors, je regarde avec soulagement le videur détacher les cordes. Je sors mon portefeuille pour inventaire. Bon, je peux y être dans dix minutes à pied en économisant cet argent, mais mes pieds...

— Ohé... !

Je regarde là-bas pour voir... moi-même, en pyjama de pilou, en train de suivre depuis le futon de Charlène une émission éducative avec George.

— On peut causer une seconde ? Tu es debout depuis 5 h 30 du matin. As-tu fait un vrai repas aujourd'hui ? Quand as-tu bu un verre d'eau pour la dernière fois, et tu as *vachement mal* aux pieds...

— Et alors ? me dis-je à moi-même, en haletant dans Spring Street.

— Alors, tu es fatiguée, tu es ivre et, sans vouloir t'offenser, pas très jojo. Rentre. Même si tu le trouvais...

— Écoute, toi la minable en pyjama qui bouffes ton bol de nouilles chinoises sur le canapé, tu es chez toi, *toute seule*. Je sais ce que c'est, tu saisis ? J'ai les pieds en sang, j'en ai ras le bol, je peux à peine respirer dans ce pantalon en cuir et j'ai de la dentelle incrustée dans la raie — mais je le mérite, ce rendez-vous ! Je le mérite, parce que j'ai encore du crayon gras derrière les oreilles. Je le mérite ! Et si je ne le revoyais... *plus jamais* ? Et si la vie nous séparait définitivement ? Certes, je préférerais être à la maison, sur le canapé, mais il faut d'abord que j'en aie le cœur net ! J'ai jusqu'à la fin de mes jours pour regarder la télé !

— C'est que tu n'as pas l'air très fraîche...

— Évidemment ! Qui le serait, à cette heure ? Ce n'est pas la question ! Je dois réussir. Il doit me voir dans mon pantalon de cuir — c'est impossible, impossible qu'il s'endorme ce soir avec de moi l'image d'un gros Teletubby violet ! Hors de question. Bonne nuit.

Je reprends courage et tourne sur Mercer, cap sur le videur — un videur devant une galerie d'art, je rêve !

— Désolé, madame, c'est privé ce soir.

— Mais — Mais — Mais...

Je suis abasourdie.

— Désolé, madame.

Et voilà tout.

— Taxi...

Je pique une clope au chauffeur et laisse échapper un long soupir, tandis que le taxi repart en sens inverse. Je crois sincèrement que, dans quelques années, ces galères seront le souvenir le plus significatif de ma belle jeunesse.

Enfin, si tu voulais me voir, il fallait te fixer quelque part !

D'une chiquenaude, je disperse ma cendre à l'extérieur. Tout ça, c'est le syndrome du buffet campagnard gratuit — pour les garçons de New York, Manhattan est un gros gâteau. Pourquoi s'en tenir à un lieu, alors que c'est peut-être mieux ailleurs ? Pourquoi se contenter d'une fille, alors qu'une plus grande/plus mince/plus cool peut entrer à tout instant ?

Donc, afin d'éviter d'avoir à faire un choix, à prendre une décision, ces types font du désordre une religion. Leur existence est gouvernée par cette fringale de nouveauté, histoire de voir « ce qui peut bien arriver ». Et à Manhattan, ça pourrait vouloir dire sortir avec Kate Moss à 4 heures du matin.

Donc, si je tombe sur lui par hasard trois week-ends de suite, je finirai *éventuellement* par me retrouver dans son lit. Le hic, c'est que ce culte de l'anarchie force toutes celles qui « se trouvent être » leur fiancée à devenir des planificatrices — sinon, *rien* ne se produirait. Nous devenons leur mère, leur directrice de croisière — leur nounou. Et on passe du garçon incapable de tenir un rendez-vous à M. X qui est toujours en retard, ou en avance, voire pas là du tout.

Je tire une bouffée en songeant aux costumes du *Roi Lion,* aux bas résille et au pantalon de cuir, aux heures investies dans la préparation de cette soirée. Le taxi stoppe dans la 93e Rue et je cherche mon dernier billet fripé de vingt dollars. Comme il repart, je suis soudain frappée par le silence. Je m'attarde sur le trottoir — le froid est vif, mais agréable. Je m'assois sur les marches de mon immeuble, à regarder les lumières tamisées du Queens qui me font signe de l'autre côté de l'East River. J'aimerais bien une autre cigarette.

Je monte chez moi et déboutonne mon pantalon, envoie balader mes escarpins, prends un verre d'eau, mon pyjama, et George dans mes bras. Pendant ce temps, au neuvième étage de ce porc-épic électrique qu'est New York City, Mme X, calée dans un fauteuil, regarde se soulever la couverture du lit où son mari ronfle — tandis qu'ailleurs Miss Chicago ôte ses collants et va se coucher toute seule.

DEUXIÈME PARTIE

HIVER

4

Joie des vacances à dix dollars de l'heure

Ooooooooh, ma nounou, je l'adore… C'est ma plus grande amie.

Éloïse

Ayant tourné la clé, je pousse la porte des X comme d'habitude, mais elle pivote à peine avant de se coincer.

— Oh, dis-je.

— Oh, dit Grayer en écho derrière moi.

— Il y a quelque chose qui bloque, dis-je en glissant le bras, afin d'identifier à tâtons la nature de l'obstacle.

Grayer, sans perdre de temps, a recours à sa propre méthode.

— M'MMMMAAAAANNN ! LA PORTE OUUUUVREEE PAAAAASSSS !

J'entends des pas feutrés.

— Oui, oui, maman arrive. On n'a pas dix mains !

Elle ouvre, se montrant plongée jusqu'aux genoux dans des sacs de shopping — Gucci, Ferragamo, Chanel, Hermès, et d'innombrables boîtes argentées à ruban violet, signature de la maison Bergdorf. Elle a sous le bras ce qui doit être le gêneur : un gros paquet bleu de chez Tiffany.

— Dire qu'il y a des gens pour se fiancer à cette époque de l'année ! Comme s'il n'y avait pas assez à faire, j'ai dû *aussi* courir jusque chez Tiffany choisir un plateau de service en argent. Ils auraient pu avoir la décence d'attendre jusqu'en janvier — ce n'est que dans un mois, après tout. Je regrette, Grayer, de n'avoir pas pu venir à ta fête. Je suis certaine que tu t'es merveilleusement amusé avec Nanny !

Je pose mon sac à dos dans le vestiaire et me déchausse avant de m'accroupir pour débarrasser Grayer de sa veste. Ce dernier protège délicatement le bibelot qu'il a mis trois heures à fabriquer avec ses camarades (et leurs nounous) à la fête de l'école. Il s'assoit par terre pour que je puisse ôter ses bottes mouillées et les disposer sur le paillasson.

— Grayer a réussi un chef-d'œuvre, dis-je. Il fait vraiment des merveilles avec du polystyrène expansé et des paillettes.

Le petit décrit sa création comme s'il présentait le prochain invité d'un talk-show :

— C'est un bonhomme de neige. Il s'appelle Al. Comme il a un rhume, il doit prendre beaucoup de vitamine C.

— Ah..., fait-elle, calant son paquet sur sa hanche.

— Et si tu allais lui trouver une place ? dis-je.

Je l'aide à se relever et il s'éloigne en portant son œuvre tel un œuf de Fabergé.

Je me relève et me donne de petites tapes, prête à faire mon rapport.

— Si vous l'aviez vu ce matin. Un poisson dans l'eau ! Il raffole des paillettes. Et il a pris tout son temps pour le réaliser. Vous connaissez Giselle Rutherford ?

— La fille de Jacqueline ? Bien entendu — oh, sa mère dépasse la mesure. Quand son tour est venu d'inviter, elle a fait venir un cuisinier et installé un bar à omelette dans le coin musique. Je vous jure ! On était censées apporter des plats *préparés* à l'avance. Racontez !

— Mlle Giselle tenait à ce que le bonhomme de neige de Grayer soit aux couleurs de son thème couleur — orange, parce qu'elle va passer Noël à Miami.

— C'est d'un vulgaire...

Elle a les yeux écarquillés.

— Elle lui a arraché des mains le bonhomme, qui a atterri en plein dans les paillettes orange. J'ai cru que Grayer allait se fâcher, mais il s'est contenté de me regarder avant de déclarer que ces petites taches étaient simplement des miettes de la vitamine C qu'il avait dû avaler à cause de son rhume !

— Je crois qu'il a le sens des couleurs. (Elle se met à agencer ses sacs.) Et vous, vos examens ?

— C'est la dernière ligne droite et j'ai hâte d'en avoir fini.

Elle se redresse et se cambre légèrement, produisant un sinistre craquement.

— Moi, je suis épuisée ! C'est de pire en pire chaque année. M. X a une famille immense et énormément de collègues. Et nous sommes déjà le 6 ! Vivement qu'on soit à Lyford Cay. Je suis épuisée. (Elle rassemble ses sacs.) Jusqu'à quand, vos vacances ?

— Le 26 janvier.

Encore une quinzaine de jours à tirer et je serai débarrassée des cours — et de toi — pendant un mois entier.

— Vous devriez aller en Europe en janvier. Faites-le tant que vous êtes étudiante, avant d'être happée par les obligations de l'existence.

Dois-je en déduire que mes étrennes me permettront d'acheter un billet d'avion pour l'Europe ? Six heures passées en Teletubby me disent que je l'ai mérité.

— Vous devriez voir Paris sous la neige, rien n'est plus charmant.

— Sauf Grayer, bien sûr !

Nous rions ensemble, tandis que je m'efforce de lui vanter son propre gosse. Le téléphone nous interrompt.

Mme X se charge encore de quelques sacs, bloque le paquet Tiffany sous son coude et se dirige vers son bureau.

— Oh, Nanny, l'arbre a été livré. Et si vous alliez chercher les décorations à la cave avec le petit ?

— Entendu !

Je gagne le living. L'arbre est un magnifique sapin de Douglas qui semble avoir jailli directement du sol. Je ferme les yeux pour inspirer avant de m'adresser à Grayer, qui poursuit une conversation animée avec Al, l'unique décoration du sapin qui oscille tout au bout d'une branche basse.

— Il va tomber, ton bonhomme !

Je tends la main vers le trombone tordu qui le retient encore.

— NON ! Il veut que personne le touche. Sauf moi.

Nous passons une quinzaine de minutes assommantes à le changer de place, en nous assurant bien que *seules* les mains de Grayer font tout le travail. Je considère les nombreux centimètres carrés à couvrir en hauteur en me demandant si quelqu'un s'apercevrait de quelque chose si jamais on ne décorait pas le sommet du sapin cette année. À ce train-là, il n'est pas impossible que Grayer ait atteint sa majorité quand ce sera terminé.

Le gosse chuchote quelque chose à son nouvel ami.

— On va descendre à la cave chercher les autres sujets, afin qu'ils lui tiennent compagnie. Ils pourront le mettre en garde, s'il se rapproche trop du bord.

— On va à la cave ?

— Oui, en route !

— Je vais chercher mes affaires. Mon casque et ma ceinture. Va à la porte, Nanny, je te retrouve... j'ai ma lampe torche à prendre...

Il se rue vers sa chambre et je vais appeler l'ascenseur.

Grayer glisse sans bruit sur le palier au moment où la cabine arrive.

— Hou là ! Tu avais vraiment besoin de tout ça ?

Il pose un pied en chaussette par terre pour stopper sa planche à roulettes. Son casque de cycliste est légèrement de travers et il a fourré une grosse lampe torche dans sa ceinture, avec un yo-yo et ce qui ressemble à un gant de toilette marqué à son monogramme, provenant de sa salle de bains.

— Bon, en route ! dit-il avec une autorité parfaite.

— Je crois qu'il faudrait mettre au moins des chaussures avant de nous lancer dans cette aventure.

— Pas besoin.

Il se lance à l'intérieur de la cabine et la porte se referme derrière nous avant que je puisse la bloquer.

— C'est super en bas, Nanny. C'est top...

Il hoche sa tête casquée, tant il est impatient. Grayer a récemment pris l'habitude de ponctuer ses commentaires d'expressions à la mode, cela grâce à Christianson, un gamin au charisme remarquable qui fait une tête de plus que ses camarades de classe. En fait, quand Al a fait son fatal plongeon dans les paillettes, Giselle et Grayer ont salué simultanément l'événement d'un : « Ah, c'est pas top ! »

L'ascenseur s'arrête au niveau du hall et Grayer me précède sur sa planche, se propulsant d'un seul pied tout en tenant à deux mains sa ceinture afin que son pantalon bien lesté ne succombe pas à l'attraction universelle. Ramon nous précède jusqu'au monte-charge.

— Ahhh, monsieur Grayer. Vous devez en avoir des choses importantes à faire en bas, hein ?

Grayer est occupé à ajuster son équipement et ne répond que par un monosyllabe distrait.

Ramon sourit dans sa direction, puis m'adresse un coup d'œil complice.

— C'est qu'il est très sérieux, ce jeune homme. Pas encore fiancé ?

Le monte-charge s'immobilise brutalement au niveau du sous-sol. L'homme rabat la grille et nous sortons dans un corridor froid et très éclairé, saturé d'odeurs de séchoirs à linge.

— La 132 — au fond à droite. Faites attention, ne vous perdez pas, ou je devrai venir vous chercher...

Il m'adresse une nouvelle œillade et, sur un suggestif effet de sourcils, referme la grille, me laissant sous une ampoule nue.

— Grayer ?

— Nanny ! Qu'est-ce que tu fais ? Arrive !

Je me dirige à travers ce dédale, entre les boxes grillagés du sol au plafond qui occupent les murs. Certains sont plus encombrés que d'autres, mais partout on retrouve les indispensables bagages, équipements de ski, et quelques meubles égarés sous plastique bulles. Après un tournant, je vois Grove à plat ventre sur sa planche à roulettes, sous l'écriteau 132, en train de se tracter par les mains le long du grillage.

— C'est top ! On va bien s'amuser quand papa décorera le sapin. Caitlin, elle nous donnait le départ, papa faisait le haut, et on buvait du chocolat chaud *dans le salon*.

— Super... Tiens, la clé...

Il saute sur place pendant que j'ouvre, puis entreprend de se frayer adroitement un chemin entre les caisses. Je le laisse faire, vu qu'il connaît les lieux et que je ne saurais pas distinguer un coffre-fort individuel d'un minifour.

Je m'adosse à l'autre box, assise sur le ciment froid. Souvent mes parents, assis au salon, rêvaient d'avoir un espace de rangement, les deux pieds posés sur la malle bourrée de nos vêtements d'été qui nous servait de table basse. À l'occasion, nous nous laissions aller à évoquer ce qu'on ferait d'un placard supplémentaire — un peu comme une famille du Wyoming imaginerait sa vie si elle gagnait au Loto.

— Tu sais ce qu'on cherche, Grove ? dis-je dans le vide, car je n'entends plus rien depuis quelques minutes.

Un fracas métallique rompt le silence.

— Grayer ! Qu'est-ce que tu fabriques ?

Je suis en train de me relever, quand sa torche, surgissant de l'obscurité, roule jusqu'à mes pieds.

— Je sors mes affaires, Nanny ! Éclaire-moi ! Je suis en train de prendre la boîte bleue !

Je braque la torche dans la direction indiquée, illuminant deux chaussettes sales et un derrière kaki qui s'enfonce dans un tunnel.

— Tu es certain que ça ne craint rien, Grayer ? Je devrais peut-être...

Quoi ? ramper à sa suite ?

— Ça y est ! J'ai trouvé ! Je te les passe. Tiens-toi prête. Tiens-toi prête, Nanny, les voilà !

Il est tout au fond. Je l'entends fouiller, puis une boule jaillit des ténèbres dans ma direction. Je lâche la torche pour l'attraper. Elle est en verre soufflé, munie d'un crochet rouge, et porte la marque Steuben. Aussitôt, une autre arrive.

— GRAYER ! PLUS UN GESTE !

La torche roule au sol, jetant un éclairage bizarre sur les boîtes, et je comprends que j'ai eu tort de laisser les commandes à Mickey Mouse.

— Revenez, monsieur, et tout de suite. C'est à votre tour de tenir la torche.

— Noooon !

— Gra-yer.

Voix de la Méchante Fée.

— BON !

Il sort de son terrier.

Je lui tends la torche.

— On reprend tout à zéro. Mais cette fois, en échangeant nos rôles...

Une fois revenu dans l'appartement, Grayer prend les devants pour établir un plan d'attaque, tandis que je dépose avec précaution la boîte dans l'entrée.

— Nanny ?

Sa petite voix m'appelle.

— Oui, Grayer ?

Je le suis au salon ; monté sur une échelle, un flamboyant Johnny Cash est en train de décorer le sapin.

— Passe-moi les colombes, dit-il sans même se retourner.

Nous restons prudemment à la porte, à examiner le sol jonché de colombes, de feuilles d'or, d'angelots et de chapelets de perles.

— Descends ! C'est mon papa qui fait le haut...

— Minute, Grayer, dis-je en passant les oiseaux à l'homme en noir. Je reviens tout de suite.

— Descends ou mon papa va se fâcher !

Je frappe chez Mme X.

— Entrez.

— Madame X... Pardon de vous déranger...

Son bureau, d'ordinaire impeccable, est envahi par les cadeaux et des monceaux de cartes de vœux.

— Mais non, mais non, entrez — qu'y a-t-il ? Vous avez vu Julio ? Un génie, non ? Quelle chance de l'avoir — il est si demandé. Vous devriez voir ce qu'il a fait chez les Eggleston — époustouflant !

— Je...

— Puisque vous êtes là, puis-je vous poser une question ? Une jupe en taffetas à carreaux, est-ce trop pour un réveillon écossais ? Je n'arrive pas à me décider...

— Je...

— Oh ! Vous devriez voir... j'ai acheté les plus *adorables* des twin-sets pour les nièces de M. X. J'espère ne pas m'être trompée de couleur. Vous en porteriez, vous, des teintes pastel en hiver ?

Elle sort un sac de la marque Tse.

— Je peux toujours les changer...

— Je voulais savoir... Grayer se faisait une joie de décorer ce sapin. Il m'a dit qu'il le faisait avec Caitlin l'an dernier et je me demandais si on ne pourrait pas s'en procurer un plus petit, pour sa chambre, afin qu'il puisse y suspendre...

— Et répandre partout des aiguilles de pin... ? (Elle cherche une solution.) S'il tient tant à se défouler, pourquoi ne pas l'emmener au Rockefeller Center ?

— Euh... ah... non, si, c'est une très bonne idée ! dis-je en ouvrant la porte.

— Merci — je suis si débordée !

Quand je suis de retour, Grayer brandit une cuillère de baptême en argent au bout d'une ficelle et donne de petits coups à l'échelle de Julio.

— Et ça ? Où ça va ?

Julio lui jette un regard dégoûté.

— Ça ne cadre pas vraiment avec ma vision...

Les yeux de Grayer se remplissent de larmes.

— Enfin, s'il le faut. Derrière. Tout en bas.

— Grayer, j'ai un plan ! Prends Al, je vais chercher ton manteau.

— Mamie, Grayer. Grayer, voici ma mamie...

Ma grand-mère, en pantalon-pyjama noir, s'accroupit ; ses perles s'entrechoquent quand elle lui tend la main.

— Enchantée ! Et vous, mon cher, vous êtes Al, je présume... ?

Grayer pique un fard.

— Alors, on la fait cette fête ? Qui veut de la bûche ?

— Merci beaucoup, mamie. Nous avions désespérément besoin d'une surface à décorer.

J'aide le petit à se déshabiller, quand on sonne à la porte.

— Une « surface » ! Ne me fais pas rire...

Elle se penche par-dessus Grayer pour ouvrir à un énorme sapin que deux bras enlacent.

— Par ici... ! Grayer, chuchote-t-elle, tu mets les mains sur les yeux d'Al. Pour lui faire la surprise.

Nous retirons nos bottes et leur emboîtons le pas vers le salon. Rendons-lui cette justice — grâce à elle, l'arbre est disposé carrément au milieu du living. Elle raccompagne le livreur à la porte et revient.

— Mamie, il ne fallait pas...

— Quand on fait quelque chose, autant le faire bien. Grayer, laisse-moi peaufiner les effets spéciaux et on va pouvoir commencer...

Grayer masque scrupuleusement les yeux d'Al tandis qu'elle met un disque de Frank Sinatra — « Pas trouvé Bing Crosby ! » me confie-t-elle — et allume. Elle a disposé des bougies tout autour de la pièce, nimbant d'une lumière très douce nos photos de famille, et avec Frank Sinatra qui roucoule, le résultat est stupéfiant.

Elle se penche vers Grayer.

— Monsieur, quand vous serez prêt, je crois qu'il serait temps de présenter l'arbre à votre ami.

Nous imitons toutes deux des roulements de tambour au moment où l'enfant retire ses mains et demande à Al sur quelle branche, exactement, il voudrait être pour commencer.

Une heure plus tard, nous paressons sur des coussins en

sirotant du chocolat chaud, tandis que Grayer redispose Al à sa guise.

— Et avec le voisin, où en es-tu ?

— Je ne sais pas à quoi m'en tenir... J'aimerais qu'il soit différent de ses copains, mais il n'y a aucune raison pour que ce soit le cas. Bien entendu, si je ne dois plus le revoir, la question ne se posera plus...

— Continue à emprunter l'ascenseur, chérie. Il se montrera. Et tes examens ?

— Plus qu'un et ce sera fini. C'est dément — depuis quinze jours, les X sortent tous les soirs en ville. Je ne peux étudier qu'une fois qu'il est endormi, ce qui, en définitive, est mieux que de tâcher de me concentrer quand Charlène et son copain poilu...

Elle me regarde.

— Si tu me lances sur le sujet, tu sais...

— Ne t'épuise pas. Ça n'en vaut pas la peine.

— Je sais. Mais le bonus sera forcément à la hauteur cette année — elle a cité Paris !

— *Oh, là, là. Très bien**.

— Nanny, Al veut savoir pourquoi papa ne va pas décorer le sapin, demande tranquillement Grayer, caché derrière son arbre.

Je jette un coup d'œil à ma grand-mère, déconcertée.

— Grayer (elle m'adresse un sourire rassurant), tu sais ce que c'est, un « compliment » ?

— Quoi ?

Il sort de sa cachette et vient mettre la main sur son genou.

— Un compliment, mon cher ! C'est tout l'esprit de Noël ! Toi, mon petit, tu es toi-même le plus beau des cadeaux. Il suffit de frapper à la porte de quelqu'un, quelqu'un avec qui tu veux partager Noël, et quand on t'ouvre, tu chantes en y mettant tout ton cœur. Tu devrais essayer !

Il s'étend près de moi et nous regardons, entre les branches, nos têtes réunies sur le même oreiller.

— Mamie, montre-moi. Chante ! dit-il.

Je tourne la tête et lui souris. De là où je suis, elle semble rayonner, allongée dans sa méridienne, au milieu des bougies. Elle commence à chanter avec Frank Sinatra. Grayer ferme les yeux et je tombe encore un peu plus amoureuse de ma grand-mère.

Une semaine plus tard, lancés à la poursuite de M. X, Mme X et Grayer traversent au pas de course le couloir, ce même couloir où j'avais pourchassé Grayer à la fête d'Halloween. Là où se trouvaient les fausses toiles d'araignée sont suspendues à présent de la verdure et des guirlandes lumineuses.

Mme X pousse la porte de l'antre de son époux.

— Entre, chérie.

Il se lève de son bureau, éclairé à contre-jour par les rayons du soleil couchant qui ruissellent par la baie vitrée. Je suis aussitôt frappée par l'autorité naturelle qui se dégage ici de sa personne, avec ou sans lumière artificielle. Son regard me transperce sans me voir, axé dans la direction générale de son fils.

— Salut, mon vieux.

Grayer veut lui tendre le sac de cadeaux de Noël que nous avons achetés pour les œuvres de bienfaisance patronnées par l'entreprise, mais M. X a déjà décroché son téléphone qui clignotait.

Je prends les cadeaux et me penche pour déboutonner le duffle-coat de Grayer.

— Justine a parlé de gâteaux dans la salle de conférence. Vous l'emmenez là-bas ? Je réponds et je vous rejoins, ordonne M. X, la main sur le micro.

Mme X laisse tomber son vison sur le canapé et nous repartons à la queue leu leu vers les chants de Noël qui résonnent derrière la porte à deux battants au fond du couloir.

Elle est craquante dans son tailleur vert Moschino avec garnitures de baies de houx et boutons en baie de gui. Pour compléter, ses talons sont des boules neigeuses miniatures renfermant, l'une un renne, l'autre un père Noël. Je m'estime heureuse de n'être pas en bonhomme de neige et arbore mon pin « sapin de Noël » avec fierté.

Avec un sourire noble, elle pousse les portes de la salle de conférence, au fond de laquelle est assise une bande de pipelettes — sans doute des secrétaires —, qui s'ouvrent une boîte de gâteaux en écoutant *Alvin et les Chipmunks* sur un magnétophone.

— Oh, pardon. Je cherchais la fête de Noël, dit Mme X, qui vient de s'arrêter net.

— Un petit gâteau ? Je les ai faits moi-même, lance une robuste matrone à l'air jovial qui a des mini-sapins de Noël lumineux aux oreilles.

— Oh...

Mme X perd contenance.

Les battants s'ouvrent de nouveau, ratant de peu Grayer et ma propre personne. Je manque m'étrangler quand Miss Chicago entre pour se joindre à nous. Elle nous contourne pour atteindre Mme X, son tailleur moulant de flanelle ne laissant pas davantage de place à l'imagination que son costume d'Halloween.

— Il paraît qu'on se régale ici, dit-elle, alors qu'une brune râblée se précipite à sa suite, nous poussant tous contre la table.

— Madame X..., dit la brune, légèrement essoufflée.

— Justine, joyeux Noël, répond Mme X.

— Joyeux Noël ! Et si vous veniez avec moi, que je vous fasse un café ?

— Ne dites pas de sottises, Justine, intervient Miss Chicago en souriant. Il y en a ici.

Elle marche jusqu'à la verseuse chromée et tire un gobelet.

— Et si vous alliez voir ce qu'ils fabriquent avec ces chiffres ?

— Vraiment, vous ne voulez pas venir avec moi, madame X ?

— Justine !

Miss Chicago joue du sourcil et Justine repasse lentement la porte.

— On est en avance ? s'enquiert Mme X.
— En avance pour quoi ? demande Miss Chicago en remplissant deux gobelets.
— Pour la fête...
— C'est la semaine prochaine — ça m'étonne que votre mari ne vous ait rien dit. Honte à lui !
Elle rit et lui tend un café. Grayer passe en poussant légèrement les genoux de la dame, plastronne jusqu'à l'autre bout de la table pour se faire offrir un petit gâteau.
Mme X bredouille :
— Euh... mon époux a dû confondre les dates.
— Les hommes !
Mme X prend son gobelet de la main gauche.
— Pardon, je ne crois pas qu'on se soit présentées ?
— Lisa. Lisa Chenowith, directrice générale de la branche de Chicago.
— Oh, enchantée... !
— J'ai regretté de ne pouvoir assister à votre soirée — on m'a dit que c'était charmant. Hélas, votre esclavagiste de mari voulait que je rentre dare-dare dans l'Illinois.
Elle penche la tête sur l'épaule avec un sourire hypocrite.
— Les pochettes cadeaux étaient adorables — tout le monde a apprécié les portemines.
— Ah, tant mieux...
Mme X porte une main protectrice à sa clavicule.
— Vous travaillez avec mon mari ?
Sur ce, je décide que ma mission consiste à aider Grayer à choisir le plus réussi des gâteaux en forme de renne.
— Je manage l'équipe qui travaille sur la fusion Midwest Mutual. N'est-ce pas affreux ? Enfin, vous devez être au courant...
— Oui, absolument, dit Mme X, mais sa voix monte d'un ton, trahissant son incertitude.
— Pour parvenir à les faire baisser de huit pour cent... ! Vous devez en avoir passé des nuits blanches sur ce couple-là, dit-elle, secouant sa chevelure blond vénitien en signe de compassion. Je lui avais bien dit que si nous avancions la date de transaction en leur épargnant les coûts de la liquida-

tion, ils se laisseraient peut-être fléchir — ce qui s'est avéré. Ils ont cédé sur toute la ligne.

Mme X se tient bien droite, la main crispée sur son gobelet.

— Oui, il a travaillé très dur.

Miss Chicago marche en se pavanant jusqu'à notre bout de table, ses escarpins en lézard ne faisant aucun bruit sur la moquette de luxe.

— Et toi, tu es Grayer, je suppose... Tu ne te souviens pas de moi ?

Elle se penche pour le savoir. Grayer la situe :

— Toi, t'as pas de culotte.

Oh, doux Jésus.

C'est alors que la porte s'ouvre et M. X s'avance d'un pas décidé, sa large carrure s'encadrant sur le seuil.

— Ed Strauss au téléphone — il veut revoir le contrat, lance-t-il à l'adresse de Miss Chicago.

— Très bien, dit-elle en souriant, et elle rebrousse lentement chemin, croise Mme X. Je vous souhaite à tous un joyeux Noël.

Parvenue à la hauteur de M. X, elle ajoute :

— J'ai été heureuse de connaître enfin votre famille.

Mâchoires durcies, M. X referme la porte vivement derrière eux.

— Papa, attends !

Grayer tente de la suivre, mais sa tasse de jus de raisin lui échappe, maculant à la fois sa chemise et la moquette beige. Par bonheur, l'attention générale se porte sur les dégâts, on va chercher des serviettes et de l'eau de Seltz. Grayer se met à pleurer, tandis qu'une multiplicité de mains manucurées lui tamponnent la poitrine.

— Nanny, vous devriez faire plus attention. Occupez-vous de lui — j'attends dans la voiture, ordonne Mme X, qui repose son gobelet intact sur la table, telle Blanche-Neige laissant la pomme empoisonnée.

Quand elle relève les yeux, elle affiche un sourire radieux à l'intention des secrétaires.

— À la prochaine !

L'après-midi suivant, après déjeuner, Grayer annonce notre programme en descendant de sa chaise haute :

— Je vais faire mon compliment.

— Quoi ?

— Mon compliment. Je vais faire mon Noël à moi. Je frappe à la porte, tu ouvres et je chante de tout mon cœur.

Mon étonnement est grand de voir qu'il s'est souvenu, mais ma grand-mère a le don de se rendre inoubliable.

— D'accord. Où veux-tu que je me tienne ?

— Dans ma salle de bains, dit-il par-dessus son épaule, en se dirigeant avec détermination vers son domaine.

Je le suis et prends place, comme indiqué, derrière la porte. Toc-toc.

— Oui, dis-je. Qui est là ?

— Nanny, tu dois seulement ouvrir la porte ! Ne parle pas, ouvre !

— Exact. C'est quand tu veux...

Je me rassois sur la lunette des W.-C. et entreprends d'examiner les pointes de mes cheveux, subodorant que ce jeu pourrait mettre un certain temps à décoller.

De nouveau, on toque. Je me penche pour pousser du coude la porte et manque le renverser.

— NANNY ! Méchante ! T'essaies de me bousculer ! C'est pas bien. On recommence tout.

À la onzième reprise, je donne enfin satisfaction et suis récompensée par une tonitruante interprétation de *Happy Birthday* qui fait trembler la vitre.

— Et si tu dansais en même temps ? Histoire de les épater ?

Ça pourrait le calmer un peu de dépenser quelque énergie.

— Non, à Noël, on chante de tout son cœur et c'est tout. (Il pose les mains sur ses hanches.) Ferme la porte et je vais faire toc-toc, dit-il, comme s'il suggérait cela pour la première fois.

Une demi-heure s'écoule ainsi, puis je me rappelle que Connie, la gouvernante, est là, et je lui envoie Grayer. J'entends ce dernier brailler *Happy Birthday* dans les vrombissements d'aspirateur et, au bout de cinq rounds, je vais récupérer mon légitime fardeau.

— On passe aux petites voitures ?

— Non. Je chante. On retourne dans la salle de bains.

— Seulement si, en plus, tu danses.

— Non, non ! C'est pas top ! On danse pas à Noël !

— Allons, mister, on va appeler mamie.

Au bout d'un bref échange, non seulement Grayer danse et chante un air nettement moins pénible, mais on m'a soufflé un plan délicieux.

Tandis que je lui donne la panoplie convenable (col roulé vert et rouge, bois de renne en feutre, bretelles fantaisie) plus un dernier coup de peigne « pour la route », Mme X rentre d'un air affairé, Ramon dans son sillage, chargé de paquets.

Ses joues sont roses, ses yeux luisants.

— Quel cirque dehors, quel cirque ! J'en suis presque venue aux mains avec une femme chez Hammacher Schlemmer pour un tire-bouchon « Le Professionnel » Le Creuset — posez-les là-bas, Ramon —, mais j'ai cédé, finalement... Inutile de se mettre à son niveau. Elle ne devait pas être de New York. Oh, j'ai trouvé de ravissants portefeuilles chez Gucci. On connaît Gucci, à Cleveland ? Je me demande... Merci, Ramon. Oh, j'espère que ça plaira. Grayer, qu'est-ce que vous avez fabriqué ?

— Rien, dit-il, tout en essayant ses Repetto près du porte-parapluies.

— Avant le déjeuner, nous avons fait des petits gâteaux secs sans sucre, puis on a chanté et je lui ai lu *La Nuit avant Noël* en français, dis-je, tâchant de lui rafraîchir la mémoire.

— Merveilleux ! Si j'avais quelqu'un pour me faire la lecture, moi !

Elle ôte son vison et manque le confier à Ramon.

— Oh, ça sera tout, Ramon, merci.

Elle frappe une fois dans ses mains.

— Et maintenant, qu'est-ce que vous allez faire ?

— Je me proposais de le faire répéter ses chansons...

— Je vais faire mes COMPLIMENTS !

— ... devant les personnes âgées de l'immeuble, pour les distraire un peu en ce temps de fêtes !

Mme X rayonne.

— Magnifique ! Quel bon garçon tu es, et ainsi il sera oc-cu-pé. J'ai *tant à faire* ! Amusez-vous bien !

Je laisse Grayer appeler l'ascenseur.

— Quel étage, Nanny ?

— Commençons par notre copain du onzième...

Il faut sonner trois fois avant d'entendre un : « Je viens ! » de l'intérieur de l'appartement. Dès que la porte s'ouvre, je comprends que je n'ai pas souffert en vain pendant une heure et demie. Mon amoureux est appuyé au chambranle, en caleçon fantaisie délavé et vieux T-shirt, en train de se frotter les yeux.

Aussitôt, Grayer attaque son couplet à tue-tête. Tout rouge, il se balance d'avant en arrière, les mains écartées et la ramure oscillante. Pendant une fraction de seconde, j'ai peur qu'il ne se crève les poumons.

— QUE TON CŒUR SE REMPLISSE D'AMOUR ET DE JOIE ! ! !

Sa voix rebondit dans l'entrée, se répercute sur chaque surface, si bien qu'on dirait tout un chœur énergique. Quand la conclusion semble atteinte, mon amoureux se penche et ouvre la bouche :

— DIEU TE BÉNISSE ! ! !

Cela l'a malencontreusement mis au niveau du sol, où il est copieusement arrosé de postillons et de sueur, avant d'essuyer un finale encore plus vibrant.

— Eh bien... euh, bonjour, Grayer !

Grayer s'écroule par terre, pantelant. J'ai un sourire charmeur. Soyons clair, j'ai une mission à remplir : je suis ici pour décrocher un rendez-vous. Un véritable rendez-vous galant, avec programme, lieu fixé à l'avance — tout.

— On rode les chants de Noël...

— C'est un compliment ! proteste une voix perçante.

— ... devant les voisins.

— Je peux avoir un gâteau, maintenant ?

Grayer se redresse sur son séant, prêt à être payé de ses efforts.

Mon amoureux rentre dans l'appartement.

— Mais bien sûr. Ne faites pas attention à mon pyjama.

Oh, puisque tu insistes. Nous suivons son corps à demi nu dans ce qui est grosso modo l'appartement des X, à deux étages près, et pourtant on ne se croirait jamais dans le même immeuble. Les murs de l'entrée sont rouge brique et décorés de photos en noir et blanc genre *National Geographic* entre des kilims. Il y a des rangées de baskets par terre et des poils de chien sur la moquette. Nous nous dirigeons vers la cuisine où nous manquons nous étaler sur un gros labrador jaune couché par terre.

— Grayer, tu connais Max... ?

Grayer s'accroupit et, avec une délicatesse qui ne lui ressemble pas, lui caresse les oreilles. La queue de Max fouette le carrelage avec entrain. Je regarde autour de moi : au lieu de l'imposant bloc central des X, il y a une vieille table de réfectoire au bout de laquelle sont empilés des *Times*.

— Biscuits ? Qui veut ? demande mon amoureux, brandissant une boîte en métal qu'il a tirée d'un chancelant tas de choses cuisinées sur le buffet.

Grayer court se servir et je m'efforce de me concentrer.

— Un seul, Grover !

— Oh, c'est pas top !

— Du lait ?

Notre hôte se dirige vers le frigo et revient avec un grand verre de lait.

— Merci. Hé, Grayer, qu'est-ce qu'on dit ?

— Merci ! marmonne-t-il la bouche pleine.

— C'est moi qui te remercie, vieux ! C'est bien le moins, après une aussi puissante performance. (Sourire à mon adresse.) Je ne sais plus quand, pour la dernière fois, on avait chanté pour moi, en dehors des anniversaires.

— Je peux ! Je peux chanter *Happy Birthday*.

Le petit pose son verre par terre et prend la position.

— Ouh là ! On a déjà fait plus que notre devoir.

Je lève la main pour nous épargner un autre round.

— Tu sais, ce n'est pas mon anniversaire aujourd'hui. Mais je promets de te prévenir quand ce sera le cas.

Travail d'équipe, j'adore.

— Bon, en route, Nanny. J'en ai d'autres à faire.

Grayer lui tend son verre vide, passe la main sur ses lèvres et regagne la sortie.

Je me lève de table, pas vraiment décidée à partir.

— Je regrette de n'avoir pas pu te rejoindre l'autre soir ; leur réception a fini très tard.

— Tu penses, tu n'as rien manqué. The Next Thing donnait une soirée privée et on a échoué au Ruby's autour d'une pizza.

Le Ruby's, à deux pas de chez moi. Quelle ironie.

— Tu vas rester longtemps à New York ? dis-je, sans ciller.

— NA-NNY, l'ascenseur est là !

— Une semaine, puis on part pour l'Afrique.

L'ascenseur attend, et mon cœur bat.

— Moi, je serai libre ce week-end, si ça t'intéresse, dis-je en entrant dans la cabine.

— Ah, super, répond-il au seuil de sa porte.

— Super...

J'opine du chef au moment où l'ascenseur se referme.

— SUPER ! chante Grayer, qui s'échauffe déjà en vue de sa prochaine prestation.

Au lieu de lui glisser mes coordonnées sous sa porte, je m'en vais le vendredi soir, persuadée que je ne le reverrai pas avant son départ pour l'Afrique. Sniff.

Ce soir-là, Sarah, qui est là pour Noël, accepte de m'accompagner à une fête donnée par des types de mon année à la fac. Tout l'appartement est festivement décoré de loupiotes rougeâtres et dans le salon on a collé la photo d'un gros pénis sur l'effigie du Père Noël. Il nous faut moins de cinq minutes pour comprendre que nous ne voulons ni de ces bières qui rafraîchissent dans la baignoire, ni d'une poignée de ces chips qui attendent dans un saladier douteux, pas plus que nous n'avons envie d'accepter leurs alléchantes propositions sexuelles.

Nous interceptons Josh dans l'escalier.

— Pas sympa ?

— Pour ma part, dit Sarah, je n'ai rien contre un peu de dévergondage, mais...

— Sarah ! s'écrie Josh en la prenant dans ses bras. Quelle bonne nouvelle !

Plusieurs heures plus tard, imbibée de Martini, me voici en train de déballer mon histoire à cette dernière, tandis que Josh branche une minette au bar.

— Et il lui a donné un gâteau ! Ça doit bien signifier quelque chose, non ?

Nous décortiquons ces cinq minutes de conversation jusqu'à en extirper la moindre parcelle de sens.

— Donc, il a dit « super »... et moi aussi.

Le samedi matin, je me réveille avec mes souliers aux pieds, une gueule de bois carabinée et un seul jour pour acheter des cadeaux à toute ma famille, aux X et aux nombreux bambins dont je me suis occupée au fil des ans. Les filles Gleason m'ont déjà envoyé deux stylos à paillettes et un caillou avec mon prénom peint dessus — il n'y a plus une minute à perdre.

J'engloutis du pain grillé sauce tomate, un litre d'eau, et, après un double expresso au coin de la rue, hop ! me voici prête à entrer dans la danse.

Une heure plus tard, j'émerge de Barnes and Noble Junior plus légère de cent cinquante dollars, ce qui m'incite à faire de petits calculs tout en marchant dans Park Avenue. Oublié, Paris : mes étrennes serviront tout juste à couvrir mes frais.

Je vais acheter une bougie Rigaud chez Bergdorf pour Mme X. Un « petit rien », mais au moins elle saura que j'y ai mis le prix. En faisant la queue pour le sacro-saint papier d'emballage argenté, j'essaie d'imaginer quoi offrir à un gosse de quatre ans qui a déjà tout. Qu'est-ce qui lui ferait vraiment plaisir, à part voir son père se pointer pour décorer le sapin ?... Une veilleuse, car il a peur du noir. Et peut-être un étui de carte de bus, afin de protéger sa carte de visite d'une complète désintégration.

De là où je me trouve, il serait logique de traverser la rue pour entrer dans le magasin FAO Schwarz qui a un gigantesque rayon Sesame Street. J'y trouverais une veilleuse Grover. Mais je ne peux pas, je ne *peux* pas.

Qu'est-ce qui est le plus rapide ? Prendre les transports en commun pour aller au Toys « Я » Us dans le Queens ou errer dans ces quelques milliers de mètres carrés en folie ? Au mépris de tout bon sens, je traverse la Cinquième Avenue pour faire la queue dans le froid pendant une demi-heure avec toute la population du Nebraska, avant d'être invitée à passer la porte tambour par un petit soldat grandeur nature.

« Bienvenue dans notre monde. Bienvenue dans notre monde. Bienvenue dans le monde des jouets ! » claironne sans répit une sinistre voix infantile émanant de haut-parleurs mystérieusement invisibles ; c'est comme si elle sortait de mon crâne. Pourtant, cela ne suffit pas à couvrir les cris torturés — « Mais je veueueueueux çaaaaa ! Je le veuueueueueueux ! » — qui emplissent également l'atmosphère. Et je ne suis qu'aux peluches.

Plus haut, c'est le délire : les gamins tirent aux armes à rayons laser, jettent des machins visqueux, des équipements sportifs, et leurs frères et sœurs. Je regarde les parents qui ont adopté mon expression « faisons ce qu'on a à faire » et les employés qui tentent de survivre jusqu'à la pause-déjeuner sans subir de graves dommages corporels. Je me glisse jusqu'au Sesame Street Corner où une fillette d'environ trois ans, prostrée par terre, sanglote sur l'injustice universelle.

— Peut-être que le Père Noël t'en apportera un, Sally.

— NOOONNOOOOOONNNOOONNNOOOOOOOOONNN !

— Je peux vous aider ? me demande une vendeuse arborant un chemisier rouge et un sourire figé.

— Je cherche une veilleuse Grover.

— Je crois qu'on n'en a plus.

Ma longue attente m'incite à croire le contraire.
— Allons voir...
Oui, allons voir.
Nous atteignons le rayon des veilleuses où nous sommes confrontées à tout un mur de Grover.
— Hé oui, désolée, ils partent vite, déplore-t-elle en s'en allant.
— Oui, celui-ci...
Je prends l'objet en main.
— Oh, c'est la marionnette bleue ?
Oui, c'est la marionnette bleue. (Non mais, je rêve ! Personne chez Barnes and Noble Junior n'avait entendu parler de *Lyle, Lyle, Crocodile.* Enfin quoi, vous bossez dans une librairie pour la jeunesse, j'ai pas demandé un livre de cul !)
Je prends place dans la file emballage cadeaux et profite de la chance qui m'est donnée de m'exercer à la méditation transcendantale parmi d'autres bambins secoués de pleurs.

Le lundi matin, Mme X passe la tête dans la cuisine alors que j'épluche des fruits.
— Nanny, vous allez me dépanner... Je suis allée chez Saks choisir des cadeaux pour nos collaboratrices et, comme une gourde, j'ai oublié les chèques d'étrennes. Donc, j'ai laissé les sacs là-bas en attente et il faudrait vérifier que chaque chèque est bien glissé dans le bon sac. J'ai tout inscrit là, le nom de chacune est sur l'enveloppe. Pour Justine, le sac à bandoulière Gucci, pour Mme Butters le fourre-tout Coach, pour la gouvernante le LeSportsac, et les Hervé Chapelier sont pour les professeurs de piano et de français. Assurez-vous que tout soit bien emballé et prenez un taxi pour rentrer.
— Pas de problème, dis-je, tout en me demandant avec fièvre où je me situe, entre Gucci et LeSportsac.

Le mardi après-midi, Grayer a invité Allison, une adorable petite Chinoise de sa classe qui déclare fièrement à qui veut l'entendre qu'elle a « deux papas ».

— Bonjour, Nanny, dit-elle, toujours avec une petite révérence. Ça marche, l'école ? Super, tes chaussures !

Elle me tue. Le téléphone sonne alors que je rince leurs bols de cacao.

— Allô ? dis-je, suspendant le torchon soigneusement à la porte du four.

— Nanny ? chuchote une voix hésitante.

— Oui.

Du coup, je chuchote aussi.

— C'est Justine, la secrétaire. Quel soulagement de tomber sur vous. Vous voulez bien me rendre un service ?

— Bien sûr.

— M. X m'a demandé d'acheter quelque chose pour Mme X, mais je ne connais ni sa taille ni ses stylistes préférés, ni les couleurs qu'elle porte.

Elle semble sincèrement paniquée.

— Je ne sais pas, dis-je, surprise de constater que je n'ai pas ses mensurations en tête. Ne quittez pas !

Je vais prendre la communication dans la chambre.

— Justine ?

— Oui ?

Elle continue de chuchoter. Est-elle planquée sous son bureau ? Aux toilettes ?

— Je vais regarder dans son placard...

Le « placard » de Madame est en fait un vaste dressing-room couleur chocolat, meublé d'une banquette tapissée de velours. La paranoïa de Mme X est telle qu'elle est certainement convaincue que, non contente de fureter quotidiennement dans ces lieux, je porte actuellement ses dessous. Au contraire, j'en ai des sueurs froides et j'hésite à faire patienter Justine le temps d'appeler Mme X sur son portable pour m'assurer qu'elle est effectivement très, très loin.

Nonobstant, je commence à feuilleter rapidement la marchandise et à répondre aux questions.

— Taille deux... Herrera, Yves Saint Laurent... pointure trente-huit et demi, Ferragamo, Chanel... pour les sacs à main, c'est Hermès — pas de poches extérieures et elle n'aime pas les fermetures Éclair... Je ne sais pas, des perles, peut-être ? Elle aime ça.

Et ainsi de suite.

— Vous me sauvez la vie ! Oh, autre chose : est-ce que Grayer fait de la chimie ?

— De la chimie ?

— Oui. M. X m'a demandé de lui acheter un Petit Chimiste et des chaussons Gucci.

— Ah ! (Éclats de rire partagés.) *Le Roi Lion.* Il aime tout ce qui se rapporte au *Roi Lion,* à *Aladin, Winnie l'Ourson.* Il a quatre ans.

— Merci mille fois, Nanny. Joyeux Noël !

Ayant raccroché, je jette un dernier coup d'œil aux piles de pull-overs en cachemire, dont chacun est enveloppé d'un papier de soie et rangé individuellement dans un tiroir transparent, le mur de chaussures, dont chacune est fourrée d'un triangle de satin, les portants des tailleurs d'automne, d'hiver, de printemps, classés du plus clair au plus foncé, de gauche à droite. J'ouvre timidement un tiroir. Chaque culotte, chaque soutien-gorge, chaque collant, est ensaché dans un étui Ziplock et étiqueté : « Soutien-gorge, Hanro, blanc », « Collant, Fogal, noir ».

Au coup de sonnette, je fais un bond, soulagée ensuite d'entendre Grayer ouvrir à Henry, le père d'Allison. Je repousse le tiroir et gagne tranquillement l'entrée, où un Henry médusé regarde Grayer et Allison chahuter avec leurs écharpes.

— Ally... j'ai le dîner à préparer.

Il parvient à l'attraper, la bloque entre ses genoux pour lui nouer son écharpe. Je tends le petit loden au moment où il lui met son chapeau avant de l'emporter dans ses bras.

— Dis au revoir à Allison, Grayer.

Je donne une bourrade à ce dernier, qui agite frénétiquement les mains.

— Au revoir, Grayer. Merci beaucoup ! Au revoir, Nanny ! s'écrie-t-elle au moment où l'ascenseur s'ouvre.

— Merci, Nan, dit Henry, qui se tourne et, par inadvertance, balance une petite botte dans un autre représentant de la famille X.

— Oh ! fait Mme X, qui recule.

— Désolé, dit Henry, tandis qu'Allison se cache dans le cou de son papa.

— Ce n'est rien. Vous vous êtes bien amusés ?

— Oui ! s'écrient Grayer et Allison.

— Bien..., reprend Henry. Je me sauve. J'ai le dîner à préparer... Richard sera bientôt rentré et j'ai les décorations du sapin à retrouver.

— C'est le jour de congé de votre nounou ? demande Mme X avec un sourire entendu.

— Nous n'en avons pas...

— Tu as *deux* papas pour décorer le sapin ! l'interrompt Grayer.

— Bonté divine ! s'exclame aussitôt Mme X. Comment faites-vous ?

— Oh, vous savez, ils n'ont cet âge-là qu'une fois...

— Oui. (Elle semble un peu pincée.) Grayer, dis au revoir.

— C'est déjà fait, maman. Tu retardes...

La porte de l'ascenseur se referme.

Plus tard, ce soir-là, je descends à mon tour, à moitié endormie, me voyant déjà déambuler au bord de la Seine en fredonnant *La Vie en rose*. Il est minuit et demi, le 22. Dans vingt-quatre heures seulement, j'aurai un mois de liberté et de l'argent en poche.

— Bonsoir, James ! dis-je au portier, au moment où il ouvre la porte à mon amoureux, qui a les joues roses et transporte un sac Food Emporium.

— Tiens ! La journée est finie ?

— Ouais...

Seigneur, faites que je n'aie pas un fragment de bette cuite à la vapeur entre les dents.

— C'était très bien, sa petite prestation. Tu es son coach ?

— Impressionné ? dis-je avec prudence, en tirant sur ma lèvre supérieure.

Assez bavardé, *à quand* le rancard ?

— Écoute, dit-il, desserrant son écharpe, tu fais quelque chose ce soir ? Faut juste que je remonte en vitesse. Ma mère s'est déchaînée en cuisine et on est à court de vanille.

Maintenant ? Entendu, ça marche pour moi.

— Oui, d'accord.

Tandis que les numéros se succèdent du 1 au 11 et inversement, je me précipite vers la glace biseautée pour me pomponner comme une folle. J'espère que je ne vais pas l'ennuyer. J'espère qu'il ne va pas m'ennuyer. J'essaie de me rappeler si je me suis épilée ce matin. Pouah ! quelle déception s'il est ennuyeux. Et je ferai mon possible pour ne pas coucher avec lui. Le premier soir. Je suis en train de me coller vite fait du brillant à lèvres quand l'ascenseur arrive à mon niveau.

— Tu as dîné ? dit-il au moment où James nous ouvre la porte.

— Bonne nuit, James... ! Tout dépend de ce que tu entends par là. Si pour toi une poignée de chips et quelques tortellinis secs font un repas, je suis repue.

— Qu'est-ce qui te dirait ?

— Ah... Les seuls endroits où l'on nous servira encore, ce sont les cafétérias et les pizzerias. Choisis...

— Pizzeria, alors. Ça te va ?

— Du moment qu'on sort d'ici...

— Tiens, assieds-toi sur ma veste, dit-il en refermant la boîte à pizza vide.

Les marches du Metropolitan Museum sont glacées et mon jean commence à laisser percer le froid.

— Merci.

Je fourre son gros blouson bleu sous mes fesses et contemple, sur la Cinquième Avenue, les lumières de fête du Stanhope Hotel qui clignotent. Mon amoureux sort le pot de glace Ben et Jerry d'un sac en papier kraft.

— Alors, comment est-ce de travailler au neuvième ?

— Harassant et bizarre, l'appartement est aussi chaleureux qu'une chambre froide et le bonhomme de neige en polystyrène expansé de Grayer est suspendu dans son placard parce qu'elle n'en a pas voulu ailleurs.

— Je l'ai toujours trouvée un peu à cran, c'est vrai.

— Tu n'imagines pas... et avec les fêtes, c'est comme d'être au service d'un sergent instructeur maniaco-dépressif...

— Allons, tu exagères un peu, non ?

Il me donne un petit coup de genou.

— Pardon ?

— J'ai gardé des enfants dans cet immeuble. On mange, on joue...

— Tu parles ! Ce n'est pas du tout mon cas. Je passe plus de temps avec ce gosse que *n'importe qui* !

Je m'écarte légèrement.

— Et les week-ends ?

— Ils ont quelqu'un dans le Connecticut. Ils ne se retrouvent seuls avec lui qu'au cours du trajet en voiture — qui s'effectue de nuit, quand il dort ! Jamais ils ne sont ensemble. J'ai cru qu'ils attendaient des vacances, mais apparemment non. Mme X fêtant Noël toute seule dans les boutiques, elle nous a envoyés courir New York, avec le reste de l'Amérique, note bien, juste pour ne pas l'avoir à la maison.

— Mais il y a tant à voir à cette époque de l'année avec un enfant !

— Il a *quatre* ans. Il a dormi à *Casse-noisette*, le spectacle au City Music Hall lui a fait une peur bleue et il a chopé un genre d'eczéma à attendre pendant trois heures l'apparition du Père Noël à Macy's. En fait, on passe un temps fou à faire la queue aux cabinets. Jamais un taxi en vue, jamais...

— Tiens, tu as bien mérité un peu de glace...

Il me tend une cuillère. Je suis bien forcée d'en rire.

— Pardon ! Tu es le premier adulte sans sacs de shopping à qui je parle depuis quarante-huit heures au moins. J'en ai par-dessus la tête.

— Ne dis pas ça ! C'est si agréable de passer cette saison à New York, avec les lumières, la foule...

Il me désigne l'avenue resplendissante.

— Ça fait apprécier d'y vivre à longueur d'année...

J'enfonce la cuillère dans la boîte, explorant un filon de caramel.

— C'est vrai. Il y a encore deux semaines, j'aurais été de cet avis.

Nous nous repassons la glace tout en admirant les guirlandes aux vitres du Stanhope Hotel et les petites ampoules blanches sur la marquise.

— Tu m'as l'air d'apprécier les fêtes, toi...

— Et encore, tu ne m'as pas vue à Arbor Day[1] !

— Doux Jésus ! Tu dois être déchaînée.

Il s'appuie contre moi.

— Alors, tu me prends toujours pour un sale con ?

— J'ai jamais dit ça !

— Juste un sale con par association.

— Mais je...

AAAAAAHHH ! ! ! ! IL M'EMBRASSE ! ! ! ! !

— Bonjour, toi, dit-il, sa figure presque contre la mienne.

— Euh...

— Tu crois qu'on pourrait tout reprendre à zéro et oublier le Dorrian ?

Je souris.

— Bonjour, moi c'est Nan...

— Nanny ? Nanny !

— Oui, quoi ?

— À toi. C'est ton tour.

Pauvre Grayer, c'est la troisième fois qu'il doit m'arracher aux marches du Met où mon esprit a élu domicile.

---

1. Jour désigné officiellement dans la plupart des États (généralement entre le 20 avril et le 10 mai), où chacun est invité à planter un arbre *(N.d.T.)*.

Je déplace mon bonhomme pain d'épice d'une case orange à une case jaune.

— D'accord, mais c'est le dernier jeu, ensuite on trie les vêtements.

— Oh, c'est pas top...

— Allons, ça va être amusant. Tu vas défiler pour moi.

Sur le lit s'entasse sa garde-robe de l'été dernier et il nous faut déterminer ce qui lui va encore afin qu'il soit convenablement équipé pour ses vacances. Je sais que ce n'est pas exactement ainsi qu'il aimerait passer notre dernier après-midi ensemble, mais les ordres sont les ordres.

Le jeu mis de côté, je m'agenouille et l'aide à enfiler shorts, chemises, maillots de bain et le plus petit blazer bleu marine du monde.

— Aïe ! Trop petit ! J'ai mal !

Dans ce polo Lacoste blanc, ses bras potelés sont comprimés comme des pains à hot dog sanglés en leur milieu par des élastiques.

— Bon, bon, je t'aide à le retirer, patience.

Je lui tends ensuite une chemise oxford empesée.

— J'aime pas celle-là... Je crois... qu'elle est... trop *petite* !

Je considère les boutons aux manches et le col amidonné.

— Je crois que tu as raison — elle est *nettement* trop petite, dis-je avec un air de conspirateur, repliant l'article incriminé et le mettant sur la pile des refusés.

— Nanny, je m'ennuie...

Il met les mains sur mes deux joues.

— Allez, on joue ?

— Encore un.

Je l'aide à enfiler son blazer.

— Tu marches jusqu'au fond et tu reviens — montre-moi comme tu bouges !

Il me regarde comme si j'étais devenue folle, mais commence à s'éloigner en regardant par-dessus son épaule de temps en temps, au cas où je manigancerais quelque chose.

— Du nerf, coco !

Arrivé au mur, il se retourne et me lorgne avec lassitude jusqu'au moment où je sors un appareil photo imaginaire et fais mine de le mitrailler.

— Allez, coco ! Tu es fantastique ! Montre-moi tout !

Il met les mains sur les hanches à l'extrémité du tapis.

— Super !

Je miaule comme si le mannequin Marcus Shenkenberg venait de perdre la serviette autour de ses reins. Il glousse, se jette dans la bataille et nous nous faisons mutuellement la moue.

— Fantastique, mon chou ! dis-je, me penchant pour ôter son blazer et lui effleurer les joues d'un baiser de mondaine.

— Tu reviens bientôt, Nanny ? Demain ?

— On va regarder encore le calendrier, tu vas voir comme ce sera vite passé. Tu vas aller aux Bahamas...

— À Lit*ferr* Cay !

— Oui.

Nous nous penchons sur le calendrier-Nanny de ma fabrication.

— Puis à Aspen, où il y aura de la vraie neige et où tu feras de la luge et des bonshommes de neige. Ce sera drôlement amusant.

— Hello ? lance Mme X.

Grayer se précipite et je prends le temps de plier la dernière chemise avant de le suivre.

— L'après-midi s'est bien passé ? demande-t-elle gaîment.

— Grayer a été très sage — tout est trié. La pile sur le lit, c'est ce qui lui va encore.

— Parfait ! Merci infiniment.

Grayer fait des bonds et tire sur son vison.

— Viens me voir défiler ! Viens !

— Grayer, qu'est-ce qu'on a dit ? Tu t'es lavé les mains ?

— Non.

— Dans ce cas, a-t-on le droit de toucher le manteau de maman ? Si tu t'assois sur la banquette, j'aurai une surprise pour toi de la part de papa.

Elle fouille dans ses achats, tandis que Grayer se tasse sur les coussins à motifs cachemire, et sort un survêtement bleu clair.

— Tu sais que tu vas aller à la grande école l'an prochain ? Papa adore Collegiate.

Elle donne une chiquenaude au sweat-shirt pour révéler les caractères orange. J'aide le petit à l'enfiler par la tête. Sa mère reste en retrait, pendant que je roule les manches qui font comme de gros bracelets à ses poignets.

— Il va être si content, ton papa.

Grayer, ravi, commence à poser comme dans sa chambre.

— Trésor, ne fais pas ces grands gestes. (Elle prend un air consterné.) C'est bizarre.

Grayer cherche de mon côté une explication. Elle suit son regard.

— Grayer, il est temps de dire adieu à Nanny.

— Je veux pas.

Il se dresse devant la porte et croise les bras. Je me mets à genoux.

— C'est pour quelques semaines seulement, tu sais !

— Nooooon ! T'en va pas. Tu as dit qu'on allait jouer. Tu as promis !

Ses larmes commencent à couler.

— Tu veux ton cadeau maintenant ?

Je m'approche du placard, respire un bon coup, plaque un grand sourire sur mes lèvres et sors mes achats.

— C'est pour vous, joyeux Noël ! dis-je en tendant à Mme X la boîte Bergdorf.

— Oh, il ne fallait pas, dit-elle en la posant sur la table. Moi aussi, j'ai quelque chose pour vous.

Je joue la surprise.

— Oh, non !

— Grayer, va chercher le cadeau pour Nanny !

Il détale. Je sors l'autre petite boîte.

— Et ça, c'est pour Grayer.

— Nanny, voici ton cadeau, Nanny. Joyeux Noël, Nanny !

Le voilà qui revient en courant avec un paquet de chez Saks qu'il me fourre dans les mains.

— Oh, merci !

— Il est où, le mien ? ! Il est où ? !

Il saute comme une puce.

— C'est ta maman qui l'a. Tu l'ouvriras quand je serai partie.

J'enfile rapidement mon manteau, tandis que Mme X retient déjà l'ascenseur.

— Bonnes fêtes ! me dit-elle au passage.

— Au revoir, Nanny, dit-il en agitant les bras comme une marionnette.

— Salut, Grayer, joyeux Noël !

Je ne peux même pas attendre d'être dehors. J'imagine Paris, des sacs à main et de nombreux voyages à Cambridge. D'abord, le petit mot : « *Chère Nanny, que ferait-on sans vous ? Encore merci, les X.* » Je déchire l'emballage, démonte la boîte et commence à arracher des poignées de papier de soie.

Pas d'enveloppe. Oh, Seigneur, *il n'y a pas d'enveloppe !* Je secoue la boîte à l'envers. Des masses de papier de soie s'en échappent, puis une chose noire et duveteuse tombe. Tel un chien devant un os, je m'agenouille. Je tends la main, j'écarte ce qui me gêne pour découvrir mon trésor et... et... et... c'est un serre-tête, avec deux ronds de fourrure. Rien qu'un serre-tête.

Rien qu'un serre-tête.

Un serre-tête !

UN SERRE-TÊTE ! ! ! ! ! !

5

Suspension de service

> Nounou considérait qu'elle possédait les O'Hara, corps et âme, que leurs secrets étaient les siens ; et rien qu'un soupçon de mystère suffisait à la lancer sur la piste tel un limier.
>
> *Autant en emporte le vent*

— Mamie t'a cherché partout pour couper le gâteau, dis-je en me glissant dans le dressing-room de ma grand-mère, où mon père s'est réfugié afin d'échapper à la soirée réveillon cinquantième anniversaire qu'elle a tenu à donner en l'honneur du « fils unique que Dieu a bien voulu lui accorder ».

— Vite, ferme la porte ! Je ne suis pas encore prêt — il y a trop de monde.

Malgré une forte représentation d'artistes et d'écrivains, la majorité des invités est en smoking, la seule tenue que mon père, comme il le répète à qui veut l'entendre, se refuse à porter. En toutes circonstances. « Tu nous prends pour les Kennedy ? » Telle a été sa profonde repartie chaque fois que ma grand-mère tentait de lui faire épouser ses vues. En ce qui me concerne, je ne me fais jamais prier pour sauter dans une robe longue et saisis avec joie les trop rares occasions de remiser mes jeans pour me faire belle.

— Mes intentions sont pacifiques, dis-je en lui tendant une coupe de champagne.

Il sourit et se désaltère, pose le verre sur la coiffeuse où se trouvent déjà ses pieds, puis laisse tomber les mots croisés du *Times* et m'invite à m'asseoir d'un geste. Je me pose sur l'épaisse moquette beige, dans des masses de mousseline noire, et trempe mes lèvres dans ma propre coupe, tandis qu'au-dehors les rires se mêlent aux accents assourdis de l'orchestre.

— Papa, tu as tort. Ce n'est pas si terrible. Il y a un écrivain qui vient de Chine. Et il n'a même pas de cravate — tu pourrais lui tenir compagnie.

Il ôte ses lunettes.

— Je préfère causer avec ma fille. Comment ça va, la bonne fée… ? Mieux ?

Une bouffée de colère me traverse, anéantissant ma bonne humeur.

— Cette bonne femme ! (Je me penche en avant.) J'ai dû travailler quatre-vingts heures par semaine au cours du dernier mois — et pour quoi ? Un serre-tête !

Je soupire, exaspérée, en regardant à travers mes cheveux, là où la rangée de talons aiguilles noirs contre le mur fait place à une batterie colorée de chaussons chinois.

— Ah, oui. Ça faisait bien quinze minutes qu'on n'avait pas eu cette conversation.

— Quelle conversation ? demande ma mère qui se faufile avec un plateau de petits fours dans une main et une bouteille de champagne débouchée dans l'autre.

— Devine ! dit-il avec une ironie désabusée, en tendant sa coupe vide. On le porte sur la tête, mais ce n'est pas un chapeau.

— Encore ! Voyons, Nan, c'est la Saint-Sylvestre ! Et si tu t'accordais un jour de congé ?

Elle se laisse choir sur un siège ancien, coinçant les pieds sous ses fesses, et lui tend le plateau.

Je me redresse sur mon séant et fais main basse sur la bouteille.

— Comment veux-tu ! C'est impossible, *impossible* !

Elle m'aurait craché à la figure, c'était pareil ! Tout le monde sait qu'à Noël on touche de grosses étrennes, c'est l'usage. Pourquoi aurais-je fait tant d'heures supplémentaires, sinon ? Les étrennes, c'est pour ça, c'est une gratification ! N'importe quelle abrutie qui travaille pour eux a reçu de l'argent *et* un sac à main. Et moi j'ai eu...

— Un serre-tête ! concluent-ils en chœur, tandis que je me ressers une coupe.

— Vous savez ce qui cloche en moi ? Je me décarcasse pour donner l'impression qu'il est tout naturel de ma part d'élever son fils, tandis qu'elle est chez la manucure. Toutes ces petites histoires que je raconte et mes « Oui, je serai heureuse de vous rendre ce service », pour la mettre à l'aise. Résultat : elle a oublié que c'est un travail pour se convaincre que je suis une copine de son fils !

Je pique un peu de caviar à mon père.

— Qu'en penses-tu, maman ?

— Je pense que tu vas devoir affronter cette femme et lui rappeler les règles, ou abandonner ! Franchement, tu devrais t'entendre. Ça fait des jours que tu en parles. Tu es en train de gâcher ta soirée, et je vois quelqu'un ici qui devrait profiter de l'orchestre pour danser...

Elle jette un regard éloquent à mon père, qui enfourne le dernier feuilleté au crabe.

— Justement ! J'aimerais bien. J'aimerais bien lui rappeler les règles, mais je ne sais pas comment m'y prendre.

— Dis-lui simplement que ça ne va pas et que si elle tient à toi, il va lui falloir rectifier le tir.

— Ah ! Quand elle me demande si j'ai passé de bonnes vacances, je me lance dans une diatribe ? Elle me collera une claque.

— Tant mieux ! intervient papa. Tu pourras la traîner en justice et nous entretenir avec tes indemnités.

Ma mère, désormais très concernée, continue sur sa lancée :

— Dans ce cas, tu souris gentiment, tu la prends par les épaules et tu dis : « Vous ne me facilitez pas la tâche ! » Fais-lui comprendre poliment qu'elle n'est pas correcte.

— Tu ne le connais pas. On ne prend pas cette femme par les épaules. C'est Cruella !

— Bon, tu l'auras voulu. Donne-lui ce vison ! On va répéter !

Ces « répétitions » ont été la pierre angulaire de mon éducation et m'ont aidée à affronter toutes sortes de problèmes, depuis mes oraux à l'école jusqu'à ma première rupture sentimentale. Papa me lance l'étole qui était suspendue près de lui et nous ressert.

— Tu es Mme X. Je suis toi. Vas-y.

Je m'éclaircis la gorge.

— Bonjour, Nanny. Ça vous ennuierait de porter mes slips sales à la piscine pour les décrasser pendant que Grayer aura son cours de natation ? Merci infiniment, le chlore fait merveille.

Je me drape dans l'étole et affecte de sourire. La voix de ma mère est posée et raisonnable :

— Je ne demande qu'à vous aider, vous et votre enfant. Mais il faut y mettre un peu du vôtre pour que je puisse vous servir au mieux de mes capacités. Et, pour cela, il importe d'essayer de respecter les heures convenues entre nous.

— Quoi, vous *travaillez* ? Je croyais qu'on vous avait adoptée !

Je lève mon petit doigt, l'air faussement alarmé.

— Ce serait certes un honneur d'être votre parente, mais je ne suis ici qu'une employée, et si vous voulez me garder, alors il vous faudra dorénavant respecter certaines limites.

Papa applaudit bruyamment. Je m'effondre.

— Ça ne marchera jamais !

— Nan, cette femme n'est pas Dieu. C'est une personne comme une autre. Il te faut un mantra. Comme Lao-Tseu... Dire non pour dire oui. Allez, répète !

— Dire non pour dire oui. Dire non pour dire oui, dis-je en contemplant le papier peint fleuri au plafond.

Nous sommes en pleine transe quand la porte s'ouvre à la volée et des flots de musique entrent dans la pièce. Ses superpositions de satin assorties à ses joues rouges, ma grand-mère s'appuie au chambranle.

— Mes amours ! Une autre soirée merveilleusement réussie et mon quinquagénaire de fils reste caché dans la penderie comme lorsqu'il avait cinq ans. Viens danser avec moi.

Dans un nuage de parfum, elle va d'un pas léger embrasser mon père sur la joue.

— Allons, mon grand, tu peux tomber la cravate, mais au moins danse un mambo avec ta mère avant les douze coups de minuit.

Il lève les yeux au ciel, mais le champagne a miné sa résistance. Il retire sa cravate et se met debout.

— Quant à toi, jeune fille...

Elle contemple ma personne avachie.

— Amène ce boa et que ça saute !

— Pardon, mamie. C'est cette histoire de serre-tête.

— Bonté divine ! Entre le smoking de ton père et ton serre-tête, je ne veux plus discuter chiffon avec vous jusqu'à Noël prochain ! Allez, taïaut ! la piste de danse nous attend.

Maman m'aide à me relever et me chuchote en les suivant :

— Tu vois : dire non pour dire oui. Prends exemple sur ton père...

Après bien des danses et des bouteilles de champagne, je retourne chez moi sur un nuage alcoolisé. George vient se glisser contre mes chevilles dès que la porte s'ouvre et je le porte jusqu'à ma moitié de studio.

— Bonne année, George !

Il ronronne sous mon menton. Charlène est partie ce matin pour l'Asie et je suis prise de vertige à l'idée de ces trois semaines de relative liberté. Quittant mes escarpins, je vois clignoter vaguement le témoin du répondeur. Mme X.

— Qu'en dis-tu, George, on prend le risque ?

Je m'incline pour le relâcher avant d'appuyer sur la touche.

— Nan ? Euh... ceci est un message pour Nan. Je pense que c'est le bon numéro...

Une voix mâle et pâteuse remplit le studio.

— Oh, chic !

Je me tourne en vitesse vers la glace pour rectifier mon apparence.

— Je... j'appelais seulement pour te souhaiter la bonne année. Je suis en Afrique. Et — attends — il est quelle heure ici ? Sept heures... ça fait... dix... onze... douze. Bon. Je suis avec mes parents et nous sommes sur le point d'aller dans la brousse. On a bu quelque bières avec les guides. C'est le dernier avant-poste... Bref, je voulais te dire que je pense à toi ! Je sais que tu as travaillé dur et je voulais que tu saches que... euh... que je sais... que tu... as travaillé dur. Alors, bonne année. Allez — j'espère que c'est bien ton répondeur. Voilà. C'est tout ce que j'avais à te dire... Euh, salut.

Je titube jusqu'à mon lit, suprêmement euphorique.

— Oh, là, là !

Et je tourne de l'œil en souriant aux anges.

Dring ! Dring ! Dring ! Dring !

— Vous êtes bien chez Charlène et Nan. Veuillez laisser un message.

Bip !

— Bonjour, Nanny, j'espère que vous êtes chez vous. Vous êtes sûrement chez vous. Bonne année... (J'ouvre un œil.) C'est Mme X. J'espère que vous avez passé de bonnes fêtes. J'appelle parce que... (il est *huit heures* du matin !) il y a un changement de programme. M. X doit apparemment retourner dans l'Illinois pour son travail. Et je... Grayer... nous sommes *tous* très déçus. Bref, nous n'irons pas skier à Aspen et je voulais savoir ce que vous faites jusqu'à la fin du mois.

Le 1er janvier ! Ma main émerge des couvertures et cherche à tâtons le téléphone. Je débranche le récepteur et le jette à terre.

Là.

Je me rendors.

Dring ! Dring ! Dring ! Dring !

— Vous êtes bien chez Charlène et Nan. Veuillez laisser un message.

Bip !

— Nanny, c'est Mme X. Je vous ai déjà laissé un message. Je ne sais plus si je l'ai précisé, mais si vous pouviez me faire savoir aujourd'hui...

Il est *neuf heures et demie* du matin ! Un 1er janvier.

Je tâtonne de nouveau et cette fois réussis à débrancher la bonne prise.

Ahhh, quel calme.

— Vous êtes bien chez Charlène et Nan. Veuillez laisser un message.

Bip !

— Nanny, c'est Mme X.

Il est 10 heures du matin. Ça va pas la tête ? Cette fois, j'entends Grayer pleurer. C'est pas mon problème, pas mon problème, serre-tête. Ma main cherche à tâtons le répondeur. Je trouve le bouton du volume.

— ... vous ne m'avez pas dit quels étaient vos plans et je me suis dit...

Ahhh, silence.

Dring ! Dring ! Dring ! Dring !

QUOI ENCORE ?

Oh, non, c'est mon portable. Ce foutu portable.

Dring ! Dring ! Dring ! Dring !

Aaaahhhhh ! Je sors du lit, mais impossible de trouver la source de cette sonnerie de malheur. J'ai une de ces migraines.

Dring ! Dring ! Dring ! Dring !

Il est sous le lit. Sous le lit ! Je commence à ramper sous le matelas, toujours en robe du soir. (George a dû jouer au foot avec ce truc.) Il sonne encore quand je m'en empare pour le jeter dans le panier de linge sale, flanquant par-dessus tout ce qui traîne par terre.

Ahah ! ! Dodo.

Dring ! Dring ! Dring ! Dring !

Je me lève, marche droit sur le panier, en retire le téléphone, vais à la cuisine, ouvre la porte du freezer, y balance le téléphone et retourne me coucher.

Je me réveille cinq heures plus tard, guettée par un George très patient qui attend son petit déjeuner au bout du lit. Il lève la tête et miaule. « La gueule de bois ? » semble-t-il me demander. Je gagne la kitchenette dans ma robe toute chiffonnée pour le nourrir et me faire du café. En ouvrant le freezer, j'aperçois le témoin vert du portable derrière les bacs à glaçons.

Nombre d'appels reçus : 12. Fatalitas !

Je me fais du café et vais m'asseoir sur mon lit pour écouter les messages.

— C'est encore moi. J'espère que je ne me répète pas. M. X a donc décidé qu'il ne pouvait pas aller à Aspen et, quant à moi, je ne tiens pas à rester ici toute seule. Le palefrenier et le gardien habitent au bout de la route et je me sens très... isolée. Je vais donc rentrer à New York. Néanmoins, je serais très heureuse si vous pouviez venir quelques jours par semaine. Est-ce que lundi conviendrait ? Tenez-moi au courant. Mon numéro est le...

Je ne pense à rien, je ne psalmodie rien. Je rebranche le téléphone et compose le numéro du Lyford Cay Inn.

— Allô ?

— Madame X ? C'est Nanny. Comment allez-vous ?

— Le temps est affreux. C'est à peine si M. X a pu faire une partie de golf et maintenant, il va rater le ski aussi. Grayer est resté tout le temps enfermé. On nous avait promis quelqu'un à plein temps, comme l'an dernier, mais il y a pénurie, paraît-il. Je ne sais que faire. (J'entends *Pocahontas* à l'arrière-plan.) Vous avez eu mes messages ?

— Oui.

Je pince mes tempes douloureuses entre le pouce et l'auriculaire.

— Vous savez, il ne fonctionne pas très bien, votre portable. Il faudrait le faire réviser. J'ai passé toute la matinée à tenter de vous joindre. Bref, M. X part aujourd'hui, moi je passe ici le week-end et je ne rentrerai que lundi. Notre avion atterrissant à 11 heures, pouvez-vous être à l'appartement à midi ?

— C'est que... — serre-tête —, j'ai prévu autre chose, n'étant pas censée reprendre avant le dernier lundi du mois.

— Oh, vous ne pourriez pas m'accorder une semaine ou deux ?

— C'est que...

— Ne quittez pas !

J'ai l'impression qu'elle a mis la main sur le combiné.

— C'est notre seule vidéo. (M. X dit quelque chose que je ne saisis pas très bien.) Eh bien, tu la rembobines et tu la lui repasses !

— Madame X ?

— Oui.

Je sais que je vais avoir la même conversation pendant les prochaines trente-six heures si je ne trouve pas un petit mensonge sans conséquence.

— Vous m'aviez suggéré Paris — eh bien, j'y vais. Donc, je ne pourrai pas reprendre avant... deux semaines à partir de lundi. Pas avant le 18. (Dire non pour dire oui.) Par ailleurs, nous n'avons pas eu le temps avant votre départ d'évoquer mon augmentation.

— Ah...

— En général, j'augmente mon tarif horaire de deux dollars tous les ans en janvier. J'espère que ça ne pose pas de problème ?

— Eh bien... Non, non, bien sûr. J'en parlerai à M. X. Au fait, auriez-vous la gentillesse de passer chez nous demain — quand vous serez dans le quartier — pour recharger les humidificateurs ?

— Je vais être dans le West Side, donc...

— Formidable ! À dans deux semaines. Et surtout, n'oubliez pas de me prévenir si jamais vous pouviez reprendre plus tôt.

James me tient la porte.

— Bonne année, mademoiselle. Déjà là ?

Il paraît surpris de me revoir.

— Mme X a besoin qu'on recharge ses humidificateurs.

— Oh, vraiment ?

Il me lance un sourire coquin.

La première chose que je remarque en ouvrant la porte, c'est que le chauffage est allumé. Je me glisse dans l'appartement comme une voleuse. Au moment où je quitte mon manteau, la voix d'Ella Fitzgerald se met à beugler. Je me fige.

— Y a quelqu'un ?

J'agrippe mon sac à main et gagne la cuisine en rasant le mur, dans le but de m'emparer d'un couteau. On m'avait bien parlé de concierges d'immeubles prestigieux utilisant les appartements en l'absence des propriétaires. Je pousse la porte.

Il y a une bouteille de dom pérignon sur le comptoir, des casseroles mijotent sur le fourneau. Il faut être malade pour s'introduire dans un appartement afin d'y faire la cuisine !

— Ce n'est pas encore prêt. *Pas fini**, dit un homme avec un accent français prononcé, en émergeant des toilettes pour le personnel.

Il s'essuie à son pantalon à carreaux et ajuste sa blouse blanche.

— Qui êtes-vous ?

Il lève les yeux sur moi.

— Et vous, *qui êtes-vous** ? dit-il, les mains aux hanches.

— Je travaille ici. Qui êtes-vous ?

— Je m'appelle Pierre. Votre patronne m'a engagé pour préparer le dîner.

Il retourne émincer son fenouil. La cuisine est un fantasme de productivité et sent délicieusement bon. Jamais elle n'a eu l'air aussi épanouie.

— Pourquoi rester là comme une dinde ? Allez !

Il agite son couteau. Je m'en vais trouver Mme X.

Je ne puis croire qu'elle soit de retour. Et, bien sûr, pourquoi s'embêter à prévenir Nanny ? Comme si je n'avais rien de mieux à faire que de préserver le degré hygrométrique de son appartement. Puisque c'est comme ça, je ne travaillerai pas ce soir, si c'est là son calcul. Il s'agit sans doute d'un fin stratagème pour m'y contraindre. Grayer est probablement ligoté dans un filet au-dessus de l'humidificateur et elle a l'intention de le faire choir sur ma tête à la minute où je verserai l'eau.

La stéréo continue à hurler, me suivant de pièce en pièce.

Très bien, je lui montre que je suis venue comme prévu, et je repars.

— Bonjour... ?

J'ai frisé la crise cardiaque. La voici, qui sort en se pavanant de la chambre, un kimono de soie négligemment ceinturé, les émeraudes à ses oreilles étincelant à la lumière.

Miss Chicago.

— Ou plutôt bonsoir..., dit-elle, aussi amicalement que dans la salle de conférence, trois semaines auparavant.

Elle me croise d'un pas léger et se dirige vers la salle à manger.

— Bonsoir...

Je trottine à sa suite, dénouant mon écharpe. Je tourne à l'angle au moment où elle pousse les portes-fenêtres, révélant une table dressée pour un dîner en tête à tête. Un gros bouquet de pivoines, d'un violet presque aussi noir que de l'encre d'encornet, trône au milieu d'un cercle de petites bougies. Elle se penche au-dessus de la brillante surface d'acajou pour redisposer l'argenterie.

— Je venais pour les humidificateurs ! dis-je en criant pour me faire entendre.

— Attendez !

Elle s'approche du pupitre de commande caché dans le meuble bibliothèque et règle adroitement volume et tonalité.

— Là !

Elle se tourne vers moi, avec un sourire tranquille.

— Que disiez-vous ?

— Les humidificateurs... ? Ils sont... secs ? À court d'eau ? Je suis venue les remplir. Une seule fois. Aujourd'hui... parce que ça devrait tenir jusqu'à... Bon ! J'y vais.

— Eh bien, merci, Nanny. Je suis sûre que M. X appréciera, et moi aussi.

Elle ôte sa coupe de champagne du buffet. Je m'agenouille pour débrancher l'humidificateur, le soulève dans mes bras et regagne la cuisine.

Je remplis les dix réservoirs, les trimballant jusqu'à la buanderie, tandis qu'Ella Fitzgerald enchaîne les morceaux. Je sens gronder ma révolte. Ce n'est pas sa maison. Ce n'est pas sa famille. Et surtout, ce n'est pas sa chambre !

— C'est fait ? dit-elle alors que je rebranche le dernier. Je me demandais si vous ne pourriez pas vous charger d'une commission pour moi...

Elle me suit jusqu'à la porte. J'attrape mon manteau.

— Pierre a oublié la crème fraîche. Merci...

Elle me tend un billet de vingt dollars.

Je contemple l'argent, puis le petit parapluie de Grayer, celui avec les deux gros yeux de grenouille qui s'ouvrent quand on s'en sert. Je lui rends le billet.

— Je ne peux pas... J'ai... euh... un rendez-vous... chez le médecin.

Je surprends mon reflet dans le miroir doré.

— Vraiment... je ne peux pas.

Son sourire se glace.

— Gardez-le, dit-elle d'une voix unie.

L'ascenseur s'ouvre, tandis qu'elle affecte une pose décontractée, appuyée au chambranle.

Je dépose le billet sur la petite table.

Ses yeux lancent des étincelles.

— Ah, c'est comme ça ! Courez dire à votre patronne que vous m'avez vue et le seul résultat, c'est que je serai dispensée d'avoir à laisser traîner une petite culotte.

Elle rentre dans l'appartement, laissant la porte claquer derrière elle.

— Comment ça, une petite culotte... Une vraie ? s'enquiert Sarah le lendemain en essayant un nouveau rouge à lèvres au comptoir Stila.

— Qu'est-ce que j'en sais ? Tu crois que je dois la chercher ? C'est l'impression que j'ai...

— Tu touches combien ? Enfin quoi, est-ce que vous avez fixé des limites entre vous ? Des bornes à ne pas dépasser ?

Elle fronce furieusement les lèvres.

— Trop rose ?

— Cul de babouin.

— Essayez dans les prunes, suggère la maquilleuse derrière le comptoir.

Sarah s'essuie avec un mouchoir en papier et recommence.

— Mme X revient demain. J'ai le sentiment que je devrais faire quelque chose !

— Quoi, démissionner ?

— Non ! Ici, dans la vraie vie, où je paie un loyer.

— Totoche !

Nous nous pétrifions sur place. Quelque part dans l'atrium, deux tas de sacs de shopping apostrophent Sarah par son sobriquet d'autrefois. Les sacs font le tour du balcon dans notre direction, s'écartent pour révéler les personnes d'Alexandra et Langly, deux anciennes camarades de classe.

Sarah croise mon regard. Au lycée, elles se baladaient en grosses sandales et adulaient Grateful Dead. Aujourd'hui, c'est manteau en peau retournée, col roulé en cachemire et breloques Cartier.

— TOTOCHE !

Alexandra — presque un mètre quatre-vingts — enveloppe Sarah dans ses bras, manquant l'estourbir d'un coup de sac.

— Alors, quoi de neuf ? Fiancée ?

Sarah ouvre de grands yeux.

— Non. Enfin, j'avais quelqu'un, mais...

Elle se met à transpirer sous son fond de teint ; son front luit.

— Moi, j'ai un mec fan-ta-stique — grec. Fabuleux. On va sur la Riviera la semaine prochaine. Et toi ?

C'est à moi qu'on s'adresse.

— Toujours pareil, toujours pareil. Je travaille avec des enfants.

— Et qu'est-ce que tu fais l'an prochain ? demande Langly — à peine un mètre cinquante.

— Eh bien, j'espère travailler dans une garderie. (Leurs yeux se rétrécissent, comme si j'avais inopinément changé de langue.) Centrée sur l'utilisation des arts créatifs... Comme outils d'expression pour l'individu... Et de... cohésion sociale... (Regards complètement morts.) On en a parlé à la télé ?

Je fournis un ultime effort pour... quoi ?

— Ah ouais. Et toi ? dit Langly à Sarah, presque en chuchotant.

— Je vais travailler à *Allure.*

— Non, pas vrai ! glapissent-elles.

— Enfin, ce sera seulement pour tenir le standard, mais...

— Génial ! J'A-DO-RE *Allure*, dit Sarah.

— Qu'est-ce que vous faites, les filles, l'an prochain ?

C'est moi qui ai posé la question.

— Je suis mon fiancé.

— Jamaïque, dit suavement Langly.

— Bon, on ne pose pas — on a rendez-vous avec ma mère à La Côte basque à 13 heures ! Oh, Totoche !

Sarah est de nouveau molestée par Alexandra, après quoi elles s'en vont picorer leur salade de fruits de mer.

— Tu me fais rire, toi. *Allure* ?

— Rien à f... Allez, on va se taper la cloche !

Nous nous offrons le grand jeu : pizza à la robiola chez Fred, arrosée d'un verre de vin.

— Toi, tu laisserais tes dessous chez quelqu'un ?

— Nan ! Je ne te comprends pas. Cette femme te fait trimer comme une mule et te remercie avec un serre-tête en poils de bête morte ! Qu'est-ce que tu lui dois ?

— Sarah, elle me fait peut-être marner, n'empêche que c'est la mère de Grayer et que cette femme couche avec son mari sous le toit conjugal. Dans la maison de Grayer. J'en suis malade. Personne ne mérite ça. Et l'autre garce ! Elle veut se faire pincer ! Qu'est-ce que tu en dis ?

— Eh bien, j'en dis que si mon amant tardait à divorcer, moi aussi j'aurais sans doute envie de me faire prendre.

— Donc, si je cafte, Miss Chicago gagne et Mme X sera anéantie. Mais si je me tais, c'est humiliant pour Mme X...

— Nan, ce n'est pas de ton ressort ! Ce n'est pas à toi de lui dire. Crois-moi : ça n'entre pas dans tes attributions.

— Mais si je ne dis rien et qu'il y a des culottes partout, et qu'elle découvre ainsi... Quelle horreur ! Et si Grayer tombait dessus ! Elle est si méchante qu'elle a dû en mettre là où il pourra les trouver.

— Ressaisis-toi. Comment comprendrait-il que c'est à cette femme ?

— Parce que ça doit être des strings noirs à dentelle, et sur le moment, il ne comprendra pas, mais un jour il sera en thérapie et cela le tuerrrrrra ! Prends ton manteau.

Sarah accueille Josh dans l'entrée avec un verre de vin.

— Bienvenue à la Chasse aux culottes, où l'on peut gagner des prix fantastiques, comme des serre-tête et un voyage dans le placard à balais. Qui est notre premier candidat ?

— Moi ! Moi ! dit Josh en retirant sa veste.

À genoux dans le placard, je regarde dans toutes les poches et les bottes. Rien.

— Merde, c'est extraordinaire ici ! On dirait le Metropolitan Museum.

— Et c'est à peu près aussi chaleureux, dit Sarah, tandis que je me rue comme une folle dans le living.

— On n'a pas le temps de papoter ! Prenez une pièce...

— N'importe quel sous-vêtement compte, ou seulement ceux marqués : « Femme infidèle » ?

— Les modèles comestibles ou sans entrejambe valent des points supplémentaires !

Je ne trouve pas cela amusant.

— Bon ! Écoutez-moi bien ! On va procéder avec méthode. Commençons par les lieux les plus fréquentés, où les culottes seraient découvertes sous peu. Joshua, tu prends la chambre des parents, le dressing-room de Mme X et son bureau. Sarah Anne ?

— À vos ordres !

— Cuisine, bibliothèque, quartiers des domestiques. Je prends le living, la salle à manger et la buanderie. Compris ?

— Et la chambre de Grayer ?

— Ah oui... je commencerai par là.

J'allume chaque lumière sur mon chemin, même les plafonniers peu utilisés, éclairant les plus sombres recoins du domicile des X.

— Nan, tu ne pourras pas dire qu'on n'a pas essayé, dit Josh en me passant une cigarette. (Nous sommes assis près des poubelles à recycler, dans la cage d'escalier de service.) Elle devait se vanter, en espérant que tu le dirais à Mme X, afin qu'elle puisse se mettre à redécorer.

Sarah s'en allume une.

— En plus, qui les trouvera l'aura bien mérité — elles sont si bien cachées. Tu es sûre qu'elle ne bosse pas pour la CIA ?

Elle me rend mon briquet. Josh tient toujours le Pékinois en porcelaine qu'il a piqué au cours de notre perquisition.

— Répète ce que tu m'as dit...

— Je ne sais pas, deux, peut-être trois mille dollars, dit Sarah.

— Incroyable ! Pourquoi ? Pourquoi ? Qu'est-ce qui m'échappe ? (Il contemple la figurine, parfaitement incrédule.) Attends, je vais aller chercher autre chose.

— Je te conseille de le remettre exactement là où il était, dis-je, trop lasse pour l'accompagner. Pardon de vous avoir fait perdre votre temps.

J'écrase mon mégot sur la rampe métallique.

— Hé, dit-elle en m'entourant les épaules, ne t'en fais pas. Les X ne sont pas démunis dans la vie. Ils s'en sortiront.

— Et Grayer ?

— Il t'a, toi. Et tu as ton beau voisin.

— Tu parles ! J'ai une cassette de répondeur dans mon coffre à bijoux et une cuillère en plastique que je balade dans mon sac en souvenir, et ça s'arrêtera sans doute là.

— Puis-je mentionner la cuillère en plastique au mariage ?

— Si ça va jusque-là, tu pourras même la montrer aux invités. Bon, allons retrouver Josh et effacer nos empreintes...

Quand j'arrive chez moi, le répondeur clignote.

— Nanny, Mme X. Je ne sais si vous êtes déjà partie pour Paris. Je n'ai pas pu vous joindre sur le portable, une fois de plus. Il faudra peut-être vous en procurer un autre, avec une meilleure couverture. J'appelle parce que M. X m'a offert une semaine au centre de remise en forme de La Porte d'or pour Noël. Merveilleux, non ? C'est si horrible ici, et je n'ai toujours pas récupéré de ma fatigue — je suis exténuée. Donc, j'ai décidé de m'y rendre la semaine prochaine. M. X sera là, mais j'aimerais savoir si vous serez de retour, afin que je puisse lui dire que vous serez disponible en cas de besoin. Par mesure de sûreté. Je ne bougerai pas de la soirée. Appelez-moi.

Ma première impulsion est d'appeler pour lui dire de ne plus jamais quitter sa maison.

— Madame X ? C'est Nanny.

— Oui ?

Je prends mon élan.

— Alors, ça marche ?

— Bien sûr, dis-je, soulagée de n'être pas interrogée sur les humidificateurs.

— Parfait. À lundi matin, donc... dans une semaine à partir de demain. Mon vol est à 9 heures, alors si vous pouviez être sur place à 7 heures, ce serait l'idéal. Enfin, disons 6 h 45, c'est plus sûr.

Je me retourne pour la huitième fois en quinze minutes. Je suis si fatiguée que c'est comme si mon corps était lesté, mais chaque fois que je m'endors, la toux sèche et opiniâtre de Grayer résonne dans l'appartement. Je tends la main vers la pendulette : 2 h 36. Merde.

Je frappe du poing le matelas et roule sur le dos. Les yeux au plafond de la chambre d'amis, j'essaie de comptabiliser les quelques heures de sommeil que je suis parvenue à glaner au cours des trois dernières nuits et le total m'accable encore davantage. Je suis crevée d'avoir passé vingt-quatre heures sur vingt-quatre à le divertir, tandis que son humeur s'assombrissait et que sa température augmentait.

Quand je suis arrivée, elle m'a accueillie à l'ascenseur avec une liste à la main, ses bagages déjà dans la limousine. Elle souhaitait seulement me « signaler » que son fils avait « un peu mal aux oreilles » et que son médicament était à côté du lavabo, avec les coordonnées du pédiatre — « au cas où ». Et la cerise sur le gâteau : « Nous aimerions qu'il ne reste pas devant la télévision. Amusez-vous bien ! »

J'ai su qu'il ne fallait pas trop y compter dès que je l'ai vu couché par terre près de son train électrique, roulant mollement un fourgon de queue sur son bras.

— Vous savez à quelle heure M. X rentrera ? ai-je demandé à Connie, qui faisait la poussière.

— J'espère que vous avez apporté votre pyjama, m'a-t-elle répondu en remuant la tête, dégoûtée.

J'en suis venue à guetter ses apparitions depuis quelques jours. C'est un soulagement d'avoir un tiers dans l'appartement, même si ce n'est qu'un tourbillon qui essuie et passe l'aspirateur. Comme il fait moins 13, nous sommes assignés à résidence depuis mon arrivée. Cela aurait été supportable, idéal, même, si le voisin n'avait pas été forcé de retourner à Harvard pour une série de conférences. Il m'a bien dit que je pouvais emmener Grayer caresser Max, mais je ne crois pas qu'il en ait le courage. Le « petit » bobo aux oreilles de Grayer a peut-être diminué, mais sa toux empire.

Et, cela va sans dire, son père joue l'Arlésienne — il a tout simplement oublié de rentrer le premier soir. Après moult appels, Justine m'a dégoté la boîte vocale d'une suite au Four Seasons de Chicago. Par ailleurs, l'accueil du centre de remise en forme filtre les appels pour Mme X comme si c'était Sharon Stone. J'ai emmené Grayer chez le médecin cet après-midi, mais son seul conseil fut de continuer l'Amoxil et de prendre notre mal en patience.

Une autre quinte de toux rauque — il est encore plus pris qu'au moment du dîner. Il fait si noir, l'heure est si tardive et l'appartement si vaste que je commence à croire que personne ne viendra nous chercher.

Je me lève, drapant le couvre-lit autour de mes épaules comme une pèlerine, et vais à la fenêtre. Écartant les lourds rideaux de chintz, je laisse l'éclairage public se répandre dans la pièce et pose le front contre la vitre froide. Un taxi s'arrête dans la rue, un couple un peu ivre en sort. Elle, grandes bottes et veste étriquée, s'appuie contre lui pour contourner le portier et entrer dans l'immeuble. Elle doit être gelée. La vitre est glaciale et je me recule. Le rideau retombe, masquant la lumière.

— Naaanny ?

C'est la petite voix éraillée de Grayer.

— Oui, Grover, je viens.

Ma voix résonne dans cette grande pièce. Je m'en vais dans la pénombre, traversée bizarrement par les ombres des voitures qui passent. La lueur rougeâtre de la veilleuse Grover m'accueille, avec le ronronnement du filtre à air Supersonic 2000. Dès que j'entre, mon estomac se noue — il n'est pas bien. Sa respiration est difficile et ses yeux sont larmoyants. Je m'assois à son chevet.

— Hé, mon cœur, je suis là...

Son front est bouillant. À mon contact, il se met aussitôt à pleurnicher.

— Oui, Grover, tu es bien malade et c'est beurk...

Je n'en sais pas plus. Cette respiration sifflante m'alarme.

— Je vais te prendre dans mes bras...

Pendant que je m'affaire, le couvre-lit en cachemire tombe. Il se met à pleurer franchement, troublé par ce remue-ménage. Je branche mon pilote automatique, décline mes options. Le pédiatre. Les urgences. Maman.

Je vais décrocher dans le couloir en le portant dans mes bras et m'appuie au mur pour composer le numéro. Ma mère décroche presque aussitôt :

— Où es-tu ? Qu'y a-t-il ?

— Maman, c'est mal barré. Grayer a un genre d'otite, il tousse et il est sous antibiotiques mais la toux empire et je ne parviens pas à joindre sa mère parce que d'après la réceptionniste elle se trouve depuis ce matin dans une sorte de caisson d'isolation sensorielle et il a du mal à respirer et je ne sais pas s'il faut l'emmener à l'hôpital car sa fièvre n'a pas baissé et ça fait deux nuits que je ne dors pas et...

— Fais-moi entendre cette toux.

— Quoi ?

— Approche le combiné de sa bouche, que je l'entende.

Toujours cette voix sereine. Je fais ce qu'on me demande et, la seconde d'après il est pris d'une toux caverneuse. Sa poitrine en tremble.

— Oh, maman, je ne sais pas...

— C'est le croup ! Il a le croup ! Respire à fond, ce n'est pas le moment de flancher. Avec moi...

Je me concentre sur sa voix, m'oxygène à fond pour Grayer et pour moi.

— Écoute, ce n'est pas grave. Il a seulement la poitrine congestionnée. Où te trouves-tu ?

— Au 721 Park Avenue.

— Non, je veux dire : dans l'appartement.

— Dans le couloir.

— C'est un téléphone sans fil ?

— Non, elle n'aime pas leur look...

Je sens revenir la panique, alors que Grayer gémit.

— Tu vas aller dans la salle de bains faire couler la douche à une température agréable — pas trop chaude —, et tu t'assois au bord de la baignoire en le tenant sur tes genoux. Ferme la porte pour garder la vapeur, et restes-y jusqu'à disparition de ces sifflements. Tu verras, la vapeur fera son effet. Sa fièvre va s'évacuer et aura disparu au matin. Tout ira bien. Rappelle-moi dans une heure, d'accord ? J'attendrai.

Je me sens quelque peu apaisée, sachant que je peux agir.

— D'accord, je t'embrasse.

Je l'emmène à travers l'obscurité jusqu'à la salle de bains.

— Et maintenant, je vais allumer. Ferme les yeux.

Il niche son visage moite contre ma gorge. Après une aussi longue station dans le noir, la lumière m'éblouit et je dois cligner plusieurs fois les yeux avant de pouvoir me concentrer sur le robinet. Serrant mon fardeau, je me penche pour faire couler l'eau et m'assois en le berçant sur mes genoux. Quand le niveau a atteint nos jambes, il se met à pleurer carrément.

— Je sais, mon grand, je sais. On va rester là jusqu'à ce que la vapeur t'ait fait du bien. Tu veux que je chante ?

Il s'appuie contre moi, pleure et tousse, tandis que la vapeur recouvre le carrelage autour de nous.

— Je... veux... mammmmmaaaannnn.

Il en frissonne, comme si je n'étais pas là. Mon pantalon de pyjama baigne dans l'eau tiède. Je penche la tête contre la sienne et lentement le berce. Des larmes d'épuisement et d'inquiétude coulent sur ma figure et dans mes cheveux.

— Moi aussi, Grove, je voudrais ma maman...

Le soleil brille à travers les volets, alors que nous mastiquons nos toasts à la cannelle parmi ses peluches. Cela fait un moment que nous plaisantons en semant des miettes partout sur le lit.

— Dis-le encore, Nanny. Pain retrouvé.

Je ris et repousse son ventre de l'index. Ses yeux sont clairs et brillants, et mon soulagement en constatant sa température nous a rendus tout guillerets.

— Non, Grove. Du pain « perdu ». Per-du.

— Re-trou-vé.

Sa main tapote distraitement mes cheveux.

— Hello ! Hello ! Maman est là !

Je me fige. Grayer lève les yeux et, tel un chiot agité, se débat pour sortir des draps. Il se précipite vers elle au moment où elle atteint le seuil.

— Hello ! Que font ces miettes sur tes joues ?

Elle le fait pivoter — retour à l'envoyeur. Je vois la chambre avec ses yeux. Il y a par terre des oreillers, des couvertures et des serviettes mouillées là où je me suis enfin écroulée, lorsque Grayer s'est endormi à 6 heures du matin.

— Il a été bien malade. On n'a pas dormi de la nuit et...

— Il a l'air en pleine forme ce matin, s'il n'y avait ces miettes... Grayer, va te laver la figure que je puisse te montrer tes cadeaux.

Il se tourne vers moi en ouvrant de grands yeux et gambade jusqu'à la salle de bains. C'est sidérant de le voir déjà debout.

— Il n'a pas pris son médicament ?

— Euh, si, il lui reste encore deux jours. Mais sa toux avait vraiment empiré. J'ai essayé de vous joindre.

Elle se hérisse.

— Je croyais qu'on avait dit : pas d'aliments dans la chambre. Vous pouvez disposer. Je m'occupe de tout.

Je me concentre sur mon sourire.

— Très bien, j'y vais...

Je sors devant elle, l'assiette à la main. Baigné de soleil, l'appartement est méconnaissable. Je fourre mes affaires dans mon sac, enfile jean et pull, et laisse le lit défait en signe de rébellion.

— Au revoir !

J'entends des petits pieds nus trottiner sur le marbre. Grayer arrive en courant, avec son pyjama et un chapeau de cow-boy trop grand pour lui.

— Au revoir, Nanny !

Il se jette dans mes bras et je le serre bien fort, étonnée par l'amélioration spectaculaire qui s'est produite en quelques heures.

— Madame X, il a encore deux jours d'antibiotiques...

Elle surgit au fond du couloir.

— Nous avons un programme chargé — aller chez le coiffeur, acheter un cadeau pour papa. Viens vite t'habiller ! Au revoir, Nanny.

Mon service est terminé — c'est vrai. Il retourne dans sa chambre et je reste seule un moment, prends mon sac et résiste à la tentation de poser les antibiotiques près de son portable.

— Au revoir, camarade.

Je referme doucement la porte derrière moi.

6

L'amour, style Park Avenue

> Jubilante, la vieille nounou monta à l'étage en trottinant malgré ses jambes lourdes, pour annoncer à sa maîtresse le retour de l'époux.
>
> *Odyssée*

Le doigt sur la touche, je regarde ma cinquième mouture de phrase d'introduction s'effacer lettre après lettre. Jean Piaget..., que dire, que dire ?

Je bascule en arrière, ma nuque contre l'appuie-tête, et regarde les nuages gris défiler lentement au-dessus des toits des immeubles anciens. George donne un coup de patte à ma main ballante.

— Piaget ! dis-je tout haut, attendant d'être frappée par l'inspiration tout en l'asticotant.

Le téléphone sonne et je laisse le répondeur s'enclencher. Soit c'est Mme X qui veut savoir s'il me reste dans les veines quelques gouttes de sang à ponctionner, soit c'est ma mère qui souhaite « faire le point ».

— Vous êtes bien chez Charlène et Nan. Veuillez laisser un message.

— Bonjour, camarade travailleuse. Je voulais...

Ma voix préférée emplit la pièce et je me penche pour décrocher.

— Bonjour toi-même.

— Qu'est-ce qui te prend d'être chez toi, un mardi à 1 h 43 ?

— Et toi, qu'est-ce qui te prend d'appeler de Harvard, un mardi à 1 h 43 ?

Je repousse mon fauteuil en arrière et décris un large cercle sur le parquet avec mes chaussettes.

— J'ai demandé en premier.

— Eh bien, il se trouve que Jean Georges a égaré la réservation des X pour la Saint-Valentin et elle m'a envoyée immédiatement chez moi avec une liste dactylographiée de restos quatre étoiles à harceler.

Je jette un coup d'œil à mon sac à dos, où le document est resté plié.

— Pourquoi ne le fait-elle pas elle-même ?

— Il y a longtemps que je ne me pose plus la question...

— Alors, tu vas les envoyer où ?

— Nulle part ! La Saint-Valentin, c'est demain. Je suppose qu'elle refuse d'admettre que ces établissements ne prennent pas de réservations à moins de trente jours à l'avance et qu'elle m'a déjà fait passer le 14 janvier — un dimanche, merci bien ! – à les appeler. Eh bien, même ce jour-là, tout ce que j'ai obtenu, c'est une table à 22 heures et j'ai dû jurer sur la tête de mon premier-né qu'ils seraient sortis à 23 heures. Non, ça ne marche pas. Ils auront du pot de trouver un coin de banquette au Burger King.

J'imagine M. X, trempant distraitement ses frites dans du ketchup tout en parcourant la rubrique affaires.

— Tu as trouvé des petites culottes ?

— Non. Tu seras triste quand on n'aura plus besoin d'aborder ce sujet, hein ?

Il rit.

— Eh bien, figure-toi qu'hier nous avons eu une fausse alerte au moment où je suis tombée nez à nez avec une cape de magicien Snoopy.

— Elles ne sont pas forcément noires, tu sais. Imagine — ça pourrait être pastel, léopard, ou rose...

— Ne t'échauffe pas !

— Alors, que fais-tu si tu n'es ni en train de réserver une table, ni à la chasse aux culottes ?

— J'essaie d'écrire sur Jean Piaget.

— Ah oui, Jean.

— Quoi, jamais entendu parler de lui ? Moi qui croyais que Harvard était la crème des universités.

— La crème de la crème, ma chère !

— Sache pour ta gouverne que c'est le fondateur de la psychologie enfantine. J'écris actuellement quelque chose sur sa théorie de l'égocentrisme — comment les enfants voient l'univers extérieur exclusivement de leur point de vue limité.

— On dirait ta patronne.

— Oui et, fait intéressant, elle non plus ne sait pas se laver les cheveux toute seule ! Je devrais peut-être la prendre pour objet d'étude. Pouah, j'arrive pas à m'y mettre. Le fait d'avoir tout un après-midi libre me donne l'impression d'avoir du temps à perdre. Bref, assez parlé de moi, en quel l'honneur cet appel ?

Le téléphone émet un bip.

— ... à propos de ce stage. Ce type est venu parler aujourd'hui et c'était très intéressant. Il...

BIP !

— ... à propos des crimes de guerre en Croatie. On a créé un tribunal à La Haye pour juger les criminels...

BIP ! Plus de répondeur pour me protéger à présent.

— Pardon ! Ne quitte pas, s'il te plaît !

J'appuie sur la touche flash et retiens mon souffle.

— Nanny ! Comme je suis contente de mettre la main sur vous ! (La voix de Mme X me tire de mon tendre colloque.) J'ai pensé à Petrossian parce qu'on n'y sert en gros que du caviar et la plupart des gens préfèrent en cette occasion faire un vrai repas. Mais ce sera parfait pour nous ! Vous les avez déjà appelés ? Vous devriez le faire tout de suite. C'est possible ? De les appeler maintenant ?

— Bien sûr ! Je suis en ligne actuellement avec Le Cirque...

— Formidable ! Et dites-leur bien que, même si c'est près des cuisines, ça va.

— Parfait, je vous tiens au courant.

— Attendez ! Nanny ! Bon, ne parlez pas tout de suite de la cuisine, voyez s'ils ont une table mieux placée, puis parlez de la cuisine.

— D'accord, je n'y manquerai pas. Dès que j'ai la réponse, je vous informe.

— D'accord. Vous savez que vous pouvez me joindre sur mon portable aussi.

Je la sens prête à me donner, pour la énième fois, son numéro.

— D'accord, super. J'ai bien toutes vos coordonnées. Au revoir. (Je raccroche.)... Pardon, où en étions-nous ? Il était question de criminels ?

Je me dirige vers mon lit et prends George sur mon ventre.

— Oui, je crois que je vais postuler pour un stage à La Haye cet été. Après ce cours sur la guerre en Croatie, ce serait l'occasion rêvée, non ? Faire quelque chose. La concurrence va être rude, mais je peux toujours tenter ma chance.

Magnifique.

— Je te félicite.

— Merci... Bref, dès que je suis sorti de cours, j'ai eu envie de t'en parler.

— Ah, voilà ce que j'aime entendre.

— Dommage que tu doives travailler le jour de la Saint-Valentin. J'aurais tellement aimé être auprès de toi.

— Oh, c'est pas moi qui vais me déchaîner à Cancún au printemps [1]...

— Allons, comment aurais-je pu prévoir que je te rencontrerais ?

— Arrête les violons...

Malgré nos nombreux coups de téléphone, nous n'avons

1. Les vacances de printemps donnent lieu à un immense rassemblement d'étudiants à Cancún, au Mexique *(N.d.T.)*.

pas tellement progressé depuis le musée. D'abord, il a eu ses examens, puis j'ai eu la grippe de Grayer — rien de très excitant. Il y a deux semaines, il est arrivé pour dormir, mais le vol de Charlène avait été annulé et je me suis retrouvée à préparer un dîner romantique pour quatre. J'ai bien pensé à aller là-bas, mais il partage sa chambre avec trois condisciples et je ne veux (a) ni passer notre première nuit d'amour aux cris de Marilyn Manson traversant le mur à 3 heures du matin, (b) ni les regarder le lendemain faire le café en se servant de leur slip en guise de filtre. Ça me tue.

BIP !

— Grand dieux ! Pardon ! Ne quitte pas ! (Je change de ligne.) Euh... allô ? dis-je en me raidissant.

— Alors ? On est près de la cuisine ?

Elle est légèrement essoufflée.

— Quoi ? Non, euh... je suis toujours en ligne avec eux.

— Petrossian ?

— Non, Le Cirque. Je vous rappelle dès que c'est fini.

— Entendu, mais rappelez-vous : ne commencez pas par évoquer la cuisine. J'ai pensé que vous pourriez aussi appeler le « 21 ». Ce n'est *pas* romantique. Ils auront peut-être quelque chose. Donc, le « 21 » tout de suite après, hein ? Enfin, d'abord Petrossian, et ensuite le « 21 ». Oui, le « 21 » en troisième.

— Génial ! Je reprends ma communication avec Le Cirque.

— Oui, oui. Ne manquez pas de me prévenir à la seconde où vous saurez...

— Au revoir ! (Je respire à fond. Je reprends la ligne.) Oui, moi aussi j'aimerais être auprès de toi. Ça me ferait plaisir.

— Heureux de l'apprendre. Euh, il faut que je retourne en cours. Écoute, je passe quelques jours à la maison en avril, on pourrait peut-être prévoir un truc ? Bonne chance avec Jean.

— Ohé ! (Je le retiens avant qu'il ne raccroche.) Je trouve ça très bien, ton idée d'aller à La Haye.

— Formidable. Je te rappelle... Bye !

— Bye !

Je raccroche et George quitte en s'étirant la place qu'il avait prise, pelotonné près de ma tête, pour sauter par terre.

Le téléphone sonne de nouveau. Je contemple le répondeur.

— ... Charlène et Nan. Veuillez laisser un message...

— C'est ta mère. Tu ne te souviens peut-être pas de moi, étant donné qu'il n'est pas 2 heures du matin et que tu n'as plus un bambin suffoquant sur les genoux, mais je t'assure que je suis bien ta génitrice. Écoute, chérie, aujourd'hui, demain, la semaine prochaine, je te promets que tu ne couperas pas à cette conversation. En attendant, je te laisse cette phrase de sagesse concernant ce que tu appelles ton boulot : « Je préférerais ne pas le faire. » Je t'embrasse. Fin de la communication.

Tiens, à propos... Et mes réservations, alors ?

— Mamie ?

— Chérie !

— J'aurais besoin d'une table pour deux le soir de la Saint-Valentin, n'importe où du moment qu'on n'est pas servi sur des sets en papier. Que peux-tu faire ?

— Tout de suite le jackpot, toi ! On pourrait pas commencer par quelque chose de plus simple, comme se faire prêter les bijoux de la Couronne pour un après-midi ?

— Je sais, c'est pour la mère de Grayer. C'est une longue histoire, mais elle va me faire la peau si je ne lui trouve pas un coin où caler ses fesses ce soir-là !

— La femme au serre-tête ? Elle ne mérite pas les miettes de ton assiette.

— Je sais, mais pourrais-tu, s'il te plaît, sortir ta baguette magique ?

— Hum..., appelle Maurice au Lutèce et dis-lui que je lui envoie ma recette de tarte Tatin la semaine prochaine.

— Mamie, tu es fantastique !

— Je sais, on me l'a souvent dit. Je t'embrasse.

— Je t'embrasse aussi.

Plus qu'un appel et retour à mes petits égocentriques.

New York est dans les fièvres de la Saint-Valentin quand je me rends chez Elizabeth Arden où j'ai rendez-vous avec ma grand-mère. Depuis qu'on a décroché les décorations de Noël en janvier, la moindre boutique arbore un thème Saint-Valentin en vitrine ; même la quincaillerie a un siège de cabinets rouge à sa devanture. Autrefois à la même époque, je faisais la queue en rageant derrière des enquiquineurs achetant des huîtres-champagne-préservatifs, quand moi je voulais simplement payer mon jus de raisin-bière-Kleenex et basta. Cette année, ma patience est inépuisable.

C'est la première année que je ne serai pas seule en pareille occasion. Néanmoins, afin de ne pas déroger à la coutume, Sarah et moi avons échangé par courrier des encarts torrides du magazine pour ados *Tiger Beat* et j'accompagne mamie à son ravalement annuel.

— Chérie, règle numéro un pour la Saint-Valentin, annonce-t-elle, tandis que nous sirotons notre Vichy-rondelle en admirant nos orteils aux ongles vernis. Il est plus important de se dorloter soi-même que de se faire offrir par un homme un machin qui n'est pas à la bonne taille ni de la bonne couleur.

— Merci pour la pédicure, mamie.

— À ton service, chérie. Je remonte pour mes bandelettes aux algues. Espérons qu'on ne m'oubliera pas comme la dernière fois. C'est vrai, ils devraient nous mettre un petit vibreur dans la main. Imagine : être retrouvée par un pauvre concierge couverte d'algues et enveloppée d'une bâche goudronnée ! Ne prends jamais le dernier rendez-vous de la journée.

Je la remercie avec effusion, m'emmitoufle, prends congé et vais chercher mon amoureux à la maternelle. À midi, il se précipite vers moi en brandissant un grand cœur en papier tordu qui laisse une traînée de paillettes derrière lui.

— Quèsaco ?

— Un cœur de la Saint-Valentin. C'est moi qui l'ai fait. Tu peux le tenir.

Je prends le cœur et lui tends le jus de fruit que je gardais au chaud dans ma poche, tandis qu'il s'installe dans la poussette.

Je contemple la chose, supposant que c'est pour Mme X.

— Mme Butters m'a épelé les lettres. Je lui ai dit ce que je voulais et elle m'a épelé. Lis, Nanny, lis !

Je suis sans voix. « J'AIME NANNY, GRAYER ADDISON X. »

Gloups.

— C'est splendide, Grover. Merci, dis-je, en commençant à larmoyer derrière la poussette.

— Tu peux le tenir ! dit-il en agrippant son jus de fruit.

— Tu sais quoi ? Je vais le mettre dans la poche de la poussette, pour qu'il ne soit pas abîmé. On a un programme spécial aujourd'hui.

Bien que ce soit l'une des journées les plus glaciales de l'année, on m'a bien recommandé de ne le ramener à la maison qu'après son cours de français. J'ai donc pris l'initiative de braver tous les interdits et l'emmène déjeuner à la California Pizza Kitchen, après quoi nous allons voir un nouveau film d'animation. Je craignais qu'il n'ait peur du noir, mais il chante et applaudit pendant tout le spectacle.

— C'était drôle, Nanny. Qu'est-ce que c'était drôle ! dit-il en remontant dans sa poussette, et nous chantons le thème principal jusqu'au cours de français.

Après l'avoir laissé chez Mme Maxime, je me précipite chez Barneys afin de choisir une babiole pour mon chéri.

— Puis-je vous aider ? s'enquiert la peau de vache notoire qui tient le comptoir Kiehl.

Je ne lui ai jamais pardonné d'avoir un jour accusé Sarah d'avoir barboté la lotion tonique qu'elle venait justement rapporter.

— Non, merci. Je regarde...

Je jette mon dévolu sur un autre vendeur, un grand Eurasien qui porte une chemise noire de prix.

— Bonjour, je cherche un cadeau pour mon fiancé.

J'adore prononcer ce mot-là. Fiancé, fiancé, fiancé. Oui, mon fiancé est très bien de sa personne. Mon fiancé ne porte pas de chaussettes de laine. Oh, mon fiancé bosse à La Haye, en plus !

— Quel genre de produits aime-t-il ?

Bon, retour à la case départ.

— Je ne sais pas. Il sent bon. Il se rase. Un après-rasage ?

Il connaît tout ce qu'un mannequin débutant qui se fait un peu d'argent de poche dans les grands magasins est susceptible de convoiter.

— Vraiment ? Un crayon contour des lèvres ? C'est plutôt un sportif...

Il secoue la tête, navré de constater que j'ai de telles œillères, et sort de nouvelles crèmes et autres lotions pour initiés.

— Je ne veux pas qu'il s'imagine qu'il devrait s'arranger, il est très bien comme ça.

Je fixe enfin mon choix sur un rasoir en acier inoxydable et regarde mon vendeur l'envelopper d'un papier de soie rouge et nouer une faveur du même ton autour de la boîte noire. *Parfait**.

J'accueille Grayer à l'extérieur de la salle de classe en lui tendant son manteau.

— *Bonsoir, monsieur X, Comment ça va** ?

— *Ça va très bien, Nanny, merci beaucoup. Et vous** ? dit-il en agitant ses Doigts Magiques dans ma direction.

— Très bien, très bien.

Mme Maxime passe la tête.

— Grayer fait de gros progrès en conjugaisons... (Elle lui sourit du haut de ses escarpins Charles Jourdan.) Mais si vous pouviez passer du temps à lui faire apprendre ses substantifs chaque semaine, ce serait *fantastique**. Vous ou votre époux...

— Euh... je ne suis pas sa mère.

— *Ah, mon Dieu ! Je m'excuse**.

— *Non, non, pas de problème**.

— *Alors*, à la semaine prochaine, Grayer.

J'essaie de le ramener le plus vite possible, car un vent glacé balaie la rue.

— Dès qu'on est arrivé, dis-je en m'accroupissant dans

l'ascenseur pour lui dénouer son écharpe, je vais mettre un peu de vaseline sur tes joues. Elles sont légèrement gercées.

— D'accord. Qu'est-ce qu'on fait ce soir, Nanny ? On fait l'avion ! Oui, je crois qu'il faut faire l'avion dès qu'on est arrivé.

Ces derniers temps, je le mets en équilibre sur mes pieds et je le fais « voler » dans sa chambre.

Je suis en train de suspendre nos manteaux quand Mme X se montre dans l'entrée avec une longue robe rouge traînant jusqu'à terre et des bigoudis, déjà dans la fièvre des préparatifs pour son dîner en tête à tête avec M. X.

— Bonjour, la compagnie. Vous avez passé une bonne journée ?

— Joyeuse Saint-Valentin, maman ! crie Grayer.

— Joyeuse Saint-Valentin. Houp ! Attention à la robe de maman.

Retour à l'envoyeur.

— Vous êtes superbe, dis-je en retirant mes bottes.

— Vous trouvez ?

Elle pose un regard consterné sur sa taille.

— J'ai encore le temps — le vol de Chicago n'atterrit pas avant une demi-heure. Vous pouvez venir m'aider ?

— Mais oui. J'allais préparer le dîner de Grayer. Il doit avoir très faim.

— Ah... Bah, pourquoi ne pas commander quelque chose ? Il y a de l'argent dans le tiroir.

Pas possible !

— Super ! Grayer, tu viens m'aider à commander ?

J'ai toujours quelques cartes de traiteurs planquées dans la buanderie en cas d'urgence.

— Une pizza ! Je veux une pizza, Nanny ! S'il te plaaaaaît !

Je prends une mine sévère parce qu'il sait que je ne peux pas dire : « Tu en as déjà eu une à midi » devant sa mère.

— Bon. Nanny, commandez une pizza et une vi-dé-o, et après, vous viendrez m'aider, dit-elle en quittant la pièce.

— Ha, ha, ha ! Pizza, Nanny, on va avoir une pizza !

Il rit et applaudit follement à son incroyable bonne fortune.

— Madame X ?

— Je suis là ! lance-t-elle depuis son dressing.

Elle a enfilé une autre robe longue rouge et il y en a une troisième pendue derrière elle.

— Oh, que c'est ravissant !

Celle-ci a des bretelles plus larges et des feuilles de velours rouge appliquées sur la jupe. Ce rouge forme un contraste saisissant avec son épaisse chevelure noire.

Elle se regarde dans le miroir et secoue la tête.

— Non, ça ne va pas.

Je l'examine en détail. C'est la première fois que je vois ses bras ou son sternum. On dirait une ballerine, toute menue et musclée. Mais elle ne remplit pas le corsage qui ne tombe pas comme il faut.

— C'est peut-être le décolleté, dis-je timidement.

Elle acquiesce.

— L'allaitement ! dit-elle sur un ton d'autodérision. Essayons la troisième. Un verre de vin ?

Je remarque la bouteille de sancerre entamée sur la coiffeuse.

— Non, merci. Ce n'est pas sage.

— Mais si, mais si ! Allez prendre un verre au bar.

Je vais jusqu'à la pièce où se trouve le piano, d'où j'entends les accents d'une musique de film provenant de la bibliothèque.

À mon retour, elle a passé une très belle robe longue de style Empire, en soie sauvage, et ressemble à Joséphine de Beauharnais.

— Ah, nettement mieux ! C'est bien votre style.

— Oui, mais ce n'est pas très sexy, non ?

— Euh... non, c'est très beau, mais ça dépend de l'effet recherché.

— Je veux être époustouflante, Nanny. Époustouflante.

Nous sourions ensemble, tandis qu'elle se glisse derrière son paravent chinois.

— J'en ai une autre.

— Vous allez toutes les garder ?

Je lorgne les zéros sur les étiquettes des prix.

— Non, bien sûr. Je rapporterai celles que je n'aurai pas choisies. Oh, à propos... (elle passe la tête), vous pourrez les rapporter chez Bergdorf demain ?

— Pas de problème. Je m'en occuperai pendant que Grayer sera chez son camarade.

— Parfait ! Vous pouvez m'agrafer ?

Je pose mon verre de vin pour aller zipper un extraordinaire fourreau 1930 rouge, formidablement sexy.

— Ah, oui ! disons-nous d'une même voix tandis qu'elle se mire dans la glace.

— C'est superbe, dis-je.

Et je le pense. C'est la première robe qui mette ses proportions en valeur, lui donnant l'air d'une sylphide plutôt que d'une femme trop maigre. En contemplant son reflet, je réalise combien je l'admire, elle, et les siens.

— À votre avis : boucles ou pas boucles d'oreilles ? Je dois porter ce collier parce que c'est un cadeau de mon mari. (Elle brandit une rivière de diamants.) Magnifique, non ? Mais je ne veux pas abuser des accessoires.

— Vous n'avez pas des cabochons ?

Elle se met à fouiller dans sa boîte à bijoux et je vais m'asseoir sur la banquette du dressing avec mon verre.

— Ceci ? (Elle brandit une paire de diamants.) Ou cela ? (Des rubis.)

— Non, les diamants, sans hésitation. Il ne faut pas trop de rouge.

— Je suis allée chez Chanel aujourd'hui. J'ai trouvé le rouge à lèvres idéal, et regardez !

La voilà qui me montre ses ongles d'orteils vernis.

— Parfait, dis-je en sirotant mon vin.

Elle met ses boucles d'oreilles et se maquille les lèvres en vitesse.

— Qu'est-ce que vous en dites ? Oh, attendez !

D'un sac Manolo Blahnik par terre, elle extrait une boîte contenant une exquise paire de sandales de soie noire.

— C'est trop ?

— Non, non, formidable.

Elle les chausse et se tourne de nouveau vers moi.

— Alors, à votre avis ? Il manque quelque chose ?

— À votre place, j'ôterais les bigoudis. (Elle rit.) Non, c'est parfait. Seulement...

— Quoi ?

— Vous n'auriez pas un string ?

Coup d'œil dans la glace.

— Oh, flûte, vous avez raison.

Et elle se met à fouiller dans les étuis en plastique de son tiroir à lingerie.

— Je crois que M. X m'en avait offert un pendant notre lune de miel.

Oh, quelle idée lumineuse, Nan ! Lui faire ratisser son tiroir à petites culottes.

— Vous pouvez toujours y aller sans rien, dis-je d'une voix pressante depuis la banquette où je m'envoie le fond de mon verre.

— Je l'ai ! dit-elle en brandissant un mignon string noir La Perla incrusté de motifs de soie crème.

Je prie pour que ce soit le sien.

On sonne à la porte.

— NANNYYY ! La pizza est là !

— Merci, Grayer !

— Bon, voilà : je suis prête. Merci beaucoup.

Après que Grayer et moi-même avons dévoré une moitié de pizza, je sors une petite boîte en carton de mon sac à dos.

— Et maintenant, un dessert spécial pour la Saint-Valentin, dis-je, révélant deux petits gâteaux ornés de cœurs rouges.

Grayer écarquille les yeux, ravi d'échapper aux dés de

fruits et autres cookies au soja. Je nous sers deux verres de lait.

— Oh, qu'est-ce que je vois là ?

Nous nous pétrifions sur place, le poing au bord des lèvres.

— Nanny nous a apporté des gâteaux de Saint-Valentin, explique Grayer, sur la défensive, du chocolat plein la bouche.

Mme X s'est fait un chignon et a peaufiné son maquillage. Elle est à croquer.

— Comme c'est gentil à elle. Tu l'as bien remerciée ?

— Merci ! postillonne-t-il.

— La voiture va arriver d'un instant à l'autre.

Elle se perche au bord de la banquette, tendue, guettant le signal de l'interphone. Je crois me revoir lycéenne, attendant l'appel qui m'apprendra quels sont les copains dont les parents sont sortis ce soir-là, où nous avons rendez-vous, où « il » va être.

Nous terminons notre repas, un peu gênés par cette présence inquiète.

— Bon... (Elle se lève tandis que je débarbouille Grove, avant de le laisser descendre.) Je vais attendre dans mon bureau. Vous me prévenez quand ça sonne ?

Elle jette en sortant un coup d'œil à l'interphone.

— Bien entendu, dis-je en me demandant jusqu'à quel point M. X osera la faire poireauter.

— Allez, on fait l'avion, Nanny. On fait l'avion ?

Il écarte les bras et décrit des cercles autour de moi, tandis que je racle les assiettes.

— Quoi, tout de suite ? Occupe-toi un peu avec tes cahiers de coloriage ; on va rester là un moment, pour pouvoir entendre si ça sonne, d'accord ?

Pendant une heure, Grayer et moi restons assis en silence, à nous repasser les crayons, levant par moments les yeux sur l'interphone.

À huit heures du soir, Mme X me demande dans son bureau. Elle est assise sur la pointe des fesses, un vieux

Vogue ouvert devant elle. Son vison est étalé sur l'accoudoir.

— Nanny, vous voulez bien appeler Justine, au cas où elle saurait quelque chose ? Son numéro est sur la liste des numéros d'urgence à l'office.

— Pas de problème.

Comme ça ne répond pas au bureau, j'essaie le portable.

— Allô ? (J'entends des couverts s'entrechoquer dans le fond, désolée d'interrompre un dîner d'amoureux.) Justine ? C'est Nanny. Pardon de vous déranger, mais M. X est en retard et je me demandais si vous sauriez, par hasard, quel vol il a pris.

— L'agenda est au bureau...

— Mme X est un peu inquiète, dis-je, tâchant de lui faire comprendre la situation.

— Nanny ! Je trouve pas le crayon rouge !

— Euh, je... je suis sûre qu'il vous tiendra au courant. (J'entends un brouhaha animé au second plan.) Je regrette, Nanny, je ne peux rien faire.

Et soudain, je comprends, je comprends à la boule que j'ai au creux de l'estomac.

— Naa-nny, je suis bloqué. *J'ai besoin du rouge !*

— Bon, merci.

— Alors ? demande Mme X par-dessus mon épaule.

— Justine n'était pas au bureau, elle n'a pas pu me renseigner.

Je la contourne pour aller chercher le seau de crayons de couleur sur la table, tandis que Grayer se vautre sur son cahier. Peut-être que c'est le moment. Peut-être que je devrais lui dire... quoi ? Qu'est-ce que je sais de source sûre, en fait ? Ce que je sais, c'est que miss Chicago était là il y a plus d'un mois — les choses ont pu changer, depuis. Qui sait s'il n'est pas tout simplement en retard ?

— Et si vous regardiez la chaîne météo ? dis-je en me penchant pour ramasser le crayon rouge, qui avait roulé sous la banquette. Il y a peut-être des vols retardés en provenance de O'Hare ?

Je tends le bras par-dessus la table et place le crayon près du petit poing.

— Je vais appeler la compagnie aérienne. Laquelle est-ce ?

— Justine vous le dira. Appelez Le Lutèce et assurez-vous qu'ils n'ont pas annulé notre réservation.

Elle se hâte vers la bibliothèque. Grayer se coule par terre et court après sa mère.

La boîte vocale de Justine résonne par trois fois, mais comme elle m'a laissé en gros me débrouiller toute seule, je m'obstine.

— Allô ? (Voix mécontente.)

— Justine, pardonnez-moi. Quelle est sa compagnie aérienne ?

— American Airlines. Mais Nanny, enfin, à votre place...

— Quoi ?

— Je suis certaine qu'il appellera. À votre place, je ne...

— D'accord, merci. Au revoir.

J'obtiens le numéro par les renseignements, ne sachant que faire d'autre.

— Bonjour, vous êtes bien à American Airlines. Wendy à votre service. Que puis-je pour vous ?

— Je voudrais savoir s'il y a des retards sur des vols Chicago-New York ce soir, ou si un M. X aurait changé son billet...

— Je regrette, on nous interdit de délivrer des informations sur nos passagers.

— Vous pouvez me dire alors s'il y a des retards ?

— Ne quittez pas. Je vérifie.

Je reçois un bip qui me signale un autre appel.

— Allô, vous êtes au domicile de M. et Mme X. Qui est à l'appareil ? dis-je.

— Qui est-ce ? demande une voix masculine.

— Ah, bonjour, c'est Nanny...

— Qui ?

— Nanny...

— Peu importe... Écoutez, dites à Mme X que l'aéroport

est bloqué sous la neige ici, à Chicago. Je l'appellerai demain.

— Je suis sûre qu'elle aimerait vous parl...

— Pas maintenant.

On raccroche.

— Allô, mademoiselle ? Merci de votre patience. Il n'y a pas de retards. Tous les vols sont à l'heure.

— Merci, dis-je en raccrochant.

Et merde.

Je traverse lentement le living et reste à l'extérieur de la bibliothèque, où Mme X et son fils, assis sur le canapé de cuir bleu marine, étudient le temps dans le Midwest.

« Et restez avec nous, car après la pause nous irons à Little Springs, où Cindy nous dira ce qui se passe sur sa véranda », dit une voix guillerette.

J'en ai la nausée.

— Nanny ?

Elle a failli buter contre moi en passant le seuil.

— Je viens d'avoir une idée — appelez Justine pour lui demander le numéro de l'hôtel. La météo est bonne. Sa réunion traîne peut-être en longueur.

— Euh..., en fait, M. X a appelé pendant que j'étais sur l'autre ligne, et c'est ce qu'il a dit. Sa réunion a traîné en longueur. Donc, il a dit qu'il rappellerait demain et...

— Pourquoi vous n'êtes pas venue me chercher ?

— Il était... euh... très pressé...

— Je vois. (Ses lèvres se pincent.) Quoi d'autre ?

Je sens des gouttelettes de transpiration couler le long de mes flancs.

— Il a dit qu'il... qu'il allait passer la nuit là-bas.

Je baisse les yeux pour éviter son regard. Elle fait un pas en avant.

— Nanny, je veux que. Vous me disiez. *Exactement.* Ce qu'il a dit.

Non, pas ça.

— Eh bien ?

— Il a dit que l'aéroport était sous la neige et qu'il vous appellerait demain.

Elle tressaille. C'est comme si elle avait reçu une gifle. Elle retourne dans la bibliothèque, prend la télécommande et éteint la télévision, rendant la pièce au silence et à la pénombre. Sa silhouette immobile se découpe sur les lumières de Park Avenue, sa robe rouge chatoie sur ce fond bleu sombre. Elle agrippe encore la télécommande.

Du sein de l'obscurité, Grayer, les mains sagement croisées sur les genoux, fixe sur moi ses grands yeux.

— Viens, Grayer. C'est l'heure d'aller au lit.

Il dégringole du canapé et me suit sans protester.

Je le trouve d'un calme exceptionnel pour se brosser les dents et enfiler son pyjama. Je lui lis *Maisy va au lit*, l'histoire d'une petite souris qui a une mission toute simple à accomplir.

— Maisy s'est brossé les dents. Est-ce que Grayer s'est brossé les dents ?

— Oui.

— Maisy s'est lavé la figure et les mains. Est-ce que Grayer s'est lavé la figure et les mains ?

— Oui.

Et ainsi de suite jusqu'à ce qu'il bâille et que ses yeux papillonnent.

Je me lève pour lui baiser le front et réalise que sa main est crispée sur mon pull. Délicatement, je desserre ses doigts.

— Bonne nuit, Grover.

Je marche timidement dans la lumière froide et grise du vestibule.

— Madame X ? Je m'en vais, d'accord ?

Pas de réponse.

Je parcours le long couloir sombre jusqu'à sa chambre, passant devant les nombreux points de lumière qui éclairent les tableaux.

Sa porte est ouverte.

— Madame X ?

J'entre dans cette pièce où j'entends des pleurs étouffés qui proviennent du dressing dont la porte est fermée.

— ... Madame X ? Grayer dort. Vous n'avez besoin de rien ? (Silence.) Je m'en vais, d'accord ?

Elle pleure tout doucement derrière. Il me semble la voir recroquevillée par terre, dans sa belle robe, et cette idée me noue la gorge.

— Nanny ? (La voix s'efforce d'être chaleureuse.) C'est vous ?

— Oui.

J'emporte les verres vides qui se trouvaient sur la table de chevet, en prenant garde de ne pas les entrechoquer.

— Vous pouvez disposer. À demain.

— Il reste de la pizza. Je vous la fais réchauffer ?

— Non, inutile. Bonne nuit.

— Vraiment ? Ça ne m'embête pas, vous savez.

— Non, je n'ai besoin de rien. À demain.

— Très bien. Bonne nuit.

Je rejoins la cuisine par le long couloir beige, mets les verres dans l'évier et sors une coupe de fruits, au cas où. Je décide d'attendre d'être au rez-de-chaussée pour prévenir le restaurant.

Je reviens dans le hall, prends mon manteau et mes bottes, et sors mon cœur en papier de la poche de la poussette. Il répand sur le dallage noir et blanc une légère traînée de poudre rouge. Je m'agenouille pour presser contre ma paume ces paillettes, avant d'en saupoudrer l'intérieur de mon sac.

Ses sanglots discrets font place à une longue plainte animale tandis que je referme sans bruit la porte.

7

Nous sommes au regret de vous informer

> Ils avaient le sentiment que leur vie commune n'avait aucun sens et que des étrangers réunis par hasard dans la même auberge auraient eu plus de points communs qu'eux, les membres de la famille Oblonsky et leurs serviteurs. L'épouse ne quittait pas ses appartements et le mari passait toute sa journée loin du foyer. Les enfants erraient par toute la maison, désœuvrés.
>
> *Anna Karénine*

Le lundi, à midi, j'attends dans la cour de récréation, après avoir vu Mme Butters tapoter la tête de chacune de ses ouailles bien emmitouflées.

— Madame Butters ?

— Oui ?

— Grayer n'était pas en classe aujourd'hui ?

— Non. (Grand sourire.)

— Ah, merci.

— De rien.

— Bon.

— Eh bien...

Elle hoche la tête, indiquant que ce fructueux échange est arrivé à son terme, et retourne en trottant dans l'établissement, son foulard en velours volant derrière elle. Je reste là, quelque peu désemparée. Je suis en train de mettre la main sur mon portable, quand soudain on me flanque un coup retentissant aux mollets.

Je me retourne pour voir une petite femme réprimander un gros garçon dont le corps ramassé a pris une menaçante pose karaté.

— Non, Darwin, on ne tape pas les gens.

— Où est Grayer ? Je veux jouer avec ses jouets.

— Je peux quelque chose pour vous ? dis-je en me massant la jambe.

Elle repousse doucement les doigts de l'enfant de son visage tout en répliquant :

— Je m'appelle Sima. Et voici Darwin. Nous avions rendez-vous avec Grayer aujourd'hui.

— Je veux voir ses jouets. MAINTENANT ! braille le mouflet à mon adresse, ses mains en position karaté.

— Enchantée, Sima. Moi, c'est Nanny. Grayer a dû rester à la maison aujourd'hui, mais je n'étais pas au courant de ce rendez-vous. Permettez-moi d'appeler sa mère.

Je compose le numéro, mais le répondeur des X se met en marche et je coupe la communication.

— Bon, on va voir sur place, dis-je avec un entrain forcé, car je redoute ce qui m'attend.

J'aide Sima à porter les affaires de Darwin, et nous partons en pataugeant dans la neige fondue. J'ai pris instantanément en grippe cet enfant : cela fait trois minutes que nous sommes ensemble et déjà je passe mon temps à me défendre. Sima, en revanche, est très indulgente, presque gracieuse dans ses efforts pour détourner les coups.

Je glisse la clé dans la serrure et ouvre lentement la porte.

— Hello... ? Je suis là, avec Darwin et Sima...

— Ça, par exemple ! marmonne Sima en croisant mon regard.

L'odeur fétide des roses est insupportable. M. X, qui est en train de battre le record mondial du plus long voyage d'affaires, a, en son absence, fait envoyer deux douzaines de roses à longue tige tous les matins depuis la Saint-Valentin.

Mme X, qui refuse de les avoir dans ses appartements, ou ceux de Grayer, ne se résout apparemment pas non plus à les jeter dehors. Plus de trente vases encombrent le living, la salle à manger et la cuisine. En conséquence, la climatisation est en marche, mais ne parvient, dirait-on, qu'à déplacer cette écœurante odeur d'un point à l'autre de l'appartement.

À en croire les cartes du fleuriste, M. X avait promis d'emmener ce week-end sa femme et son enfant dans le Connecticut, faisant de ces deux derniers jours mon premier week-end de liberté depuis la Saint-Valentin.

— GRAYER ! GRAAYYERR ! braille Darwin à tue-tête, avant d'enlever à la hâte son manteau et de galoper en direction de sa chambre.

— Je vous en prie, débarrassez-vous et prenez un siège, je vais prévenir la maman de Grayer que nous sommes là.

Je pose le sac du petit par terre, à côté de la banquette, et me déchausse.

— Ça va très bien, je vais garder mon manteau, merci.

Son sourire m'indique qu'il est inutile d'expliquer la température glaciale et ces fleurs mortuaires. Je me faufile entre les vases vers le bureau de Mme X, mais il est désert.

Guidée par des rires de hyène, je porte mes pas vers la chambre de Grayer, où son lit sert de barricade dans une guerre qui oppose Darwin à un Grayer en pyjama.

— Salut, Grover.

Il est occupé à bombarder de peluches son copain et ne m'accorde qu'un regard.

— Nanny, j'ai faim ! Je veux mon petit déjeuner.

— Tu veux dire ton déjeuner ? Où est ta maman ?

Il plonge pour éviter une grenouille volante.

— Je sais pas. Non, mon *petit* déjeuner !

Connie est dans le bureau de M. X, en train de retransformer le château fort de Grayer en canapé. La pièce est dans un désordre inouï. Des assiettes contenant des reliefs de pizza traînent par terre et toutes les cassettes vidéo de Disney ont été sorties de leur boîte et éparpillées.

— Bonjour, Connie. Comment s'est passé le week-end ?

— Voyez vous-même... (Elle désigne le capharnaüm.) J'ai passé le week-end ici. M. X ne s'est pas montré, et elle n'aime pas rester seule avec Grayer. Elle m'a fait revenir vendredi, à onze heures du soir. J'ai dû confier mes enfants à ma sœur. Et vous croyez qu'elle m'aurait payé le taxi ? Elle n'a pas dit un mot à son fils de tout le week-end. (Elle ramasse une assiette.) La nuit dernière, je lui ai finalement annoncé que je devais rentrer chez moi, mais ça ne lui a pas plu.

— Oh, mon Dieu, Connie... C'est bête. Elle aurait dû m'appeler. J'aurais pu assurer les nuits...

— Pour montrer à des gens comme vous qu'elle n'est pas capable de garder son mari ?

— Où est-elle ?

Elle me désigne la chambre principale.

— Sa Majesté est rentrée il y a une heure et elle est allée directement dans sa chambre.

Je frappe à la porte.

— Madame X ?

Mes yeux mettent un moment à s'accoutumer à l'obscurité. Elle est assise sur la moquette écrue, parmi des sacs de shopping, sa chemise de nuit en pilou dépassant de son manteau de fourrure. Les rideaux en gros-grain sont tirés.

— Pouvez-vous fermer la porte ?

Elle s'adosse à la commode, respirant profondément dans une liasse de mouchoirs en papier lavande sortis d'un des sacs. Elle s'essuie le nez et regarde au plafond. Craignant de poser les mauvaises questions, j'attends qu'elle prenne la parole.

Son regard se perd dans les ténèbres, puis elle demande d'une voix blanche :

— Vous avez passé un bon week-end, Nanny ?

— Eh bien, je...

— Nous, on s'est bien amusés... C'est très beau, le Connecticut. On a fait du traîneau. Vous auriez dû voir Grayer et son père. C'était adorable. Oui, ce fut un beau week-end.

D'aaaac-coord.

— Nanny, si à tout hasard vous pouviez venir demain matin pour... (elle a l'air exténué) aider Grayer à se préparer pour l'école. Il est si... Il voulait son caleçon rose et je n'ai pas eu la force...

— JE T'AI TOUCHÉ ! T'ES MORT !

— NON ! C'EST TOI QU'ES MORT ! T'ES MORT ! T'ES MORT !

Le volume augmente, j'entends des peluches qu'on balance dans le couloir.

— Nanny, emmenez-les dehors. Au musée, par exemple. Je ne peux pas... j'ai besoin de...

— MAINTENANT, T'ES MORT ! J'AI DIT : T'ES MORT !

— Pas de problème. On peut très bien les faire sortir. Puis-je vous...

— Non, merci. S'il vous plaît, emmenez-les.

Sa voix s'altère et elle saisit une nouvelle liasse de Kleenex.

Tandis que je ferme doucement la porte derrière moi, Grayer bondit au fond du couloir. Son regard va à la porte et puis sur moi. Il me lance son Winnie l'Ourson à la tête avec un peu trop de violence.

Je prends une légère inspiration.

— Bon, les durs, préparez-vous.

Je le prends par la main, les ramène, lui et Winnie, dans sa chambre.

— T'es en pyjama, crétinos, précise utilement Darwin, tandis que je le pousse vers la penderie.

Non content de mettre son uniforme de prédilection, le survêtement Collegiate qu'il a porté tous les jours depuis Noël, il décroche d'un cintre l'une des cravates de son père et se l'enroule autour du cou.

— Non, Grove, ça ne va pas, dis-je.

Darwin tente de la lui arracher des mains.

— Non, Darwin, c'est la cravate de Grayer.

— Tu vois ! Tu vois ! dit Grayer, triomphant. Tu l'as bien dit. C'est la mienne. Ma cravate. C'est maman qui l'a dit. Elle me l'a donnée.

Ne souhaitant pas retourner la voir pour connaître la

vérité, j'improvise un nœud, laissant une bonne longueur de cravate pendre à côté de la carte de visite.

— Bon, les gosses, remuez-vous. On a plein de choses à faire ! J'ai prévu un après-midi du tonnerre, mais le premier qui aura mis son manteau sera le premier à savoir ce que c'est !

Les garçons se bousculent pour se lancer dans la course d'obstacles aux fleurs. Je ramasse par terre une brassée de jouets que je balance sur son lit en sortant.

Dans l'entrée, Sima tente d'empêcher Darwin d'étouffer son camarade, qui est aplati contre la porte.

— Il doit respirer, Darwin.

— Bon, qu'est-ce que vous pensez de l'Espace-Jeu ? dis-je, réalisant que j'ai gardé mon manteau.

— OUAIS !

Les garçons sautillent à qui mieux mieux.

— D'accord. L'Espace-Jeu, très bien.

Je lui tends la veste de Darwin et enfile mes bottes.

Il existe deux « Espace-Jeu », l'un sur la 85e Rue et l'autre à Broadway ; nous nous dirigeons vers le premier, où le sable est légèrement plus propre. Ces cours de récréation en chambre sont la version Manhattan d'une salle de jeux en sous-sol complètement équipée et, comme tout à New York, cela se loue — à l'heure. Comme dans un hôtel de passe, un billet de vingt dollars permet à l'adulte et à l'enfant à sa charge de s'épuiser mutuellement pendant deux bonnes heures sur leurs installations.

Sima reste sur le trottoir avec les garçons tandis que je sors les poussettes du coffre du taxi.

— MAIS NON !

— MAIS SI !

— Puis-je vous aider ? dit-elle, parant un coup de pied de Darwin.

— Non ! dis-je entre mes dents. C'est bon.

Je suis trop contente de ne pas être dans le champ d'action de Darwin.

Les poussettes sont manœuvrées par mes soins sur le trottoir et nous empoignons chacune une menotte. Sans doute pour dissuader les pédophiles de faire du lèche-vitrines, l'Espace-Jeu est situé en étage et, pour l'atteindre, il faut gravir un *gigantesque* escalier recouvert d'une moquette bleue, aux marches conçues pour des petits pieds, qui semble s'étirer à l'infini jusqu'au paradis des nounous. Grayer, nullement intimidé, empoigne la rampe à portée de mains enfantines et commence à se hisser.

— Darwin, monte. Monte ! dit Sima. Ne descends pas ! Monte !

Ce dernier, ne tenant aucun compte de ses propos, pratique une sorte de saute-mouton qui menace d'entraîner le méthodique Grayer dans une chute mortelle. Je le suis de près en remorquant les poussettes repliées, mes talons suspendus dans le vide.

Une fois en haut, je gare les poussettes dans le « corral à poussettes » et me prépare à passer à la caisse. En raison du mauvais temps, il y a foule et nous devons faire la queue parmi des enfants trop couverts, des nounous exaspérées et quelques rares mères qui font leur B. A.

— Elizabeth, on pourra faire pipi bientôt. Retiens-toi !

— Hello ! Bienvenue à l'Espace-Jeu ! Qui est là ? dit un homme de trente-cinq ans débordant d'enthousiasme derrière un comptoir rouge.

— Lui ! dis-je en désignant Grayer. (Le type paraît troublé.) Enfin, nous ! dis-je en lui passant la carte d'adhérent de Mme X.

Il cherche le nom dans ses fiches et, une fois que je lui ai tendu mes vingt dollars, nous recevons chacun un badge, plus un troisième pour la poussette, au cas où elle voudrait se faire des copines.

« Hello, mon nom est GRAYER. Je suis avec NANNY », lit-on sur le sien.

« Hello, mon nom est NANNY. Je suis avec GRAYER », lit-on sur le mien.

On nous demande de les mettre en évidence et j'applique le mien carrément sur mon ventricule gauche, tandis que Grayer préfère coller le sien au bord de son sweat, juste au-dessus de sa carte de visite qui pendouille et près de la cravate de son père. Une fois Sima et Darwin semblablement appariés, notre quatuor va déposer ses manteaux dans les casiers désignés, avec nos bottes. À la cafétéria, je tends encore vingt dollars pour deux petits sandwiches au beurre de cacahuètes et à la gelée, et deux jus de fruit.

— T'ES MORT ! T'ES MORT !

— TIRE-LUI DANS LA TÊTE !

— Bon, on se calme !

La Méchante Fée a la migraine.

— Si vous ne pouvez pas manger tranquillement comme deux gentlemen pacifiques, Sima et Darwin devront s'asseoir ailleurs.

Ils parviennent à se disputer sur un mode agréable pendant le reste du repas, tandis que Sima et moi échangeons des sourires las par-dessus la table. Elle grignote sans appétit et je fais quelques tentatives pour lancer la conversation, mais Darwin en profite à chaque fois pour lui jeter des chips à la figure.

Avant d'accéder au parc, on doit passer d'abord par les toilettes. Chaque alcôve en Technicolor est pourvue d'un petit lavabo, d'un W.-C. bas et d'un loquet haut. Grayer urine comme un chef et me laisse lui retrousser les manches avant de se laver les mains.

— NON ! JE VEUX PAS FAIRE PIPI ! FAIS-LE, TOI ! FAIS PIPI !

On entend Darwin dans l'alcôve voisine. Je me penche et embrasse Grayer sur le front.

— Bon, en piste et tout schuss ! dis-je en lui passant une serviette en papier afin qu'il puisse sécher ses menottes et ce qui a pu être pulvérisé près du lavabo.

— Papa dit ça à Aspirin.

— Ah oui ? Allons...

Je jette le papier et lui tends la main, mais il ne bouge pas.

— Quand est-ce qu'il va m'emmener à Aspirin, mon papa ?

— Oh, Grove... (Je me mets à sa hauteur.) Je n'en sais rien, je ne sais pas si tu iras skier cette année. (Il continue à me regarder d'un air interrogatif.) Tu as demandé à maman ?

Il se détourne, croise les bras par-dessus sa cravate.

— Maman veut pas qu'on parle de lui, alors ne parle pas de lui. Toi non plus.

— Grayer, tu viens ? ! lance Darwin, qui shoote dans la porte.

— Hé, il y en a qui voudraient bien faire pipi, dehors !

Une femme se met à tambouriner.

— Grover, si tu as des questions, tu peux toujours..., dis-je en me relevant pour débloquer la porte.

— Me parle pas ! dit-il en courant devant moi pour rejoindre son ami au portillon.

— Quel culot ! (La femme qui attendait pousse son enfant à ma place.) Il faut être inconscient pour faire attendre une fillette aussi longtemps ! (Ses yeux trop maquillés se plissent.) Qui est votre patronne ?

J'apprécie sa coiffure laquée, ses ongles trop longs, son chemisier Versace.

— Sérieusement, qui est-ce ?

— Oh, flûte ! dis-je entre mes dents, en la bousculant pour aller rejoindre Grayer et lui ouvrir l'accès au parc.

Sima et moi hissons les garçons sur le toboggan bleu clair. Je l'examine, pour deviner si elle est de celles qui se sentent tenues de ne pas quitter l'enfant d'une semelle, de lui coller au train.

— Il me semble..., dit elle, tâchant visiblement de décrypter mes propres intentions.

J'acquiesce, guettant son signal.

— ... que ça devrait aller, s'ils sont ensemble. Qu'en pensez-vous ?

— Tout à fait d'accord, dis-je, soulagée, étant donné l'humeur de Grayer et l'agressivité de Darwin. Je peux vous offrir un dessert ?

Une fois que nous sommes installées à une table, devant le toboggan, je lui passe un petit cake et une serviette.

— Je suis contente de voir que ça ne vous embête pas de les laisser jouer. En général, j'essaie de lui laisser sa liberté et je viens ici où je peux le surveiller tout en travaillant. Mais il y a toujours une fouineuse pour venir me dire : « Hum... Grayer est dans le... *bac à sable.* » Et je suis censée accourir en criant : « Non... PAS LE BAC À SABLE ! »

Je ris, la main sur la bouche pour empêcher des miettes de tomber. Sima glousse.

— Hier, alors qu'il jouait chez un copain, la mère a voulu que j'aide Darwin à colorier, mais chaque fois que je posais mon crayon sur son dessin, il se mettait à hurler. Eh bien, elle m'a fait rester là tout l'après-midi, crayon en main.

Elle déballe son petit cake.

— Vous vous occupez de Grayer depuis longtemps ?

— Sept mois — depuis septembre. Et vous ?

— Ça fait deux ans que je suis avec M. et Mme Zuckerman. (Elle hoche la tête et sa chevelure noire tombe devant sa figure. Je lui donne la quarantaine à peine.) On jouait souvent avec l'autre jeune fille, très gentille. Comment s'appelait-elle ?

Elle sourit et prend une gorgée de son minicarton de lait.

— Caitlin. Je crois qu'elle est repartie pour l'Australie.

— Elle avait une sœur là-bas qui était très malade. À l'hôpital. Elle économisait pour lui rendre visite, la dernière fois qu'on s'est vues.

— C'est terrible, j'ignorais. Elle était formidable, Grayer la regrette encore...

Du coin de l'œil, je vois Darwin, en équilibre sur la marche en plastique jaune au-dessus de Grayer, qui lui enroule la cravate autour du cou. Pendant un court instant, Grayer étouffe — sa figure s'empourpre, tandis qu'il porte les mains à sa gorge.

Puis le nœud cède sous l'effet d'une vive secousse. Darwin arrache la cravate du cou rouge de Grayer et court en riant à l'autre bout de la salle, pour disparaître à l'intérieur des cages à poules. Sima et moi bondissons afin de nous dispatcher dans les camps en conflit.

— Grove, c'est rien ! dis-je en m'approchant.

Il laisse libre cours à une explosion de rage qui réduit au silence toute l'assistance.

— RENDS-MOI ÇA ! C'EST À PAPA ! RENDS-MOI ÇA ! ! ! ! ! ! (Il se met à sangloter et à trembler très fort.) MON PAPA EST TRÈS FÂCHÉ CONTRE TOI ! ! IL EST TRÈS TRÈS FÂCHÉ ! ! ! !

Il s'effondre, ébranlé par la violence de ses larmes.

— Mon papa est très fâché, très fâché !

Je l'attire sur mes genoux et murmure à son oreille en le berçant :

— Tu es un bon petit garçon. Personne n'est fâché contre toi. Ni ton papa. Ni ta maman. Tout le monde t'aime beaucoup, Grove.

Je le porte jusqu'à la cafétéria, où Sima attend avec la cravate.

— Je... veux... dit-il entre deux hoquets, ma... maman.

Je noue délicatement la cravate à son cou et l'aide à monter sur l'un des bancs verts près de moi, lui faisant un oreiller de mon chandail.

— Sih-muh ? C'est vous Sih-muh ? demande la femme des toilettes.

— Oui ?

— Votre Darwin est tout seul sur le toboggan.

— Merci, dit Sima avec un sourire gracieux.

— Tout seul, répète la dame, comme si son interlocutrice était sourde.

— Très bien, merci.

Sima lève les yeux au ciel à mon adresse, mais va s'assurer que Darwin ne se fait pas mal — Dieu sait comment — sur le toboggan de moins d'un mètre de haut, tandis que je caresse le dos de Grayer qui s'endort.

Je la regarde tendre la main afin d'aider Darwin à placer ses jambes par-dessus le rebord pour préparer sa descente. Il décline son offre d'une grande claque sur le crâne, rit et se laisse glisser. Elle reste là un moment, les deux mains sur la tête, puis revient lentement s'asseoir.

— Il m'a l'air un peu violent, dis-je.

À dire vrai, il m'a l'air d'un fou criminel en puissance, mais elle doit être restée pour une bonne raison, et dix dollars de l'heure, ce ne serait pas assez pour s'exposer à des coups et blessures.

— Oh, non, il est seulement très contrarié parce qu'il a un nouveau petit frère à la maison.

Elle se frotte la tête.

— Vous leur avez déjà parlé du problème ?

— Non. Ils sont si occupés avec le bébé. Et puis il a de bons moments...

Elle a la respiration un peu courte. Ce n'est pas la première fois que je vois ça ; dans chaque cour de récréation, il y a toujours au moins une nounou brutalisée par un gosse. Comme visiblement elle ne souhaite pas en parler, je change de sujet :

— Vous avez un accent merveilleux...

Je plie le papier de mon gâteau en huit.

— Je suis venue du Salvador il y a deux ans.

Elle s'essuie les mains à une serviette.

— Vous avez encore de la famille là-bas ?

— Mon mari et mes fils.

Elle bat des paupières et baisse les yeux.

— Ah...

— Oui, on était venus ensemble chercher un emploi. J'étais ingénieur, mais il n'y avait plus de travail chez nous et on espérait gagner de l'argent ici. Mon mari a été expulsé parce qu'il n'avait pas de permis de travail et il a dû rentrer avec nos fils... Je ne pouvais pas m'occuper d'eux et travailler.

— Vous les voyez souvent ? dis-je, alors que Grayer s'agite par intermittence dans son sommeil.

— J'essaie de passer deux semaines à la maison à Noël, mais cette année M. et Mme Zuckerman avaient besoin de moi pour aller en France.

Elle plie et déplie le pull de Darwin.

— Vous avez des photos de vos enfants ? Ils doivent être très beaux...

Je ne sais comment donner un tour positif à cette conversation. Si ma mère était là, elle aurait déjà enroulé Sima dans un tapis d'éveil pour la fourguer en fraude dans le premier foyer où il y aurait de la place.

— Non, je n'ai pas de photo sur moi. C'est trop... dur...

(Elle sourit.) Un jour, quand Grayer viendra jouer chez Darwin, je vous les montrerai. Et vous ? Vous avez des enfants ?

— Moi ? Non, Dieu merci !

Nous rions ensemble.

— Un fiancé, alors ?

— Ça va peut-être venir...

Et je commence à lui raconter mon histoire. Nous partageons des tranches de nos vies respectives, les parts que ni les Zuckerman ni les X ne connaissent de près ou de loin, dans cet environnement lumineux et bariolé, cernées par une cacophonie de cris. Dehors, il se met à neiger et je fourre mes pieds déchaussés sous mes fesses tandis qu'elle appuie son menton sur son bras tendu. C'est ainsi que je termine l'après-midi avec une femme qui a un diplôme d'un niveau que je n'atteindrai jamais, dans un domaine où je ne serais même pas foutue d'obtenir une note passable, et qui n'a pas passé un seul mois entier chez elle depuis deux ans.

Voilà une semaine que je viens tous les jours à 7 heures pour habiller Grayer et le conduire à l'école, après quoi je cavale comme une dératée jusqu'à la fac. Mme X n'émerge jamais de sa chambre le matin et elle est toujours sortie l'après midi ; c'est donc avec surprise que j'apprends par Connie qu'elle m'attend dans son bureau.

— Madame X ? (Je frappe.)

— Entrez !

Je pousse la porte avec une légère inquiétude, mais elle est assise à son bureau, entièrement habillée — pantalon décontracté et cardigan en cachemire. En dépit de son blush crème, elle a toujours les traits tirés.

— Qu'est-ce que vous faites, si tôt, à la maison ? dit-elle.

— Grayer s'est taché avec de la peinture verte, alors je l'ai ramené se changer avant le patinage...

Le téléphone sonne et elle me fait signe de rester.

— Allô ?... Ah, c'est toi, Joyce... Non, on n'a encore rien reçu... Je ne sais pas, tu sais, la poste... (Sa voix reste caverneuse.) Toutes les écoles où vous vouliez l'inscrire... ? Non, je ne connais pas très bien les établissements pour filles... Je suis certaine que tu as pris la bonne décision... Parfait. Bye.

Elle revient à moi.

— Sa fille a été reçue partout où elle avait postulé... Je ne comprends pas, elle n'est même pas jolie... Que disiez-vous ?

— La peinture — ne vous inquiétez pas. Il ne portait pas le sweat Collegiate quand ça s'est produit. Il a peint un très bel arbre...

— Il n'avait pas de change, là-bas ?

— Si — c'est ma faute — il s'en est servi la semaine dernière, quand Giselle l'a aspergé de colle, et j'ai oublié de le remplacer...

— Et s'il n'avait pas eu le temps de rentrer ?

— Je suis désolée, je m'en occuperai demain.

Je fais mine de partir.

— Oh, Nanny ? Pendant que je vous tiens, j'aurais un mot à vous dire au sujet de Grayer. Où est-il ?

— Il regarde Connie faire la poussière.

À la brosse à dents. Vos boiseries murales.

— Bien, prenez un siège. (Elle me désigne une bergère à oreilles.) Nanny, j'ai une chose terrible à vous annoncer.

Elle baisse les yeux sur ses mains qui se tordent sur ses genoux. Ma respiration se bloque. Je rassemble mes forces. La petite culotte.

— Nous avons reçu de très mauvaises nouvelles ce matin, dit-elle lentement, d'une voix contrainte. Grayer n'est pas admis à Collegiate.

— Non ? (J'efface rapidement le soulagement de mon visage.) C'est incroyable.

— Je sais — c'est affreux. Et, comme si ce n'était pas suffisant, il est sur les listes d'attente de Saint-David et de Saint-Bernard. Les listes d'attente. (Elle secoue la tête.) Donc, maintenant, nous croisons les doigts pour Trinity, mais si, pour une raison quelconque, ça ne marche pas, Dieu sait où il sera parachuté...

— Mais il est adorable. Il est éveillé et s'exprime bien. Il est drôle, sensible. Je ne vois pas...

Enfin, à part la cravate, qu'est-ce qui n'est pas aimable chez ce gosse ?

— J'ai bien réfléchi ce matin, pour tenter tout simplement de comprendre. (Elle regarde par la fenêtre.) D'après notre conseiller d'orientation, c'était du tout cuit...

— Mon père m'a effectivement dit que jamais la concurrence n'avait été aussi rude que cette année. Ils ont été submergés de candidats qualifiés et ils ont sans doute dû procéder à des choix particulièrement difficiles.

N'oublions pas que ces candidats-là ont quatre ans et qu'on ne peut pas précisément leur demander ce qu'ils pensent du déficit budgétaire ni où ils se voient dans cinq ans.

— J'ai cru que votre père avait apprécié Grayer, dit-elle sur un ton lourd de sous-entendus, allusion à l'après-midi pluvieux où je l'avais emmené caresser Sophie chez mes parents.

— Mais oui. Ils ont chanté ensemble.

— Hum... intéressant.

— Quoi ?

— Non, rien. Intéressant, c'est tout.

— Mon père n'a rien à voir avec les procédures d'admission.

— Bien. Je voulais vous parler parce que ce sweat a pu lui donner de faux espoirs et je voulais m'assurer que... (Elle est interrompue par le téléphone.) Une minute... Allô ? Bonjour, Sally... Non, rien encore... Oh, Collegiate ? Félicitations, c'est fantastique... Ryan est un enfant si intelligent... Oui, ce *serait* merveilleux. Je sais que Grayer serait très content d'aller à école avec Ryan... Oui, un dîner, avec plaisir... Oh, nous quatre ? Il faut que je consulte l'agenda de mon mari. Parlons-en après le week-end... Formidable. Bye !

Elle prend une bonne inspiration et contracte les mâchoires.

— Où en étais-je ?

— Les espoirs de Grayer... ?

— Ah, oui. Je crains que notre attitude encourageante à l'égard de sa fixation sur cet établissement n'aboutisse à une déception...

— Je...

— Non, je vous en prie, ne vous sentez pas coupable. C'est ma faute, j'aurais dû vous cornaquer davantage... (Elle soupire et secoue la tête.) J'ai parlé au pédiatre ce matin qui m'a suggéré le nom d'une consultante du développement à long terme qui a pour spécialité de préparer parents et éducateurs à aborder cette transition. Elle viendra demain, pendant que Grayer sera à son cours de piano, et elle a demandé à s'entretenir en privé avec vous pour évaluer votre rôle dans son développement.

— Super. C'est une bonne idée. (Je franchis le seuil.) Hum... (Je repasse la tête.) Il vaudrait peut-être mieux qu'il ne le porte pas aujourd'hui...

— Quoi ?

Elle tend la main vers son café.

— Le sweat.

— Oh, il peut le mettre aujourd'hui. Demain, nous laisserons la spécialiste nous dire comment gérer la situation.

— Bon, d'accord.

Je retourne là où Grayer, assis sur la banquette, regarde Connie astiquer le fourneau tout en jouant distraitement avec sa cravate, et je me demande si, par hasard, on ne se focaliserait pas sur le mauvais vêtement.

J'attends la spécialiste, assise près du bureau de Mme X, et tente subrepticement de lire, à l'envers, les notes sur son bloc-notes. Bien que ce ne soit sans doute rien de plus qu'une liste de commissions enjolivée, le fait d'avoir été laissée ici toute seule me donne l'impression que je devrais me conduire en espionne. Si j'avais un appareil photo caché dans le bouton de mon gilet, je tâcherais de mitrailler tout ce qui est sur ce bureau. L'idée me ferait presque rire, quand la femme entre, précédée de son attaché-case.

— Nanny… (Franche poignée de main.) Je m'appelle Jane. Jane Gould. Comment allez-vous ?

Elle parle un rien trop fort et me lorgne par-dessus ses lunettes tout en posant sa mallette sur le bureau.

— Très bien, merci. Et vous ?

Je suis subitement très enjouée et force ma voix.

— Très bien. Je vous remercie.

Elle croise les bras sur son blazer grenat et hoche la tête en cadence à mon adresse. Elle a de très grosses lèvres, aussi rouges que son blazer, et ce rouge a déteint dans les ridules autour de sa bouche.

Je hoche la tête à mon tour.

Elle consulte sa montre.

— Nanny, je vais sortir mon calepin et nous allons commencer…

Elle mentionne chacune de ses actions à mesure qu'elle les accomplit, pour finir par prendre la place de Mme X, stylo en l'air.

— Nanny, ces quarante-cinq minutes d'entretien ont pour objet de cerner les perceptions de Grayer ainsi que ses attentes. Je vais vous demander d'exposer l'idée que vous vous faites actuellement de votre rôle et de vos responsabilités concernant le passage critique quant à la prochaine strate de sa scolarité.

— OK, dis-je, repassant sa déclaration dans ma tête afin de repérer la question.

— Nanny, au cours de votre premier trimestre au domicile des X, comment caractériseriez-vous votre prestation relativement à ses résultats scolaires ?

— Bonne. Enfin, j'allais le chercher à l'école. Mais, franchement, c'est tout simple…

— Je vois, vous ne vous voyez pas comme un élément actif, dynamique, exerçant une influence directe sur ses acquisitions. Comment décririez-vous votre programme durant ses temps de récréation planifiés ?

— Euh… il aime bien jouer avec ses trains. Oh, et se déguiser. Donc, je m'efforce de pratiquer des activités à son goût. J'ignorais qu'il avait un programme récréatif.

— Vous lui soumettez des petites devinettes ?
— Il n'aime pas tellement ça.
— Des problèmes de calcul ?
— Il est un peu jeune...
— Quand a-t-il fait des cercles pour la dernière fois ?
— La semaine dernière, je pense, quand on a colorié...
— Vous lui passez les cassettes Suzuki ?
— Seulement quand il prend son bain.
— Vous lui lisez quelquefois des extraits du *Wall Street Journal* ?
— Eh bien...
— *The Economist* ?
— Pas vraiment.
— *The Financial Times* ?
— J'ai eu tort... ?
Elle pousse un gros soupir et gribouille furieusement sur son bloc.
— Combien de repas bilingues lui servez-vous par semaine ?
— Nous parlons français le mardi soir, mais en général je sers des burgers végétariens.
— Et vous fréquentez le Guggenheim à quel rythme ?
— Nous allons au Muséum d'histoire naturelle — il adore les pierres.
— Quelle méthodologie suivez-vous pour le vêtir ?
— Il choisit lui-même ses vêtements, ou c'est Mme X. Tant qu'il est à l'aise...
— Donc, vous n'utilisez pas un tableau habillement ?
— Non, pas...
— Et je suppose que vous ne documentez pas ses choix à l'aide d'un plan penderie ?
— Euh, non.
— Vous ne lui faites pas non plus traduire la couleur ou la taille en latin ?
— Plus tard, peut-être.
Elle m'examine et hoche la tête pendant un bon moment. Je m'agite à ma place et lui souris. Elle se penche au-dessus du bureau, ôte ses lunettes.

— Nanny, je vais devoir tirer le signal d'alarme.

— Entendu...

Je me penche moi aussi.

— Je suis en droit de me demander si vous infléchissez votre prestation dans le sens d'une valorisation de ses acquis.

Ayant sorti sa botte secrète, elle se radosse et pose les mains sur ses cuisses. Je subodore que je devrais me sentir insultée. « Infléchir mes prestations ? » Cela dit-il quelque chose à quelqu'un ?

— Je suis désolée, dis-je avec sérieux, car si une chose me semble on ne peut plus claire, c'est que je devrais l'être.

— Nanny, je sais que vous étudiez la pédagogie... Eh bien, pour être franche, je suis étonnée par la superficialité de vos connaissances concernant les notions de base.

OK, là, je sais qu'on m'insulte.

— Eh bien, Jane... (Elle se redresse en entendant son prénom.) On m'a formée à travailler avec des enfants qui ont bien moins de ressources à leur disposition que Grayer.

— Je comprends. Vous ne voyez pas l'intérêt d'agir dans un contexte où vous pourriez ajouter une plus-value...

Quoi ?

— Je veux bien lui ajouter une « plus-value », mais il est tellement stressé en ce moment...

Elle me regarde avec scepticisme.

— Stressé ?

— Oui, stressé. Et je sens — je ne suis qu'un sous-fifre ici, Jane, donc vous ne prendrez pas, j'en suis sûre, ceci au pied de la lettre —, je sens que le mieux à faire pour moi, c'est de lui permettre de se mettre en stand-by afin que son imagination puisse s'épanouir sans être poussée dans une direction ou une autre.

Le feu me monte aux joues et je sais que je suis allée trop loin, mais être traitée d'idiote par une autre quadragénaire dans ce bureau, c'en est trop.

Elle griffonne encore dans son calepin et m'adresse un sourire.

— Eh bien, Nanny, je vous conseille de vous donner le

temps de la réflexion, tant que vous serez avec lui. Voici une série des « Meilleurs exercices » adoptés par des personnes du métier que je vous conseille d'étudier et d'assimiler. Il s'agit de connaissances formelles, Nanny, de connaissances formelles établies par des collègues à vous et que vous devrez faire vôtres si l'on veut que Grayer atteigne son niveau optimal.

Elle me tend un paquet de documents maintenus par un gros trombone et se lève, rechaussant ses lunettes.

Je me lève aussi, ressentant la nécessité d'éclaircir la situation :

— Pardon si j'ai pu paraître sur la défensive. Je suis très attachée à cet enfant et j'ai suivi à la lettre les instructions de Mme X. Ces derniers temps, elle insistait pour qu'il porte le sweat Collegiate presque tous les jours. Elle lui en avait même acheté d'autres afin qu'il en ait toujours un propre disponible. Je voulais simplement que vous sachiez que je...

Elle me tend la main.

— Bien ! Merci de m'avoir accordé ce moment, Nanny.

Je lui serre la main.

— Merci à vous. Je lirai tout cela ce soir. Je suis sûre que ça me sera très utile.

— Allez, Grove, finis, qu'on passe à autre chose.

Voilà cinq minutes que Grayer déplace son dernier tortellini. Grâce à Jane, la journée a été longue pour lui comme pour moi. La tête posée sur son bras, il contemple horizontalement le reste de son repas.

— Quèsaco ? Pas faim ?

— Non. (Je fais mine de reprendre son assiette.) Non !

Il agrippe le bord, ce qui fait tomber sa fourchette sur la table.

— Tu sais, il suffit de dire : « Nanny, je n'ai pas fini. » Je peux attendre.

Je me rassois.

— Nanny ! (Mme X entre d'un air affairé.) Nanny. (Elle

s'apprête à parler quand elle voit Grayer et son unique tortellini.) Tu as bien mangé, Grayer ?

— Oui, dit-il à son bras.

Mais elle a déjà concentré son attention sur moi.

— Vous pouvez venir une minute ?

Je la suis dans la salle à manger où elle se retourne et stoppe si brutalement que je lui marche accidentellement sur le pied.

— Oh, pardon ! Je ne vous ai pas fait mal ?

Elle grimace.

— Ce n'est rien. Je viens de finir avec Jane et il est primordial que ses parents lui annoncent ensemble la nouvelle de son re-jet. Donc, il faudrait appeler au bureau pour voir quand son père pourra venir. Le numéro est à l'office...

— Madame X ? lance Jane, qui vient de se matérialiser dans le couloir.

— Pas de problème. Je m'en occupe tout de suite.

Je réintègre en vitesse la cuisine. Grayer est toujours en train de décrire des cercles avec sa fourchette, le tortellini en orbite. Je tourne autour de lui pendant un moment, tout en écoutant la conversation qui se poursuit dans le vestibule :

— Oui, je viens d'en parler à Nanny. Je vais voir quand mon mari pourra être là pour ce rendez-vous, dit Mme X, très femme d'affaires.

— Sa présence n'est pas absolument nécessaire, du moment que Grayer est conscient que son principal interlocuteur est là. Vous devriez prendre les devants et lui parler vous-même.

La voix de Jane s'éloigne et je me dirige vers le téléphone.

— Bureau de M. X. Justine à l'appareil...

— Justine ? Bonjour, c'est Nanny.

— Bonjour, comment ça va ? me demande-t-elle sur fond de ronronnement d'imprimante.

— On s'accroche. Et chez vous ?

— Ça turbine (soupir). La fusion nous rendra tous fous. Voilà deux semaines que je ne suis jamais chez moi avant minuit.

— Ma pauvre !

— On espère que M. X touchera une bonne prime et qu'il en fera profiter son entourage.

Compte là-dessus.

— Mme X a aimé les fleurs ?

— Quoi ?

— Les roses — j'ai trouvé que c'était plus qu'il n'en fallait, mais M. X m'a demandé de passer une commande permanente.

— Oui, ça fait assez service commandé.

— Demain, je demanderai un bouquet plus varié. Quelles sont ses fleurs préférées ?

— Elle aime les pivoines, dis-je à mi-voix, Mme X venant d'entrer en coup de vent pour se planter devant moi.

— Où trouver des pivoines en mars ? soupire Justine de nouveau, alors que l'imprimante fait entendre un claquement. Misère, ce truc est encore cassé ? Pardon... ça ne fait rien, je me débrouillerai. C'est tout ?

— Oh, non. Mme X souhaite fixer une réunion de famille au sujet du... (je jette un coup d'œil par-dessus son épaule au pousseur de pâtes) du petit. Quand peut-il venir ?

— Voyons... je pourrais lui caser un rendez-vous... (Je l'entends feuilleter des pages.) Ta-ta-ta... oui, il pourrait être revenu à New York mercredi à 16 heures. Comptez sur lui.

— Super. Merci, Justine.

— À votre service.

Je raccroche.

— Justine a dit qu'il pourra venir mercredi à 16 heures.

— Ah... s'il ne peut vraiment pas avant... on devra s'en contenter.

Elle baisse les yeux pour ajuster son étincelante bague de fiançailles.

— Puisque Jane a dit que sa présence était *indispensable*...

Ben voyons.

— Imagine, le *Wall Street journal* ! Il a quatre ans !

— Mon Dieu, s'exclame mon père, alors que Sophie

fourre son museau entre nos jambes. Tu sais que ta mère voudrait que tu arrêtes ce boulot.

— Je m'en sortirai...

Je fais quelques foulées en avant et Sophie tourne en rond, prête au prochain sprint.

— Et puis, je ne peux pas quitter ce gosse maintenant.

Papa court jusqu'au bas de la colline.

— Sophie ! Viens ! (La chienne paraît troublée.) Par ici !

Elle accomplit un virage à 180 degrés à la hauteur de mes talons et se lance dans sa direction ; une rafale de vent glacée fait voler ses oreilles en arrière. Dès qu'elle l'a rejoint, courant se fourrer sous ses moufles, je la rappelle et elle me revient au galop, puis nous descendons ensemble la pente à toute allure pour le retrouver sur l'allée principale qui borde cette partie de Riverside Park.

— Prête pour ton entretien demain ?

Emportée par son élan, Sophie percute ses tibias.

— J'ai un peu le trac, mais le professeur Clarkson nous a fait répéter en cours. J'aimerais être fixée sur mon sort pour l'an prochain...

Je fais le gros dos pour contrer une autre rafale glaciale.

— Tu vas leur en mettre plein la vue. File !

Je remonte en courant jusqu'à la lisière des arbres, et regarde en arrière au moment où les éclairages publics s'allument, approfondissant les ténèbres environnantes.

Je porte mon regard vers cette lueur jaune en formulant ce vœu :

— Ô fée Électricité, donnez-moi un vrai boulot avec des horaires réguliers et un bureau où les dessous du patron ne seront pas en train de sécher dans les toilettes. Un jour, je serai en mesure d'aider plus qu'un seul enfant à la fois — des enfants qui ne m'arriveront pas déjà pourvus de leurs propres consultants. Amen.

La rame émerge au-dessus des rues du Bronx, soudain inondée de soleil. Je ressens une pointe d'allégresse, comme chaque fois que le métro me soulève au-dessus de la terre ferme, survolant la cité sur ses rails filiformes comme un wagonnet de parc d'attractions.

Tirant mon cours type de mon sac à dos, je le contemple fixement pour la énième fois. Me joindre à une équipe pédagogique travaillant à la « résolution de conflits » pour les écoles publiques est exactement le genre de poste pour lequel j'ai été formée. En outre, ça me plairait de travailler avec des adolescents, pour changer.

La rame s'arrête à une station et je sors dans le froid, au soleil. Je prends l'escalier pour retrouver la rue et découvre que je ne suis pas à quatre, mais à quatorze blocs de mon rendez-vous. J'ai dû mal comprendre la femme au téléphone. Un coup d'œil à ma montre, et je presse le pas. J'étais trop énervée ce matin pour prendre mon petit déjeuner, mais ces quatre-vingt dix minutes de trajet ont réveillé mon appétit. Je trottine le long des rues, sachant que je devrais me sustenter, si je ne veux pas m'évanouir en plein exposé.

Complètement hors d'haleine, je me rue dans un kiosque à journaux, rafle un sachet de cacahuètes et le fourre dans mon sac. Tout près de là, je sonne à un interphone, à côté d'un morceau de papier scotché et colorié où l'on peut lire : « VIOLENCE : NON, MERCI ! »

Une voix crache des mots brouillés par les parasites et la porte s'ouvre avec un déclic. Me voici dans une cage d'escalier, jadis peinte en vert et tapissée de posters qui représentent des enfants dans des cours de récréation, regardant gravement l'appareil photo. Je les examine en montant : d'après les coiffures et les pattes d'éléphant, il s'agit d'affiches promotionnelles datant du début des années 70, époque de la création de cette association. Je sonne encore en haut des marches, accueillie par des aboiements sonores, puis une grosse main entrouvre la porte.

— Flocon de neige, reste là ! RESTE LÀ !

— Je viens pour l'entretien..., dis-je, cherchant une autre porte, croyant avoir par erreur dérangé un locataire.

Un pâle visage féminin s'inscrit dans l'entrebâillement.

— Ouais... C'est bien là, entrez. Faites gaffe à Flocon de neige, il est un peu fugueur.

Je me faufile par l'étroite ouverture pour me retrouver pratiquement nez à nez avec un énorme chien de berger noir que retient une femme tout aussi énorme, en salopette, dont les cheveux longs grisonnants lui arrivent à la taille. Je souris et me penche pour caresser le chien, qui cherche à forcer le barrage de ses jambes écartées.

— NON !

Je sursaute.

— C'est qu'on n'est pas très sociable, hein, Flocon de neige ?

Elle le flatte avec brusquerie sur la tête, tenant de l'autre main une liasse de chemises en carton. M'ayant dûment prévenue, elle laisse Flocon de neige m'examiner tandis que je reste parfaitement immobile.

— Reena, directrice de cet établissement. Vous êtes ?

Elle me fixe d'un regard perçant. J'essaie de lire en elle, de décrypter ce qu'elle voudrait que je sois.

— Nan. Si je ne me trompe, j'avais rendez-vous avec Richard.

Je lui tends une main solide et franche, pas trop chaleureuse.

— Nan ? Je croyais que c'était Naminia. Zut ! RICHARD ! hurle t elle à mes oreilles, et je manque baisser la tête.

Elle retourne à ses dossiers.

— Il arrive. RICHARD ! crie-t-elle de nouveau, cette fois à son meuble de rangement.

— Bon ! Je vais m'asseoir.

J'essaie de montrer que je suis capable de me prendre en charge, puisqu'il semble que l'autonomie soit une qualité appréciée ici. Mais les deux sièges destinés à la salle d'attente minuscule croulent sous des cartons qui débordent de brochures jaunies. Je choisis de rester debout contre le mur, à distance de Reena, ce qui me semble également une idée judicieuse.

Au fond, une porte s'ouvre brutalement et surgit un homme au teint blafard, qui paraît apparenté à Reena et doit être Richard. Il me jette un coup d'œil à travers ses lunettes, soufflant comme un phoque dans son effort pour les contourner, elle et le chien, et m'accueillir. Il sue d'abondance et un vieux mégot est coincé derrière son oreille.

— Naminia !

— Nan, bougonne Reena par-dessus un dossier.

— Oh, Nan... Je suis Richard, le directeur artistique. Je vois que vous avez déjà fait la connaissance de Reena et de Flocon de neige. Bon, si on allait droit au but ? On va s'installer dans la salle des émotions, histoire de vous cuisiner...

Il me serre la main et échange des regards avec Reena.

Je le suis dans la salle en question, qui a grosso modo les mêmes proportions que le bureau, mais sans aucun pupitre.

— Asseyez-vous, Nan.

Je m'exécute, prête à déballer ma merveilleuse histoire. Prête à lui en mettre plein la vue.

— Bon, je vais vous parler de moi..., dit-il.

S'adossant à sa chaise pliante en plastique, il se lance dans le récit de sa longue carrière dans le social, évoque sa rencontre avec Reena à une manifestation étudiante, l'époque où ils sillonnaient la planète pour collecter des méthodologies concernant la résolution des conflits, ainsi que les « milliers » d'enfants dont il s'est personnellement occupé avec l'idée un peu utopiste de « changer le monde ». Il s'étend également sur sa propre enfance négligée, son fils « illégitime » qui ne l'appelle plus, et sa récente tentative pour arrêter de fumer. Je m'accroche au fil de son discours, un sourire épanoui aux lèvres, et de plus en plus obnubilée par le sachet de cacahuètes qui est dans mon sac.

Au bout d'une heure, il dit enfin :

— Je vois que votre mémoire s'intitule « Sexe et domination ». C'est quoi, exactement ?

Son regard balaie le curriculum vitae que je lui avais faxé, plissant les yeux sur les caractères brouillés. Je suis son regard jusqu'en haut de la page pour découvrir que je suis « Naminia, entre la 4e East 90 et Machin-Chose Rue ». Aah, Naminia.

— Eh bien, je termine actuellement une licence en psychopédagogie et j'avais souhaité compléter...

— Ah, alors vous n'êtes pas une sale féministe ?

Il éclate d'un rire franc, tire un Kleenex et s'éponge le front.

J'essaie vaguement de l'imiter.

— Comme je disais à l'instant, mon directeur de mémoire étant le professeur Clarkson, j'ai suivi un stage l'an dernier dans une garderie à Brooklyn...

— Bien. On va vous mettre sur la sellette ! J'appelle Reena et la séance va commencer. (Il se lève.) REEENA !

S'ensuivent des aboiements sonores dans l'autre pièce.

Je sors ma préparation tandis que le chien fait irruption, puis sa maîtresse. Je vais au fond de la salle pour écrire sur le tableau escamotable.

Je prends ma respiration.

— J'ai préparé un cours sur la pression du groupe à destination de jeunes de quatorze ans. Comme vous pouvez le voir, j'ai noté là les termes clés. Je commencerai par demander au groupe de collaborer pour construire...

— Maîtresse ! Maîtresse !

Au fond, Richard gesticule.

— Pardon, vous n'étiez pas prêt, peut-être ? dis-je, un peu déconcertée.

Il fait une boulette de papier et la jette à Reena, qui affecte de pleurer.

— Maîtresse ! Reena m'a traité !

Reena continue à pleurnicher, provoquant l'affolement du chien qui se met à tourner autour d'elle en jappant.

Je me racle la gorge.

— Vous m'aviez demandé de préparer un cours pour des adolescents, mais je peux m'adapter à une autre classe d'âge...

Je jette un coup d'œil à mes notes, tentant de rectifier en catastrophe le tir. Quand je me retourne, je fais face à deux énormes adultes et un énorme chien, qui se cachent derrière des chaises en se balançant des boulettes.

— Euh... s'il vous plaît ? S'il vous plaît ? ON SE CALME, LES

GOSSES ! dis-je d'une voix forte, laissant libre cours à mon exaspération.

Ils reportent sur moi leur attention. Reena se lève, sortant de son personnage.

— Qu'est-ce que vous ressentez en ce moment même, Nan ?

— Quoi ?

Richard produit son calepin.

— Quels sont vos sentiments à notre égard ? Viscéralement ?

Regards attentifs.

— Eh bien, j'ai peut-être mal compris vos instructions...

— Enfin, merde. Vous n'avez pas d'émotions négatives ? Vous n'êtes pas fâchée ? Ce n'est pas de l'amour que l'on ressent, ici. Je veux l'entendre de votre bouche. Comment vous entendez-vous avec votre mère ?

— Franchement, Reena, je ne vois pas le rapport avec...

Elle place ses mains sur ses larges hanches et Flocon de neige lui tourne autour.

— Ici, c'est comme une famille. Dans cette salle, il n'y a plus de barrière. Il faut venir ici avec confiance et amour et se lâcher... C'est ça le truc, Nan. Nous n'avons pas l'intention d'embaucher de Blanches pour le moment.

Elle a l'air si sûre d'elle que j'ai envie de lui demander s'il y a de l'espoir pour une sale féministe blanche. Ou pourquoi une personne de couleur serait plus disposée à parler de ses problèmes freudiens à de parfaits inconnus. Des inconnus de race blanche, par-dessus le marché.

Richard se lève, baigné de sueur et pris d'une toux de fumeur.

— On reçoit trop de demandes émanant de jeunes Blanches. Vous ne parlez pas coréen ?

Je fais non de la tête, sans voix.

— Ici, nous nous efforçons de représenter toute la diversité humaine, de former une communauté idéale. FLOCON DE NEIGE, AU PIED !

Le chien s'éloigne mollement de mon sac qu'il était en

train de renifler. La tête basse, il me croise en mâchant le reste de mes cacahuètes.

Je regarde leurs figures, si blanches contre les arcs-en-ciel lumineux qui sont peints sur le mur lépreux.

— Eh bien, il me reste à vous remercier pour votre accueil. C'était très instructif...

Je rassemble rapidement mes affaires. On me raccompagne.

— Bientôt, nous allons collecter des fonds dans les beaux quartiers. Ça vous intéresse ?

Je me vois présenter Reena à Mme X au Met, histoire qu'elle lui demande d'exprimer ses émotions négatives.

— Je cherche plutôt une expérience de terrain pour le moment. Merci quand même.

En sortant, je vais directement me taper une grande frite-coca au Burger King. Casée dans un siège rouge, je pousse un gros soupir, comparant Reena et Richard à Jane et à Mme X. Quelque part, il doit bien se trouver des gens qui pensent qu'il existe un moyen terme entre *exiger* des enfants qu'ils « ressentent leurs émotions négatives » et les programmer de telle sorte qu'on puisse oublier qu'ils en ont. Je bois une longue gorgée. De toute évidence, je ne suis pas sur le point de les dénicher.

— Tu vois, si j'ai deux jellybeans et toi un seul, ça fait trois jellybeans !

Je présente les bonbons à l'appui de ma démonstration.

— J'aime bien les blancs et ceux au goût de banane. Comment ils font ça, Nanny ? Comment ils font le goût de banane ?

Grayer aligne les friandises comme des rails de chemin de fer sur la moquette de sa chambre.

— Je ne sais pas. Peut-être qu'on écrase de la banane, et de la gelée, et qu'on les fait cuire dans un moule en forme de haricot ?

— Ouais ! En forme de haricot !

Pour les maths, on repassera.

— Nanny, essaie celui-là !

Hier, un beau bouquet de pivoines est arrivé avec une boîte de jellybeans aussi haute que Grayer.

— Et les verts ? Comment on fait les verts...

La porte d'entrée claque. Seulement trois heures de retard, pas si mal.

— PAPA !

Il se sauve aussitôt et je le suis dans le couloir.

— Salut, vieux ? Où est ta mère ?

Il tapote la tête de son fils tout en desserrant sa cravate.

— Ici ! dit-elle, et tout le monde se retourne.

Elle porte une jupe droite bleu pastel, des talons aiguilles, un chandail en cachemire col en V, de l'ombre à paupières, du mascara et du fard à joues. Va-va-voum ! Si mon mari débarquait à la maison après trois semaines d'absence, moi aussi je me ferais belle. Elle a un sourire tremblant malgré son rose aux lèvres.

— Allons-y, dit-il.

C'est à peine s'il lui accorde un regard avant de gagner le living où Jane a laissé ses graphiques et diagrammes. Grayer et sa mère trottinent à sa suite, m'abandonnant dans le vestibule. Je m'assois sur la banquette, reprenant mon rôle de dame d'honneur.

— Chéri, lance Mme X avec un peu trop d'entrain, veux-tu que Connie te serve un verre ? Un café ? CONNIE !

Je fais un bond et Connie accourt de sa cuisine, les mains encore mouillées.

— Qu'est-ce qui te prend de crier ? Non. Je viens de manger, dit M. X.

Connie s'arrête pile sur le seuil. Nous échangeons un regard et je lui fais de la place.

— Oh ! Oh, très bien. Bon, voilà, Grayer, maman et papa voudraient te parler de l'école que tu vas fréquenter l'an prochain.

— Je vais à Collegiate, lui rappelle Grayer, serviable.

— Non, mon chou. Maman et papa ont décidé que tu irais à Saint-Bernard.

— Ah ? (Flottement.) On peut jouer aux trains, maintenant ? Papa, j'ai un nouveau train, il est rouge.

— Donc, chéri, tu ne pourras plus porter le sweat bleu dorénavant, c'est compris ?

Connie prend le ciel à témoin.

— Pourquoi ?

— Parce qu'il porte le nom de Collegiate et que tu vas à Saint-Bernard..., dit M. X, exaspéré.

— Mais il me plaît !

— Oui, mon chou. On va te donner un sweat Saint-Bernard.

— J'aime bien le bleu !

Je me penche pour chuchoter à ma voisine :

— Pour l'amour du ciel, qu'ils le laissent porter ce truc à l'envers. La belle affaire !

Elle jette les mains en l'air.

Mme X s'éclaircit la voix :

— OK, mon chéri, nous en reparlerons plus tard.

Connie file à la cuisine.

— Papa, viens voir mes trains ! Je vais te montrer le nouveau. Il est rouge et il va drôlement vite !

Grayer passe devant moi à toute vitesse.

— J'ai perdu mon temps. Il s'en fiche royalement, dit M. X.

— D'après Jane, c'était très important..., rétorque-t-elle, sur la défensive.

— Qui c'est, celle-là ? As-tu la moindre idée de ce que c'est qu'être au milieu d'une fusion ? Je n'ai pas de temps pour ce...

— Pardon, mais...

— Faut-il que je m'occupe de tout dans cette maison ? Je ne te demandais qu'une chose : suivre sa scolarité, et maintenant tout est foutu...

— La concurrence a été très dure cette année ! Grayer ne joue pas du violon !

— Quel rapport ?

— Si tu avais passé une heure de ton temps précieux avec nous, il aurait peut-être réussi ses entretiens !

— Mon temps précieux ? *Mon temps précieux ?* Je me défonce quatre-vingts heures par semaine pour que tu puisses parader avec tes perles, tes rideaux à huit mille dollars et tes bonnes œuvres, et tu me demandes à quoi j'emploie mon temps ? ! Qui va payer ses droits d'inscription... ? Toi ?

— Chéri... (elle se radoucit), je sais que tu es sous pression. Écoute, puisque tu es là, pourquoi on ne dînerait pas tranquillement ensemble ? J'ai réservé dans un restaurant que tu adores...

Ses talons sonnent quand elle se rapproche de lui. Elle reprend à voix basse :

— On pourrait réserver une chambre au Pierre, celle avec la baignoire à jacuzzi pour deux..., tu m'as vraiment manqué.

Silence d'une minute, puis j'entends distinctement un bruit de baiser. Leur petit rire est perceptible du couloir.

Je m'apprête à prendre la tangente, quand Mme X roucoule :

— Je joins un chèque de soutien à Saint-Bernard avec le règlement des frais d'inscription, pour partir du bon pied ?

— Du bon pied ? (Il a l'air indigné.) Corrige-moi si je me trompe, mais il n'est pas encore admis...

— Mais si nous avons un autre garçon...

— Écoute, il faut que je retourne au bureau. La voiture m'attend. Je t'appellerai.

M. X passe vivement devant moi, dans son pardessus qu'à aucun moment sans doute il n'avait quitté. La porte claque avec violence.

— Papa ? ATTENDS ! ! ! ! (Grayer arrive en courant avec son train rouge.) PAPA ! ! !

Il se jette contre la porte en hurlant.

Mme X sort lentement dans le couloir et reste là un moment. Son regard furieux, traversant son fils, fusille la porte, puis se ternit, et elle regagne sa chambre.

— PAPA ! ! !

Secoué de sanglots, il se penche tout en se cramponnant à la poignée de porte.

— JE VEUX MON PAPA ! ! !

Je m'assois par terre et lui tends les bras. Il laisse tomber sa tête entre ses bras ballants et se détourne.

— NOOOOOOON ! Je veux mon PAPA ! ! ! (Nous entendons repartir l'ascenseur.) T'EN VA PAS ! ! ! !

— Chut... (Je l'enlace, l'attire sur mes genoux.) Je sais, Grove.

Nous restons par terre, tandis que ses larmes forment une tache sombre sur mon jean au niveau des genoux. Je caresse son dos et murmure :

— C'est permis, Grove. Il n'y a pas de mal à être triste. On va rester ici et être triste un petit moment.

— OK, dit-il, ses lèvres contre mon jean.

— OK.

TROISIÈME PARTIE

PRINTEMPS

8

La cerise sur le gâteau

Pour que ses maîtres soient exactement informés de son opinion en toutes choses, Nounou avait sa méthode. Elle savait qu'il eût été indigne d'un Blanc de prêter la moindre attention à ce que disait un Nègre, même quand il se contentait de bougonner tout seul. Elle savait que pour préserver cette dignité, ils devaient ignorer ce qu'elle disait, même quand elle donnait de la voix dans la pièce à côté.

Autant en emporte le vent

Connie,

Au lieu de repasser les chemises de Grayer aujourd'hui, vous emballerez les affaires suivantes pour M. X :

ses costumes
chemises
cravates
sous-vêtements
chaussettes
et tout ce dont il se sert. Ces affaires devront être

chez le gardien à 15 heures. Veillez à n'utiliser que ses bagages personnels (voir monogramme).

— Nanny, vous n'auriez pas vu le nœud papillon de Grayer ? Je l'ai sorti hier soir...

Mme X doit se rendre avec son fils à une collation offerte aux nouvelles familles de Saint-Bernard dans vingt minutes. Elle fouille dans les tiroirs de sa chambre, tandis que je m'échine à lui enfiler une chemise oxford archi-amidonnée, au col raidi par des baleines, et Connie doit être dans le dressing de M. X à remplir ses bagages monogrammés.

— J'ai besoin d'un éléphant, dit Grayer, désignant le bloc à dessins sur sa petite table.

— Une seconde, je boucle ta ceinture...

— Non, pas celle-ci.

Elle passe la tête hors du dressing.

— C'est celle que vous aviez sortie... sur le lit, pardon.

— Ça ne va pas.

M'agenouillant devant lui, je le regarde de la tête aux pieds — chemise à rayures bleues, pantalon beige, chaussettes blanches, ceinture marron. Je ne vois pas où est le problème, mais je détache la ceinture.

— Voilà ! dit-elle en m'en tendant une autre : en toile rayée vert et rouge.

Je désigne la boucle.

— Tu vois : G pour Grayer.

— G ? dit-il, baissant les yeux. J'ai besoin de ma carte.

Je tends la main vers l'étui de carte de bus sur la table de toilette, qui contient les vestiges de la carte de visite de M. X.

— Non, dit-elle en émergeant du dressing. Pas aujourd'hui, chéri. C'est comme pour les entretiens. Tu te rappelles ? Pas de carte.

— Je veux ma carte !

— Tu peux la garder dans ta poche comme un agent secret, dis-je en la glissant là.

— Je ne trouve toujours pas ce fichu nœud papillon.

— Nanny, mon éléphant !

Je prends un crayon gris et dessine un pâté informe avec de grandes oreilles et une trompe, le summum de mes compétences artistiques. Elle se met à jeter par terre des cravates.

— Je veux ma cravate, dit-il, se référant à celle qui pend jusqu'à terre.

— Non. *Pas aujourd'hui.*

Elle sort comme un ouragan dans le hall d'entrée, d'où j'entends sa voix résonner contre le marbre :

— CONNIE ! *CONNIE !*

— Oui, madame ?

Grayer se tait, je continue à crayonner.

— Je viens de passer une demi-heure à chercher le nœud papillon de Grayer. Sauriez-vous par hasard où il est ?

— Non, madame.

— Est-ce trop vous demander de ne pas égarer ses habits ? Dois-je vraiment m'occuper de tout dans cette maison ? La seule mission que je vous confie...

Elle pousse un gros soupir, et il y a comme un flottement.

— Que faites-vous plantée là ? Allez le chercher !

— Pardon, madame, mais je ne sais pas où c'est, madame. Je l'ai mis dans sa chambre avec les autres...

— Eh bien, il n'y est pas. Et c'est la seconde fois qu'une pièce de sa garde-robe disparaît ce mois-ci. Si vous trouvez que c'est une trop grande responsabilité pour vous, nous pourrons sûrement repenser votre rôle dans cette maison.

— Non, madame. Je vais chercher. Mais les bagages de Monsieur doivent être prêts pour trois heures et il est deux heures et demie. Si Monsieur en a besoin...

— Ignorez-vous pour qui vous travaillez ? *Vous* travaillez pour *moi*. Et *moi*, je vous ordonne de chercher ce nœud papillon. Si ça vous déplaît, faites-le-moi savoir. Car, si j'ai bonne mémoire, c'est moi qui vous paie !

Je me relève, tremblante, et commence à fouiller moi-même dans le placard de Grayer. Il vient se planter auprès de moi, appuyant la tête contre ma hanche. Connie nous rejoint et ouvre en grand la penderie.

— Connie, je vais chercher ici. Allez voir dans la buanderie.

Comme elle repasse par l'entrée, Mme X continue à pérorer :

— Nous pourrions appeler M. X et voir ce qu'il juge le plus important : que ses foutues affaires soient emballées ou que son fils ait le bon nœud papillon pour se rendre à sa foutue école ! Peut-être qu'il vous parlera, à vous. Peut-être qu'il prendra votre appel, Connie.

— Pardon, madame.

Cinq minutes de fouille exhaustive et haletante ne donnent aucun résultat.

— Rien ?

Le visage de Mme X apparaît là où elle a soulevé le couvre-lit.

— Non, désolée, dis-je, de dessous le lit de Grayer.

— Incroyable ! Grayer, viens, on va être en retard. Mettez-lui celui à pois verts.

Je reviens en rampant à plat ventre.

— Je veux la cravate de mon papa !

Il essaie d'atteindre la patère où est pendue la cravate paternelle.

— Non, Grayer. Plus tard.

J'écarte doucement sa main, tâche de l'inciter à partir.

— Non, je la veux maintenant !

Il fond en larmes, ses joues se marbrent de rouge.

— Ch-chut, Grove !

Je baise sa joue mouillée et il se tient tranquille, tandis que ses larmes coulent sous son col amidonné. Je redresse le nœud et fais mine de le prendre dans mes bras, mais il me repousse.

— Non !

Et il s'enfuit en courant.

— Nanny ? lance Mme X d'une voix aiguë.

— Oui ?

Je vais dans le couloir.

— Nous serons de retour à 4 heures, à temps pour le patin à glace. Connie ?

Elle secoue la tête au moment où cette dernière surgit de la buanderie, comme si elle était trop dégoûtée et déçue pour parler.

— Je ne sais pas quoi dire. Il me semble que ces problèmes se reproduisent régulièrement ces temps-ci, et j'aimerais que vous réfléchissiez sérieusement à votre investissement dans ce travail...

Son portable émet un son strident.

— Allô ? (Elle me fait signe de l'aider à enfiler son vison.) Oh, c'est vous, Justine... Oui, ils seront bien en bas à 15 heures... Oui, vous pouvez lui dire que les bagages sont prêts... (Elle s'écarte de nous, s'éloigne dans le hall d'entrée.) À propos, pourriez-vous me donner ses coordonnées au Yale Club ?... Au cas où il arriverait quelque chose au petit et où j'aurais besoin de le joindre... Mais enfin, pourquoi devrais-je vous prévenir, *vous* ? (Elle prend une profonde inspiration.) Ah, je suis heureuse de constater que vous trouvez cela absurde... Franchement, je me moque de vos excuses. Ce que je veux, c'est le numéro de mon mari... Je refuse de discuter de cela avec vous.

Elle referme l'appareil avec tant de force qu'il tombe sur le marbre. Connie et elle se précipitent pour le ramasser au moment où la porte de l'ascenseur s'ouvre, mais Mme X est la plus rapide. D'une main tremblante, elle le fourre dans son sac. De l'autre, elle touche le sol pour ne pas tomber, ses yeux d'un bleu glacial à la hauteur des yeux bruns de Connie.

— Il semble que nous ayons un problème de communication, Connie, lâche-t-elle d'une voix venimeuse entre ses dents serrées. Donc, je vais être bien claire : je *vous* ordonne de ramasser *vos* affaires et de partir de *ma* maison. Je vous ordonne de partir de *ma* maison. C'est ce que *je* veux.

Elle se relève, s'emmitoufle dans son vison et pousse un Grayer stupéfait à l'intérieur de l'ascenseur dont la porte se referme.

Connie se relève en s'appuyant à la table et rentre dans l'appartement.

Il me faut un moment pour me ressaisir avant de fermer lentement la porte.

Je traverse la cuisine et trouve Connie debout dans la pièce des domestiques. Elle me tourne le dos et ses larges épaules tressaillent dans ce petit espace.

— ... Ça va ?

Elle se retourne — sa douleur et son indignation sont si tangibles que je suis frappée de stupeur. Elle s'effondre sur le vieux canapé convertible en tweed et déboutonne le col de sa blouse blanche.

— Douze ans que je travaille ici, dit-elle en hochant la tête. J'étais là avant elle et je croyais y être après elle.

— Vous voulez boire quelque chose ? dis-je en me faufilant entre le divan et la planche à repasser. Un jus de fruit ? Je pourrais essayer d'ouvrir le placard à alcools.

— *Elle* veut que *moi* je m'en aille ? *Elle* veut que *moi* je m'en aille ?

Je m'assois sur le coffre de Mme X.

— Moi, j'ai envie de partir depuis le jour où elle a emménagé ici, dit-elle en faisant la moue et en s'essuyant les yeux avec un T-shirt à moitié repassé. Je vais vous dire une bonne chose — quand ils sont allés à Lyford Cay, je n'ai pas été payée. Je n'étais *jamais* payée quand ils s'en allaient. Ce n'était pas ma faute s'ils étaient en vacances. Moi, je n'ai pas de vacances. J'ai toujours mes trois enfants et des factures à régler. Et cette année — cette année —, elle lui a demandé de me déclarer ! Ils ne m'avaient jamais déclarée ! Où suis-je censée trouver l'argent pour payer tous ces impôts ? J'ai dû emprunter à ma mère...

Elle s'appuie au dossier et ôte son tablier.

— Quand Mme X est partie pour les Bahamas avec son fils l'an dernier, comme je devais aller là-bas voir mes parents, elle m'a fait voyager avec eux. Grayer s'est renversé du jus de fruit au décollage et, comme elle n'avait rien prévu, il est resté à sa place, tout mouillé, en pleurs, et elle s'est contentée de mettre ce machin sur ses yeux pour l'ignorer jusqu'à la fin du voyage. Et je n'ai pas été payée pour cela ! Oh, j'étais folle de rage — c'est pourquoi je ne suis pas nounou. Vous avez entendu parler de Jackie ? Non… ? Jackie s'occupait du petit quand il était bébé, elle est restée avec lui jusqu'à ses deux ans.

— Que lui est-il arrivé ?

— Elle a eu un petit ami. Voilà ce qui lui est arrivé.

Je lui lance un regard perplexe.

— Pendant deux ans, elle n'a fait que travailler. Elle n'était en Amérique que depuis quelques années et elle n'avait pas beaucoup d'amis. Donc, elle vivait pratiquement ici et s'entendait bien avec Mme X. M. X n'étant jamais là et Jackie ne fréquentant personne, elles s'accordaient sur le chapitre des hommes. Puis un jour elle a rencontré quelqu'un — le genre Bob Marley —, ce qui fait qu'elle n'est plus restée le vendredi soir et elle n'aimait pas travailler le week-end quand les X n'allaient pas dans le Connecticut. Mme X s'est mise à se plaindre d'elle. En fait, elle était jalouse. Jackie était rayonnante, vous comprenez. Elle était heureuse et Mme X ne pouvait pas le supporter. Donc, elle l'a virée. Grayer en a eu le cœur brisé. Après, il est devenu intenable.

— Ahhh…

— Vous ne savez pas le pire. Jackie m'a appelée six mois plus tard. Elle n'arrivait pas à retrouver un boulot parce que Mme X ne lui avait pas fourni de références. Sans cela, les gens croyaient qu'elle avait volé… Donc, elle avait deux années en blanc sur son curriculum vitae. Et l'agence n'a plus voulu l'envoyer nulle part.

Elle se lève et s'essuie les mains lentement sur sa jupe.

— Cette femme est le diable en personne. Ils ont eu six baby-sitters en quatre mois avant Caitlin — aucune n'est restée. Et l'une d'elles a été renvoyée parce qu'elle avait donné au gamin une viennoiserie dans le parc. Ne lui donnez rien si vous tenez à votre place ! Quant à M. X — il a des revues porno dans son placard à chaussures… drôlement salées.

Je suis un peu dépassée.

— Connie, je suis désolée.

— Pourquoi ? (Elle lance le T-shirt froissé sur le canapé

et rentre dans la cuisine d'un pas décidé.) Faites plutôt attention à vous.

Elle ouvre l'un des pots à biscuits en faïence de Delft sur le comptoir et en tire une poignée de dentelle noire, qu'elle flanque sur la table.

UNE PETITE CULOTTE !

— Et j'ai trouvé ça sous le lit...

— Carrément dessous ?

Je n'ai pas pu m'empêcher de poser la question.

Elle baisse la tête d'un air entendu.

— Hum-hum. Maintenant, il en ramène une autre ici, qui fait comme chez elle. Il m'a fallu deux jours pour évacuer les relents de son parfum avant le retour de Mme X.

— Il ne faudrait pas la prévenir ? Vous ne croyez pas qu'on devrait la mettre au courant ? dis-je, si soulagée de pouvoir enfin consulter une collègue que la tête me tourne.

— Vous n'avez pas vu ce qui m'est arrivé ? Ce n'est pas mon affaire. Et n'en faites pas votre affaire non plus. Cela ne nous regarde pas. Maintenant, vous feriez mieux de vous occuper des bagages de M. X — je m'en vais.

Elle met les mains dans son dos, détache son tablier et l'abandonne sur le comptoir.

— Qu'est-ce que vous allez devenir ?

— Oh, ma sœur travaille dans le quartier. Elle connaît toujours des gens qui ont besoin d'une gouvernante ou autre. Je trouverai. Je gagnerai moins, si cela est possible, mais je trouverai. J'ai toujours trouvé.

Elle rentre dans la pièce du personnel pour rassembler ses affaires, me laissant contempler le string en soie noire, qui dépare la table de marbre couleur pêche tel un graffiti criard.

Nanny,

Aujourd'hui, vous avez rendez-vous avec Carter après le tennis. Soyez-y à trois heures. Les Milton vivent au 10 Est-67e Rue et je crois que vous resterez le soir. Je dîne au Bolo.

Je n'ai toujours pas retrouvé le nœud papillon de Grayer. L'auriez-vous emporté chez vous ? Veuillez vérifier.

Merci.

Grayer pleure encore quand *enfin* on trouve un taxi. Bien que je ne sois pas autorisée à prendre avec lui des ruelles désertes, ses activités extra-scolaires nous larguent régulièrement dans des quartiers désolés — et sans taxi —, où je pourrais à tout instant être forcée de choisir entre Grayer et ma vie. Je le hisse dans la voiture, jette sa raquette à l'intérieur et monte avec le reste de ses affaires.

— 67 et Madison, s'il vous plaît. Grove, et ta tête ? Ça va mieux ?

— Ça va.

Il se contente de gémir à présent, mais ce sont des gémissements tenaces. Il ne regardait pas où il fallait quand le professeur a mis en marche la machine à renvoyer les balles.

— Et le golf, Grove ? On devrait essayer. Les balles sont plus petites, on prend moins de risques.

Il me lance un regard mouillé.

— Viens là...

Il s'allonge sur la banquette et pose sa tête sur mes genoux. Je passe les doigts dans ses cheveux et joue avec ses oreilles comme ma mère le faisait avec moi. Le mouvement du véhicule l'apaise et bientôt il s'endort. Il doit être crevé. Quel soulagement pour tout le monde s'il avait le droit de faire la sieste...

Je retrousse la manche de mon imperméable pour consulter ma montre. Un quart d'heure de retard — mais quelle importance ?

— Monsieur ? Vous pouvez faire une boucle jusqu'à la 110 et revenir par le West Side puis prendre la transversale 68 ?

— Bien sûr. Comme vous voulez.

Je regarde par la portière le ciel gris et m'emmitoufle dans mon imper au moment où des gouttes de pluie bien rondes touchent le pare-brise, me demandant encore comment les averses d'avril peuvent donner les fleurs de mai.

— Grover, réveille-toi. On est arrivés.

Il est un peu groggy et se frotte les yeux quand je sonne à la porte de la maison de ville, la raquette en bandoulière.

— Oui ? dit une voix anglaise à l'interphone.

— Bonjour ! C'est Nanny et Grayer.

Pas de réponse. Je sonne de nouveau.

— Nous avons rendez-vous avec Carter.

— Ah bon ? Eh bien, montez...

Un bourdonnement sourd se fait entendre et je pousse la lourde porte en verre, tandis que Grayer déboule en tête dans un vestibule de marbre. Après l'escalier d'honneur, au fond de la maison, il y a un solarium dont les baies vitrées révèlent un jardin. Des gouttes de pluie remplissent sans arrêt la fontaine de pierre.

— Hello ? fait une voix d'enfant.

Je cesse de me battre avec la fermeture Éclair du manteau de Grayer pour lever les yeux. Un garçon de son âge, aux cheveux blonds et bouclés, se tient sur le palier, la main enroulée autour de la rampe, le corps tendu à la diagonale.

— Bonjour, c'est moi, Carter.

Je réalise que je ne l'ai jamais vu et Grayer non plus.

— Et moi, Grayer...

— Hello ? (La même voix anglaise tombe du ciel.) Laissez votre barda n'importe où et montez.

Je jette nos vêtements mouillés par terre et flanque le reste à côté.

— Va devant, Grayer !

Il s'élance dans l'escalier. J'entame l'ascension ; au premier, je passe devant un living vénitien côté rue et une salle à manger Arts déco côté jardin. Au second — chambre

Empire et bureau masculin dans le goût africain, avec plein de têtes d'antilopes et une carpette en peau de zèbre —, je m'entends haleter. Je me hisse jusqu'au troisième, qui doit, d'après la grande peinture murale représentant Winnie l'Ourson, être l'étage de Carter.

— Plus haut ! me gueule-t-on en guise d'encouragement.

— Tu y es presque, Nanny ! Grosse paresseuse !

— Merci, Grove !

Je finis de me traîner, en nage, jusqu'au quatrième, qui ouvre sur une vaste pièce familiale attenante à une cuisine.

— Bonjour, je m'appelle Lizzie. La montée est un peu rude, hein ? Un verre d'eau ?

— Merci beaucoup. Je m'appelle Nanny.

Je tends une main, et garde l'autre plaquée sur mon ventre. Elle est peut-être un peu plus âgée que moi, porte une jupe grise en flanelle, un chemisier oxford bleu ciel et un cardigan bleu marine noué autour des épaules. Je reconnais en elle un membre de la communauté des expatriés britanniques de la bonne société, qui voient en ceci une noble profession, requérant formation et références, et s'habillent en conséquence. Les garçons se sont déjà barrés dans un coin où un village Playskool a été installé, pour jouer à un jeu qui ressemble à « Sus aux serfs ».

— Tiens... (Lizzie me tend le verre d'eau.) Je propose de les laisser se défouler pendant une heure, après quoi on pourra les planter devant Le *L-i-v-r-e-d-e-l-a-j-u-n-g-l-e*.

— Parfait !

— Je me demande ce que je ferai quand Carter aura appris ses lettres. Me mettre au langage des signes, peut-être.

Je considère les placards de cuisine rococo, les tomettes disjointes, les pâtisseries au plafond.

— Quelle demeure étonnante ! Tu vis là ?

— J'ai mon pigeonnier au dernier étage.

J'avise l'escalier et comprends que, oui, il y a un autre étage.

— Tu dois être en superforme.

— Essaye de le faire avec un bambin claqué dans les bras.

Je ris.

— Je n'avais jamais rencontré Carter. Quelle école fréquente-t-il ?

— Country Day, dit-elle, reprenant mon verre vide.

— Oh, je me suis occupée avant des petites Gleason — c'était leur école. L'établissement est sympathique.

— Oui — Carter, lâche-le !

Je jette un coup d'œil dans le coin où Grayer vient de se soustraire à une prise fatale.

— Ouahou ! Comment tu fais ça ! Montre-moi ! Montre !

Cette découverte fait pétiller ses yeux.

— Super, dis-je. Maintenant, il va passer son temps à me bondir dessus pour m'étrangler.

— Un bon coup de pied à l'aine et ça les calme aussitôt, dit-elle en m'adressant un clin d'œil.

Où était-elle passée pendant toute cette année ? J'aurais pu m'en faire une copine de récréation.

— Hé, tu veux voir la terrasse ?

— Avec plaisir...

Je la suis sur un balcon de pierre qui surplombe le jardin et l'arrière des immeubles anciens de l'autre côté du bloc. Nous restons sous le store tandis que la pluie éclabousse la pointe de nos souliers.

— C'est splendide, dis-je. (Mon haleine fume dans le froid.) On se croirait au XIXe siècle.

— Cigarette ?

— Tu as le droit de fumer ?

— Mais oui...

— La mère de Carter ne dit rien ?

— Tiens...

Je me sers.

— Tu as cette place depuis combien de temps ? dis-je au moment où elle craque l'allumette.

— Un an. C'est un peu dingue, mais comparé aux autres jobs que j'ai pu avoir... quand on habite sur place... (Elle secoue la tête, soufflant la fumée contre le crachin.) Ils gouvernent ta vie alors que tu vis dans un débarras à côté de la cuisine. Au moins, ici, je suis au large. Tu vois ces fenêtres arrondies ? (Elle les désigne de sa cigarette.) C'est ma chambre, et là, mon salon. Et j'ai un jacuzzi dans ma salle de bains. Ce devait être une chambre d'amis, mais dans les circonstances actuelles...

— Pas mal !

— Enfin, c'est du non-stop...

— Ils sont sympas ?

Elle se met à rire.

— Lui, ça va — il n'est jamais là, ce qui a un peu détraqué sa femme. Voilà pourquoi ils avaient besoin d'une jeune fille au pair...

— Ouh-ouh ! Lizzie ! Vous êtes là ?

Je me fige, tâche de ne pas exhaler, et un filet de fumée s'échappe de mes narines.

— Oui, madame Milton. Nous sommes sur le balcon.

Sans s'affoler, elle écrase sa cigarette sur la balustrade et la jette dans le jardin. Je hausse les épaules et en fais autant.

— Ah, vous étiez dehors ! dit-elle quand nous rentrons dans la cuisine.

Mme Milton, une blonde Matel, est là, en peignoir de soie pêche ; elle renifle et s'essuie délicatement le nez, tandis que les enfants font la ronde autour d'elle.

— Qui est-ce ?

Sa voix a un léger accent traînant du Sud.

— Grayer, dit Lizzie.

— Et moi, c'est Nanny.

Je lui tends la main.

— Oh, Grayer ! Grayer, j'ai vu ta maman chez Swifty. Chaque fois qu'on se retrouve à la gym, on parle de vous mettre en contact. L'autre jour, elle était en train de déjeuner et on s'est dit : il suffit de prendre date, et te voici, Grayer !

Elle le soulève et le suspend en l'air par les pieds — avec des mules à plumes, encore. Grayer semble chercher mon regard, ne sachant de toute évidence comment répondre à ces affectueux épanchements. Elle le repose.

— Lizzie ! Lizzie, ma chère, vous n'avez pas rendez-vous, ce soir ?

— Si, mais...

— Vous ne devriez pas aller vous préparer ?

— Il est 16 heures...

— Taratata ! Allez vous reposer. J'ai envie de passer un moment avec Carter. Du reste, Nanny pourra m'aider. (Elle s'accroupit.) Hé, les enfants, ça vous dirait de faire un gâteau ? On a bien une préparation instantanée quelque part, hein, Lizzie ?

— Toujours.

— Génial !

Son peignoir de soie se gonfle comme une voile quand elle s'approche de la cuisine, révélant de longues jambes bronzées et on ne peut plus dénudées. Je réalise, quand elle se retourne, qu'elle est en tenue d'Ève là-dessous.

— Voyons... œufs... lait.

Elle sort et dispose le tout sur la paillasse.

— Lizzie, où sont les moules ?

— Dans le tiroir sous le four.

Lizzie saisit mon poignet et chuchote :

— Fais attention qu'elle ne se brûle pas.

Sans me laisser le temps de demander s'il s'agit d'une probabilité et pourquoi, elle monte en vitesse dans sa chambre.

— Moi, j'aime le chocolat, dit Grayer.

— Il n'y a que de la vanille, mon ange !

Mme Milton brandit le paquet rouge.

— Moi, la vanille, dit Carter.

— À mon anniversaire, poursuit Grayer, j'ai eu un gâteau. On aurait dit un ballon de foot et il était très très gros !

— Woohoo ! Musique !

Elle presse un bouton de la chaîne Bang & Olufsen au-dessus du comptoir et Donna Summer se met à donner de la voix.

— Viens, poulet. Danse avec maman !

Carter secoue ses bras et remue des genoux. Grayer commence lentement, en branlant du chef, mais quand *On the Radio* éclate, il se dévergonde.

— Super, les garçons !

Elle prend chacun par la main, et le trio se déchaîne sur tous les grands hits de Donna Summer, tandis que je commence tranquillement à casser les œufs et à beurrer le moule. Le gâteau enfourné, comme je me retourne pour chercher un minuteur, j'aperçois Mme Milton en train de tourbillonner près du village Playskool. Vision d'horreur.

— Je vais aux toilettes, dis-je à la cantonade.

J'ouvre toutes les portes depuis l'office, cherchant une salle de bains.

Allumant dans une petite pièce, je découvre quatre mannequins disposés en V, habillés de robes du soir à sequins, avec une banderole en travers. Miss Tucson. Miss Arizona. Miss Sud-Ouest. Miss États du Sud. Il y a des diadèmes et des sceptres, des coupures de presse encadrées et un bâton de majorette, le tout exposé soigneusement dans des vitrines.

J'examine lentement chaque robe, chaque écharpe, puis je m'approche du mur du fond, tapissé de photos encadrées et brillantes représentant Mme Milton en danseuse de Las Vegas — débouché professionnel logique, j'imagine, pour une Miss États du Sud. Il y a des rangées et des rangées de photos d'elle portant divers costumes à sequins et diadèmes, très maquillée et affublée de faux cils. À chaque fois, elle est sur les genoux d'une quelconque personnalité, de Tony Bennett à Rod Stewart. Puis je vois à mi-hauteur, à moitié caché, un instantané : Mme Milton moulée dans une robe blanche et courte, M. Milton, les yeux révulsés, et le prêtre. La légende sur le cadre dit : « La Chapelle de l'Amour, service permanent, 12 août 1996. »

J'éteins et trouve la salle de bains.

À mon retour, Mme Milton est en train de scruter avec désespoir les entrailles du four.

— Vous l'avez fait...

— Oui, madame.
— Vous l'avez fait.
Elle semble avoir du mal à digérer cette information.
— C'est presque cuit, dis-je d'une voix rassurante.
— Oh, chouette alors ! Qui va le décorer ?
Elle sort du frigo six barquettes de crème à glacer les gâteaux de différentes couleurs.
— Carter, viens là !
Les deux gosses se ramènent en se déhanchant. Elle prend du mimosa, des billes d'argent et du vermicelle de sucre dans un placard et commence à faire gicler la crème directement des petits pots que lui tend son fils.
— Ouahou !
Elle ne peut plus s'arrêter de rire, à présent.
— Madame Milton, dis-je en me reculant avec appréhension. Je crois qu'il est temps que nous partions.
— Tina !
— Comment ?
— Appelez-moi Tina ! Vous ne pouvez pas partir, lance-t-elle par-dessus son épaule, en fourrant dans sa bouche un doigt plein de crème.
— JE VEUX PAS RENTRER ! s'écrie Grayer, paniqué, en serrant dans ses poings un bouquet de cuillères en plastique.
— Vous voyez ? Personne n'est obligé de partir... Qui en veut ?
Elle plonge les mains dans deux récipients, sort des poignées de produit qu'elle catapulte, l'une sur Carter, l'autre sur Grayer.
— Bataille !
Elle tend une barquette à chacun et des trucs commencent à voler. J'essaie de me planquer derrière le bloc central de la cuisine, mais Tina m'atteint carrément entre les deux seins. Je n'ai pas participé à une bataille de cette nature depuis l'école primaire, mais je saute sur le pot de rose et lui en balance une bonne poignée — histoire de lui rendre la monnaie de sa pièce côté teinturier —, et me voici hors jeu.
— Ooh-haha !

Ils rient comme des bossus. Les gamins se roulent par terre en se maculant mutuellement les cheveux. Tina attrape des billes d'argent et les répand sur eux comme de la neige.

— Qu'est-ce qui se passe ici ? lance la voix sévère de Lizzie depuis l'étage supérieur.

— Ouh là, ça va barder ! dit la mère. Carter, on va se faire attraper !

Ils se marrent de plus belle. Lizzie entre dans la cuisine, en peignoir éponge et chaussons.

— Oh, mon Dieu !

Elle regarde autour d'elle. Il y a des cochonneries partout, ça dégouline des murs et des plantes à la fenêtre.

— Oh, Lizzie, on ne faisait rien de mal ! Soyez pas si coincée ! Si british !

— Tina ! (Je constate que Lizzie a recours à ma voix de Méchante Fée.) Dans la baignoire !

Tina semble déconfite et se met à pleurer. Elle s'effondre dans son peignoir, révélant un peu trop de son impressionnante plastique.

— Mais je... on... On ne faisait rien de mal. N'en dites rien à John, s'il vous plaît. On s'est bien amusés, hein, les garçons ?

— Je me suis bien amusé, ne soyez pas triste.

Grayer lui effleure la tête, plaquant des bouts de matière rose sur ses cheveux blonds.

Tina regarde Lizzie et s'essuie le nez à sa manche.

— Bon, bon... (Elle s'accroupit devant les garçons.) Maman va prendre un bain, d'accord ?

Elle leur caresse la tête et s'éloigne vers la rampe.

— Reviens bientôt, Grayer. D'accord ? murmure-t-elle tout bas en montant les marches.

— Au revoir, Tina ! s'écrie Grayer.

Et, sur un léger signe d'adieu, elle disparaît. Je m'attends à ce que Carter proteste, mais il ne dit rien. Nous déshabillons les enfants et Lizzie me donne un pyjama appartenant à Carter ainsi qu'une poche en plastique pour les vêtements de Grayer. Nous leur mettons *Le Livre de la jungle* et commençons à nettoyer la cuisine.

— Zut ! dit Lizzie en récurant le sol à quatre pattes. M. Milton rentrera peut-être ce soir et, s'il voit ça, il va la renvoyer à l'asile. C'est terrible pour Carter, la disparition de sa mère pendant des semaines à une époque où son père est tout le temps en voyage. Ça lui fait beaucoup de mal. (Elle tord son éponge.) Il m'a demandé d'accompagner sa femme là-bas, à l'asile, pour que je puisse prévoir le moment où elle recommencera à se camer et intervenir.

— Elle prend quoi ? dis-je, bien qu'ayant déjà ma petite idée.

— Cocaïne. Alcool. Somnifères.

— Ça dure depuis longtemps ?

— Des années ! dit-elle en pressant l'éponge au-dessus du seau. Depuis, je crois, qu'elle est arrivée à New York. Elle est tombée amoureuse de camés très connus, des célébrités. Son mari la laisse toute seule tout le temps, c'est dur pour elle. Mais il n'avait pas fait de contrat prénuptial, alors il attend l'overdose.

Eh bien, cela met sans aucun doute la petite culotte en perspective.

— Je sais que je devrais démissionner, mais la reconduction de mon visa dépend de ce poste. Si je le plaque, je devrai retourner en Angleterre, et je préfère l'Amérique.

J'essore mon éponge, ne sachant que dire.

— Pars, maintenant. Je vais finir.

— Tu es sûre ?

— Mais oui. Demain sera un autre jour.

Les deux enfants répugnent à se séparer, mais, Dieu sait comment, je parviens à passer la porte.

— Au revoir, Carter ! crie-t-il, tandis que je hèle un taxi. Au revoir, Tina !

Comme nous ne sommes qu'à quatre pâtés de maisons de notre destination, cela peut sembler ridicule, mais en plus du reste, je trimballe dans un plastique les vêtements de Grayer et mon imper pour ne pas le tacher avec mon pull.

— Qu'est-ce qui vous est arrivé ? demande James en nous aidant à descendre du véhicule.

— On a fait la bataille avec Tina ! explique Grayer en détalant dans le pyjama Tigre de Carter.

En haut, je fais couler un bain et mets des saucisses de tofu sur le feu, tandis que Grover joue dans sa chambre.

— Hello ? fait une voix inconnue depuis la pièce des domestiques.

— Hello ?

Une femme que je n'avais jamais vue sort de l'ombre, portant la blouse de Connie.

— Je suis Maria, dit-elle avec un accent sud-américain. J'attendais Mme X et j'ai dû m'endormir. Je ne voulais pas partir le premier jour sans la saluer.

— Oh... bonjour, moi c'est Nanny. Je m'occupe de Grayer.

C'est la troisième fois que je me présente aujourd'hui.

— Mme X est sortie dîner en ville et ne rentrera sans doute que très tard. Partez, je lui dirai que vous l'avez attendue.

— Oh, merci.

— Qui t'es, toi ?

Grover barre le passage, en slip.

— Grayer, voici Maria.

Le petit lui tire la langue et repart en courant dans sa chambre.

— *Grayer.*

Je me retourne pour l'excuser.

— Désolée. Ne lui en voulez pas. La journée a été longue.

Je désigne ma propre personne couverte de crème au beurre et trempée avec un demi-sourire.

— Je m'apprêtais à lui donner son bain. Je vous assure que vous pouvez partir. Pas de problème.

— Merci, dit-elle, pliant son manteau par-dessus son bras.

— Je vous en prie. À demain !

Tout sourire, je repars dans l'appartement en allumant les lampes que Connie a essuyées voici deux jours seulement. Grayer continue de danser en petite tenue, devant le miroir du placard.

— Allez, Barychnikov !

Je le flanque dans son bain.

— Qu'est-ce qu'on a rigolé, Nanny ! Tu te rappelles quand elle m'a lancé ce truc sur les fesses !

Il se gondole de rire. Je m'assois sur la lunette des W.-C. tandis qu'il met de la mousse sur le mur, joue avec ses hommes-grenouilles et fredonne du Donna Summer.

— Alors, bientôt fini ? dis-je, quand j'en ai assez d'utiliser son peigne d'enfant pour ratisser la crème sur mon pull.

— Bip-bip ! Toot-toot ! Bip-bip !

Il secoue son derrière dans l'eau.

— Allez, il est tard.

Je lui tends une serviette.

— Qu'est-ce qu'elles font, les filles ?

— Qui ça ?

— Les vilaines filles. Tu sais, Nanny. Les vilaines. (Il bouge des hanches.) Qu'est-ce qu'elles font de vilain ?

— Elles n'écoutent pas leur baby-sitter.

En me croisant en coup de vent pour gagner sa chambre, Mme X n'a pas l'air de remarquer que, alors qu'il tombe une pluie diluvienne, je ne porte qu'un simple T-shirt pour partir, emportant pull et imper dans un plastique. J'attends l'ascenseur, remettant avec précaution mon chandail afin de ne pas geler. J'ai retiré le plus gros du colorant de mes cheveux dans la buanderie, mais il s'en émiette encore entre mes doigts quand l'ascenseur s'ouvre.

— Oh, merde. (Il semble troublé.) Salut !

— Salut ! (Je n'en reviens pas.) Que fais-tu là ?

— Tant pis, dit-il, l'air catastrophé. Moi qui voulais te faire la surprise. J'avais tout combiné. Les fleurs et tout...

— Eh bien, c'est réussi. Et Cancún... ?

J'entre dans la cabine, ébranlée par la vision de mon amoureux en jean maculé de boue et portant un sweat-shirt au nom de mon université.

— C'était pour te donner le change : je voulais aller t'attendre demain en bas de l'immeuble — en costume. On serait allés danser.

Je lève sur lui un regard rayonnant et il me toise.

— On dirait que vous avez déjà fait votre show, toi et le petit.

— Je reviens d'un après-midi en enfer chez une mère raide dingue. Je n'exagère pas, elle a pris trop de trucs, ça lui a bousillé le cerveau. Elle s'était mis en tête de faire la cuisine et...

— Qu'est-ce que tu m'as manqué, dit-il, souriant de toutes ses dents, et la porte de l'ascenseur s'ouvre sur le hall d'entrée.

Il se penche pour ôter délicatement des saletés de mon sourcil et, sans réfléchir, je passe le bras sous le sien pour presser le bouton du onzième étage. La porte se referme avec courtoisie.

Orgie de crème au beurre.

Enveloppée de son drap bleu marine, je me juche sur la table tandis qu'il jette une feuille d'adoucissant à l'intérieur du tambour avec mes vêtements.

— Tu as faim ?

Il se retourne, éclairé par la lueur de la cuisine du voisin.

— Qu'est-ce qu'il y a ?

— En général, ma mère fait des réserves impressionnantes quand elle sait que je vais être tout seul... Tortellini ! dit-il en brandissant un paquet sorti du frigo.

— Pouah, si jamais je revois un seul tortellini...

Je m'approche pour regarder à mon tour.

— Lasagnes ?

— Ooooh, oui, merci !

— Du vin ?

J'acquiesce, saisissant une bouteille de rouge et refermant la porte d'un coup de hanche. Appuyée au frigo, je le regarde sortir des assiettes et dresser la table en caleçon à pois. Retenez-moi !

— Ça se fait réchauffer ? dit-il, baisant mon épaule nue au passage.

— Sans doute. Un coup de main ?

— Non, assieds-toi. (Il me tend un verre de vin.) Ta journée a été longue.

Il sort d'un tiroir des couverts en argent qu'il dispose avec soin.

— Où sont tes parents ?

— Ils ont emmené mon frère en Turquie pour les vacances.

— Et pourquoi tu n'y es pas ? dis-je en prenant une gorgée.

— Parce que je suis ici.

Il sourit.

— Ce n'est pas moi qui m'en plaindrai...

Je remplis un autre verre que je lui tends. Il lève les yeux sur moi, éclairé par la lueur du micro-ondes.

— Tu es superbe...

— Oh, ce vieux truc ? C'est une toge romaine de chez L. L. Bean. (Il rit.) Tu sais que je fais du latin avec Grayer maintenant ! À quel âge as-tu commencé le latin ?

— Humm... quatorze ans ?

Il sort les lasagnes du micro-ondes et revient avec deux fourchettes.

— Eh bien, t'étais drôlement en retard, car lui il a quatre ans. Il porte une cravate à présent, je te l'avais dit ? Pas une cravate d'enfant, une qui traîne jusqu'à terre.

— Que dit sa mère ?

— Elle ne l'a même pas remarqué. Elle est dans tous ses états en ce moment — elle a viré Connie, sans raison apparente, qui était là pourtant avant même la naissance de Grayer.

— Ouais, cet homme rend ses femmes folles.

— Attends — quoi ?

— Quand il trompait la première, elle a passé un savon à James dans le hall d'entrée devant des copropriétaires.

J'en avale de travers.

— Sa première... quoi ?

— Sa première épouse... Charlotte, je crois. (Il me jette un regard incrédule.) Tu n'étais pas au courant ?
— Non, figure-toi. Il a déjà été marié ?
Il faut que je me lève, en emportant mon drap.
— Oui, mais c'était il y a très longtemps. Je croyais que tu étais au courant.
— Comment veux-tu... ? ! Personne ne me dit jamais rien. C'est la meilleure ! Il a d'autres enfants ?
Je commence à faire les cent pas autour de la table.
— Je l'ignore. Ça m'étonnerait.
— Comment était-elle ? Physiquement ? Elle ressemblait à Mme X ?
— Je ne sais pas. Elle était jolie. Blonde...
— Jeune ?
— J'étais petit. Tu sais, pour moi c'était une adulte.
— Ça ne m'aide pas beaucoup. Réfléchis : combien de temps sont-ils restés ensemble ?
— Sept ou huit ans...
— Mais pas d'enfant, hein ?
— À moins qu'ils l'aient conservé à la cave.
Je m'arrête près de l'évier pour caresser cette idée un court instant.
— Pourquoi se sont-ils séparés ?
— Mme X, dit-il en prenant une grosse fourchette de lasagnes.
— Quoi : « Mme X ? »
— Et si on parlait d'autre chose ?
Il cherche à me retenir au passage.
— Non. Quoi : « Mme X ? »
— Il avait une liaison avec elle.
— QUOI ? ? ! !
Je manque en perdre mon drap.
— Tu veux bien t'asseoir et manger un peu ?
Il pointe sa fourchette en direction de la chaise opposée. J'obéis et m'accorde une bonne gorgée de vin.
— D'accord, mais tu vas commencer par le commencement et ne rien me cacher.
— Bon, d'après ma mère, Charlotte X était une grande

collectionneuse d'art. Elle achetait tout à Gagosian, où travaillait ta Mme X. Apparemment, Charlotte a envoyé M. X là-bas pour qu'il approuve sa plus grosse acquisition et... ils se sont envoyés en l'air, dit-il avec un sourire candide.

— Mme X ? ? ! ! !

Mme X s'envoyant en l'air — inimaginable. Point.

— Quelquefois, il l'amenait ici quand sa femme était ailleurs et les portiers ont commencé à jaser. Bientôt, tout le monde a été au courant dans l'immeuble.

Il contemple fixement son verre avant de boire à petites gorgées.

— Je ne peux pas. Je ne peux pas, je ne peux pas, je ne peux pas le croire.

— C'est la vérité pourtant. Je l'ai vu de mes propres yeux d'enfant de douze ans. Elle était vachement sexy.

— Arrête ! dis-je, bafouillant.

— Si, elle avait du rouge à lèvres, une robe moulante, des hauts talons, tout le toutim. Vachement sexy.

— Achève.

— Bon, la légende raconte que Charlotte, ayant trouvé un collant qui ne lui appartenait pas, est descendue à toute pompe au rez-de-chaussée, en le serrant dans son poing, pour passer un sacré savon à James, voulant savoir qui avait occupé l'appartement. Elle est partie quelques semaines plus tard, et ta Mme X a emménagé.

Je repose mon verre.

— Comment as-tu pu me cacher ça ? dis-je, soudain un peu refroidie sous mon drap à mesure que le degré élevé d'émotion du neuvième étage me rattrape.

— Tu étais si tendue...

Il repose sa fourchette.

Je me repousse brutalement de la table et m'approche du sèche-linge.

— Donc, si je ne sais pas quelque chose, ça ne m'affecte pas... (Je sors mes vêtements mouillés.) Bel échantillon de logique masculine. Désolée, je t'ai donc tellement emmerdé avec mes petites histoires ?

— Nan, je t'ai demandé pardon.

Il se lève.

— Non, tu ne l'as pas fait. Tu ne l'as pas fait.

Des larmes tièdes me montent aux yeux, tandis que je tente maladroitement d'enfiler mon pull trempé sans me dévoiler.

Il contourne la table et prend doucement le chandail.

— Nan, je te demande pardon. J'ai appris ma leçon : tout dire à Nan.

D'un bras, il enlace ma taille nue.

— C'est juste que... tu es la seule personne dans mon camp et découvrir que tu m'as caché quelque chose...

— Hé, murmure-t-il en m'attirant contre lui, je suis ton plus grand supporter.

J'écrase mon visage contre sa clavicule.

— Excuse-moi, je suis tellement claquée. Je me rends compte que je suis trop accaparée par ce job. Je ne veux pas savoir s'il a eu une première femme. Je ne veux pas passer la nuit à parler d'eux.

Il m'embrasse sur le front.

— Un peu de musique ? (J'acquiesce et il s'éloigne vers la chaîne hi-fi.) Pas Donna Summer, j'imagine ?

Je ris, disposée à retourner au onzième étage. Je m'approche de lui par-derrière et l'enveloppe dans mon drap.

J'avale une nouvelle gorgée de ma troisième tasse de café et m'efforce de rester éveillée en attendant que le dîner de Grayer finisse de cuire à la vapeur. Malgré un réveil agréable, la journée a été longue après deux heures seulement de sommeil. Je retrousse les manches du pull ras du cou délavé que mon amoureux m'a prêté ce matin afin que je ne me présente pas à mon travail dans la même tenue que la veille. Même si ces gens ne s'apercevraient de rien si je venais avec un nez de clown et les seins à l'air.

Pendant que je fais glisser le chou frisé dans son assiette, Grayer glisse lui aussi de son perchoir.

— Où allez-vous, mon petit monsieur ? dis-je en gobant une carotte à la vapeur.

Il s'approche du réfrigérateur et se retourne pour me réprimander :

— Je t'ai déjà dit de ne pas m'appeler comme ça ! Ne m'appelle plus « mon petit monsieur » ! Je veux du jus de fruit. Ouvre le frigo, dit-il, les mains sur les hanches et la cravate pendouillant par-dessus son pyjama.

— S'il te plaît.

— S'il te plaît ! Ouvre ! J'ai soif.

Sa lassitude, après sa série de travaux pratiques de l'après-midi, commence à se faire sentir.

J'ouvre le frigo et prends le lait.

— Tu sais que le jus de fruit t'est interdit le soir. Lait de soja ou eau, choisis !

— Lait de soja, dit-il, levant les deux bras.

— Je vais te servir, Grove. Va donc t'asseoir !

Je retourne à la table avec l'Edensoy.

— NON ! À moi ! À moi ! Le rapporte pas, Nanny. Laisse-moi...

Il est si à cran quand vient la fin de ma journée que ces derniers moments sont les plus éprouvants.

— Hé, du calme. Viens là, on va le verser à deux, dis-je avec entrain.

Il se ramène et se tient debout devant la table, la tête à hauteur de la tasse. Sa mère n'aime pas que je le laisse verser quelque chose. Non que je sois très fan de cette méthode moi-même, car cela peut prendre un temps infini avec ce résultat que je me retrouve presque toujours à quatre pattes et l'éponge en main. Cependant, vu son humeur, je préfère céder plutôt que de déclencher une crise de nerfs quinze minutes avant mon départ pour mon cours de 20 heures. Il lève les mains, les plaçant sur le carton sous les miennes, et nous versons ensemble le lait de soja sans trop de gaspillage.

— Bien joué ! vous pouvez retourner vous asseoir, mon petit m... Grover. Remonte à ta place et finis de manger.

Il grimpe sur son siège et pique sans enthousiasme les légumes flasques, oubliant complètement le verre de lait. Je consulte ma montre et décide que faire la vaisselle sera la façon la plus productive de conclure mon service, puisqu'il n'a pas l'air d'humeur à bavarder.

Je place la dernière casserole sur l'égouttoir et me retourne juste à temps pour le voir soulever le verre et en renverser délibérément le contenu par terre.

— *Grayer !* (J'accours avec l'éponge.) Grayer, pourquoi tu as fait ça ?

À quatre pattes, je lève les yeux vers lui.

Penaud, il se mordille la lèvre inférieure, un peu choqué lui-même, manifestement. Il se détourne de moi. Je m'accroupis près de lui.

— Grayer, je t'ai posé une question. Pourquoi tu as renversé ton lait ?

— J'en voulais pas. Cette idiote de Maria nettoiera.

Sa tête bascule en arrière et il contemple le plafond.

— Me parle plus !

Le lait de soja a transpercé les mailles de mon pull et me mouille les poignets. Un grand découragement s'abat sur moi.

— Grayer, ce n'est pas bien. C'est du gaspillage. Tu vas descendre et venir m'aider.

Je repousse son siège et il me donne un coup de pied, ratant de peu ma figure. Je m'efface de justesse, me relève et me retourne pour compter jusqu'à dix. Je consulte ma montre afin de prévoir une parade avant de faire une chose que je pourrais regretter ensuite. Doux Jésus, elle a quinze minutes de retard. Mon cours commence dans quarante-cinq minutes.

Je pivote sur mes talons pour réagir avec fermeté :

— Soit ! Reste où tu es. Je vais nettoyer et après tu iras te coucher. Tu ne respectes plus les règles et cela m'indique que tu es très fatigué. Trop fatigué pour écouter des histoires.

— J'AI PAS FAIM !

Il fond en larmes, s'affalant complètement. J'essuie par terre en m'efforçant de ne pas tacher mon pull et presse l'éponge au-dessus de son assiette.

À l'heure où j'ai garni le lave-vaisselle, Grayer est épuisé et tout prêt à oublier cet accident. Je place sa cravate par-dessus son épaule et le porte dans sa chambre, non sans constater qu'il ne me reste plus que vingt minutes pour arriver à Washington Square et assister au cours du professeur Clarkson, et je n'ai même pas reçu un coup de fil de sa mère. Je guette le bourdonnement de l'ascenseur, prête à m'y engouffrer dès qu'elle aura passé la porte.

Je le mets en costume d'Adam.

— Bon, va dans la salle de bains faire pipi, s'il te plaît, qu'on puisse te mettre ta couche.

Il y court et je fais les cent pas. J'ai seulement demandé à quitter avant 20 heures le jeudi, nom d'une pipe. Croyez-vous qu'elle s'arrangerait pour rentrer un soir sur cinq ?

La porte de la salle de bains s'ouvre, et Grove se dresse sur le seuil, théâtralement, bras au-dessus de la tête, la cravate pendouillant par-dessus ses parties. Il se précipite vers son lit et s'empare de son haut de pyjama.

— Si je mets la couche, on pourra lire un livre ? Un seul !

Il gigote pour enfiler la veste à rayures par la tête et mon cœur fond.

Je m'assois sur l'édredon pour l'aider, le tourne face à moi entre mes genoux.

— Grayer, pourquoi tu as renversé ce lait ? dis-je doucement.

— J'en avais envie, répond-il, les mains sur mes genoux.

— Grove, ça me blesse, parce que c'est moi qui dois nettoyer. Ce n'est pas bien d'être méchant avec les autres, en particulier avec Maria. Cela me rend très triste quand tu la traites d'idiote parce que c'est mon amie et qu'elle est très gentille avec toi.

Je me penche pour l'entourer de mes bras et il met les doigts dans mes cheveux.

— Nanny, dors ici par terre, d'accord ? Dors ici, et demain on jouera aux trains.

— C'est impossible, Grove. Il faut que je rentre chez moi pour donner à manger à George. Tu ne voudrais pas qu'il soit privé de dîner… ? Maintenant, va choisir un livre et on le lira. Un seul.

Il se dirige vers sa bibliothèque. Dieu merci, j'entends s'ouvrir la porte d'entrée et Grove se rue dans le couloir. Cinq minutes ! J'ai cinq minutes pour me rendre au cours ! Je lui emboîte le pas et nous rattrapons Mme X, en trench-coat Burberry, sur le point d'entrer dans son bureau. Il est clair, à en juger par ses épaules voûtées et son pas rapide, qu'elle n'avait pas l'intention d'aller voir son fils.

— Maman !

Grayer l'enlace par-derrière.

— J'ai cours, dis-je. Je me sauve. Heu… c'est à 20 heures le jeudi…

Elle se retourne vers moi dans sa tentative pour me renvoyer Grayer.

— Vous devriez y arriver en prenant un taxi, dit-elle d'un air égaré.

— Oui. C'est que… il est 20 heures, maintenant, alors… Je vais mettre mes chaussures. Bonne nuit, Grayer.

Je file dans le couloir m'habiller, en espérant que l'ascenseur n'est pas déjà reparti.

Je l'entends soupirer.

— Maman est très fatiguée, Grayer. Va te coucher. Je te lirai un passage de ton Shakespeare et puis on éteindra.

Dans la rue, je croise le concierge en courant et hèle comme une possédée un taxi, en espérant, au moins, arriver à temps pour le résumé final. Je baisse la vitre entièrement, me promettant de clarifier la question des horaires avant jeudi prochain et sachant que je n'en ferai sans doute rien.

Quelques jours plus tard, je trouve dans ma boîte aux lettres, en sus de la montagne habituelle de catalogues de vente par correspondance, deux enveloppes qui retiennent mon attention. Je reconnais d'abord le papier beige crème de Mme X, réservé à ses activités de dame patronnesse.

30 avril

Chère Nanny,

j'aimerais vous faire part d'une question qui nous préoccupe, le père de Grayer et moi. Il s'avère qu'après votre départ si précipité hier, il y avait une mare d'urine à côté de la petite poubelle qui se trouve dans la salle de bains de Grayer.

Je n'ignore pas que vous avez vos obligations universitaires, mais je suis franchement alarmée par votre négligence en ce domaine. Conformément à notre accord, durant les heures où vous travaillez chez nous, nous sommes en droit d'attendre de vous une constante et parfaite attention. Une telle incurie me donne à m'interroger sur la pertinence de votre prestation.

Je vous prie de revoir les règles suivantes :

1. Grayer doit mettre une couche pour dormir,
2. Grayer ne doit pas boire de jus de fruit après 17 heures,
3. Vous devez le superviser en permanence,
4. Vous devez être familiarisée avec les produits détachants et les utiliser à bon escient.

J'espère que vous réfléchirez à la qualité de votre travail et veuillez noter que si un incident de cette nature devait se reproduire, je ne pourrais pas vous régler cette heure. J'aimerais ne pas avoir à revenir là-dessus.

J'espère que vous vous êtes bien amusés tous les deux chez Alex ! Merci d'aller chercher mon manteau chez la retoucheuse. Il devrait être prêt après deux heures.

Sincèrement,

Mme X.

Bon.

La seconde enveloppe est doublée intérieurement de rouge tomate. Je sors une liasse de billets de cent dollars maintenus par une pince en argent gravée d'un X.

Chère Nanny,

Je serai revenue de Chicago la troisième semaine de juin.

Pourriez-vous veiller à ce que l'appartement soit approvisionné en ceci :

Lillet — 6 bouteilles.
foie gras — 6.
truffes Teuscher au champagne — une boîte.
steaks — 2.
glace au chocolat Godiva — deux fois un demi-litre.
huîtres — quatre douzaines.
homards — 2.
eau de lavande pour la maison.

Gardez la monnaie.

Merci,

Ms C.

Qu'est-ce qu'elles ont toutes avec l'eau de lavande ?

9

Oh... mon... Dieu

> Ils considéraient leur nourrice quarteronne comme un embarras, tout juste bonne à boutonner les ceintures et les culottes, à brosser les cheveux et à faire la raie ; puisque les cheveux brossés et séparés par une raie semblaient une loi de la société.
>
> *L'Éveil*

Sarah entrouvre sa porte autant que l'autorise la longueur de la chaîne, montrant un pyjama de pilou gris et un crayon qui retient son chignon blond.

— Bon, j'ai dit une demi-heure — pas plus ! Je suis rentrée pour bosser mon examen de chimie organique, pas pour trier le linge sale des X.

— Pourquoi te crapahuter jusqu'à New York pour étudier ? demande Josh, tandis qu'elle décroche la chaîne et nous fait pénétrer dans le vestibule de la famille Englund.

— Tu connais Jill, la fille qui partage ma chambre ?

— Je ne crois pas, dit Josh en ôtant sa veste.

— Oh, tu ne rates rien. Elle suit des cours de théâtre et son « examen » consiste à interpréter cinq minutes de sa vie devant les responsables de l'UER — jetez vos trucs sur le banc — total, elle se dresse sans arrêt dans notre chambre en criant : « Zut ! » avant de se rasseoir. Enfin, c'est si difficile de lire un magazine pendant cinq minutes ? (Elle roule les yeux.) Vous voulez boire quelque chose ?

Nous la suivons dans la cuisine, qui a conservé le papier peint à marguerites du temps où nous allions au jardin d'enfants.

— Sing Sling.

J'ai demandé sa spécialité.

— Tout de suite ! dit-elle en tendant le bras pour dénicher en hauteur un shaker et du sour mix. Installez-vous.

D'un geste, elle désigne la longue table verte près de la fenêtre.

— Ce serait plus cool si la table était ronde, proteste Josh. On serait comme les chevaliers de la Table Ronde, adorateurs de la Culotte.

— Josh, dis-je, le problème, ce n'est pas la culotte, c'est la lettre...

— Nous avons une table basse qui est ronde au salon, suggère Sarah.

— À la bonne heure ! On va pouvoir faire ça dans les règles..., lance Josh.

— Nan, tu connais le chemin, dit Sarah en me tendant un sachet de petites choses à grignoter.

J'emmène Josh au salon et me pose sur le tapis persan où trône la table basse. Sarah nous suit avec un plateau de Singapore Slings.

— Et maintenant, dit-elle en le glissant avec précaution sur la table, l'heure tourne — parle !

— Voyons les preuves matérielles, dit Josh, qui prend une gorgée.

Je plonge la main dans mon sac à dos, en retire l'étui en plastique Ziploc avec la lettre de Miss Chicago, et les pose cérémonieusement au centre de la table.

Nous restons assis quelques instants en silence, à les contempler comme des œufs sur le point d'éclore.

— Donc, elle existait bel et bien, murmure Josh en tendant le bras vers l'étui.

— Non ! dis-je en lui donnant une tape sur la main. La culotte reste là où elle est — sinon on arrête tout, compris ?

Il ramène ses mains sur ses genoux d'un petit air sage et soupire.

— Très bien. Bon, pour l'édification de la cour, voulez-vous rappeler les faits ?

— J'ai trouvé Miss Chicago quasiment en train de se prélasser dans le lit de Mme X il y a quelques mois, et soudain, voilà que je reçois une lettre *à mon domicile...*

— Pièce à conviction A, dit Sarah, brandissant la lettre.

— Ce qui signifie qu'elle connaît mon adresse ! Elle m'a traquée ! Où pourrais-je me cacher ?

— C'est ce qu'on appelle passer les limites, confirme Sarah.

— Oh, parce que Nan a une limite ? demande Josh.

— Et un peu, que j'ai une limite ! Elle est tracée en travers de la 86e Rue. Ils n'ont pas le droit de venir jusqu'à chez moi ! (Je me sens guettée par l'hystérie.) J'ai un mémoire à rédiger ! Des examens à passer ! Un emploi à trouver ! Ce qui me manque, c'est le temps. Je ne peux pas sillonner le campus avec la lingerie de la maîtresse de M. X dans mon sac. Je ne peux pas jongler avec leurs secrets à temps complet !

— Écoute, Nan, dit doucement Sarah, qui tourne autour de la table pour me passer la main dans le dos. Tu n'es pas démunie. Démissionne. Rends-lui ça par la poste et tourne la page.

— À qui ?

— À la femme de mauvaise vie, dit Josh. Tu lui expédies ce machin par courrier et tu lui fais comprendre que tu ne manges pas de ce pain-là.

— Et Mme X ? Si la vérité éclatait au grand jour et qu'elle découvrait que j'avais cette culotte en ma possession et que je ne lui avais rien dit...

— Qu'est-ce que tu risques ? Qu'elle te fasse la peau ? De finir en prison ? (Elle lève son verre.) Poste ça et démissionne.

— Impossible. Je n'ai pas le temps de chercher un autre job et mon vrai job — si jamais une école accepte un jour de m'embaucher — ne commencera pas avant septembre.

En outre — j'ouvre le sachet de mini-feuilletés au fromage — je ne peux pas abandonner Grayer.

— C'est ce qui se produira tôt ou tard, me fait remarquer Josh.

— Oui, mais si je veux rester dans sa vie, je ne peux pas me brouiller avec elle. Néanmoins, vous avez raison : je vais renvoyer ce truc.

— Et tu vois, ça ne nous a pris que vingt minutes, ce qui vous en laisse dix pour m'aider à réviser ma chimie.

— Qu'est-ce qu'on rigole ! dis-je.

Josh se penche pour me serrer dans ses bras.

— Relaxe ! Tout ira bien. Au fait, ne négligeons pas le fait que tu avais deviné que ce serait un string noir en dentelle... et cela des mois avant de mettre la main dessus. Voilà qui dénote un talent remarquable.

— Si tu connais un jeu télévisé où je pourrai monnayer ce talent, ne te gêne pas pour me le dire...

J'observe les piles en désordre de livres, les photocopies soulignées et les cartons à pizza éparpillés dans la chambre, que j'ai accumulés depuis que je suis rentrée du travail vendredi. Il est 4 heures du matin et j'ai écrit quarante-huit heures d'affilée, ce qui est nettement moins que ce que j'ai prévu pour ma thèse. Mais, sauf à laisser Grayer se débrouiller tout seul dans l'appartement, je n'avais pas le choix.

Je jette un coup d'œil à l'enveloppe brune qui est posée sur mon imprimante depuis une semaine, date de la table ronde. Scotchée et timbrée, elle n'attend plus que d'être cérémonieusement déposée dans une boîte aux lettres une fois que j'aurai remis ma thèse dans quatre heures. Puis Miss Chicago et New York University seront en bonne voie de n'être plus qu'un souvenir lointain.

Je prends une autre poignée de M & M's du sachet de cent vingt-cinq grammes. J'ai probablement encore cinq bonnes pages à gratter, et c'est à peine si j'arrive à garder les yeux ouverts. Un ronflement sonore éclate de l'autre côté du paravent. Sale pilote poilu.

J'étire les bras pour bâiller, au moment où un autre grognement guttural ponctue le silence, provoquant la fuite de George qui traverse la chambre avec détermination et plonge sous un tas de linge sale délaissé.

Je suis si fatiguée que j'ai l'impression d'avoir les yeux pleins de sable. Ayant désespérément besoin de recouvrer un semblant de lucidité, je marche autour des détritus pour repérer mes écouteurs et les branche à la chaîne hi-fi. Je les mets sur ma tête et m'accroupis pour régler le tuner. Ayant trouvé une musique de danse cadencée, je balance la tête en rythme, augmentant le volume jusqu'à ce que le beat se communique à mes chaussettes tortues porte-bonheur. Je me relève pour remuer dans le court rayon imparti par le cordon des écouteurs. Des tambours bongo emplissent mes oreilles et je me trémousse avec fureur parmi les livres, les yeux clos, ne demandant qu'à être ragaillardie par mon adrénaline.

— NAN !

J'ouvre les yeux et réprime un léger mouvement de recul à la vue de M. Poilu, en T-shirt et caleçon, se grattant négligemment d'une main glissée sous l'élastique.

— C'EST QUOI, CE BORDEL ? IL EST PRESQUE 4 HEURES DU MAT' !

— Pardon ?

Je repousse le casque de mes oreilles, notant que cela n'atténue pas le volume. Il désigne, exaspéré, la chaîne hi-fi, dont les écouteurs ont été débranchés par mes gymnopédies.

Je me jette sur la touche off.

— Flûte, pardon. Je dois remettre mon mémoire demain et je tombe de fatigue. J'essayais de me réveiller.

Il repart d'un pas lourd à l'autre bout du studio.

— N'importe quoi, maugrée-t-il dans le noir.

— Du moment que tu as tes aises ! dis-je silencieusement dans sa direction. Du moment que t'es peinard, à dormir là même quand Charlène se paie tous les vols de nuit en provenance du Yémen ! Tant que ma propre personne, la vache à lait dont la part de loyer-plus-eau-gaz-électricité ne lui permet d'accéder à la salle de bains qu'aux heures diurnes, ne te dérange pas !

Je lève les yeux au ciel et reviens à l'ordinateur. 4 heures, cinq pages. Je prends une autre poignée de M & M's ; en piste, Nan.

L'alarme me réveille à 6 h 30, mais il me faut un certain nombre de bips et un très mécontent : « QU'EST-CE QUE TU FOUS ? » pour soulever ma tête lasse de l'oreiller. Je consulte la pendulette : soixante minutes de sommeil en quarante-huit heures devraient m'avoir requinquée. Je quitte la position fœtale dans laquelle le sommeil m'a surprise il y a quelques instants à peine, et tends la main vers mon jean.

Une lumière rose se répand par la fenêtre ouverte, éclairant le désordre : on dirait que des bibliothécaires sont venus ici faire une orgie d'enfer. L'ordinateur ronfle et son bruit se mêle aux gazouillis des oiseaux. Je me penche par-dessus mon fauteuil et titille la souris pour réveiller l'écran et clique sur Print. Je reclique sur OK, appréciant que mon ordinateur se sente tenu de me consulter au moins deux fois quand il s'agit de décisions d'importance. J'entends la Style Writer s'échauffer avant de passer à l'action et gagne comme un zombie la salle de bains pour me brosser les dents.

À mon retour, on n'a pas progressé d'un iota.

— Merde !

Je vérifie le Print Monitor, pour voir ce qu'il y a « Dans la file d'impression ». Un message s'inscrit à l'écran, me notifiant que l'Erreur 7 s'est produite et que je dois soit redémarrer, soit appeler le service clientèle. Parfait.

Je fais une sauvegarde et éteins la machine, non sans prendre soin de sortir la disquette sur laquelle j'ai sauvegardé la version « Aujourd'hui 5 h 30 ». Je redémarre conformément aux instructions, tout en enfilant mes bottes, noue un pull autour de ma taille et attends que l'écran se rallume. Je regarde ma montre : 6 h 50. Plus qu'une heure et dix minutes pour fourrer ce mastodonte sous la porte du professeur Clarkson. J'appuie sur une myriade de boutons, mais l'écran reste noir. Mon cœur bat la chamade. Rien de ce que je presse ne parvient à ramener mon ordinateur à la vie. J'attrape la disquette, mon portefeuille, mes clés, le paquet pour Mme Chicago, et je me sauve en courant.

Je trottine jusqu'à la Deuxième Avenue, agitant les deux bras par-dessus la tête pour héler un taxi. Je saute dans le premier qui se range avec langueur, tâchant de me rappeler où, dans ce labyrinthe qu'est le campus de New York University, se trouve le centre informatique. Pour une raison obscure, je n'ai jamais réussi à m'entrer dans le crâne la localisation de ces endroits et subodore que le coupable pourrait bien être quelque connexion freudienne entre la logistique et ma peur de la bureaucratie.

— Euh... c'est à West Fourth et... euh... Bleecker, je crois. Vous n'avez qu'à prendre cette direction, et je vous indiquerai quand on sera à proximité !

Le chauffeur repart, freinant sèchement à chaque feu. Les rues sont presque désertes, exception faite des balayeuses qui passent en ronronnant et des hommes en complet et pardessus qui disparaissent, attaché-case d'abord, à l'intérieur des bouches de métro. Pourquoi ce mémoire doit-il être rendu à 8 heures du matin ? Cela m'échappe complètement. D'aucuns se permettent d'envoyer ça par la poste. Oh, à qui veux-tu faire croire ça ? Si c'était le cas, tu serais tout simplement embarquée dans une course folle en taxi pour atteindre le bureau de poste.

Je saute à terre à Waverly Place, avec ma disquette, mon portefeuille et mes clés, au moment où une fille aux fringues lustrées et au maquillage barbouillé me bouscule pour monter à ma place. Je capte l'odeur typique des longues nuits de fête — bière, tabac froid et Drakkar Noir. Ça me console de penser que mon sort pourrait être pire — je pourrais être une étudiante de seconde année en train de faire le Trajet de la Honte.

Il est un peu plus de 7 h 15 quand je trouve le chemin,

presque au flair, du principal centre informatique au cinquième étage du bâtiment universitaire.

— Votre carte, marmonne une fille aux cheveux verts et aux lèvres blanches derrière un méga-gobelet en plastique qu'elle étreint à hauteur du menton.

Je ratisse mon portefeuille avant de me souvenir que la carte à laquelle elle fait référence est actuellement au fond de mon sac à dos, au-dessus duquel George est sans doute paisiblement endormi.

— Je ne l'ai pas ! Mais j'ai un tirage à faire ; ça ne prendra que cinq minutes, juré !

Je m'agrippe au comptoir et la scrute intensément. Elle roule ses yeux chargés de khôl.

— Pas possible, dit-elle en désignant sans conviction le règlement imprimé en noir et blanc sur le mur derrière elle.

— OK ! OK, voyons, j'ai ma carte d'étudiante en deuxième année et...

J'arrache comme une malade les cartes de leurs fentes.

— Euh... et une carte de la bibliothèque Loeb. Vous voyez, c'est marqué « licence » dessus !

— Il n'y a pas votre photo...

Elle feuillette son magazine de bandes dessinées Marvel.

— S'IL VOUS PLAÎT, je vous en supplie. Je vous en *supplie.* J'ai, quoi, vingt-huit minutes pour imprimer ceci et le remettre. Il s'agit de mon mémoire ; c'est toute ma carrière universitaire qui est en jeu, là. Vous pouvez même me surveiller pendant que je l'imprimerai !

Je commence à faire de l'hyperventilation.

— Je peux pas quitter le bureau.

Elle repousse son tabouret de quelques centimètres en arrière, mais ne lève pas les yeux.

— Hé ! Hé vous, avec le bonnet de ski !

Un gamin épais comme une allumette avec un badge d'identification pendouillant d'une chaîne à son cou me jette un coup d'œil depuis l'endroit près de la Xerox où il se la coulait douce.

— Vous travaillez ici ?

Il se ramène d'un pas nonchalant en pantalon de cuir bleu.

— Elle veut faire un tirage papier, mais elle a pas sa carte, l'informe la fille du bureau d'assistance.

Je touche le bras de ce garçon, tendant le cou pour lire son nom.

— Dylan ! Dylan, j'ai besoin de vous. J'ai besoin que vous m'escortiez à une imprimante pour faire un tirage de mon mémoire, que je dois remettre, à quatre blocs d'ici, dans vingt-cinq minutes.

Je m'efforce d'inspirer et expirer normalement tandis qu'ils se concertent.

Il me toise d'un œil sceptique.

— Le problème... c'est qu'on a eu des gens qui venaient utiliser le centre à des fins personnelles. Pas des étudiants, alors...

— À 7 h 30 du matin, Dylan ? Sans blague ?

J'essaie de garder mon calme.

— Écoutez, je peux même vous le payer. Je vous propose un marché : vous m'accompagnez à l'imprimante et si ENSEMBLE, vous *et* moi, *nous* produisons autre chose qu'un mémoire de licence, vous me foutez à la porte !

— Ben... (Il s'affale sur le comptoir.) Vous pourriez être de Columbia ou d'ailleurs...

— Avec une carte de deuxième année de New York University ?

J'agite la carte en plastique sous son nez.

— Un peu de jugeote, Dylan ! Fais marcher tes méninges, mec ! Pourquoi je n'irais pas faire mon tirage là-bas ? Pourquoi je me taperais tout le trajet pour m'introduire ici en douce, si je pouvais pénétrer d'un pas allègre au labo informatique, à un mètre de ma chambre à la résidence universitaire, *sans avoir à me bouger* ! Oh, zut, je n'ai plus une minute à perdre en discussion. Qu'est-ce qui va arriver ? Vous voulez que je sois recalée d'office et que je tombe raide *juste ici* sur le lino, victime d'une crise cardiaque, ou bien vous me laissez utiliser pendant CINQ MINUTES L'UN DE VOS MILLIERS D'ORDINATEURS !

Je martèle le comptoir avec mes clés, pour appuyer mes dires. Ils me contemplent d'un air bovin, tandis que Pantalon de cuir bleu soupèse la pièce à conviction.

— Bon... d'accord. Mais si ce n'est pas votre mémoire..., je devrai le massicoter.

Je l'ai déjà dépassé, fourre la disquette dans le terminal numéro 6, clique sur « Print » comme une forcenée.

J'émerge lentement du plus profond des sommeils, ôtant le sweat de ma figure pour regarder l'heure. J'ai été dans les pommes pendant presque deux heures. Trop lasse pour aller même jusqu'à chez Josh, j'ai tout de même réussi, complètement dans le cirage, à dénicher ce divan puant dans un coin de l'École de commerce où j'ai pu enfin succomber à ma fatigue extrême.

Je me redresse sur mon séant et essuie la bave à la commissure de mes lèvres, ce qui me vaut un regard vaguement lubrique de l'homme qui souligne des passages du *Wall Street Journal* dans un fauteuil à proximité. Je l'ignore et sors mon portefeuille et mes clés de l'endroit où je les avais planqués, entre mon derrière et les coussins orange, et décide de m'offrir un café de qualité supérieure au Gourmet Expresso Shop.

Comme je me balade sur La Guardia Place, le printemps est là. Le ciel de mai est bleu, il fait doux, et les arbres en face de la Citybank sont couverts de bourgeons. Je souris au ciel sans nuages. Je suis une femme qui a pris la fac par les cornes et en a triomphé ! Une femme qui, au mépris de toutes les embûches bureaucratiques, sortira sans doute de New York University avec un diplôme !

Avec mon gobelet de café à cinq dollars, je vais m'asseoir dans Washington Square pour me dorer au soleil, la tête appuyée contre un banc en fer forgé. Il y a peu de monde dans le parc à cette heure, surtout des enfants et des dealers, dont aucun ne pourrait perturber ma rêverie.

Une femme s'approche tranquillement du banc opposé, poussant un bambin dans une poussette à carreaux et serrant un sac McDonald's sous le bras. Elle s'assoit, fait pivoter la poussette face à elle tout en déballant deux « Eggs McMuffins » et en passe un à l'enfant. Les pigeons se rassemblent autour de mes pieds, becquetant la brique. J'ai une heure devant moi avant d'aller chercher Grayer ; peut-être devrais-je faire du lèche-vitrines, me trouver une jolie petite robe à bretelles en prévision des futures belles soirées d'été, quand je siroterai des Martini avec mon amoureux sur l'Hudson.

Je regarde la femme sortir un autre récipient du sac et me dis qu'il serait bien agréable d'avoir des frites à me mettre sous la dent. Mon regard se pose distraitement sur le petit sac à dos pendu à une poignée de la poussette. Oui, des frites et un milk-shake, peut-être au chocolat. Mes yeux suivent la frise rose représentant des personnages de bandes dessinées sur le sac à dos. Des petites silhouettes en forme de poire. Toutes de couleurs différentes avec des trucs sur la tête. Ce sont... (Je plisse les yeux pour distinguer leur nom.) Ce sont des Teletubbies ! Je projette du café à un bon mètre de distance.

Oh, mes aïeux ! MES AÏEUX ! Je reprends à grand-peine ma respiration, tandis que les pigeons se dispersent. Des images d'Halloween, le trajet du retour dans la limousine sombre, le vison de Mme X autour de sa figure, Grayer endormi auprès de moi. Je revois M. X qui ronfle et Mme X qui parle, parle. Qui jacte interminablement. Je suis baignée d'une sueur froide. Je porte la main à mon front, tâchant de reconstituer mon souvenir.

— Oh, non ! dis-je tout haut.

Là, l'inconnue remballe son pique-nique et s'éloigne en vitesse vers un banc plus proche de la rue. Dieu sait comment, j'avais réussi à refouler pendant sept mois le fait que j'avais accepté d'aller à Nantucket avec les X, sous l'influence de trop de vodka-tonics.

— Oh, mon Dieu !

Je donne des coups de poing au banc. Crotte ! Je ne veux pas, mais alors *pas du tout*, *vivre* avec eux. C'est déjà assez dur ici, à New York, où je peux rentrer chez moi à la fin de la journée. Vais-je voir M. X en pyjama ? En slip ? Le verrons-nous, d'ailleurs ?

Qu'est-ce qu'elle peut bien espérer ? Des petites vacances en famille ? Vont-ils s'entre-déchirer au-dessus du tapis à points noués ? Se tabasser à coups de pagaie ? Loger Miss Chicago dans la chambre d'amis ? Miss Chicago...

— PUTAIN !

Je me lève d'un bond, me palpant de haut en bas.

— Putain. Putain. Putain.

J'ai mes clés, j'ai un café, j'ai un portefeuille.

— Je n'ai pas cette foutue enveloppe.

Je me jette dans environ cinq directions différentes tandis que défilent dans mon esprit ces deux dernières heures et la multitude d'endroits où j'aurais pu la laisser. Je pique un sprint vers la cafétéria, le divan orange, la boîte aux lettres du professeur Clarkson.

Je me plante, en nage et soufflant comme une asthmatique, devant le bureau d'assistance du centre informatique.

— Écoutez, je vous conseille de déguerpir ou, sans rire, j'appelle la sécurité.

Dylan essaie de prendre un ton autoritaire.

Je ne peux pas parler. Je suis *écœurée*. Moi qui voulais me montrer incorruptible, je viens de voler huit cents dollars et une culotte sale. Je suis une criminelle doublée d'une tordue.

— Je ne plaisante pas, vous avez intérêt à partir. Bob arrive à midi et il est loin d'être aussi cool que moi.

Midi. Ah oui. Je dois aller chercher Grayer et le traîner à la fête d'anniversaire de Darwin.

— ARRÊTE ! J'AIME PAS ÇA ! hurle Grayer, la figure écrasée contre le bastingage en métal qui borde le pont supérieur du bateau.

Je me baisse pour chuchoter à l'oreille de son agresseur :

— Darwin, si tu ne l'as pas lâché dans deux secondes, je te flanque par-dessus bord.

Darwin tourne vers ma figure souriante un regard scandalisé. La Bonne-Méchante Fée n'a que trois heures de sommeil et s'est fait piquer huit cents dollars ; la ramenez pas aujourd'hui, les gosses.

Il fait quelques pas en arrière et Grayer, la joue droite barrée d'une marque rouge, s'enroule autour de ma jambe. Il n'est la cible des sévices de Darwin que depuis quelques minutes, grossissant les rangs de cinquante autres jeunes invités terrorisés, retenus en otages depuis deux heures sur le Circle Line Jazzfest Cruise.

— Darwin ! Chéri, il est presque l'heure du gâteau. Va voir là-bas, que Sima t'aide avec les bougies.

Mme Zuckerman glisse en douceur vers nous dans ses ballerines Gucci assorties à son corsaire. C'est une apparition en rose et or. Avec sa multitude de diamants en plus, elle nous aveuglerait presque au soleil.

— Eh bien, Grayer, qu'y a-t-il ? Tu ne veux pas de gâteau ?

Elle jette ses balayages à trois cents dollars dans sa direction et s'accoude au garde-corps à mon côté. Je suis bien trop fatiguée pour faire la causette, mais réussis à arborer ce que j'espère être un charmant sourire.

— Quelle fête formidable ! dis-je du bout des lèvres, prenant Grayer sur ma hanche, à l'abri du danger, pour qu'il puisse contempler par-dessus mon épaule le sillage ourlé de blanc.

— Ça nous a demandé des mois de préparation, à Sima et à moi. On a dû vraiment se creuser la tête pour surpasser la nuit au Gracie Mansion de l'an dernier. Mais j'ai dit : « Enfin quoi, Sima ! La créativité fait partie de ce petit quelque chose qu'une mère se doit d'apporter à sa famille, alors au travail ! » Et croyez-moi, elle s'est décarcassée !

Des hurlements s'élèvent de la poupe du bateau et Sima nous croise en courant à toute allure, paniquée. Darwin la suit de près, cherchant à l'atteindre avec la flamme d'un briquet Tiffany.

— Darwin ! dit Mme Zuckerman, le réprimandant légèrement, j'ai dit : aider Sima, pas l'incendier.

Elle rit gaîment, lui reprend le briquet et en rabat le couvercle. Elle le rend avec sévérité à une Sima écarlate.

— Veillez à ce qu'il ne coure pas partout avec ceci la prochaine fois. Je ne devrais pas avoir à vous rappeler que c'était un cadeau de son grand-père.

Sima accepte le petit objet d'argent fin, sans lever les yeux. Elle prend Darwin par la main et le ramène doucement à son gâteau.

Mme Zuckerman se penche vers moi, le C doré sur ses lunettes étincelle.

— J'en ai de la chance ! Nous sommes comme deux sœurs.

Je souris et acquiesce. Elle acquiesce en retour.

— Vous saluerez la mère de Grayer de ma part et n'oubliez pas de lui dire que j'ai pour elle le nom d'un grand avocat spécialiste des d-i-v-o-r-c-e-s. Grâce à lui, mon amie Alice a obtenu dix pour cent en plus de la somme à laquelle elle avait droit contractuellement.

Je pose instinctivement la main sur la tête de Grayer.

— Eh bien, amusez-vous bien, tous les deux !

Elle rejette sa chevelure sur son autre épaule et repart vers la mêlée qui entoure le gâteau. J'imagine que le fait que M. X a élu domicile au Yale Club est de notoriété publique.

— Alors, Grove, prêt pour le gâteau ?

Je le déplace sur mon autre hanche, redresse sa cravate et touche la joue où le barreau a laissé sa marque. Ses yeux sont vitreux et il est à l'évidence aussi épuisé que moi.

— J'ai mal au ventre, je suis pas bien, marmonne-t-il.

Je tente de me rappeler où j'ai vu indiquées les toilettes.

— Mal comment ? dis-je, tâchant de définir le mal de mer, par opposition aux brûlures d'estomac, à un petit garçon de quatre ans.

— Nanny, je..., gémit-il contre mon épaule, avant de piquer du nez pour vomir.

Je réussis à braquer son jet par-dessus bord, en sorte que l'Hudson reçoive le gros du vomi, n'en laissant dégouliner sur mon sweat-shirt qu'un tiers environ.

Je lui tapote le dos.

— Grover, la journée a été longue...

Je lui essuie la bouche de la main et il exprime son accord d'un hochement de la tête.

Deux heures plus tard, Grayer tient le devant de son pantalon et sautille sur ses Nike dans le vestibule des X.

— Retiens-toi encore une seconde, Grove, s'il te plaît...

Je donne une ultime poussée et la porte cède enfin.

— Là. File !

Il détale.

— Oof !

J'entends un bruit sourd. Poussant la porte davantage, je vois Grayer étalé sur un tas de serviettes de plage. Il a buté contre un carton Tracy Tooker.

— C'est cool, Nanny. C'est top ! T'aurais dû voir ça. Reste là, je le refais...

— Euh, non.

Je me baisse pour le débarrasser de ses tennis et de son anorak maculé.

— La prochaine fois, tu n'auras peut-être pas autant de chance. Va faire pipi.

Il se sauve. Je marche sur la pointe des pieds par-dessus le carton à chapeau, le tas de serviettes, deux sacs de shopping Lilly Pulitzer, trois cartons L. L. Bean, et un sac de briquettes de charbon de bois. Soit nous partons pour Nantucket, soit on va s'installer en banlieue.

— Nanny, c'est vous ?

Je jette un coup d'œil et vois que la table de la salle à manger disparaît sous les vêtements d'été de M. X, les seules affaires à lui que Connie et moi n'avions pas emballées.

— Oui. Nous venons de rentrer, dis-je, ôtant du passage deux sacs Barneys.

— Oh !

Mme X sort, tenant une brassée de pulls en cachemire pastel.

— Vous êtes couverte de vomi.

Elle a un léger recul.

— Grayer a eu un petit accident…

— J'aimerais bien que vous surveilliez ce qu'il mange à ces fêtes. Comment va Mme Zuckerman ?

— Elle vous fait ses amitiés…

— Elle est si créative. C'est toujours elle qui donne les plus beaux anniversaires.

Elle me dévisage avec l'air d'attendre quelque chose, sans doute que je rejoue l'après-midi, avec marionnettes-chaussettes et commedia dell'arte. Je suis trop fatiguée.

— Elle… euh… elle avait un conseil à vous donner.

— Oui ?

Je respire à fond, pour me donner du courage.

— Elle a dit qu'elle… euh… connaissait un très bon avocat.

Je baisse les yeux sur ses habits.

— Nanny, dit-elle d'une voix glaciale, ce sont les vêtements de mon mari *pour le voyage.*

Elle se détourne et sa voix récupère son entrain.

— En ce qui me concerne, je n'ai pas encore commencé à faire mes bagages. Personne n'arrive à me dire comment sera le temps. Certains de nos amis ont grillé, d'autres ont failli geler.

Elle dépose les pulls sur la table, envoyant par la même occasion rouler au sol plusieurs chaussettes de tennis en pelotes.

— Maria !

— Oui, madame !

Maria pousse la porte battante de la cuisine.

— Vous pouvez me plier cela ?

— Oui, madame. Tout de suite.

Elle replonge dans la cuisine.

— Je ne veux pas trop me charger, mais je ne veux pas non plus avoir de la lessive à faire pendant le séjour, et je ne sais même pas s'il y a une teinturerie digne de ce nom sur l'île. À propos, nous partirons le 15, à 8 heures tapantes du matin…

— C'est vendredi ? (Elle lève les yeux sur moi.) Pardon,

je ne voulais pas vous interrompre, mais le 15, c'est le jour de ma remise de diplôme.

— Et alors ?

— Alors, je ne pourrai pas partir à 8...

— Bah, je ne crois pas que nous puissions différer notre départ à cause de vous, dit-elle en s'éloignant vers ses sacs dans l'entrée.

— Non, mais voilà, ma grand-mère donne une petite fête pour moi ce soir-là, par conséquent je ne pourrai pas partir avant samedi.

Je la suis.

— Eh bien, la location commence le vendredi, par conséquent, nous ne pouvons pas partir le samedi, dit-elle, comme si elle expliquait la situation à Grayer.

— Non, je comprends bien. Je pourrai certainement prendre un car le samedi. J'arriverai là-bas vers 17 heures.

Je la suis de nouveau jusqu'à la table de la salle à manger où elle ajoute ses sacs de shopping à ses réserves.

— Si je comprends bien, vous êtes en train de m'informer que vous ne serez pas disponible pendant deux jours sur les quatorze où nous aurons besoin de vous. Je ne sais pas, Nanny. Je ne sais plus. Nous sommes invités à dîner chez les Blewer le vendredi, et le barbecue des Pierson est le samedi. Je ne sais plus. (Soupir.) Il faut que j'y réfléchisse.

— Je suis vraiment navrée. Si c'était autre chose... Mais je ne peux quand même pas louper ma remise de diplôme.

Je me penche pour ramasser les chaussettes égarées.

— Probablement pas. Bon, j'en discuterai avec M. X et je vous ferai savoir...

Si je peux rater ma remise de diplôme ?

— OK, à propos, je voulais vous demander mes gages, parce que je dois payer mon loyer cette semaine...

Et ça fait trois semaines que vous ne m'avez rien donné. Et maintenant, je dois à la maîtresse de votre époux *huit cents dollars.*

— J'ai eu tant à faire. J'essaierai d'aller à la banque cette semaine. C'est-à-dire, quand vous m'aurez consigné vos heures, que je puisse vérifier...

Elle est interrompue par un Grayer tout nu qui jette un coup d'œil furtif par l'embrasure de la porte.

— GRAYER ! crie-t-elle.

Nous nous pétrifions, lui et moi.

— Que dit la règle à la maison ?

Il lève les yeux sur elle.

— Pas de pénis à la maison ?

— C'est exact. Pas de pénis à la maison. Où doivent rester les pénis ?

— Les pénis doivent rester dans la chambre.

— Oui, dans la chambre. Nanny, voulez-vous vous assurer qu'il se rhabille ?

Grayer marche solennellement devant moi, ses pieds nus faisant des bruits de glissade sur le marbre.

Je vois ses vêtements en boule sur le sol de la salle de bains.

— J'ai eu un accident...

Il repousse des orteils l'une de ses voitures en bois.

— C'est pas grave. (Je ramasse les habits et fais couler un bain.) On va bien te laver. OK, mon pote ?

— OK.

Il lève les mains en l'air pour que je le soulève. J'ôte mon sweat-shirt sale et le prends dans mes bras. En attendant que la baignoire se remplisse, je le fais rebondir légèrement contre moi et marche de long en large. Il abandonne le poids de sa tête sur mon épaule et je me demande s'il va s'endormir. Je m'approche du miroir, l'enveloppant d'une serviette pour qu'il n'ait pas froid, et découvre dans le reflet qu'il est en train de sucer son pouce.

Nanny,

J'ignore si vous comptiez le ferry dans vos calculs, mais je dois vous signaler que cela peut ajouter une heure entière au voyage. Je me demandais si vous pourriez soit (a) attraper le car de onze heures du soir vendredi, ce qui vous fera arriver à Nantucket à 6 heures du matin, ou (b) prendre le car de 6 heures du matin samedi, qui vous déposera là-bas vers 13 heures, à temps pour le barbecue si nous y allons tard.

Tenez-moi au courant.

Chère Mme X,

Je suis sensible au fait que vous vous soyez renseignée sur les horaires des cars. Malgré mon désir de vous être agréable, avancer mon départ ne me semble guère envisageable, dans la mesure où je dois assister à un certain nombre d'événements liés à mon diplôme le vendredi soir. Je serai à Nantucket à 19 heures et, bien sûr, vous remercie d'avance d'ajuster mes gages en conséquence.

À ce propos, je me demandais si vous aviez eu la possibilité de passer à la banque, car je dois régler mon loyer. Je vous prie de trouver ci-joint la liste de mes heures, comme requis. Une fois de plus, merci pour vos propositions.

Nanny.

Nanny,

Je suis un peu déconcertée par votre attitude récalcitrante en ce qui concerne notre départ. Toutefois, j'espère encore que nous pourrons aboutir à un compromis. Peut-être pourriez-vous arriver à trois heures et prendre un taxi pour aller chez les Pierson ?

Chère Mme X,

Comme, naturellement, je ne demande qu'à vous obliger, il devrait m'être possible d'être sur place à 6 heures.

Nanny.

Nanny,

Peu importe. La femme de ménage fournie par l'agence s'occupera de Grayer jusqu'à votre arrivée.

P. S : J'aimerais avoir une conversation relativement aux heures que vous avez portées sur la liste pour le vendredi 3. Je crois que ce jour-là je l'avais emmené faire des courses.

Chère Mme X,

Je m'en remets à vos tablettes concernant le 3.

Par ailleurs, comme je vous l'ai déjà signalé, j'aurai besoin de partir à 14 heures jeudi, car j'ai mon mémoire de licence à défendre.

Merci, Nanny.

Chère Mme X,

Ce petit mot pour vous rappeler que je défends mon mémoire demain, par conséquent il me faudra partir à 14 heures pile.

En outre, si vous pouviez me payer, ce serait formidablc.

Chère Mme X,

À 14 heures !

Où est-elle !

Je regarde l'heure à la cuisinière pour la millionième fois en cinq minutes. 2 : 28. Je suis censée défendre mon mémoire dans exactement quarante-sept minutes. Toute ma carrière universitaire va culminer sans moi, quand un jury de professeurs posera à un fauteuil vide des questions de psychopédagogie !

— Crie pas !

Grayer lève les yeux, les sourcils froncés.

— Pardon, Grove. Tu veux bien m'excuser une seconde ?

— Tu vas faire pipi ?

— Oui. N'oublie pas ton lait.

Je le laisse finir son melon et entre dans les toilettes des domestiques, ouvre le robinet, ferme la porte, tire la chasse et hurle dans une serviette de toilette : « PUTAIN ! » Ma voix est absorbée par le tissu éponge.

— Où elle est passée, merde ? Merde, merde, merde.

Je m'assois par terre, les larmes me montent aux yeux.

— Merde.

J'aurais dû écrire « 14 heures » au rouge à lèvres sur tous les miroirs de l'appartement ! J'aurais dû punaiser un énorme 2 au bout de son châle en cachemire quand elle est sortie sans se presser ce matin ! J'hésite à embarquer Grayer pour courir dans Madison Avenue en hurlant son nom comme Marlon Brando. Ma frustration fait place à un petit rire hystérique et silencieux, tandis que les larmes coulent encore sur mon visage.

Je respire à fond, tapote mes joues, me sèche les yeux et tâche de me calmer pour Grover. Mais je pouffe encore un tantinet quand je reviens à la cuisine pour trouver Mme X en train de le surveiller.

— Nanny, je vous serais reconnaissante de ne pas le laisser tout seul avec l'argenterie.

Je considère la cuillère sur le set de table Linnaeus.

— Je suis désolée...

— Ça, par exemple ! Vous vous êtes faite belle !

Elle pique un morceau de melon sur l'assiette de son fils.

— Merci bien. En fait, c'est pour mon oral qui débute dans trente-cinq minutes.

Je me dirige vers la porte.

— Ah, oui. Je me disais bien qu'il y avait une raison...

Elle va sans hâte poser son sac Kelly en alligator sur le comptoir.

— Je me suis rendue à la banque ce matin. Allons nous installer dans mon bureau, qu'on revoie cette liste que vous m'avez communiquée...

Elle sort une enveloppe.

— Super, merci, mais je suis très pressée, dis-je par-dessus mon épaule.

Elle reste là, une main sur la hanche.

— Je croyais que ça devait se régler aujourd'hui.

— C'est que... si je ne pars pas, je vais être en retard, dis-je depuis l'entrée où j'ai laissé mes notes.

Elle soupire ostensiblement, ce qui me ramène dans la cuisine.

— Sois maligne, Nanny ! (Grayer tend le cou du haut de son siège.) Ça va marcher !

— Merci bien, Grove.

— Je suis extrêmement occupée et il n'y a que maintenant où je puis régler cette question. J'ignore quand je pourrai de nouveau vous accorder un moment, Nanny. Je me suis déplacée à la banque...

— Super. Non, réglons ça. Merci.

Je sors de mon fatras de papiers une liste dactylographiée, mise à jour, de toutes mes heures travaillées au cours des cinq dernières semaines.

Elle la contemple quelques instants tandis que je me dandine sur place.

— C'est un peu plus que la somme d'origine.

— C'est que... la liste originale que je vous avais communiquée date d'il y a deux semaines et j'ai cumulé plus de soixante heures depuis...

Elle soupire et se met à compter des billets de vingt et cinquante dollars, les passant et repassant entre ses doigts pour s'assurer qu'il n'y en aurait pas deux collés ensemble. Quand elle me les remet, ses bracelets en porcelaine Hermès s'entrechoquent.

— Ça en fait de l'argent...

Je lui souris.

— C'est que ça représente plus de cinq semaines.

Je pivote sur mes talons, effleure la tête de Grayer au passage.

— Amusez-vous bien, les enfants !

Je m'arrose de baume démêlant et caresse énergiquement l'idée de démissionner dans ma tête. Je m'imagine, sous la marquise du 721 Park, flanquer à M. et Mme X un bon coup de pied de dessins animés qui les fait atterrir dans les arbrisseaux de la bande médiane. Charmant. Cependant, l'image devient bien moins claire quand Grayer s'y juxtapose. Grover, avec sa longue cravate, jette sur moi un regard plein d'attente, tandis que ses parents se débattent dans les arbrisseaux bien émondés. Je soupire, passe la tête sous l'eau chaude. Et puis il y a l'argent. Je suis écœurée à l'idée de devoir expédier par courrier à Miss Chicago presque la moitié de ce que Mme X m'a enfin réglé aujourd'hui.

Un petit miaulement me tire de mes pensées et j'écarte le rideau pour voir George, que la lueur de la bougie découpe en ombre chinoise, assis d'un air sage près de la baignoire et qui attend qu'on l'asperge. Je lui jette un peu d'eau sur la tête et il détale derrière le W.-C., dans le noir.

Au moins, j'ai une soirée au calme, rien qu'à moi, pour fêter ma licence. Plus un rendez-vous téléphonique à 23 heures avec mon amoureux que j'attends avec impatience. Je m'enveloppe le buste d'une serviette, ramasse mes fringues et souffle la bougie. Ouvrant la porte de la salle de bains, je me fige en entendant des voix qui proviennent de l'autre bout de l'appartement. Mon bout, pour être précise.

— Hello ? dis-je d'une voix forte en direction de la lumière vive.

Je sais toujours quand Charlène est là, car elle allume toutes les lumières sans exception.

— Je suis rentrée, dit-elle sans ambages.

Le découragement s'empare de moi. Je me serre dans ma serviette et marche au-delà du paravent jusqu'à mon domaine. Ma lampe de bureau couvre la lueur de la bougie que j'avais allumée avant d'aller prendre ma douche. Elle est en train de mesurer mon lit avec Pilote Poilu.

— Quel foutoir..., Nanny, dit-elle en enroulant le mètre à ruban. Va là-bas et mesurons ce côté, dit-elle à Poilu, qui me bouscule et manque marcher sur George pour aller se poster près de ma chaîne hi-fi.

— J'avais mon oral aujourd'hui, et j'ai passé toutes mes soirées à la bibliothèque.

Je m'écarte du passage, coinçant mes sous-vêtements dans un endroit moins visible, sous l'aisselle, tandis qu'elle va d'un pas décidé rejoindre son copain.

— Excusez-moi, vous avez besoin de mon aide ?

Elle lui tend l'extrémité du mètre et rejoint l'autre mur.

— Je voulais voir si le canapé tiendrait ici.

Mon estomac se noue. Ceci est l'antithèse de la soirée relaxante que j'avais à l'esprit. Elle se tient debout, ajustant sa jupe bleu marine.

— Nanny, je voulais te parler cette semaine, mais tu ne réponds jamais au téléphone.

— Mon bail expire. J'emménage à la fin du mois, m'informe Poilu.

Chouette.

— Par conséquent, cela te laisse, quoi, deux semaines pour trouver autre chose. Ça devrait être largement suffisant, dit-elle en saisissant un stylo sur ma commode pour noter les dimensions sur un Post-it. Julie et son fiancé viennent jouer aux cartes dans une heure. Ça ne te dérange pas ? (Elle passe devant moi.) C'est le hammam là-dedans ! Tu recommences à prendre des douches dans le noir ? Ça craint...

Elle secoue la tête. Je reprends mon sang-froid, tandis que Poilu la suit, esquivant l'attaque furtive de George.

— J'allais justement en ville, dis-je au plancher.

George se tient sous mon menton pour recevoir une gouttelette. Je tends le bras vers le téléphone, espérant que Josh sera content d'avoir de mes nouvelles.

Le lendemain matin, je fouille dans toutes mes poches avant de trouver la serviette en papier sur laquelle Josh a écrit le nom des gens de l'agence immobilière. J'adresse une rapide prière au saint patron des sans-logis et compose le numéro.

— *Hehllow !*

Un horrible accent new-yorkais répond à la septième sonnerie.

— Hello, je voudrais parler à Pat.

— Elle ne travaille plus ici.

— Ah ! C'est que... vous pourriez peut-être m'aider... Je voudrais louer un studio pour le 1er juillet.

— Je peux rien pour vous.

— Quoi ?

— Je peux rien pour vous. On n'est qu'au début du mois. Si vous voulez quelque chose pour juillet, venez à la fin du mois avec une poignée de fric en liquide, disons au moins douze mille dollars en liquide pour commencer, et on verra...

— En liquide ?

— En liquide.

— Pardon, douze mille dollars en liquide ?

— En liquide. Pour le propriétaire. Il faudra venir avec la première année de location en liquide.

— La première année intégralement ?

— Et apporter des documents *prouvant* que vous gagnez, *net*, j'ai bien dit *net*, quarante-quatre fois le montant d'un mois de loyer, et vos cautions...

— Mes quoi ?

— Vos cautions — les personnes qui se porteront garantes que le loyer sera payé, même si vous mouriez, par exemple vos parents. Mais ils doivent vivre dans les États de New York, New Jersey ou Connecticut, pour que leurs avoirs puissent être saisis, et gagner, net, *au moins* cent fois le montant du loyer.

— Ça me semble un peu excessif. Je cherche seulement un petit studio, rien de luxueux...

— Oh, mon Dieu ! Nous sommes en juin ! Juin ! Tous

les Américains de moins de trente ans ont obtenu un diplôme de *quelque chose* et débarquent à New York.

— Mais tout ça en liquide ?

— Ma petite, les petits jeunes de Wall Street reçoivent tous des primes de logement de leur entreprise. Pour les coiffer au poteau, il faut payer d'avance.

— Oh, mon Dieu !

Elle respire à fond.

— Vous comptiez mettre combien... ?

— Je ne sais pas... six, sept cents...

— Par mois ?

Elle éloigne le téléphone de sa bouche pour glousser.

— Ma petite, ne nous faites pas perdre notre temps et cherchez dans le *Voice* une colocation.

— Mais je ne veux pas d'une colocation !

— Dans ce cas, moi je me trouverais un appartement dans le Queens et une bombe anti-agression.

— C'est que... vous avez des listings pour Brooklyn ?

— On ne fait pas ces quartiers-là.

Elle raccroche.

Les poils de ma nuque se hérissent quand j'entends distinctement qu'on déchire un étui de préservatif derrière le paravent de Charlène. Pouah ! Je me jette sur le lit, flanquant les oreillers par-dessus mes oreilles. Oubliée l'idée de démissionner, le jour de la remise des diplômes je supplierai Mme X de me laisser emménager.

Mon amoureux fait de nouveau tournoyer ma grand-mère sur la piste de danse, aux accents de l'orchestre de salsa qu'elle a emprunté à son restaurant mexicain favori pour cette soirée. Son appartement est éclairé par des lampions de toutes les couleurs.

— Et en plus, il danse ! lance-t-elle en direction de la terrasse où nous nous sommes installés, moi et mes parents, sa jupe flamenco tourbillonnant dans son sillage.

Maman se penche vers moi.

— Il est adorable.

— Je sais, dis-je avec orgueil.

— Hé, attention. Le père est là, dit papa pour rire depuis la méridienne où il a pris place à proximité.

La température est clémente et mamie a dressé le buffet à l'extérieur, là où mes amis se mêlent à ceux de mes parents autour des tables éclairées à la bougie.

— Ce type là-bas voudrait me *payer* pour sculpter mes *coudes*, dit Sarah, qui arrive avec deux assiettes de gâteau et en tend une à ma mère.

— Oui, oui, ça commence toujours par les coudes..., l'avertit papa.

La chanson s'achève et ma grand-mère et son cavalier applaudissent l'orchestre.

— Chérie ! (Elle vient à son bras.) Tu as eu du gâteau ?

— Oui, mamie.

— Quant à toi (ma grand-mère fait claquer ses doigts à l'adresse de mon père étendu), lève-toi et fais danser ta femme.

Ma mère se lève, tendant la main en direction de mon père. Ils s'en vont en esquissant un pas de danse.

— Comment vont mes chéris ? demande mamie, qui s'installe avec mon amoureux sur la méridienne. Il y a assez à boire et à manger pour tout le monde ?

— La fête est divine, Frances, la remercie Sarah. Si vous voulez bien m'excuser, je vais voir si notre ami Joshua n'est pas en train de larguer sa paella.

Elle disparaît sur la piste.

Je me renverse en arrière pour admirer les étoiles.

— C'est drôle d'avoir fini l'école pour de bon...

— La vie est une école, chérie, me corrige mamie en prenant une pleine fourchette du gâteau de papa.

— Alors, je suis servie, dis-je en attrapant ma fourchette pour me joindre à elle. Je n'aurai que le week-end suivant mon retour de Nantucket pour trouver un appartement et retirer toutes mes affaires de chez Charlène.

— Mme Poilu, pour toi, lance mon amoureux.

Mamie tend le bras pour me presser très fort la main.

— Quel dommage que tu ne puisses pas loger ici, mais

j'ai déjà réarrangé la chambre d'amis pour le tour de potier d'Orve.

Ce sera pour Orve le deuxième été chez ma grand-mère. Cette dernière perpétue une longue tradition qui consiste à héberger des artistes débutants venus de tous les coins de la planète — ils lui enseignent leur technique en échange du gîte et du couvert quatre étoiles.

— Tu trouveras quelque chose. J'ai confiance.

— Moi aussi, chérie, dit mon amoureux, qui imite son ton exubérant.

Elle lui adresse un clin d'œil en se levant, et je remarque un reflet bleu à sa gorge.

— Nouveau collier, mamie ? Ravissant...

— N'est-ce pas ? J'étais chez Bendel la semaine dernière et j'ai vu ces deux petites lettres en laque de Chine.

Elle tripote les minuscules *F* et *Q* suspendues à la chaîne en or à son cou.

— Elles étaient toutes seules en vitrine, le reste de l'alphabet avait dû être vendu. Ça m'a bien fait rire, tu piges ? FQ[1], dis-le très vite !

Elle rit de bon cœur tout en repartant à l'intérieur sur un pas de mérengué et, pour la première fois depuis la cérémonie de l'après-midi, je suis seule avec mon amant.

— Viens donc, dit-il doucement, et il m'entraîne par la main vers la balustrade de pierre qui surplombe le parc. Je trouve ta famille très rock and roll...

— Crois-le ou non, je n'ai pas à me plaindre, dis-je en l'enlaçant, tandis que nous admirons la vue.

— Qu'est-ce que je vais faire sans toi ? dit-il en me serrant très fort.

— Tu parles ! À Amsterdam ? Avec toutes les stars du porno, à fumer de la marijuana...

— C'est *La Haye* ! À vingt bonnes minutes de tout ça. Pas de stars du porno. Pas de marijuana. Seulement moi, pensant à toi, et un tas de prisonniers politiques exprimant leurs griefs.

1. FQ : Fuck, exclamation grossière *(N.d.T.)*.

Je tourne la tête et me dresse sur la pointe des pieds pour l'embrasser.

— Touche pas à mon Croate...

Il baise le bout de mon nez, mon front.

— Et toi ? Clouée sur la plage avec tous ces surveillants de baignade, maîtres nageurs, plagistes...

— Tu parles ! C'est le Nantucket pourri, pas la Riviera !

Je flanque un coup sur la balustrade.

— Merde. J'ai oublié d'écouter mes messages !

Il roule les yeux.

— Nan...

— Attends, attends, attends — ça ne prendra que deux minutes. Je dois interroger mon répondeur pour savoir quand on viendra me chercher au ferry demain. Bouge pas, je reviens tout de suite !

Je vais dans la chambre de ma grand-mère utiliser le téléphone Princesse rose saumon sur la table de nuit, déplaçant quelques-uns de ses oreillers en dentelle faits main pour m'asseoir sur le dessus-de-lit en satin. Comme je tape le code de mon répondeur sur le clavier, la lumière douce me rappelle les nuits où, enfant, je couchais ici et qu'elle laissait les lampes allumées jusqu'à ce que je m'endorme.

La voix de Mme X me parvient tels des glaçons qu'on aurait déversés dans mon dos, sous ma robe.

— Nanny, bonne nouvelle — nos amis les Horner s'envolent demain à 9 heures et ont gracieusement offert de vous emmener. Vous serez donc à Nantucket vers 9 h 30 du matin. Ce sont de *très* bons amis à nous, donc je *compte* sur vous pour être ponctuelle. Prévoyez de les retrouver au Westchester County Airport dans la zone d'embarquement des vols privés. Il vous faudra prendre le train Metro-North 57 et un taxi pour aller à l'aéroport. Comme ils ont trois filles, vous ne devriez pas avoir de mal à les repérer. C'est une faveur qu'ils nous font, donc ne soyez pas en retard. En fait, je vous conseillerais d'être à Grand Central Station à 6 h 50 pour vous réserver une marge...

Bip !

— Votre répondeur m'a coupée. Il faudrait que vous

passiez, quand vous serez dans le quartier, prendre un article que j'ai laissé chez James à votre intention sur la maladie de Lyme. Horrible. En outre, il faudrait trouver un produit contre les piqûres de tiques convenant à un enfant de quatre ans, hypoallergénique surtout, afin que sa peau ne soit pas irritée. Je vous serais reconnaissante d'aller chez Ralph Lauren lui prendre six paires de chaussettes en coton, blanches, au genou. Prenez une chaussure de Grayer, pour ne pas vous tromper de taille. J'en ai laissé une paire chez le concierge afin que vous puissiez les avoir quand vous prendrez l'article et vous n'aurez qu'à fourrer le tout dans votre balluchon. Parfait. À demain !

Bip !

— Nanny. (J'ai du mal à situer la voix, au début.) Conformément à mes instructions, j'arriverai demain à l'appartement. J'espère que vous n'avez pas eu trop de mal à trouver le foie gras. Profitez bien de Nantucket et dites bonjour à Grayer de ma part.

10

Et nous lui avons offert des vacances tous frais payés

> Bon, j'ai grandi et je suis devenue gouvernante. (Pause.) J'aimerais bien entreprendre une conversation, mais il n'y a personne pour faire la conversation... absolument personne.
>
> La gouvernante de la famille Andreievitch, *La Cerisaie.*

Au revoir ! hurlent les Horner depuis leur voiture qui sort du parking du Nantucket Airport, m'abandonnant à côté du tarmac.

Je m'assois sur mon sac marin et résiste à l'envie de vomir qui peut prendre une personne venant de passer vingt-cinq minutes sur un avion de six places à travers des averses torrentielles, un brouillard implacable et d'énormes turbulences avec quatre adultes, trois enfants, un poisson rouge, un cochon d'Inde et un golden retriever. Seule ma considération pour les petites Horner m'a empêchée de crier à chaque trou d'air.

Je me serre dans mon sweat-shirt contre le vent iodé et attends.

Attends.

Attends.

Non, non, pas de problème, tout va bien. Non, je ne suis pas rentrée très tard hier soir de ma *fête*. Non, prenez votre temps — j'attendrai tranquillement sous ce crachin glacé. Non, je crois que l'important, c'est que je sois là, à Nantucket, et que vous et votre famille puissiez vous délasser en sachant que je suis quelque part près de vous, dans un rayon de cinq kilomètres. Je crois que ce qui est important, primordial même, c'est que je ne sois pas ailleurs, à vivre *ma* vie, à m'occuper de ce qui réclame mon attention, mais en permanence sur « Pause » pour vous et votre fichue famille...

La Rover arrive et ralentit à peine alors qu'on me fait signe de sauter à bord.

— Nanny ! s'écrie Grayer. J'ai un Kokichu !

Il brandit un jouet japonais jaune au moment où j'ouvre la portière. Il y a un très gros canoë casé dans le coffre, qui dépasse selon une diagonale précaire au-dessus de la moitié de la banquette.

— Nanny, attention à l'embarcation. C'est une antiquité, dit fièrement Mme X.

Je me coule sous le canoë, prends mon sac entre mes pieds, rentre la tête dans les épaules et tends le bras pour tapoter la jambe de Grayer.

— Hé, Grove, tu m'as manqué !

— C'est une mine ici pour les antiquités. J'espère dénicher une petite table pour la deuxième chambre d'invités.

— Tu peux rêver, ronchonne M. X dans sa barbe.

L'ignorant, elle me regarde dans le miroir de courtoisie.

— Alors, comment est cet avion de l'intérieur ?

— Euh... il y a des sièges de cuir brun..., dis-je, le menton coincé contre la poitrine.

— On vous a servi quelque chose ?

— Ils m'ont proposé des cacahuètes.

— Quelle chance vous avez ! Jack Horner est un fabuleux designer de chaussures. J'adore Caroline. J'ai travaillé bénévolement l'an dernier quand son frère a fait campagne... Quel dommage qu'ils habitent dans le Westchester, sinon nous serions de grands amis. (Elle examine ses dents dans la glace.) Passons au programme de cet après-midi. J'ai appris que le barbecue chez les Pierson était « habillé », par conséquent je me suis dit que vous préféreriez prendre du bon temps à la maison. Vous détendre et profiter du paysage.

— Super ! On va bien s'amuser.

Je tente de jeter un regard à Grover, nous voyant déjà sur la pelouse, en train de faire la sieste dans des chaises longues assorties.

— Caroline étant censée appeler au sujet du dîner, donnez-lui mon numéro de portable quand elle le fera. Je l'ai cloué près du téléphone dans la cuisine.

Merci bien, car en général il me faut neuf mois et demi pour mémoriser un numéro à dix chiffres.

Nous quittons la route principale pour emprunter un chemin bordé de forêts épaisses et je suis étonnée par le nombre important d'arbres aux branches encore nues.

— L'hiver a été rigoureux ici, dit Mme X, lisant dans mes pensées.

Le chemin débouche sur une allée arrondie devant ce qu'on ne peut décrire que comme un pavillon individuel des années 50 délabré. La peinture blanche s'écaille, la porte moustiquaire est trouée, et un morceau de toiture pend dangereusement de la gouttière.

— Nous y sommes. « Villa Ça m'soucie », dit M. X, mettant pied à terre.

— Chéri, je croyais que nous étions convenus...

Elle se lance à sa poursuite, me laissant détacher la ceinture de sécurité de son fils et sortir mon sac du coffre. Je lui tiens ce qui reste de la porte moustiquaire, alors qu'il pourrait sans doute se faufiler au travers.

— Chéri, ce n'est pas ma faute si les photos de l'agence étaient périmées...

— Tout ce que je dis, c'est qu'à cinq mille dollars la semaine, tu aurais pu approfondir tes recherches...

Mme X se tourne vers nous, radieuse.

— Grayer, et si tu montrais sa chambre à Nanny ?

— Viens, Nanny, c'est supercool !

Je le suis à l'étage jusqu'à une petite chambre au fond du couloir. Il y a deux lits jumeaux rapprochés l'un de l'autre sous le toit bas en pente raide et les affaires de Grayer sont posées sur l'un d'eux.

— C'est pas cool, Nanny ? On va dormir ensemble toutes les nuits !

Il s'assoit, rebondit sur son lit. Je me voûte, prenant garde à ne pas me cogner la tête, pour tirer un pull chaud et un jean de mon sac, car c'est l'été à New York et par optimisme j'avais enfilé un short.

— OK, Grove, je vais me changer.

— Je vais te voir toute nue ?

— Non, je vais à la salle de bains ! Attends-moi ici. Où est-ce ?

— Là !

Il désigne la porte de l'autre côté du couloir. Je l'ouvre.

— Aaaaaaaaaaaaaaaaaaaaaahhhh !

Et je me retrouve face à une petite rousse, qui glapit sur la lunette du W.-C.

— Mon intimité !

— Pardon !

Je claque la porte.

— Grayer, qui est-ce ?

— Carson Spender, elle est là pour le week-end.

— Ah bon...

C'est alors que j'entends une voiture remonter l'allée de gravier. M'approchant de la fenêtre, je vois M. X indiquer à une Range Rover de faire le tour de la maison. Je traverse le couloir jusqu'à la petite baie qui donne sur l'Océan et remarque que le véhicule se range près de quatre autres voitures à côté de la haie hirsute. Il y a au moins dix enfants sur la pelouse.

— Grover ?

Il accourt lourdement à mon appel. Je le soulève pour qu'il puisse voir de la fenêtre.

— Qui sont ces enfants ?

— Je sais pas. Des enfants.

Je l'embrasse sur le front et le repose au moment où la porte de la salle de bains s'ouvre. Carson me regarde d'un sale œil avant de redescendre tambour battant.

— Grove, pourquoi tu n'y vas pas, pendant que je me change en vitesse ?

— Je veux rester avec toi, dit-il en me suivant dans notre chambre.

— D'accord, reste derrière la porte.

J'essaie de la refermer.

— Nanny, tu sais que j'aime pas ça !

Je la repousse un peu, la laissant à peine entrebâillée, et ôte mon short.

— Nanny, tu m'entends ?

— Oui, Grove.

Il passe ses petits doigts sous la porte.

— Nanny, essaie d'attraper mes doigts ! Essaie !

Je les contemple un moment, puis m'agenouille et délicatement lui chatouille le bout des doigts. À mon contact, il se met à glousser.

— Tu sais, Grove, dis-je, me rappelant cette fameuse première semaine où il m'avait enfermée à l'extérieur. J'ai sorti mon zizi et tu peux pas le voir.

— Non, c'est pas vrai, grosse bête !

— Comment tu le sais ?

— T'es pas cap' ! Presse-toi, Nanny. Je vais te montrer la piscine. C'est super-super froid !

Dehors, il y a des hommes en costume d'été et des femmes qui frissonnent dans des robes en linon, tous plantés comme des cônes de circulation tandis que les enfants leur tournent autour à toute berzingue dans le plus grand désordre.

— Maman, elle est entrée dans les toilettes quand j'y étais ! !

J'entends Carson me dénoncer à sa mère.

— Oh, Nanny, vous voici ! dit Mme X. Nous devrions être tous de retour vers 18 heures. Il y a plein de trucs dans le frigo pour le déjeuner. Amusez-vous bien !

Un chœur de : « Amusez-vous bien, les enfants ! » éclate autour de nous, tandis que les adultes se dirigent vers leurs voitures, qui repartent, banquettes vides.

Je considère douze visages attentifs, et mes visions d'un après-midi en chaise longue s'évanouissent très vite.

— Bon, les enfants, moi c'est Nanny. J'ai quelques règles de base. PERSONNE à proximité de la piscine. Est-ce clair ? Personne ne va au-delà de l'arbre là-bas, sinon vous aurez le droit de passer le reste de l'après-midi dans le placard à balais. Compris ?

Douze visages acquiescent solennellement.

— Mais s'il y a la guerre et que le seul endroit sûr c'est près de la piscine ?

— C'est quoi, ton nom ? dis-je au petit brun à lunettes et taches de rousseur.

— Ronald.

— Ronald, plus de questions stupides. En cas de guerre, tous à la remise. Bon, et maintenant, jouez !

Je rentre en courant dans la maison, regardant par chaque fenêtre au passage pour m'assurer que personne n'est en train ne serait-ce que de ramper vers la piscine, afin de dénicher le kit à dessins de Grayer.

Je dispose crayons, papier de construction et ruban adhésif sur la table du patio.

— Écoutez-moi bien ! Vous aller tous venir ici, un par un, et m'indiquer votre nom.

— Arden, me dit une fillette en OshKosh B'Gosh.

J'écris « ARDEN » et un grand « 1 » sur son badge improvisé que je scotche sur son chemisier.

— Très bien, Arden. Tu es le numéro 1. Chaque fois que je dirai : « Appel ! », tu crieras « Un ! » Compris ? « Un », c'est tout ce que tu as à te rappeler.

Elle grimpe sur mes genoux et devient mon assistante, me passant le Scotch et les crayons, alternativement.

Pendant une heure, chacun batifole dans l'herbe, certains jouent avec les jouets de Grayer, d'autres se contentent de se pourchasser, tandis que je contemple l'Océan sous la brume. Toutes les quinze minutes, je crie : « Appel ! » et ils se numérotent.

— Un !

— Deux !

— Trois !

Silence. Je suis prête à courir à la piscine.

— Jessy, tu es « Quatre », crétin !

— Quatre ! couine une petite voix.

— Cinq !

— Six !

— Sept !

— Grayer !

— Neuf !

— Dix !

— Onze !

— Douze !

— OK, déjeuner !

Je survole mes troupes du regard. J'hésite à les laisser seuls pour aller inspecter les vivres.

— Tout le monde à l'intérieur !

— Oooohhhh !

— Allons, on ressortira après !

Je referme la porte vitrée branlante derrière le numéro 12.

— Nanny, qu'est-ce qu'il y a à manger ? J'ai très très faim ! dit Grayer

— Je ne sais pas, allons voir.

Il me suit dans la cuisine, laissant 7, 9 et 3 qui sont en train de transformer le canapé du living en fort.

J'ouvre le frigo.

— Bon, voyons ce qu'on a !

Hum, trois yaourts sans matières grasses, une boîte de SnackWell's, un pain au levain sans matière grasse, de la moutarde, du brie, de la confiture locale et une courgette.

— Bien, soldats ! On m'écoute !

Onze visages affamés me regardent, chacun délaissant sa tâche : leur mission de groupe consiste à détruire le living.

— Voici la situation : nous avons des sandwiches à la confiture, mais vous n'aimerez peut-être pas le pain. Ou des sandwiches au brie, mais vous n'aimez peut-être pas le fromage. Ou des Cheerios, mais pas de sucre à saupoudrer dessus. Par conséquent, je vais vous demander de venir dans la cuisine, *un* par *un*, pour goûter le pain et le fromage et voir ce que vous voulez.

— Je veux du beurre de cacahuètes et de la gelée ! crie Ronald.

Je me tourne et lui lance le Regard de la Mort.

— C'est la guerre, Ronald. Et à la guerre, on se contente des rations que le commandant vous envoie. (Je lui fais le salut militaire.) Donc, soyons de bons soldats et mangeons le fromage.

Je suis en train de confectionner le dernier sandwich quand les premières gouttes tombent, recouvrant les portes coulissantes d'un épais rideau de pluie.

— Au revoir, Carson ! crions-nous, Grayer et moi, au moment où les Spender quittent l'allée, le dimanche soir.

— Salut, Grayer ! lance-t-elle depuis la banquette de la voiture, puis elle porte le pouce droit à son nez et agite les doigts à mon adresse.

En dépit de mes efforts pendant tout le week-end, je n'ai manifestement pas réussi à entrer dans ses bonnes grâces après avoir « violé » son intimité.

— Grayer, tu es prêt ?

Mme X descend en manteau de soie vert et crème, création Prada de ce printemps-ci, mettant une boucle à son oreille droite.

— Maman, je peux emmener mon Kokichu ?

Nous avons été invités à un « dîner dominical décontracté » chez les Horner et Grayer ressent le besoin de venir équipé de quelque chose, dans la mesure où Ellie, leur fille de quatre ans, a un cochon d'Inde.

— Ça ne devrait pas poser de problème. Tu sais, on le laissera dans la voiture en arrivant là-bas et je te dirai si tu peux le sortir... Nanny, vous n'allez pas vous changer ?

— C'est déjà fait, dis-je, jetant un coup d'œil sur ma personne pour confirmer que j'ai toujours un pantalon de grosse toile propre et un pull col roulé blanc.

— Ah. Bon, je suppose que ça devrait aller. Vous passerez sans doute la plupart du temps dehors avec les enfants, de toute façon.

— OK, tout le monde en voiture !

M. X passe, rafle Grayer et l'emporte, comme un sac de pommes de terre, à l'extérieur.

Dès que nous montons en voiture, M. X branche son téléphone cellulaire au tableau de bord et se met à dicter des instructions à la boîte vocale de Justine. Nous autres restons sagement à nos places, Grayer étreignant son Kokichu, moi pelotonnée sous le canoë et contemplant mon nombril.

Ayant débranché son téléphone, M. X soupire :

— Ce n'était vraiment pas la bonne semaine pour partir, pour moi. Ça ne pouvait plus mal tomber...

— Mais tu avais dit que le début du mois de juin, ce serait calme..., dit-elle.

— Enfin, je préfère te prévenir que je devrai sans doute rentrer jeudi pour une réunion.

Elle avale sa salive.

— Et tu reviendras quand ?

— Je ne sais pas trop. J'ai l'impression que je vais devoir passer le week-end là-bas pour divertir les cadres de Chicago.

— Je croyais que ton travail avec Chicago était terminé, remarque-t-elle d'un air pincé.

— Ce n'est pas aussi simple. Maintenant il y a les problèmes de licenciements, de partage des tâches — réorganiser et relancer la machine.

Elle reste silencieuse.

— D'ailleurs, j'aurai été là toute une semaine, dit-il en tournant à gauche.

— Pourquoi tu t'éloignes de la mer ? demande-t-elle, crispée.

Nous avons du mal à trouver la maison parce que, à en croire les indications, elle se trouve dans les terres par rapport à la route principale.

— Ça me semble incroyable qu'ils n'aient pas vue sur

l'Océan, dit Mme X, qui nous oblige à emprunter le même rond-point pour la troisième fois. Redonne-moi ce papier...

Il en fait une boulette qu'il lui lance sans détacher les yeux de la route. Elle le lisse avec méthode sur son genou.

— Tu as dû les copier à l'envers.

— Soyons fous et suivons ces foutues indications ; on verra bien où on atterrira, dit-il entre ses dents.

— J'ai très très faim. Je vais mourir si je mange pas ! gémit Grayer.

C'est le crépuscule quand nous atteignons enfin la maison à deux étages à bardeaux des Horner. Ferdie, leur golden retriever, dort paisiblement sur la véranda, sous le hamac, et les grillons nous accueillent de leurs sonores stridulations. Jack Horner pousse la porte moustiquaire, en jean délavé et grosses sandales.

— Vite, ôte ta cravate ! chuchote Mme X.

— Garez-vous n'importe où ! lance-t-il avec un grand sourire depuis la véranda.

M. X est dépouillé de ses blazer, cravate et boutons de manchettes avant que nous puissions descendre.

J'étire mon dos endolori en contournant la voiture pour ouvrir le coffre. Je retire de la glacière la tarte à la rhubarbe que Mme X a achetée au supermarché le matin même.

— Laissez, je la prends, dit-elle en s'en allant derrière M. X, qui tient une bouteille de vin, et suivie de Grayer, qui tient son Kokichu devant lui, pareils aux trois Rois mages.

— Jack !

Les hommes se serrent la main et se donnent des claques dans le dos.

Ellie passe la tête par la porte.

— Maman, ils sont là !

Jack nous invite à entrer dans le chaleureux salon, où un mur est recouvert des œuvres des enfants, tandis qu'une sculpture en nouilles trône sur la table basse.

Caroline sort de sa cuisine, en jean et corsage blanc, s'essuyant à son tablier.

— Bonjour ! Désolée, je ne vous serre pas la main —

j'étais en train de faire mariner les steaks. (Ellie s'attache à la jambe de sa mère.) Vous n'avez pas eu de mal à trouver ?

— Pas du tout. Vous nous aviez parfaitement bien indiqué, réplique très vite Mme X. Tenez...

Elle tend le carton qui contient la tarte.

— Oh, merci ! Hé, Ellie, tu ne montres pas ta chambre à Grayer ?

Elle donne un petit coup de hanche à sa fille.

— Tu veux voir mon Kokichu ?

Il fait un pas en avant, tendant la boule en peluche. Elle contemple la fourrure jaune et se sauve, Grayer lui emboîtant le pas, et ils grimpent au galop l'escalier.

— Nanny, vous n'allez pas surveiller les enfants ? me lance Mme X.

— Oh, inutile. J'ai confisqué à Ellie ses couteaux Ginsu, Grayer ne risque rien, à première vue, dit Caroline en riant. Nanny, un verre de vin ?

— Oui, buvons. Qu'est-ce que vous prenez ? demande Jack.

— Vous n'avez pas de scotch ? demande M. X.

— Du vin, c'est parfait, dit Mme X, tout sourire.

— Rouge ? Blanc ?

— Ce que vous avez, dit Mme X. Où sont les autres filles ?

— Elles mettent la table. Vous m'excusez ? Je vais finir de préparer le dîner, fait Caroline.

— Je peux vous aider ? dis-je.

— Franchement, je ne dis pas non, si ça ne vous ennuie pas.

Jack et M. X sortent faire des choses masculines avec le barbecue, tandis que nous suivons Caroline dans la cuisine, où Lulu et Katie, âgées de huit et neuf ans, sont assises à la table en train de rouler des serviettes et de les glisser dans des ronds.

— Nanny !

Elles bondissent dès qu'elles me voient, se jettent à mon cou, au grand dépit de Mme X. Je soulève Katie et la renverse en arrière, en la tenant par les jambes, puis c'est au tour de Lulu.

— Ça vous embête de tourner la salade ?

Caroline me tend le saladier et un bocal de vinaigrette.

— Pas du tout !

En commençant à remuer la laitue, je remarque une délicieuse odeur de tarte au four.

— Que puis-je faire ? demande Mme X.

— Rien du tout. Il ne faudrait pas tacher votre magnifique manteau.

— Chérie !

Nous entendons Jack l'appeler du jardin.

— Lu, va donc voir ce que veut papa...

La fillette part en courant et revient quelques instants plus tard.

— Il a dit que le gril était prêt.

— OK. Va lui porter les steaks, mais fais attention ou on n'aura que des croque-monsieur à manger.

Lulu soulève le plateau en métal et s'approche lentement de la porte, en surveillant avec intensité la pyramide de viande.

— Où mangeront les enfants ? demande en passant Mme X.

— Avec nous.

— Oh... mais bien sûr !

— J'aurais une faveur à vous demander, dit Caroline, qui contourne le bloc central pour toucher le bras de Mme X.

— Bien entendu, tout ce que vous voudrez...

— J'ai une amie de l'université qui arrive la semaine prochaine. Récemment divorcée, elle retourne à New York après avoir vécu à Los Angeles et je me demandais si ça vous embêterait de la prendre un peu sous votre aile.

— Pas du tout...

— Vivant à Westchester, je ne peux pas la présenter à autant de monde que je voudrais. Par ailleurs, si vous connaissiez un bon agent immobilier, elle est à la recherche d'un appartement...

— Eh bien, il y a un cinq-pièces dans notre immeuble qui est à vendre.

— Merci, mais elle cherche un studio. C'est une situation affreuse — même si c'était son ex-mari qui la t-r-o-m-p-a-i-t, car aucun de leurs avoirs n'était au nom de ce dernier. Il s'était mis en SARL ou une connerie de ce genre, et elle n'a rien obtenu.

Mme X ouvre de grands yeux.

— C'est terrible.

— Donc, si vous pouviez l'aider d'une façon ou d'une autre, je vous en serais infiniment reconnaissante. Je vous donnerai un coup de fil quand elle sera là.

Lorsque tout le monde est autour de la table, je suis enchantée de voir que les fillettes ont marqué les places avec des feuilles d'arbre sur lesquelles elles ont inscrit nos noms avec des feutres à paillettes en trois écritures sensiblement différentes. Katie et Lulu ont demandé que je sois assise entre elles, tandis que Mme X se retrouve entre Grayer et Ellie, et passe la plus grande partie du repas à découper de la viande et à répondre aux questions d'Ellie concernant son manteau.

Ferdie vient quémander aux pieds de son maître.

— J'avais un retriever quand j'étais enfant, dit M. X, étalant de la moutarde sur son second steak.

— En fait, Ferdie est un enfant du pays, dit Caroline. L'un des meilleurs éleveurs habite au bout de la route, si vous envisagiez d'acquérir un chiot...

— Quelle maison fabuleuse ! intervient Mme X, changeant de sujet, tandis qu'elle joue avec sa salade.

— C'est le grand-père de Caroline qui l'a construite, dit Jack.

— De ses propres mains, sans clous, sous la pluie battante, à l'en croire, ajoute-t-elle en riant.

— Vous devriez voir la cabane hors de prix que ma femme nous a dégotée. On aura du pot si le toit ne s'envole pas, s'esclaffe M. X, du maïs entre les dents.

— Alors, Nanny, vous êtes à quelle université ?

C'est à moi que Jack s'adresse.

— New York University — j'ai obtenu mon diplôme vendredi, à vrai dire.

— Félicitations !

Il me sourit, tout en beurrant un autre épi de maïs pour Lulu.

— Et vous savez ce que vous faites l'an prochain ?

— Quel père tu fais !

Caroline se moque de lui à l'autre bout de la table.

— Vous n'êtes pas obligée de lui répondre, Nanny. (Elle se lève.) Qui veut de la tarte ?

— MOI ! MOI ! hurlent les petites Horner et Grayer.

Dès que la porte s'est rabattue derrière elle, je me lève pour débarrasser, mais Jack m'arrête.

— Voyons, dit-il en feignant de chuchoter. Elle est partie. Quels sont vos projets ?

— Je vais travailler dans un organisme pour l'enfance à Brooklyn, lui dis-je en aparté.

— Chérie ! hurle-t-il. C'est bon ! Elle a un projet !

Caroline revient, souriante, avec un carton de crème glacée et neuf bols.

— Jack, tu es incorrigible. (Elle dépose la glace et les bols.) Lulu, tu prends les commandes de café ?

En gracieuse hôtesse, Caroline sert les deux tartes, mais il n'y a guère de demandes pour la froide dans le plat en aluminium.

— Maman, je veux un cochon d'Inde, dit Grayer d'un ton somnolent sur la banquette arrière.

Il s'endort presque aussitôt et les X se mettent à commenter la soirée, tandis que je tâche de me tasser plus confortablement sous le canoë.

— Devant le barbecue, il m'a dit qu'il avait réussi à conquérir douze nouveaux marchés cette année…

M. X est impressionné par le sens aigu des affaires de Jack.

— Tu sais… (Elle se tourne légèrement vers lui, pose la

main sur son bras.) Je pourrais rentrer avec toi jeudi..., on passerait un week-end romantique à New York.

Il retire son bras en tournant à gauche.

— Je te l'ai dit, c'est seulement histoire de divertir le client. Tu t'ennuierais à périr...

Il branche son téléphone cellulaire et compose un numéro de sa main libre.

Elle sort son Filofax et tourne les pages vides.

— Nanny, j'aurais une chose à vous dire..., lance-t-elle sur le ton du reproche.

— Oui, dis-je, alors que je commençais à m'assoupir.

— Je ne sais si c'est votre rôle de monopoliser la conversation au dîner. Je compte sur vous pour en être consciente à l'avenir.

Chéri, je suis allée prendre le thé chez les Stern. Je serai de retour à 17 heures. Une simple suggestion — si tu dois t'en aller, vois si tu ne pourrais pas revenir dimanche dans la matinée, les Horner nous ont invités à un brunch.

Bonne chance pour ton match ! Baisers.

J'espère que ta partie de golf s'est bien passée. Au cas où tu craindrais que je souffre de la solitude, Caroline m'a proposé de me tenir compagnie quand tu ne seras pas là, donc ne t'en fais pas pour moi. Certes, ils sont très occupés, mais je suis certaine que d'autres personnes penseront à moi. Je te vois à ton club à 18 heures. Baisers.

Chéri, je n'ai pas voulu te déranger dans ta sieste — je vais en ville.

J'ai appelé la femme de l'agence, qui m'a affirmé

qu'on ne risquait rien par ici. Elle a ajouté qu'elle serait très surprise s'il nous arrivait quelque chose, à Grayer et moi, quand nous serons tout seuls ici, donc ne passe pas ton temps à New York à te faire du souci pour nous.

Le mercredi soir, veille du départ de M. X, nous attendons tous les trois Mme X dans la Rover. Le programme original était de nous laisser, Grayer et moi-même, nous « relaxer » à la maison pour la soirée, tandis qu'ils iraient dîner à Il Cognilio avec les Longacre. Mais, quand ils sont rentrés se changer à la maison, Grayer s'est mis à pousser des hurlements convulsifs au point que M. X a insisté pour l'emmener, afin que, je cite, il « la ferme ».

Après cinq journées d'affilée à diriger quasiment une garderie pour tous les amis des X, avec cinq heures au plus de sommeil la nuit, je commence à m'assoupir dès que je suis casée sous le canoë.

M. X écarte brusquement le téléphone cellulaire de son oreille.

— Nous allons perdre la réservation..., allez voir ce qui la retient si longtemps.

J'ouvre la portière au moment où Mme X titube sur le gravier sur des talons d'une hauteur inhabituelle, vêtue d'une robe noire sans bretelles et d'un châle en cachemire rouge qui enveloppe ses frissonnantes épaules. C'est à peine si M. X lui accorde un coup d'œil avant de démarrer.

— Chéri, à quelle heure veux-tu que je te conduise à l'aéroport demain ? demande-t-elle, bouclant sa ceinture de sécurité.

— Ne t'occupe pas de ça... Je prends le vol de 6 heures du matin. J'appellerai un taxi.

— Je veux aller avec papa !

Grayer, qui est affamé et, bien sûr, n'a pas fait la sieste, commence à se tortiller sur la banquette.

— Madame X ? Euh... vous n'avez pas eu le temps de

voir si vous avez emporté un produit contre les piqûres de moustiques, n'est-ce pas ?

Ma voix retentit de dessous le canoë.

— Non, vous avez encore été piquée ? Je ne comprends pas. Aucun de nous ne l'a été...

— Pensez-vous qu'il vous serait possible de me déposer une seconde dans une pharmacie pour que je prenne en vitesse une crème apaisante ?

— Je ne crois pas qu'on ait le temps.

Elle retouche son rouge à lèvres sous la lumière jaune du miroir de courtoisie.

Je me gratte à mort à travers la jambe de mon pantalon. Ça me cuit. Les démangeaisons sont telles que cela me tient éveillée la nuit pendant les heures alternées où Grayer, ou M. X, ne ronflent pas. Je veux. Aller. À la pharmacie.

Après vingt minutes d'une conduite tendue, nous nous engageons dans le parc de stationnement-boutique cadeaux du célèbre restaurant dont le T-shirt, figurant une silhouette de lapin, est devenu un bizarre emblème de richesse matérielle pour tous les Américains. Bien sûr, j'en veux un.

Mme X nous fait entrer dans le restaurant, un magasin d'articles de pêche embelli qui sert des saladiers de pâtes à vingt-cinq dollars sur des tables truffées d'échardes.

— Ma chère, comment allez-vous ?

Mme X est abordée par une femme dont la volumineuse chevelure blonde semble capable de résister au plus violent des vents de Nantucket.

— Quel chic ! Je me sens comme une vraie péquenaude !

Elle tire sur sa personne les pans de sa saharienne Aqua Scutum.

Les hommes se serrent la main et Mme X présente son fils.

— Grayer, tu te souviens de Mme Longacre ?

Mme Longacre lui tapote distraitement la tête.

— Comme il a grandi... Chéri, allons à notre table.

On nous indique une table d'angle exposée aux courants

d'air et l'on nous prête une chaise d'enfant verte à l'intérieur de laquelle Grayer s'efforce de s'introduire.

— Madame X, je crois que c'est trop petit.

— Ne dites pas de bêtise !

Elle regarde du côté de son enfant qui, assis de travers, tâche d'encastrer l'intégralité de son fessier entre les accoudoirs.

— Allez voir s'ils ont un bottin...

Je finis par dénicher trois annuaires crasseux de Nantucket et les glisse sous son derrière, tandis que les adultes commandent des cocktails. Je sors des crayons de mon sac et commence à lui raconter une histoire, l'illustrant au fur et à mesure sur la nappe en papier.

— Ah, bien sûr, j'aime beaucoup être ici, mais je ne sais pas comment je ferais sans mon fax, dit Mme Longacre. J'ignore comment les gens font pour se déplacer sans fax ni téléphone portable, vraiment je me le demande. J'organise actuellement un petit dîner d'une centaine de convives pour la semaine qui suivra notre retour. Vous savez, j'ai mis au point toute la noce de Shelly d'ici, l'été dernier.

— Je sais, je regrette de n'avoir pas pensé à emporter le nôtre, dit Mme X, ajustant son châle autour de ses épaules nues. J'attends une réponse de la copropriété qui doit me dire si j'ai la permission d'acheter l'un des studios au premier.

— Il y a des studios dans votre résidence ?

— En fait, c'étaient à l'origine des chambres de bonnes et la plupart appartiennent à des gens qui ont des surfaces plus importantes dans l'immeuble. J'aimerais avoir un coin bien à moi, vous voyez ? C'est un tel déchirement quand Grayer est à la maison. Je voudrais être auprès de lui, mais parfois j'ai besoin de m'avancer dans mon travail caritatif.

— Oh, ma chère, buvons à cela ! Notre fille aînée vient de faire pareil — elle a deux enfants et avait besoin d'un lieu où s'isoler, tout en restant à proximité. Quelle excellente idée !

La serveuse arrive avec les six verres sur un plateau juste

au moment où un jeune enfant file à hauteur de ses genoux et manque renverser trois cocktails sur la tête de Mme X.

— Aaaan-drew... Viens voir mammmmaaan ! geint une voix plaintive, tandis que la boule de billard humaine fend l'air sous les tables et entre les dîneurs.

Le maître d'hôtel adresse un regard implorant aux parents inconscients, les adjurant de discipliner leur rejeton.

— Oh, ma chère, serait-ce les Clifton ?

Mme X s'excuse et va baiser des joues.

— Nanny, dessine-moi une poule ! me demande Grayer, tandis que les hommes comparent les scores au golf cette semaine.

— N'est-ce pas formidable ? dit-elle en se rasseyant. Comme ils sont là avec leur fils, j'ai dit à Anne que Nanny emmènerait tout le monde sur le parking en attendant que les assiettes arrivent.

Tout le monde ? Vais-je devoir entraîner Mme Clifton dans une vibrante version de *Michaël est de retour* ?

Je m'arrache de mon siège et emmène Grayer et le derviche tourneur jouer sur le parking obscur, froid et sablonneux. Ils montent et descendent plusieurs fois sur un morceau de bois flotté mazouté, puis Andrew suggère de faire des pâtés de sable.

— Oui, euh... non. Et si on allait se laver les mains avant de manger ?

Je tente de les ramener à l'intérieur, vers les toilettes pour dames.

— Non ! proteste Andrew. Je suis un garçon. Je vais pas chez les filles ! Ah, non alors !

Mme Clifton vient de tourner le coin du couloir.

— Je les emmène, dit-elle, entraînant les enfants et me laissant jouir de deux bonnes minutes d'intimité chez les dames.

Je viens de m'enfermer dans ma cabine quand j'entends Mme X et Mme Longacre entrer. Mme Longacre est en train d'approuver quelque chose.

— Absolument ! On n'est jamais trop prudent par les temps qui courent. Vous connaissez Gina Zuckerman ? Elle a un garçon de l'âge de Grayer — Darwin, je crois. Apparemment, la femme qui le gardait, une Sud-Américaine, l'a attrapé violemment par le bras. Gina a tout enregistré sur sa Nannycam. Elle a renvoyé cette femme dans son petit village du tiers-monde...

Je retiens ma respiration pendant que Mme Longacre urine tout près de moi.

— On a installé notre Nannycam il y a quelques semaines, dit Mme X. Je n'ai pas eu le temps de visionner les cassettes, mais ça me tranquillise de savoir que je puis être virtuellement là, auprès de mon fils.

Tais-toi ! Tais-toi !

— Vous n'allez pas... ? demande Mme Longacre, sortant de la cabine.

— Non, je me lave seulement les mains, dit Mme X depuis le lavabo.

Grayer tambourine à la porte des toilettes.

— Nanny !

Mme X ouvre.

— Quoi ? Grayer ! Qu'est-ce que tu fais là ?

Je l'entends sortir et attends que Mme Longacre ait fini de se laver les mains pour débloquer mon verrou.

NANNYCAM ? ! NANNYCAM ? ? ? ! ! ! Et puis quoi encore ? Des analyses de sang régulières pour voir si je me drogue ? Des fouilles corporelles ? Un détecteur de métal dans le vestibule ? *Qui sont ces gens-là ?*

Je m'asperge le visage d'eau fraîche et tente, pour la énième fois en neuf mois, de chasser mes employeurs de mon esprit pour me concentrer sur les besoins de leur enfant.

Je retourne m'asseoir. Mme X est en train de se démener pour jucher Grayer en équilibre sur les annuaires. Elle lève les yeux sur moi, me fusille ouvertement du regard.

— Nanny, où étiez-vous ? J'ai trouvé Grayer tout seul et j'estime inacceptable...

Un niveau de rage sans précédent se lit sur mon visage, qui la réduit momentanément au silence. Je réajuste Grayer sur ses bottins, lui découpe son poulet et prends moi-même une bouchée de purée de pommes de terre.

— Bon, eh bien, pourquoi vous n'emmèneriez pas les enfants dehors, en attendant qu'on ait fini ? demande-t-elle, suave.

Et je passe le reste du repas dans le vent chargé de pluie, à donner à Grayer du poulet plein de sable dans un récipient de polystyrène. Bientôt, Andrew nous rejoint, puis trois autres. Je joue à Tête, épaules, genoux et orteils. Je joue à Maman puis-je. Je joue à Feu rouge, feu vert.

Mais c'est le maximum qu'on puisse faire avec cinq enfants dans un parking obscur avant d'avoir envie de les vendre.

Après avoir couché Grayer, je mets à sac la cuisine, à la recherche d'ammoniaque. Tout en cherchant sous l'évier, j'entends claquer les hauts talons de Mme X sur le lino tandis qu'elle ouvre les placards en hauteur. Elle manœuvre gauchement autour de moi en silence.

— Qu'est-ce que vous faites là-dessous ?

M. X entre, tenant son journal.

— Je cherche de l'ammoniaque pour apaiser mes piqûres de moustiques, dis-je, la tête coincée entre les tuyaux et une bouteille d'eau de Javel alors que je pourchasse cette solution de secours apprise chez les Jeannettes.

— Et moi je cherche le whisky, pour te servir un dernier verre.

Elle fait volte-face sur ses escarpins et son châle glisse lentement au sol, forme un tas écarlate près de ses mollets couverts de chair de poule.

— De l'ammoniaque ? dit-il. Ah...

Son pas lourd quitte le lino de la cuisine pour le plancher du couloir.

— Chéri ? dit-elle d'une voix légèrement rauque en le suivant sur le seuil de la porte. Et si on lisait au lit ?

Je comprends au bruissement de papier qu'il lui tend le journal.

— Je dois confirmer mon vol pour demain matin. Je monterai après. Ne m'attends pas. Bonne nuit, Nanny.

Je vois les mollets de Mme X se contracter.

— Au revoir, bon voyage, dis-je.

Mes amitiés à Miss Chicago.

Je l'entends suivre son mari dans le couloir, me laissant fourrager seule sous tous les éviers de la maison, mais je ne réussis à trouver qu'un tas de M. Propre et du Pine-Sol.

Une heure plus tard, quand j'éteins dans la salle de bains, je vois M. X pousser lentement la porte de leur chambre, un trait de lumière éclairant le couloir.

— Chéri, dit-elle doucement.

La porte se referme.

— Papa, tu es là !

Grayer se lève d'un bond devant *Sesame Street* quand M. X pénètre dans le living le lendemain, tard dans la matinée.

— Bonjour, dis-je, saisie. Je croyais que vous deviez...

— Salut, mon vieux...

Il vient s'asseoir sur le divan.

— Où est maman ? s'enquiert Grayer.

— Maman est sous la douche. (Il sourit.) Tu as pris ton petit déjeuner ?

— Je veux des céréales, dit Grayer, en sautillant autour du canapé.

— Bon, alors on va faire la tambouille en vitesse. Je mangerais bien des œufs et des saucisses.

On est bien jeudi, non ? Ce n'est pas encore le mercredi ? Parce que j'ai déjà effacé mercredi du petit calendrier que j'ai gravé dans le mur près de mon lit.

Mme X entre d'un pas nonchalant, exhibant un haut de bikini, un sarong, et des kilomètres de chair de poule. Elle est un peu rouge et a une aura de victoire autour d'elle.

— Bonjour, Grayer. Bonjour, toi...

Elle vient langoureusement derrière M. X, pose les mains sur ses épaules et lui fait un petit massage.

— Chéri, ça t'embêterait d'aller chercher le journal ?

Il renverse la tête en arrière pour la regarder et elle sourit largement, se penche pour l'embrasser.

— Pas de problème !

Il contourne le divan, lui baisant l'épaule au passage.

Eh bien, voilà le seul scénario plus gênant que de devoir assister à leurs bagarres..

— Ça vous embêterait que j'accompagne M. X au magasin pour acheter du produit apaisant ? dis-je, tentant de tirer parti de son rayonnement post-coïtal.

— Je préfère que vous restiez ici pour surveiller Grayer pendant que je me prépare.

M. X saisit les clés sur la table près de la porte, et sort. Comme nous entendons la voiture démarrer, elle demande :

— Grayer, qu'est-ce que tu préfères : un petit frère ou une petite sœur ?

— Un petit frère ! Un petit frère !

Il se précipite sur elle, mais elle le retourne et me le renvoie, tel un palet de hockey sur gazon.

Le téléphone se met à sonner au moment où M. X quitte l'allée. Mme X ôte le sweat-shirt de son mari du dossier du divan et l'enfile par la tête, avant de soulever le lourd combiné vert olive.

— Allô ?

Elle se tient là, attentive.

— Allô ?

Elle ajuste son sarong.

— Allô.

Elle raccroche.

Son regard se fixe sur moi.

— J'espère que vous n'avez pas divulgué ce numéro de téléphone.

— Non, seulement à mes parents, en cas de force majeure.

Elle est au milieu de l'escalier quand le téléphone se remet à sonner, ce qui la ramène au salon.

— Allô ? dit-elle pour la quatrième fois, manifestement agacée.

— Oh, bonjour... (Sa voix est tendue.) Non, il n'est pas là... Non, il a décidé de ne pas partir aujourd'hui, mais je lui demanderai de vous appeler dès son retour... Chenowith, c'est bien ça ? C'est noté. Vous êtes à Chicago ou à New York ?... Très bien, au revoir.

Pas de truffes Teuscher pour vous, Miss Chicago.

Quand M. X est de retour, je vais dans la cuisine pour l'aider à déposer son chargement et sors l'habituel assortiment de yaourts sans sucre cancérigène, de saucisses de tofu et de SnackWell's.

— Personne n'a appelé ? dit-il, tirant pour lui-même une pâtisserie individuelle au fromage d'un petit sac en papier sulfurisé, tandis que Mme X entre dans la cuisine.

— Personne, dit-elle. Pourquoi, tu attendais un appel ?

— Non.

Eh bien, comme ça c'est réglé.

Dring ! Dring ! Dring !

Le lendemain après-midi, alors qu'un avion survole à basse altitude le jardin, je suis réveillée par la sonnerie stridente du téléphone à l'intérieur de la maison. Encore ! Donnant des claques aux moustiques qui festoient sur mes jambes nues, je décolle ma peau des lattes en caoutchouc du fauteuil de jardin délabré et me lève pour aller répondre. Mais la sonnerie s'interrompt soudainement. Encore !

Plus tôt dans la matinée, j'ai regardé avec circonspection un homme âgé décharger d'un camion garé dans notre allée trois grandes bicyclettes de location, me demandant le cœur lourd si cela signifiait que j'allais devoir pédaler en portant Grayer sur les épaules. Au point où j'en étais, je n'aurais sans doute pas tiqué s'ils avaient suggéré que je le porte dans mon utérus pour faire plus de place dans la Land Rover.

Grayer a dû expliquer à son père qu'il ne pourrait pédaler sur le modèle rouge à dix vitesses calé dans l'allée que si on lui ajoutait deux roulettes. Je ne sais toujours pas si cet homme a une idée des capacités de son fils ou s'il fait preuve d'un optimisme délirant à ce sujet. En tout cas, le vélo d'adulte a été échangé contre un plus petit et, à ma grande surprise, on m'a permis d'échapper à leur excursion. Ils sont partis vers la ville, me laissant à mes plans grandioses d'un long jogging, suivi d'un bain au calme et d'une sieste, mais pour l'instant je n'ai réussi qu'à m'installer sur ce transat avec mon short et mon soutien-gorge de gym afin de chausser mes tennis. Bon, un sur trois, ce n'est déjà pas si mal.

Je cherche à tâtons ma montre sous le fauteuil, grimace au moment où une écharde se glisse sous mon ongle. J'attrape ma montre et suce délicatement mon doigt souffrant. Il y a plus d'une heure qu'ils sont partis.

Je rentre à l'intérieur, tourne le robinet d'eau chaude dans la cuisine et fourre ma main sous le jet. J'ai enfin un moment à moi pour la première fois de la semaine et je dois le passer à persuader cette foutue baraque de me foutre la paix !

Dring ! Dring ! Dring !

Je ne prends même pas la peine de bouger. Elle abandonne à la cinquième sonnerie. On dirait qu'elle est en train de perdre son flegme subtil.

L'eau chaude ne donnant rien, me voilà forcée de rassembler une trousse de secours improvisée, qui consiste en une fourchette à maïs et une bouteille de vodka oubliée au freezer. Tandis que je m'installe à la table de cuisine, je contemple le lino vert fendillé. Si je pouvais commander par téléphone une amie de substitution, tout comme un mec commande une strip-teaseuse... Une fabuleuse jeune femme se pointerait avec des Doritos, des Margaritas et un exemplaire de *Heaters.* Ou du moins de vieux magazines *Jane.* Si je dois feuilleter une fois de plus *La Bonne Ménagère* de juillet 1988, je vais finir par me transformer en tarte aux pommes.

Je tends la main vers la vodka, me pétrifiant quand je crois entendre des crissements sur le gravier de l'allée signalant leur retour. Je dévisse le bouchon, verse une dose dans un verre à jus de fruit et savoure ma gorgée. Je repose d'un coup sec le verre sur la table, le retournant comme un cow-boy.

Mon regard se pose sur la vieille radio décatie à modulation de fréquence sur le buffet, et je l'allume.

Dring ! Dring ! Dring !

— Il n'est pas là ! dis-je en hurlant par-dessus mon épaule.

Je commence à tourner le bouton, posant ma tête sur mon bras, tandis que défilent des bribes de nouvelles et des musiques pour croulants crachotées à travers les haut-parleurs antédiluviens. Je tourne lentement le bouton, un astronaute guettant des signes de vie, tâchant de distinguer une chanson de Billy Joel dans tout ce flou. Ma tête se dresse. Ce n'est pas Billy... c'est Madonna !

Je tourne le bouton d'un millimètre, me levant avec enthousiasme au son familier de *Holiday*. J'empoigne la fourchette à maïs et la fourre contre le bouton pour qu'il ne bouge plus, monte le volume autant que possible et chante avec ce qui ressemble le plus à une amie de substitution. Il y a de la vie hors de ce trou, me rappelle ma blonde amie à paillettes, une vie sans *eux* !

— *Si on prenait des vacances, oooh ouais...*

Je trémousse ma personne en Lycra à travers la cuisine, remettant la vodka au frais, oubliant complètement mon doigt, les moustiques et mon gravissime manque de sommeil. Pour le moment, je suis avec elle, qui tient absolument à ce que je prenne le temps de faire la fête (*Oooh ouais*), et rue, dans le style années 80, à travers le salon, saisissant le camion de Grayer en guise de micro et chantant à m'en décrocher les mâchoires.

Je suis en train de glisser contre le dossier du divan quand M. X pousse la porte moustiquaire dans son pantalon de survêtement Donna Karan. Je me fige sur mes talons, le camion à la main, mais il me remarque à peine et jette avec violence son portable sur la bergère à oreille branlante avant de s'élancer dans l'escalier. Je me relève d'un bond pour regarder vers l'entrée, où la silhouette de Mme X se rapproche d'un Grayer ramassé au milieu de l'allée. Je saute par-dessus ses jouets, me précipite dans la cuisine, déloge la fourchette à maïs, coupe le son et retourne dare-dare dans le living au moment où la porte se rabat toute seule.

Elle me regarde au niveau du nombril.

— Occupez-vous-en, Nanny. Il se plaint de s'être écorché le genou, mais je ne vois rien. Et surtout, calmez-le — mon époux a la migraine.

Elle me croise en coup de vent en direction de l'escalier, se massant les tempes.

— Oh, et il y a un problème avec son portable. Vous voulez bien regarder ?

De l'étage, M. X hurle :

— Où est ma valise ? Qu'est-ce que tu as fait de ma valise ?

Des sanglots enfantins traversent la maison, tandis que je cherche mon jean, mon doigt recommence à me faire mal. Je soulève le portable de M. X. L'identificateur d'appels montre que ces derniers proviennent tous de l'appartement des X.

Dring ! Dring ! Dring !

Je fais un effort pour soulever mes paupières pesantes dans le noir.

Dring ! Dring !

Je me demande pourquoi il ne l'appelle pas pour lui dire qu'il ne viendra pas !

— Nanny ! s'exclame Grayer, que le téléphone a réveillé pour la troisième fois cette nuit.

Au point où j'en suis, j'ai bien envie de l'appeler, elle, pour lui dire où elle peut se fourrer son téléphone *et* son foie gras.

Tendant la main par-dessus la ruelle qui sépare nos lits, je serre très fort sa menotte toute moite.

— Le monstre, dit-il. Il fait très peur. Il va te dévorer, Nanny.

Le blanc de ses yeux luit dans la pénombre.

Je roule sur le côté pour lui faire face, sans lâcher sa main.

— Réfléchis bien, de quelle couleur est-il ? Je voudrais savoir, parce que je suis copine avec pas mal de monstres.

Il garde le silence un moment.

— Bleu.

— Tiens donc ? On dirait le monstre Cookie de *Sesame Street.* Est-ce qu'il essayait de me manger ? dis-je d'un ton endormi.

— Tu crois que c'est le monstre Cookie ? dit-il, desserrant son étreinte mortelle, plus calme.

— Mais oui ! Moi, je crois que le monstre Cookie voulait jouer avec nous, mais il t'a fait peur sans le vouloir et il essayait de s'excuser auprès de moi. Tu veux compter les moutons ?

Ou les sonneries ?

— Non, chante la chanson, Nanny.

Je bâille.

— Quatre-vingt-dix-neuf bouteilles de bière sur le mur, quatre-vingt-dix-neuf bouteilles de bière...

Je fredonne doucement, sentant son haleine tiède sur mon poignet.

— ... Prends-en une, fais passer, quatre-vingt-dix-neuf bouteilles de bière sur le mur...

Ses mains pèsent plus lourd et, à la quatre-vingt-dixième bière, il s'est rendormi pour au moins quelques heures.

Je tourne sur le côté droit pour l'observer, sa poitrine qui se soulève doucement, ses poings serrés sous le menton, sa figure pour l'instant détendue et sereine.

— Oh, Grove...

Le lendemain matin, après m'être accordé trois tasses de café nature et avoir acheté une boîte d'After Bite, je me tiens contre l'unique téléphone public de la ville et compose frénétiquement les chiffres sur la télécarte en plastique.

— Allô ? répond mon amoureux.

— Oh, Dieu merci. Je craignais de ne pas arriver à te joindre avant ton départ.

Je m'effondre contre le téléphone.

— Quoi ? Non, je faisais mes bagages — mon vol n'est qu'à 8 heures. Où es-tu ?

— Dans une cabine payante. Ils m'ont laissée en ville pendant qu'ils allaient chez un éleveur de chiens.

Je déniche le paquet de cigarettes que j'ai acheté avec la télécarte et déchire la pellicule de cellophane.

— Un éleveur de chiens ?

— M. X espère acheter un petit remplaçant à poil. Il part cet après-midi. J'imagine qu'une semaine de vacances en famille, c'est le maximum pour lui.

Je fourre une cigarette dans ma bouche et l'allume, inhalant et exhalant rapidement.

— Dans cette ville, il doit y avoir une loi qui interdit de vendre autre chose que des bougies parfumées, des navires en bouteille ou des caramels aromatisés. L'enfer est une bougie en forme de yacht...

— Nanny, tu n'as qu'à rentrer...

Une famille passe, dont chacun des membres a plus ou moins progressé dans la dégustation de son cornet de glace. Je me tourne dans la cabine et cache ma cigarette avec un sentiment de culpabilité.

— J'ai besoin d'argent ! Pouah ! Quand je pense à toutes les fois où, après le boulot, je filais chez Barneys claquer la moitié de mon mois juste pour me réconforter, je me donnerais des claques !

Je prends une dernière bouffée et écrase ma cigarette en haut de la clôture à proximité.

— Qu'est-ce que je suis malheureuse..., dis-je doucement.

— Ça s'entend.

— Tout le monde fait comme si j'étais transparente, dis-je, sentant venir les larmes. Tu ne peux pas comprendre ! Je suis censée ne parler à personne et chacun fait comme si je devais m'estimer heureuse d'être à Nantucket, comme si j'étais une pauvresse à qui on a offert un séjour au grand air. Je me sens si seule...

Là, je pleure pour de bon.

— Tu as toute mon admiration. Tu as tenu sept journées entières ! Accroche-toi pour le petit Lord Fauntleroy. Bon, qu'est-ce que tu as sur toi ?

Je souris à cette question familière, me mouche dans le sac en papier kraft.

— Un slip brésilien et un chapeau de cow-boy, évidemment ! Et toi ?

Je boutonne le dernier bouton de mon cardigan et remonte mon col roulé au menton, car un vent mordant souffle de l'Atlantique.

— Survêtement.

Comme il me manque !

— Écoute, fais bon voyage et rappelle-toi : pas de marijuana et pas de stars du porno. Répète : marché aux tulipes et musée Anne Frank — oui. Stars du porno — non.

— Bien noté, camarade ! Garde ton chapeau sur la tête et dégaine la pre...

Le téléphone produit un déclic brutal et une tonalité me vrille le tympan, signalant la mort de ma télécarte. Je cogne le combiné contre le Plexiglas. Merde, merde, merde !

Je me détourne de la cabine, prête à me ruiner en caramels, quand le vieux portable éclate en stridents bip-bip-bip, ce qui me fait buter contre la haie et heurter du coude la clôture en bois qui borde le chemin.

Les larmes me viennent de nouveau, tandis que je m'avance gravement vers La Cabane aux bougies d'Annie, le lieu de rendez-vous convenu. Je fourre le paquet de cigarettes tout au fond de ma poche au moment où la Land Rover s'engage sur le parking. J'entends des jappements provenant du coffre, mais Grayer regarde sans joie par la vitre.

— Ne traînons pas ! Je veux prendre le vol de midi, dit M. X quand je me glisse sous le canoë et que de grosses gouttes éclaboussent le pare-brise.

Des aboiements perçants se répercutent dans la voiture.

— Fais-le taire, Nanny ! dit Grayer, ronchon. J'aime pas ça !

M. X coupe le contact et les X rentrent au pas de course, échappant aux dernières gouttelettes, tandis que je me décarcasse pour défaire la ceinture de sécurité de Grayer et transporter la caisse gémissante à l'intérieur. Je la pose sur le tapis à longs poils, soulève le petit golden retriever, au moment où une vieille dame qui a les cheveux gris aux épaules surgit de la cuisine.

— Grand-mère ! s'écrie Grayer.

— Ah, vous voilà ! Je croyais m'être trompée d'adresse, dit-elle, dénouant son foulard et évoluant avec soin pour ne pas toucher les murs piqués d'humidité.

— Mère...

M. X a l'air d'avoir été agressé par une matraque paralysante, mais il se remet et s'avance machinalement pour l'embrasser sur la joue.

— Qu'est-ce que tu fais ici ?

— Quelle façon d'accueillir ta mère ! Ta charmante femme m'a téléphoné hier pour m'inviter à profiter de ce camp de réfugiés qui t'a sans doute coûté un paquet..., dit-elle, contemplant la peinture écaillée. Bien que, franchement, je ne voie pas pourquoi je n'aurais pas pu venir demain, dit-elle à Mme X, j'ai pris le 9 h 30. J'ai essayé d'appeler du ferry, mais la ligne était occupée, et même si cela aurait été amusant d'attendre sous la pluie en mangeant l'une de ces fritures qu'on vend dans votre charmante station balnéaire, j'ai décidé de prendre un taxi.

Je me tiens à l'extérieur de leur triangle, détaillant la *grande dame** qui a engendré cette famille. Je n'ai rencontré de femmes comme Elizabeth X que le jour où ma grand-mère m'a traînée à une réunion d'anciennes élèves de Vassar, classe 1862. Un pur produit de la noble caste des Bostoniennes, mi-Katharine Hepburn, mi-le nain Grincheux.

— Bienvenue, Elizabeth !

Mme X plane et va donner à sa belle-mère un baiser circonspect.

— Vous permettez que je prenne votre manteau ?

Prévenez le syndicat : Mme X prend un manteau !

Elizabeth se défait avec grâce de son trench Burberry, révélant une robe plissée à pois bleu et blanc.

— Chéri ? dit Mme X à M. X, qui garde un air abasourdi. Toi qui déplores toujours de n'avoir pas passé assez de temps avec ta mère, j'ai voulu te faire une petite surprise.

— Je t'ai dit bonjour, mamie ! s'impatiente Grayer.

Elle fléchit légèrement les genoux, les mains aux hanches.

— Tu es tout le portrait de ton père. File !

Elle se redresse.

— Qui est-ce ? Et ça, qu'est-ce que c'est ?

— Elizabeth, voici Nanny. Elle s'occupe de Grayer.

Je prends le chiot de mon bras gauche et tends la main droite.

— Ravissante.

Elle ignore mon geste et se met à chercher dans son sac un paquet de Benson and Hedges.

— C'est le nouveau chien de Grayer, dit M. X, jovial.

— Je le déteste ! lance Grayer depuis le divan.

— Voulez-vous un cocktail, mère ?

— Whisky-soda, ma chère, merci.

— Oh, je crois que nous n'avons que de la vodka, Elizabeth...

— Vous n'avez qu'à envoyer — pardon, comment vous appelez-vous ? me demande Elizabeth.

— Nan...

— Je peux y aller, mère.

— Je viens de faire trois heures de voyage sous une pluie torrentielle juste pour être avec mon fils. Mon fils, qui, selon toute apparence, est guetté par la crise cardiaque... (Elle tapote son estomac proéminent.) Envoyez Nanny.

— C'est que, mère, l'assurance ne couvre pas...

Elle se tourne vers moi.

— Savez-vous conduire ?

— Oui.

— Avez-vous, sur votre personne, un permis de conduire valide ?

— Oui.

— Mon fils, donne-lui les clés. Vous avez besoin d'autre chose ? demande-t-elle à Mme X.

— Non, je crois qu'on a tout, Elizabeth.

— Les Clark et les Havenmeyer viennent demain et, telle que je vous connais, ma chère, il n'y aura que de l'herbe à lapins. Nanny, venez avec moi. Je vais faire une liste.

Je la suis docilement dans la cuisine vert avocat, traînant la caisse du chien après moi. Je la range près de la table et repose le chiot doucement sur son torchon. Dès que je verrouille la porte de sa cage, il se remet à japper.

Elizabeth ouvre en vitesse quelques placards, tandis que j'arrache un bout de papier du bloc près du téléphone.

— Quelle turne ! marmonne-t-elle. OK... (Elle commence à dicter :) Whisky, gin, Schweppes, Clamato, jus de tomates, tabasco, Worcestershire, citrons jaunes, citrons verts.

Elle ouvre le frigo et laisse échapper une exclamation de dégoût.

— Qu'est-ce que c'est, du « lait de soja » ? Est-ce que ça a des mamelles, un plant de soja ? Manque-t-il quelque chose ? Des crackers et du brie. Vous voyez autre chose ?

— Euh... noix de cajou, bretzels et chips ?

— Parfait.

Ma grand-mère m'a appris que, lorsqu'on reçoit la bonne bourgeoisie blanche et protestante, le secret est de tout présenter dans des bols en argent, et soudain même les Pringles font chic.

— Mon fils ! Veux-tu, s'il te plaît, mettre ce satané chien au garage ! Ces aboiements me donnent la migraine !

— Je viens, mère !

M. et Mme X entrent dans la cuisine.

— Je suis on ne peut plus d'accord, Elizabeth. Nanny, aidez M. X à transporter cette caisse au garage, m'ordonne Mme X.

Je passe devant et tâche de proférer des sons rassurants à l'intention de la petite chienne que nous transportons vers le garage glacial. Ses yeux bruns me contemplent tandis qu'elle tente de se redresser sur ses pattes.

— Là, là, ma mignonne...

M. X me regarde comme s'il ne voyait pas du tout à qui je m'adressais.

Mme X descend à notre suite les marches de bois branlantes, alors que nous posons la caisse sur le sol humide en ciment.

— Nanny, voici les clés ! (Elle s'approche en les tenant en l'air.) Oh, bien... (Elle regarde par terre avec mépris.) Je crois qu'il serait bien plus heureux dehors...

M. X l'empoigne par le coude et la conduit près de la chaudière.

— Comment oses-tu l'inviter sans me consulter ? gronde-t-il entre ses dents.

Comme j'attends toujours les clés, je m'accroupis pour arranger le torchon du chiot, m'appliquant à me rendre aussi invisible que possible.

— Mais, chéri, c'est une surprise. Je voulais seulement...

— Je sais exactement ce que tu voulais faire. Eh bien, j'espère que tu es contente. Je l'espère vraiment...

Il pivote sur ses mocassins et retourne dans la cuisine comme un ouragan.

Elle me tourne le dos dans son coin, face aux poubelles rouillées.

— Oh, mais je le suis... (Elle lève la main et passe le bout des doigts en travers de son front.) Je suis contente. Qu'est-ce que je suis contente, dit-elle doucement en s'adressant à la pénombre.

Elle me croise d'un pas mal assuré, remonte à la cuisine, les clés de voiture toujours serrées dans son poing.

— Euh... Madame X ? dis-je, me relevant au moment où elle atteint la porte fissurée.

Elle se tourne, la moue aux lèvres.

— Quoi ?

— Euh... les clés ?

— Ah oui !

Elle les jette avec violence dans ma direction et rejoint sa famille.

11

Tout doit disparaître

> Il était bien décidé à montrer qui était le maître dans cette maison, et quand les ordres ne faisaient pas sortir Nana de sa tanière, il y parvenait grâce à des mots mielleux, puis la saisissait brutalement et la traînait hors de la nursery. Il avait honte de lui, et pourtant c'est ce qu'il faisait.
>
> *Peter Pan*

Quelques instants après avoir succombé à la fatigue, je suis réveillée par des pleurs. Je me tire du lit pour m'allonger près de Grayer qui se débat, combattant les monstres qui nous ont poursuivis jusque dans notre sommeil.

— Chut... chut !

J'essaie de le prendre dans mes bras, ce qui me vaut un grand coup dans l'œil.

— Aïe, merde !

Je me redresse sur mon séant.

— Je vous serais reconnaissante de surveiller votre langage devant cet enfant...

Mme X se dessine dans l'encadrement de la porte, en chemise de nuit à manches gigot.

— Eh bien ? dit-elle, sans s'approcher.

— Il a fait un cauchemar.

— OK. Tâchez de le calmer. M. X a son tournoi de tennis aujourd'hui.

Et elle disparaît au fond du couloir, nous laissant seuls.

— Chut..., Grove, dis-je à mi-voix en caressant son dos. Je suis là...

Il tremble, fourre la tête contre mon cou.

— Non, t'es pas là. Tu vas t'en aller.

Il commence à sangloter contre mon épaule.

— Je suis là, Grove. Je suis là.

Il se recule légèrement et se hisse sur son coude, met ses petits doigts sur ma joue et tourne mon visage vers le sien. À la faible lueur de sa veilleuse Grover, il me regarde au fond des yeux. Je soutiens son regard, décontenancée par l'intensité de son expression, comme s'il cherchait à me graver dans sa mémoire. Après quoi, il se rallonge, se détend lentement tandis que je me recroqueville contre lui, en chassant à voix basse nos monstres.

Incapable de me rendormir, j'exhale ma dernière bouffée de cigarette dans la remise, écrase le mégot dans l'herbe mouillée à l'extérieur et regarde la maison découpée par le clair de lune.

— Ouaf !

La petite chienne encore anonyme des X se niche contre mes mollets.

— Chut, toi ! dis je en me baissant pour la ramasser comme un bébé, ses pattes douces labourant mon menton.

Je me fraie un chemin avec précaution dans l'herbe humide jusqu'à la porte de service, l'ouvre lentement et me crispe à l'idée de l'inévitable grincement. Je retire mes tennis mouillées avant de m'introduire dans la cuisine.

Elle se tortille pour se libérer dès que je la dépose dans la caisse. Rendue fébrile par la fatigue, je contemple le frigo. Je vais à pas de loup ouvrir le freezer pour sortir la vodka, dans un besoin désespéré de m'assommer. Mais la lumière du congélateur révèle que mes petites ponctions de survie ont notablement entamé les réserves. Je tiens la bouteille sous le robinet avant de la remettre dans son coin, sous les burgers végétariens surgelés. Je déteste ce à quoi ce séjour m'a réduite. Je le jure, encore une semaine et je serai en train de me préparer du crack dans la salle de bains.

En remontant à l'étage, je vois qu'on a enfin décroché le combiné du téléphone dans le salon. Pas trop tôt. Je me glisse sous la couverture de laine râpeuse, rêvant que Miss Chicago est parachutée sur la pelouse au petit déjeuner.

Je suis réveillée deux heures plus tard, quand Grayer entreprend de m'enjamber pour atteindre la salle de bains.

— Nanny, c'est l'heure du petit déjeuner !

— Où ? En France ?

Je suis si exténuée que je vois à peine clair. Je me tiens au mur en le suivant jusqu'à la salle de bains et l'aide à baisser son pantalon de pyjama. Pendant qu'il se soulage, je remonte le store et cligne des yeux en voyant la pièce baignée d'une lueur orangée.

J'enfile un sweat-shirt par-dessus mon pyjama et nous descendons l'escalier en chaussettes.

— Qu'est-ce que tu veux manger ? dis-je en me penchant pour soulever le chiot.

— Non, Nanny ! Laisse ! couine-t-il, tournant le dos à la cage. Laisse-le dans la boîte.

— Qu'est-ce que tu veux manger ?

— Je sais pas. Des Froot Loops ? marmonne-t-il, tandis que je hisse la petite chienne sur mon épaule.

Elle jappe et me lèche la figure.

— Désolée, mon pote, tu sais qu'on n'a que des Soy Flakes.

— J'aime pas ça. Je veux les autres.

— Moi, je voudrais avoir une vie à moi, Grove. On n'a pas toujours ce qu'on souhaite.

Il acquiesce. Je lui sers les céréales au soja, qu'il se met à manger du bout des lèvres, tandis que j'emmène le chiot se soulager dehors.

À 8 heures, je suis réveillée par des pas à l'étage. Mme X descend dans une nouvelle tenue spécial Nantucket qu'elle a achetée chez Searle et repose le combiné sur sa fourche avec naturel.

— Grayer, éteins donc la télévision. Qu'est-ce que tu veux pour ton petit déjeuner ?

— Il a déjà…, dis-je.

— Des Froot Loops ! J'en voulais, mais Nanny a pas voulu m'en donner.

— Nanny, pourquoi ne lui avez-vous pas donné son petit déjeuner ? demande-t-elle, coupant la télévision.

— J'EN VEUX ! J'EN VEUX !

Il braille comme un bébé devant l'écran noir, déchaînant les aboiements de la chienne.

— Ça suffit, dis-je doucement, ce qui le fait taire pendant une seconde, avant qu'il ne se rappelle que ce n'est pas moi la patronne.

S'ensuivent des hurlements à plein régime qui ne s'interrompent que lorsqu'il en est à son second beignet au chocolat et que la télévision est rallumée. Je me demande en bâillant si on lui procurerait une prostituée s'il pleurait assez fort.

— Je croyais avoir été claire, Nanny, dit-elle en contemplant le chiot comme si c'était de la vermine. Pas de chien au salon. Veuillez le remettre dans le garage.

Je prends le chiot.

— Vous avez préparé le sac d'activités de Grayer, pour le club ?

— Non, je lui ai tenu compagnie.

— Il me semble occupé pour le moment.

J'opine, soulève le sac de ma main libre.

— Autre chose : vous avez pensé à acheter des lingettes ?

Quoi ? Avec le chauffeur privé que vous m'avez fourni ? Je ne peux même pas aller à la pharmacie, tarée !

— Ah… M. X en a pris quand il est allé au magasin ? dis-je au moment où le téléphone sonne.

Mme X décroche.

— Allô ?

Elle me regarde durement, la main broyant le combiné.

— Allô !

Elle raccroche brutalement, faisant trembler la table en rotin.

— Je ne sais pas s'il l'a fait. Vous l'aviez noté sur la liste des commissions ?

Elle met la main sur sa hanche.

— Je n'ai pas vu la liste d'hier.

Elle soupire.

— Chéri ? lance-t-elle vers l'étage. Tu as acheté des lingettes ?

Silence. Nous contemplons le plafond avec espoir. Enfin, on entend des pas lents dans l'escalier. Il descend, en pantalon de tennis, et file en ligne droite vers la cuisine.

— Tu as acheté des lingettes ? demande-t-elle à son dos. Chéri ? Tu sais... ces petits linges que j'utilise pour nettoyer Grayer ?

Il continue de marcher, puis s'arrête à la porte, se tourne vers *moi* et déclare :

— Dites à ma femme que j'ai acheté ce qui figurait sur la liste.

Puis disparaît dans la cuisine. J'entends Mme X expirer lentement derrière moi. Mer-vei-lleux. Mesdames et Messieurs, pendant le reste du spectacle, le rôle de la Pauvre Imbécile sera joué par Nanny.

— Au nom du ciel, quel est ce boucan ?

Mme X mère se tient, en robe zippée sur le devant, dans l'embrasure de la porte, agitant une main embijoutée vers la télévision.

— Peut-on, je vous prie, faire disparaître cet affreux dinosaure violet ?

— Non !

Grayer vomit des miettes de chocolat sur le canapé.

— Désolée, Elizabeth, dit Mme X en se massant les tempes. Vous voulez un café ?

— Noir, comme l'encre.

Ni l'une ni l'autre ne bouge, indiquant qu'il m'incombe de produire ce concentré de café.

— Elizabeth, allez donc vous asseoir sur la véranda, Nanny viendra vous servir...

— Pour que j'attrape une pneumonie ?

— Dans la cuisine, alors ? propose Mme X, boutonnant son cardigan.

— J'imagine que mon paresseux de fils n'est pas encore allé chercher le journal ?

— Non, mais celui d'hier est resté sur la table...

— Cela aurait été utile hier... Franchement, je ne comprends pas pourquoi vous avez voulu à tout prix passer vos vacances dans ce... cette *hutte*, alors que vous auriez pu venir habiter chez moi, à Cape Cod, et Sylvia serait actuellement en train de nous servir des œufs.

— L'an prochain, Elizabeth, c'est promis.

Ayant replacé la petite chienne dans sa caisse, sur le sol de la cuisine, je suis en train de mettre du café moulu dans le filtre quand Mme X entre. M. X se lève brusquement de la table où il étudiait *The Economist* et sort par la porte de service.

De nouveau, elle expire longuement, mordant la commissure de ses lèvres. Elle ouvre le frigo, attrape un yaourt, le tient pendant une seconde et le repose. Elle sort un pain de mie, le retourne pour lire les informations nutritionnelles et le repose sur la clayette. Elle referme la porte et s'empare de la boîte de Soy Flakes en haut du frigo, la jauge d'un coup d'œil.

— On n'a pas de pamplemousse ? dit-elle.

— Je ne crois pas que M. X en ait acheté.

— Peu importe, je déjeunerai au club, dit-elle, reposant la boîte.

Elle marche lentement jusqu'à moi, laissant traîner ses doigts le long du plan de travail.

— Au fait, un garçon a appelé ici pour vous, il y a quelques jours. Mais la communication était très mauvaise...

— Ah bon ? Désolée...

— Ça ne serait pas le gamin du onzième ?

— À vrai dire, euh... si.

Je prends une tasse de café dans le placard, lui demandant silencieusement de laisser tomber ce sujet.

— J'ai bien reconnu le nom, mais il m'a fallu quelques heures pour le situer... Je me suis demandé où vous aviez fait sa connaissance. Était-ce dans l'immeuble ? Grayer était là ?

Entre nous flotte l'horrible image de moi non seulement en train de baiser sur son lit, mais m'en donnant la possibilité en laissant Grayer faire la sieste. Difficile de dire ce qui est, pour elle, le plus alarmant.

— Oui... c'est drôle...

— Belle prise pour vous... (Elle va à la fenêtre et regarde au-dehors M. X qui se tient dans le jardin, le dos tourné à la maison, alors que la brume se lève.) Sa mère me disait que sa dernière petite amie — quelle beauté ! Chaque fois que je la croisais dans l'ascenseur, je lui conseillais d'être mannequin. Et toujours tirée à quatre épingles. (Elle se tourne pour lorgner mon pyjama.) Bref, elle est partie pour l'Europe dans le cadre des échanges internationaux grâce à une bourse Fullbright. Vous n'avez jamais songé à postuler vous-même ? Enfin, je ne sais pas si les étudiants de New York University remplissent les conditions requises pour des bourses de ce calibre...

— Eh bien, je voulais travailler après mon diplôme... Enfin, je ne désire pas travailler dans l'humanitaire, donc...

Mais elle est déjà dehors. Je m'appuie contre le comptoir en lino vert avocat, bouche bée. La machine à café fait entendre un déclic.

— Chère madame X, vous n'êtes qu'une punaise, dis-je dans ma barbe en versant le café.

— Pardon ?

Je fais volte-face. M. X se tient derrière moi, fourrant un beignet dans sa bouche.

— Rien... euh, vous désirez ?

— Ma mère a dit que vous faisiez du café...

Je sors une autre tasse ébréchée, toujours un peu ulcérée.

— Votre mère prend du lait et du sucre ?

— Non, noir, noir, noir.

— Je n'aurais pas dû utiliser de filtre ?

Il rit et, pendant une seconde, ressemble exactement à son fils.

— Nanny ! Où est ce café ?

Je me hâte d'aller au salon, sans en renverser.

— Donc, je lui ai dit que s'il croyait m'avoir, il allait sentir sa douleur !

Mme X prend l'air peiné, tandis qu'Elizabeth la régale du récit de ses épreuves concernant l'entretien de sa piscine.

— Nanny, vous ne l'habillez pas ? Nous allons au club. Chéri, nous allons tous les deux passer la journée ensemble, à regarder papa jouer au tennis.

C'est à peine si Grayer détache les yeux de la télévision. Je m'agenouille pour le vêtir devant *Sesame Street*.

— Non, Nanny ! Je veux porter le T-shirt Cochon, je déteste celui-là, dit-il en me voyant brandir le T-shirt Power Ranger.

— Le « T-shirt Cochon » ? Mais c'est dégoûtant ! s'écrie Elizabeth, qui se lève pour remonter à l'étage.

— C'est « Piggy la Cochonne », en fait, dis-je sur son passage, histoire de clarifier la situation.

Je suis en train de fourrer les pans du T-shirt incriminé dans son short quand Mme X arrive de la cuisine.

Dring !

Elle s'arrête brièvement pour soulever le combiné de quelques centimètres et le repose brutalement.

— Non, ça ne va pas ! (Elle me fait signe d'arrêter.) Nous allons au club. Allez chercher l'un des polos Lacoste que je lui ai achetés.

— Non ! Je veux celui-ci !

Il se prépare pour une nouvelle tempête.

— Grayer, ce T-shirt ne convient pas, dit-elle sur un ton qui n'admet pas de réplique.

Elle prend son sac à main et attend que je lui enfile de force son polo neuf et le repeigne.

— Nanny, son short est froissé... Enfin, je suppose qu'il le serait au cours du trajet, de toute façon.

Je me demande si elle envisage de le faire rester debout

dans la voiture, à étreindre le fauteuil de devant jusqu'au Nantucket Yacht Club.

— Grayer, reste près de la voiture pendant que maman et Nanny prennent tes affaires de plage ! crie Mme X, tandis qu'il s'élance sur le terrain de golf qui jouxte le parking.

Elle soupire, ouvre le coffre et commence à charger la mule. M. X et Elizabeth ont déjà filé vers les courts pour le premier match.

— Et voilà !

J'ai, au coude droit, un sac en paille qui contient les vêtements de rechange de chacun ; au gauche, un sac marin plein de lotions, de jouets de plage et d'affaires de sport, plus une gigantesque pile de couvertures et serviettes de plage dans les bras, à laquelle elle ajoute deux bouées gonflées à bloc. Je baisse docilement le menton pour qu'elle puisse y coincer la orange en toute sécurité.

— Grayer Addison X, JE T'AI DIT D'ATTENDRE ! me hurle-t-elle à la figure et par-dessus mon épaule, glissant son mignon fourre-tout jaune Kate Spade à son bras, et avançant d'un pas nonchalant, main dans la main avec Grayer, son sarong jaune gonflé par la brise fraîche.

Je resserre mes bras sur la pile et tâche de ne pas trébucher en naviguant précairement derrière elle. Elle salue la totalité du club sur son passage, se rappelant le nom de chaque mère et de chaque enfant. Je la suis, heureuse d'avoir la tête positionnée par les bouées en sorte que personne ne pourrait dire si je lève les yeux au ciel. Ce que je fais. Et pas qu'un peu ! Nous ôtons nos sandales et parcourons les planches en bois qui mènent au sable.

Elle se faufile entre les parasols avant de braquer la tête vers un emplacement libre et m'indiquer ainsi où je dois dresser le camp. Grayer sautille autour de la couverture que je suis en train d'étaler.

— Allez ! On va nager ! Tout de suite ! Tout de suite !

Je regarde du côté de Mme X tout en calant la couverture avec un sac, mais elle est déjà en grande conversation.

— Va te mettre en maillot de bain, Grover.

Je le prends par la main pour aller à la cabine de plage qu'un dénommé « frère de Ben » nous a louée pour la semaine qu'il passe, lui, à Paris. Je referme la porte en bois, nous laissant dans une semi-obscurité humide ; seules des lamelles de soleil s'infiltrent entre les lattes pour éclairer les planches blanches. Il ouvre la porte dès que son autre pied est passé dans le haut du short.

— Attends ! Je dois te tartiner...

Je brandis le Chanel Bébé SPF 62, dont je suis en permanence obligée de le barbouiller.

— J'aime pas ce truc !

Il tente de se défiler, mais je le retiens par le bras.

— Et si toi, tu l'appliquais sur mon visage, et j'en mettrais sur le tien ?

— Moi d'abord !

Il cède. Je fais gicler la crème blanche sur ses doigts et il m'en étale sur le nez. Je recouvre délicatement le sien, tentant d'en mettre aussi sur ses joues afin de pouvoir sortir de cette cabine avant le coucher du soleil.

— Nanny ! C'est chacun son tour ! Triche pas ! me sermonne-t-il, recouvrant avec douceur mes oreilles.

— Pardon, Grove. Je voulais accélérer la cadence pour qu'on puisse sortir d'ici et aller nager.

Je protège ses oreilles et sa poitrine.

— Je vais le faire moi-même, alors !

Il passe la main sur ses bras et ses jambes, ne couvrant qu'un cinquième environ de sa peau exposée. Je me penche dans l'embrasure de la porte, cherchant à égaliser, mais il me fausse compagnie et retourne sur le sable. Dix orteils pédicurés s'arrêtent devant moi.

— Nanny, n'oubliez pas son écran total. Oh, on a annoncé des méduses aujourd'hui, par conséquent il vaut mieux tout transporter à la piscine. À plus tard.

Je trimballe toutes les affaires jusqu'à la piscine, pour découvrir qu'on est en train de la curer lentement, un enfant ayant eu un « accident ». Nous nous dirigeons vers le terrain de jeux « Les Petites Goélettes », nom un peu ronflant pour une balançoire rouillée dressée sur un coin de sable dépourvu d'ombre et clôturé. Le soleil darde impitoyablement, tandis que Grayer entreprend de jouer avec les sept autres enfants, dont aucun n'est de son âge. Nous mettons en commun nos fournitures de plage, coloriant, jouant au ballon et nous curant le nez à tour de rôle.

Après qu'il a menacé de jeter une gamine de deux ans de la balançoire pour avoir son jus de fruit, je laisse nos affaires et l'emmène vers les courts en terre battue afin de demander de l'argent à M. X pour une boisson. Pendant vingt bonnes minutes, nous trébuchons sur des gradins dans la chaleur, cherchant son match, mais il est difficile à repérer parmi cette foule d'hommes d'âge mûr arborant des visières.

— C'est lui ! C'est mon papa ! ne cesse de beugler Grayer avec optimisme, désignant divers hommes en pantalon blanc, qui tournent vers nous des visages curieusement non familiers.

Quand enfin nous le localisons sur le dernier court, Grayer se jette contre la clôture, agrippe le grillage de ses doigts et hurle comme Dustin Hoffman dans *Le Lauréat.*

— PAAAAAAAAPPPPPPAAAAAAAAAAAAAA !

Elizabeth manifeste sa désapprobation et M. X s'approche tambour battant avec un regard assassin. J'imagine que Grayer « le prisonnier politique » ne cadre pas avec l'image qu'il cultive depuis le début de la matinée.

— Allons, mon bonhomme, pleure pas ! tonne-t-il pour être entendu de toute l'assistance.

Je prends doucement son fils par les épaules et le tire en arrière.

— Emmenez-le hors d'ici ! chuchote-t-il férocement dès qu'il n'est plus à portée d'oreilles. Et... tenez !

Il arrache le portable de sa ceinture et me le fourgue à travers le grillage. Prenez ce foutu machin !

Il repart à longues enjambées vers son match sans me laisser le loisir de lui demander de l'argent. Je regarde vers

Elizabeth, mais elle fixe d'un air furieux un point devant elle, soufflant de la fumée par le coin de la bouche. J'enfonce le téléphone dans ma poche, embarque Grayer, en pleurs, et l'entraîne, toujours en pleurs, sur le parking, parce que je ne sais pas quoi faire d'autre.

Quand je suis à deux minutes de lui apprendre comment boire à un asperseur, nous retrouvons la trace de Mme X sur le terrain de golf.

— Vous voilà ! s'exclame-t-elle, comme si elle avait passé des heures à nous chercher. Tu as faim, Grayer ?

Il se laisse tomber dans l'herbe, sans me lâcher la main.

— À vrai dire, je crois qu'il a soif...

— Les Bennington ont invité quelques familles chez eux pour un barbecue. C'est sympa, non ?

Il s'écroule sur le gazon, rouge et en sueur, ce qui me force à le porter et à la suivre alors qu'elle retourne sans hâte vers la voiture, sirotant son Perrier.

Quand nous arrivons dans l'allée des Bennington, la première chose que je remarque, c'est le Philippin en tunique blanche qui promène un caniche autour de la fontaine. La seconde, c'est qu'il y a au moins quinze véhicules garés sur le gravier. Comment les Bennington ont-ils pu improviser un barbecue pour quinze familles alors qu'ils ont quitté le club quelques minutes seulement avant nous ? Comme nous franchissons le portail blanc sur le côté de la maison qui ouvre sur le coin piscine, la réponse m'apparaît : en appelant chez soi avec son portable et en mobilisant son staff.

Je me tiens là, à digérer le fait que mon mariage ne sera jamais aussi réussi que ce petit barbecue informel. Ce n'est pas seulement que la pelouse impeccablement manucurée descend directement jusqu'à l'eau, ni que tout est en fleurs, ni que l'autre homme en tunique blanche s'occupe du bar, servant des glaçons qui renferment des grains de raisin, tandis qu'un troisième retourne des hamburgers composés de filet mignon ; ce n'est même pas que les tables juponnées de nappes amidonnées à fleurs ont été disséminées sur la pelouse ; ce qui m'épate le plus, ce sont les bustes des anciens présidents des États-Unis sculptés dans des pastèques.

Je suis tirée de ma rêverie par Grayer qui, pleinement revitalisé par la canette de coca de contrebande que son père lui a tendue d'un air absent, vient de lâcher un hot dog sur mon pied. Il s'est mis du ketchup partout, y compris sur son polo Lacoste. Je ne pourrais être plus ravie.

— Viens, Grove, allons te chercher un autre hot dog.

Lui et moi déjeunons, puis je reste assise à biberonner ma vodka-tonic tandis qu'il s'égaie sur la pelouse avec les autres bambins. À présent, je sais que je n'ai rien à gagner à parler aux invités.

Je vois les Horner arriver avec une séduisante femme hâlée dans leur sillage. Caroline va la présenter à Mme X, tandis que Jack emmène ses filles au gril. Je regarde avec curiosité Mme X se mettre en branle, ses mains allant à ses perles, un masque de compassion sur le visage. Ce doit être la divorcée de Californie. Au bout de quelques minutes, Mme X perd de la vitesse, brandit son verre vide pour indiquer son besoin d'être resservie, et s'en va.

Jack rejoint les deux femmes, apportant avec lui un hot dog et M. X. Le quatuor se lance dans une conversation animée pendant quelque temps jusqu'à ce que Lulu vienne en gambadant tirer ses parents par la manche. M. X et la femme bronzée commencent à s'approcher de la place où je suis assise. Je me tasse vivement dans mon fauteuil et ferme les yeux. Bien que je sache que M. X serait incapable de m'identifier si on lui demandait de le faire parmi une brochette de suspects dans un commissariat.

— Eh bien..., je l'entends dire au passage. J'ai des billets pour la saison... si ça vous intéresse...

— Votre femme n'y va pas avec vous ?

— Autrefois, oui, mais elle est si absorbée par notre fils en ce moment...

Qui ça ?

Je me redresse pour voir si Mme X a remarqué la flânerie de son mari au bord de l'eau, mais elle est entreprise par Mme Longacre. Ma poche se met à vibrer.

— Qu'est-ce que... ?

Je sors le téléphone frémissant de M. X et tâche de l'éteindre sans renverser mon verre, frappant des touches au hasard.

— Allô ? lance une voix depuis ma paume.

— Allô ?

Instinctivement, je porte l'appareil à mon oreille.

— Qui est-ce ? demande une voix féminine avec autorité.

— Nanny.

Pas la peine de demander qui c'est.

— Nanny ? (On dirait qu'elle pleure.) Il est ici ?

— Non, dis-je, tendant le cou pour regarder vers l'eau, mais M. X et sa nouvelle amie ont disparu.

— Désolée, écoutez, il faut que je raccroche...

— Non ! Ne raccrochez pas. S'il vous plaît... Dites-moi seulement où il est, me supplie-t-elle en pleurnichant.

Je regarde de tous côtés.

— Une seconde...

Je tiens le téléphone contre ma hanche et marche rapidement jusqu'à la maison, entrant par la première porte-fenêtre de la véranda. Je la referme derrière moi, gardant Grayer sous ma constante surveillance. Je respire à fond avant d'appliquer de nouveau le téléphone à mon oreille.

— Vous savez, je ne sais pas vraiment quoi vous dire. Sans vouloir être triviale, je ne suis qu'une employée...

— Qu'est-ce qu'il fait encore là-bas ? Il ne répond jamais au téléphone, il...

— Il, il... (Je ne sais pas quoi dire.) Il joue au tennis... et il mange des beignets...

— Mais il la déteste, il déteste partir avec elle. Il ne peut pas s'amuser...

— Ah ça non, il n'a pas vraiment l'air de s'amuser.

— Ah bon ?

J'observe la réception par la vitre, telle qu'elle est : des hommes bedonnants et chauves avec leur seconde ou troisième épouse, qui tuent le temps en attendant leur prochain lifting ou peeling, ignorant complètement leurs enfants qui vont et viennent en courant sur la pelouse, savourant quelques instants à l'écart de leurs monstres. Et les nounous, toutes sagement assises sur l'herbe humide, à attendre le prochain ordre.

— Non, dis-je, personne ne s'amuse...

— Quoi ? Qu'est-ce que vous dites ?

— Enfin, il faut que je vous demande, à vous qui semblez regretter de n'être pas là : qu'est-ce qui vous intéresse tant, ici ? Qu'est-ce qui vous semble si attirant ?

Je fais un geste en direction de la fenêtre.

— Vous ne savez pas de quoi vous parlez. Quel âge avez-vous ? Dix-huit ans ? (Son ton change brusquement, elle s'est remise de sa crise de larmes.) Je ne vois pas en quoi ça vous regarde.

— Ah, vraiment ? Moi non plus, je ne vois pas en quoi ça me regarde !

J'ai envie de lancer le téléphone par la fenêtre pour qu'il atterrisse en plein dans le Perrier de Mme X.

— *Vous* êtes venue chez *moi*. Ce n'était pas une façon de m'impliquer, ça ? Une liaison cachée, cela veut dire que *personne* ne sait rien. On ne se met pas à recruter une équipe de petites assistantes. (Je contemple fixement le téléphone.) Vous êtes toujours là ?

— Oui.

— Prenez-le comme vous voulez, mais moi qui les ai vus de près pendant neuf mois, je peux vous affirmer ceci : ils n'ont rien d'enviable...

— Mais je...

— Et ne croyez pas que c'est la faute de l'autre, parce que ce serait faux. *Elle* a été à *votre* place, vous savez... Donc, vous pouvez lui faire entendre tous les Cole Porter que vous voulez, faire pression sur lui autant que vous le voulez, à la fin vous passerez votre temps à le pourchasser, comme les autres, dans cet appartement.

Je regarde par la fenêtre les enfants jouer à chat sur le gazon.

— Par exemple ! dit-elle. Quelle impressionnante analyse de la part d'une fille qui m'a piqué huit cents dollars...

Soudain, Grayer trébuche et part en vol plané. Ma respiration est coupée et il semble mettre deux heures à atterrir.

— Vous m'écoutez ? Allô, Nanny ? J'ai dit que j'exigeais au moins...

— Quoi, dois-je m'exprimer en espagnol ? Rompez avec lui pendant que vous en avez l'énergie ! Et ce conseil valant bien plus que huit cents dollars, considérez que nous sommes quittes !

Je coupe la conversation. Il y a un silence interminable, suivi d'une plainte à glacer le sang. Toute l'assistance est frappée de stupeur, personne ne bouge.

Je sors de la véranda en courant et me précipite sur la pelouse. Je me faufile entre les robes droites en batiste et les pantalons beiges, situant aussitôt Mme X dans la foule qui se sépare.

— Nannnyyy ! hurle-t-il. (Mme X arrive la première.) Nannnyyy !

Elle tente de se pencher vers lui, mais il lui envoie un coup et enroule son bras ensanglanté autour de mes jambes.

— Non ! Je veux Nanny !

Je m'assois dans l'herbe et le prends sur mes genoux. Mme Bennington arrive avec la trousse de première urgence, tandis que les autres adultes suivent la scène.

— Et si tu laissais maman regarder ? dis-je.

Il tend son bras, lui permettant de le bander, mais détourne sa figure et la niche contre mon épaule.

— Chante la chanson de la bouteille, dit-il en pleurnichant pendant que Mme X applique maladroitement de la teinture d'iode.

— Quatre-vingt-dix-neuf bouteilles de bière sur un mur...

Je chantonne tranquillement, tout en lui caressant le dos.

— Quatre-vingt-dix-neuf bouteilles de bière...

— Prends-en une et passe à ton voisin, marmonne-t-il contre mon épaule.

— Où est mon mari ? lance-t-elle soudain, survolant l'attroupement du regard au moment où M. X contourne la haie, enlaçant d'un bras l'amie de Caroline.

Ils sont tous deux un peu rouges et ne s'attendaient visiblement pas à être la cible de l'attention générale à leur retour.

Je tiens le bras bandé de Grayer quand il se trémousse dans son bain, pour lui faire penser à ne pas mouiller son pansement Batman. Il appuie sa tête contre ma main.

— Quand je serai grand, j'achèterai un bateau. Il sera bleu et il y aura une piscine dessus.

— J'espère qu'elle sera plus chaude qu'au club...

De ma main libre, je lui lave le dos avec le gant de toilette.

— Oh, ça sera top ! L'eau, elle sera chaude, comme ce bain ! Et tu pourras venir nager avec moi.

— Merci pour l'invitation, Grove. Tu sais, quand tu seras grand, tu auras beaucoup d'amis et moi je serai très vieille...

— Trop vieille pour nager ? Pas vrai, Nanny, menteuse !

— Tu as raison, Grove, je mentais. Compte sur moi.

Je pose le menton contre la froide porcelaine près de sa tête.

— Tu pourras aussi emmener Sophie ! Elle pourrait avoir sa piscine à elle. Une piscine pour tous les animaux. Et Katie apporterait son cochon d'Inde. D'accord, Nanny ?

— Et ta petite chienne, Grove ? Tu n'as pas pensé à lui donner un nom ? dis-je, dans l'espoir que, si elle avait un nom, on ne la laisserait peut-être pas passer une autre journée toute seule au jardin.

— Je veux un cochon d'Inde, Nanny. Ellie pourra avoir la petite chienne.

— Ils ont déjà un chiot, Grove.

— Bon, pas de chiens sur le bateau. Que des cochons d'Inde. Et on nagera toujours et toujours...

Il fait exécuter des ronds à son porte-avions en plastique.

Je fourre mon nez dans ses cheveux et repose mes yeux pendant qu'il finit de garer ses bateaux.

— Compte sur moi...

J'attends qu'il soit complètement endormi et qu'Elizabeth soit partie se coucher avant de descendre au salon. M. et Mme X sont en train de lire le journal, silencieusement assis dans les fauteuils fatigués qui se trouvent de chaque côté du canapé. Tous deux inclinent leurs rubriques en direction de la vacillante lampe latérale dans la pénombre. Je m'assois au milieu du divan vide, mais ni l'un ni l'autre ne lève les yeux.

Prenant ma respiration, et de ma voix la plus suppliante, je dis :

— Euh... je me demandais si, il me serait possible, au lieu de rentrer samedi...

Mme X abaisse son journal.

— Je suis enceinte, dit-elle d'une voix ferme.

Son journal à lui ne bouge pas.

— Qu'est-ce que tu as dit ?

— Je suis enceinte, dit-elle d'une voix dure, unie.

Le journal de Monsieur choit.

— Quoi ?

— Enceinte.

— Tu en es sûre ?

Il la regarde, les yeux écarquillés, la voix tremblante.

— Quand on l'a été une fois, on connaît les symptômes.

Elle lui sourit lentement, abattant son full.

— Mon Dieu ! dit-il.

Un filet de sueur se forme sur son front.

— Et demain au petit déjeuner, je l'annoncerai à ta mère.

Ils se dévisagent mutuellement, reconnaissant tacitement l'arrangement qu'elle a fait en leur faveur. Je prie pour tomber entre les coussins.

— Et maintenant, Nanny (elle me gratifie d'un sourire froid), que puis-je faire pour vous ?

Je me lève.

— Vous savez quoi ? ce n'est pas du tout important. On pourra en parler plus tard. Et félicitations..., dis-je, après coup.

— Non, le moment est bien choisi, n'est-ce pas, chéri ?

Elle lui sourit.

Il lui renvoie un regard vide.

— Asseyez-vous, Nanny...

Je déglutis.

— C'est que... je dois trouver un nouvel appartement cette semaine, donc s'il vous avait été possible de me déposer au ferry vendredi soir, en allant à votre fête... Il y aura beaucoup de circulation samedi et je n'ai même pas encore commencé à préparer mon déménagement, or tout doit être dans des cartons lundi, alors je me suis demandé, vous comprenez, au cas où ça ne vous dérangerait pas... Bien entendu, si vous avez besoin de moi, je serai heureuse de rester — mais j'avais pensé...

Mme X fixe sur moi un regard d'une dureté d'acier.

— J'ai une meilleure idée, Nanny. Pourquoi ne pas partir ce soir ? M. X pourra vous conduire au ferry. Elizabeth est ici — nous sommes tranquilles.

— Oh non, ce n'est pas si pressé. C'est seulement que, je me suis dit qu'il y aura beaucoup de circulation samedi. Je serais heureuse de rester, je préfère...

Mon cœur se met à tambouriner, pleinement conscient de ce qui est en jeu. Je suis bouleversée par la vision de Grove, s'éveillant dans quelques heures, terrifié et tout seul.

Mme X m'interrompt :

— Ne dites pas de bêtises. Chéri, quand part le dernier ferry ?

Il se racle la gorge.

— Je ne sais pas...

— Tu peux toujours la déposer au quai. Il y a des départs réguliers.

Il se lève.

— Je vais chercher ma veste...
Et sort.
Elle se tourne vers moi.
— Vous n'allez pas faire vos bagages ?
— C'est vrai, madame, je n'ai pas besoin de partir ce soir. Je voulais simplement pouvoir ranger chez moi avant lundi.
Elle sourit.
— Franchement, Nanny, je n'ai pas le sentiment que vous ayez du cœur à l'ouvrage et je crois que Grayer perçoit cela, lui aussi. Il nous faudrait quelqu'un qui puisse s'impliquer dans son travail, vous n'êtes pas de cet avis ? Enfin, avec tout l'argent qu'on vous donne, ma grossesse, il nous faudrait une professionnelle. (Elle se lève.) Je vais vous donner un coup de main, comme ça vous ne le réveillerez pas.
Elle me suit au premier étage. Je la précède, passant frénétiquement en revue des scénarios qui me donneraient une chance de faire mes adieux à Grayer. Elle entre derrière moi dans la chambrette et se tient entre nos deux lits, bras croisés, me surveillant attentivement tandis que je fourre en toute hâte mes affaires dans mon sac et tourne maladroitement autour d'elle dans cet espace confiné.
Grayer gémit dans son sommeil et roule sur lui-même. Je meurs d'envie de le réveiller.
Je finis de rassembler mes affaires dans son ombre à elle et prends mon sac en bandoulière, fascinée par le poing de Grayer qui pend au bord du lit, le pansement Batman dépassant sous sa manche de pyjama retroussée.
Elle me fait signe de passer devant elle en sortant. Sans pouvoir m'en empêcher, je tends le bras pour écarter une petite mèche collée à son front. Elle m'attrape la main au ras de sa figure et murmure entre ses dents :
— Ne le réveillez pas !
Elle me manœuvre vers l'escalier.
Comme je commence à descendre en premier, mes yeux se remplissent de larmes, les marches se dérobent sous moi et je dois m'agripper à la rampe pour ne pas tomber. Elle se heurte à mon sac.

— Je... je... je voulais...

Ma voix est saccadée. Je fais volte-face.

— Quoi ? siffle-t-elle, penchée en avant d'un air menaçant.

Je me recule, déséquilibrée par le poids de mon sac et commence à tomber. D'instinct, elle tend le bras et m'empoigne, me flanque contre la rampe pour que je me rétablisse. Nous nous affrontons, les yeux dans les yeux sur la même marche.

— Eh bien ? fait-elle sur un ton de défi.

— Elle est venue dans votre appartement. Je pensais que vous voudriez le savoir...

— Espèce de petite imbécile !

Elle m'attaque dans cet espace minuscule avec toute la puissance d'années de colère contenue et d'humiliation.

— *Vous. Ne savez pas. De quoi vous parlez.* Est-ce clair ?

Chaque mot est comme un coup de poing.

— Et à votre place, je me méfierais. Votre façon de considérer notre famille...

M. X klaxonne dans l'allée, alertant la petite chienne qui se met à aboyer sèchement dans la cuisine. Nous sommes au pied de l'escalier quand ce vacarme réveille Grayer.

— Nanny ! crie-t-il. NAAANNYYY !

Mme X me bouscule pour passer.

— Ah, ce chien..., bougonne-t-elle, marchant à grands pas vers la cuisine.

Elle pousse brutalement la porte battante et le chien en sort en bondissant, aboyant férocement après elle.

— Prenez-le, dit-elle rudement, soulevant la petite bête par la cage thoracique.

— Je ne peux pas...

— NANNY, VIENS ! J'AI BESOIN DE LA LUMIÈRE. NANNY, OÙ TU ES ?

— J'ai dit : prenez-le.

Mme X projette la petite chienne dans ma direction. Ses pattes battent l'air, cherchant la terre ferme, me forçant instinctivement à la recevoir avant qu'elle ne tombe. Mme X pousse la porte d'entrée, attrape son sac sur la petite table, sort son chéquier et griffonne furieusement, alors que je lève les yeux vers l'escalier.

— Tenez !

Elle me tend le chèque.

Je me retourne et passe devant elle pour gagner l'allée de gravier, tandis que les cris de plus en plus hystériques de Grayer se répercutent dans la nuit.

— NAAAANNNNYYYY ! J'AI BEEEEEESOOOIIIN DEEEE TOOOIII !

— Bon voyage ! lance-t-elle depuis le seuil, pendant que je descends d'un pas incertain le chemin éclairé par les phares de la Rover, priant pour que mes genoux ne flanchent pas.

Je monte à l'avant et tâche de ne pas trembler en bouclant ma ceinture de sécurité par-dessus le chiot.

— Oh, dit M. X en le regardant. Oui, je crois que Grayer est un peu trop jeune... Dans quelques années, peut-être.

Il démarre et quitte le passage, et, avant que j'aie eu le temps de regarder en arrière pour graver la maison dans mon esprit, la voici éclipsée par les arbres et la voiture fonce sur les routes de campagne désertes.

Il s'arrête sur le quai vide et j'ouvre la portière pour descendre.

— Ah..., dit-il comme si cela venait de lui passer par la tête. Bonne chance pour votre première année de médecine — c'est difficile, il paraît !

Dès que la portière claque, il s'éloigne du parking et s'en va. Je pénètre lentement dans le terminal presque désert pour chercher les horaires. Le prochain bateau est dans une heure.

Le chiot gigote sous mon bras et je survole du regard la salle d'attente, à la recherche de quelque chose pour le transporter. Je m'approche du type qui est en train de fermer la buvette et lui demande un tas de sacs en plastique et de la ficelle pour confectionner une laisse de fortune. Je sors tous mes vêtements du fourre-tout, les mets dans les sacs en plastique, tapisse avec ce qui reste le fond du fourre-tout et place la petite chienne par-dessus.

— Et voilà ! dis-je.

Elle lève les yeux sur moi et aboie avant de s'accroupir pour mordiller le plastique. Je m'avachis contre le siège en plastique orange et contemple le néon.

J'entends encore Grayer me réclamer.

12

Ce fut un plaisir

> Mais nul ne sut jamais ce que Mary Poppins en pensait, car Mary Poppins n'en dit jamais rien à personne.
>
> *Mary Poppins*

— Hé, vous là-bas ! (Je me réveille en sursaut.) Terminus — Port Authority !

Le chauffeur beugle à l'avant. Je rassemble hâtivement mes affaires.

— À votre place, je n'essaierais plus de passer en fraude un animal, dit-il, me lorgnant par-dessus son volant. Ou la prochaine fois vous pourriez bien vous retrouver au bord de la route.

La petite chienne pousse un grognement indigné et je plaque ma main dans le fourre-tout pour la calmer.

— Merci, dis-je en marmonnant.

Gros lard.

En descendant dans la puanteur du terminal, la luminosité du passage carrelé d'orange me fait ciller. La pendule de la compagnie des cars affiche 4 : 33, tandis que je reste un moment debout, à reprendre mes esprits. Mon adrénaline complètement épuisée, je pose le fourre-tout par terre, entre mes pieds, et ôte mon sweat-shirt. La chaleur lourde de l'été new-yorkais est déjà piégée dans le tunnel, avec l'odeur de transpiration du métro.

Je m'empresse de remonter au niveau de la rue pour trouver un taxi, passe devant des boulangeries fermées et des kiosques à journaux. Sur la Huitième Avenue, prostituées et chauffeurs de taxi attendent le prochain client tandis que je laisse la chienne sortir en laisse pour uriner près d'une poubelle couverte de condensation.

— Vous allez où ? demande le chauffeur quand je me glisse derrière mes sacs.

— Entre la Seconde Avenue et la 93e Rue, dis-je en abaissant ma vitre.

Je cherche mon portefeuille dans les sacs en plastique et une petite tête brune et pelucheuse sort du fourre-tout, haletante.

— On arrive, ma mignonne ! On y est presque.

Quand j'ouvre mon portefeuille, le chèque de Mme X voltige jusqu'à terre.

— Flûte !

Je me penche pour le récupérer dans la pénombre.

« Payez contre ce chèque : Cinq cents dollars à Nanny. »

Cinq cents dollars. *Cinq* cents dollars ?

Dix jours. Seize heures par jour. Douze dollars de l'heure. Ça fait environ six mille dollars — non, huit mille — non, neuf mille dollars !

CINQ CENTS DOLLARS !

— Attendez, allons plutôt au 721 Park Avenue.

— OK, ma petite dame. C'est vous qui payez !

Non, maintenant, ce sont *eux* qui vont payer.

J'ouvre la porte des X et la pousse avec précaution. L'appartement est sombre et silencieux. Je pose mon sac, dont la petite chienne s'extirpe, et abandonne le reste de mon barda sur le sol en marbre.

Je cherche le variateur de lumière au mur, baignant la console d'un rond de lumière tendu. La lampe répand de magnifiques ondulations froides à travers le globe de cristal taillé.

Je me penche pour poser les mains sur la vitre qui protège la nappe en velours brun. Aujourd'hui encore, alors que tout cela va m'échapper, je suis distraite de mon jugement sur les X par leurs signes extérieurs de richesse. Et — cela me frappe aujourd'hui — n'est-ce pas là le problème ?

Je me recule pour considérer les deux belles empreintes de paumes que j'ai laissées sur le verre.

Marchant avec détermination de pièce en pièce, j'allume les lampes en cuivre, comme si éclairer ce foyer pouvait me faire comprendre comment j'ai pu travailler aussi dur et être aussi détestée.

J'entre dans le bureau de Mme X.

Maria a entassé son courrier avec soin, juste comme elle le souhaite — enveloppes, catalogues et magazines forment des piles distinctes. Je les feuillette puis tourne les pages de son agenda.

« *Manucure. Pédicure. Shiatsu. Décorateur. Déjeuner.* »

— Vice présidente de mes fesses...

« *Lundi 10 heures du matin. Entretien : Les Nounous, c'est Nous.* »

Entretien ? Je reviens rapidement sur les dernières semaines.

« *28 mai : Entretien Rosario. 2 juin : Entretien Inge. 8 juin : Entretien Malong.* »

Cela a commencé le lendemain du jour où j'ai dit que je ne pouvais pas les accompagner en voiture à Nantucket à cause de ma remise de diplôme. Ma bouche devient sèche quand je lis les notes gribouillées dans les marges de cet après-midi-là.

« *Pense-bête : appeler consultant demain. Le comportement de N est inadmissible. Complètement égocentrique. Compétences laissant à désirer. Ne sait* pas respecter les limites professionnelles. Abuse de la situation. »

Je referme l'agenda avec la sensation qu'on m'a donné un coup de poing dans le plexus solaire. Une image traverse mon esprit : Mme Longacre, son sac en crocodile posé à ses pieds, dans la cabine des toilettes de Il Cognilio, et un déclic se produit.

Je gagne la chambre de Grayer, ouvre la porte, et le vois aussitôt — l'ours en peluche qui était arrivé sur son étagère le lendemain de la Saint-Valentin sans explication.

Je le descends, le retourne et retire la plaque noire pour découvrir une petite vidéocassette et des touches de commande. Je la rembobine tandis que le chiot file dans la chambre et se cache à l'intérieur du placard de Grayer.

J'appuie sur « Enregistrer » et place l'ours au-dessus de la commode, le remue jusqu'à obtenir, je pense, le bon angle de vue.

— *Moi*, je suis égocentrique ? *Mon* comportement est inadmissible ? dis-je en gueulant contre l'ours.

Je respire à fond, tâchant de canaliser ma colère, et reprends :

— Cinq cents dollars. Ça représente quoi pour vous, une paire de pompes ? Une demi-journée chez Bliss ? Une composition florale ? Maintenant que je sais que vous êtes une littéraire, ceci va peut-être être un peu compliqué pour vous, mais pour dix journées d'enfer, et je pèse mes mots, vous m'avez payée trois dollars de l'heure ! Par conséquent, avant que vous ne vous débrouilliez pour faire d'une année de *ma* vie une anecdote bonne à être débitée dans votre prochain cocktail au profit d'une bonne œuvre, n'oubliez pas que j'ai été votre esclave ! Vous avez un sac à main, un vison, *et des esclaves !*... Et c'est moi qui abuse de vous ?... Vous n'avez. Aucune idée. De ce que j'ai fait. Pour vous.

Je marche de long en large devant la peluche, tâchant de fondre neuf mois de répliques ravalées dans un message cohérent.

— Écoutez-moi bien. Si je dis : « Deux jours par semaine », votre réponse devrait être : « OK, deux jours par semaine. » Si je dis : « Je dois partir à trois heures pour mon cours », cela signifie que, où que vous soyez — toutes ces importantes manucures, ces cruciaux rendez-vous dans des salons de thé —, vous lâchez tout et vous *accourez*, pour que je puisse m'en aller — pas après le dîner, pas le lendemain, mais à trois heures tapantes. Je dis : « Oui, je peux lui faire à manger sur le pouce. » Cela veut dire : *cinq minutes* dans votre cuisine. Cela veut dire : le micro-ondes. Cela ne doit pas vouloir dire : cuire à la vapeur, émincer, faire rissoler, et encore moins concocter un soufflé ! Vous dites : « Je vous paierai les vendredis. » Écoutez-moi bien, vous le grand génie, cela signifie chaque vendredi — la dernière fois que j'ai vérifié, vous n'étiez pas César ; ce n'est pas à vous de repenser le calendrier. Toutes. Les. Fins. De. Semaine.

Là, je suis lancée.

— Voyons — claquer la porte au nez de votre fils : non. Vous enfermer pour ne pas être importunée par lui — non. Acheter un studio dans l'immeuble pour « avoir du temps à vous », là ça ne va pas du tout ! Oh, et encore autre chose : aller dans une station thermale quand votre fils a une otite et plus de 40 de fièvre ? Flash d'actualité : cela fait officiellement de vous, pas seulement quelqu'un de nul, mais disons, officiellement, une mère exécrable ! Je ne sais pas, je n'ai donné la vie à personne, donc je ne suis sans doute pas une spécialiste, mais si mon enfant pissait partout sur les meubles comme un chien sénile... oh-oh, je me ferais peut-être du mauvais sang. Je pourrais même, par caprice, quoi ! partager son repas un soir par semaine. Et n'oubliez pas, les gens vous haïssent : la gouvernante vous hait, le genre de haine qui fait qu'on est un jour assassiné dans son lit !

Je ralentis pour m'assurer qu'elle ne perd rien de mes paroles.

— Reprenons du début. Je suis en train de me balader en toute innocence dans le parc. Je ne vous connais pas.

Cinq minutes plus tard, vous me faites nettoyer votre linge sale et aller à la fête de l'école de votre fils. Qu'est-ce qui vous prend ? J'aimerais bien le savoir — comment avez-vous le culot d'aller demander à une parfaite inconnue d'être une mère de substitution pour votre fils ?... Et vous n'avez pas de boulot ! Qu'est-ce que vous foutez de vos journées ? Est-ce que vous construisez une soucoupe volante à l'Association des parents ? Est-ce que vous aidez le maire à concevoir les lignes d'un nouveau moyen de transport collectif depuis une salle secrète chez Bendel ? J'ai trouvé ! Vous cherchez une solution au conflit du Moyen-Orient derrière la porte verrouillée de votre chambre ! Eh bien, continuez à bosser — le monde a hâte d'apprendre comment vos innovations vont nous propulser dans le XXIe siècle grâce à une découverte si fantastique que vous n'avez même pas un moment pour embrasser votre fils.

Je me penche et regarde l'ours au fond des yeux.

— Il y a eu beaucoup de « confusion », donc que ce soit clair pour vous : ce boulot — oui, bou-lot — que je faisais était dur. Élever votre fils, c'est du travail ! Ce que vous sauriez si vous l'aviez exercé plus de cinq minutes à la suite !

Je me redresse et fais craquer mes phalanges, prête à aller jusqu'au bout.

— Et vous, monsieur X, qui êtes-vous ? (J'observe un silence théâtral.) Et, puisqu'on en est aux présentations, vous vous demandez sans doute qui je suis. Voici un indice : Je n'étais pas (a) incluse dans la location ni ne me suis (b) pointée par pure bonté d'âme pour demander à votre épouse si elle avait des corvées à me confier dans la maison. À votre avis, alors... vous séchez ?

Je contemple mes ongles, ménageant mes effets.

— J'ÉTAIS LÀ POUR VOTRE FILS ! Pour lui apprendre à marcher. À lancer un ballon. À tirer la chasse de vos chiottes italiennes ! J'ajoute que je suis ni étudiante en médecine, ni dans une école de commerce, ni actrice, ni mannequin, et en aucune espèce de façon l'« amie » de la givrée que vous avez épousée. Ou achetée...

J'ai un frisson de mépris.

— Je vous mets au parfum, vous l'homme important. On n'est plus à l'époque de l'Empire byzantin — on ne reçoit pas un chameau et un harem avec chaque coin de terre. Quelle est la guerre où vous avez combattu ? Où est le despote que vous avez renversé ? Gagner plein de fric en gardant son gros cul dans un fauteuil n'a rien d'héroïque et, si vous pouvez y gagner un femme ou deux, ou cinq, ça ne vous qualifie sûrement pas pour le premier prix de paternité ! Je vais essayer de formuler cela en termes compréhensibles pour vous : votre fils n'est pas un accessoire. Votre femme ne l'a pas commandé sur catalogue. Vous ne pouvez pas l'emmener avec vous quand cela vous convient puis le ranger à la cave avec vos cigares.

Je m'arrête pour reprendre haleine, regarde autour de moi tous ces jouets qu'il a payés et avec lesquels il n'a jamais joué en compagnie de son fils.

— Il y a des gens — chez vous —, des *êtres humains,* qui n'ont qu'un seul désir : que vous les regardiez dans les yeux. C'est vous qui avez fondé cette famille. Tout ce qu'on vous demande, c'est d'être là et de les aimer. On appelle cela la vie de famille. Donc, surmontez le manque d'affection que vous avez pu subir dans votre enfance et ramenez-vous ici — parce que, ici, c'est votre VIE et que vous êtes en train de la gâcher !

— Ouaf ?

La chienne a poussé la porte du placard, saisissant dans sa gueule l'étui de carte de bus.

— Hé, donne-moi ça ! dis-je gentiment en m'agenouillant.

Elle le lâche, roule sur le dos pour jouer. Je considère les lambeaux sales de papier à l'intérieur, tout ce qui reste de la carte de visite de Grove.

Je bats des paupières en observant cette chambre, si familière que c'est comme si c'était la mienne. Je le vois évoluer sur le podium imaginaire lors de notre défilé de mode à Noël, chanter de tout son cœur dans la salle de bains, s'endormir contre moi à la fin de *Bonne nuit, la Lune.*

— Oh, Grover...

C'est alors que je fonds en larmes, recroquevillée au pied du lit. Je suis secouée de sanglots en comprenant, pour de bon, que je ne le reverrai plus jamais. Que nous deux, c'est fini.

Quand je suis enfin capable de reprendre mon souffle, je rampe jusqu'à la commode et presse « Stop ». Je pose l'ours par terre, m'appuyant contre le lit de Grayer pour flatter le ventre doux de la chienne. Elle s'étire, pose la patte sur mon bras, les yeux humides de reconnaissance pour ces marques d'attention.

Et là, je comprends.

Rien de ce que j'ai dit jusqu'à présent ne les fera aimer leur fils comme il en a besoin.

Ni ne me fera partir avec grâce.

J'entends Grayer : « Montre-toi maligne, Nanny ! »

Je rembobine la cassette jusqu'au bout. Je presse « Enregistrer » et repose l'ours sur la moquette, devant moi.

— Bonjour, c'est Nanny. Je suis ici dans votre appartement et il est... (je consulte ma montre) 5 heures du matin. Je viens d'entrer avec la clé que vous m'aviez donnée. Et j'ai toutes ces possessions auxquelles vous attachez tant de prix à portée de main. Mais voilà : je ne vous veux pas de mal. Pour au moins cette raison que vous avez le grand privilège d'être les parents de Grayer. (J'acquiesce, sachant que c'est la vérité.) Donc, je m'apprêtais à partir sans rien ajouter. Mais je ne peux pas. Tout simplement. Je ne peux pas. Grayer vous aime. Je peux témoigner de cela. Et il se fiche des fringues que vous pouvez porter sur vous, ou de vos cadeaux. Ce qu'il veut, c'est que vous soyez ici. À l'aimer. Et le temps presse. Il ne vous aimera pas inconditionnellement encore très longtemps. Et bientôt, il ne vous aimera plus du tout. Donc, s'il y a une chose que je peux faire pour vous, ce serait de vous donner le désir de le connaître. C'est un petit être tellement fascinant — drôle, intelligent —, une joie de tous les instants. Je l'ai aimé tendrement. Et c'est ce que je vous souhaite. Je vous le souhaite à tous deux parce que c'est une chose... sans prix.

Je tends le bras vers l'ours et presse « Stop ». Je le tiens dans mes mains pendant un moment. En regardant en haut de sa bibliothèque, j'aperçois une petite photo de Caitlin encadrée, coincée derrière le garage Playskool.

Bon.

J'enfonce « Enregistrer » et repose l'ours au sol.

— Et, de toute façon, au moins vous nous devez, à moi et aux pauvres filles que vous avez réussi à embaucher, un minimum de respect !

Je soulève l'ours et éjecte la cassette.

Revenant vers le vestibule, j'éteins toutes les lumières sur mon chemin. Le chiot trottine dans le foyer tandis que je me tiens, une nouvelle fois, au-dessus de la table au plateau de verre. Je place la cassette entre les empreintes de mes mains et la clé par-dessus l'étiquette blanche.

Je prends mes sacs et ouvre la porte des X pour la dernière fois.

— Grover, dis-je doucement, l'adjurant de tout mon cœur, comme si je me tenais au-dessus de mon gâteau d'anniversaire, à formuler le vœu le plus important de ma vie. Il faut que tu saches que tu es merveilleux — fabuleusement merveilleux. Et j'espère qu'un jour tu sauras que je ne t'ai jamais oublié, OK ?

D'une chiquenaude, j'éteins la dernière lumière et prends la petite chienne dans mes bras.

— Au revoir, Grayer...

Le soleil vient de se lever quand je la conduis dans le parc. Elle tire sur son bout de ficelle tandis que nous empruntons la piste cavalière qui mène au réservoir. Les premiers joggers sont déjà en train d'accomplir leurs révolutions régulières autour de l'eau, alors que le ciel s'éclaircit et que s'éteignent les dernières étoiles. Au-dessus de la cime des arbres, les immeubles qui se découpent sur l'horizon à l'ouest baignent dans une lueur rose.

L'eau clapote contre les pierres comme je me tiens contre le grillage, jouissant de cette vue dégagée au cœur de la cité.

Je plonge la main dans un sac et en retire le portable des X. Je le soupèse un moment dans ma main avant de le lancer par-dessus la clôture. La chienne bondit pour appuyer ses pattes au maillage, aboie quand il a fait un « splash » satisfaisant au terme de sa parabole.

Je la considère.

— Ce n'est pas démissionner avec grâce, ça ?

Elle approuve d'un jappement, incline la tête vers moi, avec un regard affectueux.

— Grâce.

Elle jappe.

— Grâce...

Elle jappe encore.

— Je vois. Eh bien, Grâce, à la maison !

REMERCIEMENTS

Nous voudrions remercier : Molly Friedrich et Lucy Childs de l'Aaron Priest Literay Agency pour leur indéfectible soutien — dans l'hypothèse où Nanny aurait dû en découdre avec Mme X, nous aurions aimé qu'elle les ait à ses côtés. Christy Fletcher pour avoir défendu le projet. Jennifer Weis pour ses remarques judicieuses. Katie Brandi pour avoir relu le manuscrit presque autant de fois que nous-mêmes. Joel pour avoir emmené Nanny en voyage de noces. George pour nous avoir aidées à surmonter les moments difficiles, et Le Pain quotidien pour le ravitaillement.

La traductrice remercie Jay Gottlieb pour ses éclaircissements pertinents.

Composition Nord Compo
Impression Bussière, avril 2008
Editions Albin Michel
22, rue Huyghens, 75014 Paris
www.albin-michel.fr

ISBN 978-2-226-18096-4
N° d'édition : 25675. – N° d'impression : 081345/4.
Dépôt légal : mai 2008.
Imprimé en France.